Linda Hammerick hat eine besondere Gabe. Sie kann Worte schmecken. Der Name ihrer Freundin Kelly schmeckt nach süßen Dosenpfirsichen, der des Jungen, in den sie sich verliebt, nach Orangeneis. Linda wächst in den Südstaaten auf, in den 70er Jahren in North Carolina, heißt eigentlich Lin-Dao Nguyen Hammerick und wurde mit sieben Jahren adoptiert. Einen ersten Hinweis auf ihre Vergangenheit bekommt die Neunzehnjährige von ihrer Großmutter: »Du würdest unter dem zerbrechen, was ich über dich weiß, kleines Mädchen.« Es sind die letzten Worte einer Sterbenden, und es bleibt Linda überlassen, herauszufinden, was damit gemeint ist. An ihre frühe Kindheit kann sie sich nicht erinnern. Geblieben ist ihr nur ein bitterer Geschmack im Mund, für den sie kein Wort findet. Doch erst als junge Frau kehrt sie zurück in den Süden, um das Geheimnis ihrer Herkunft zu ergründen. Herzzerreißend und klug, gefühlvoll und sarkastisch zugleich, zeichnet sie die Mitglieder der Familie, ihre Jugendfreundin Kelly, ihre erste Liebe Wade, vor allem aber die alles überragende Figur des Großonkels Baby Harper.

»Monique Truong ist eine genaue Beobachterin und versteht sich auf Tricks und Finten, eine herrliche Ironie und die Wechselbäder der Gefühle.« *Die Welt*

Monique Truong, 1968 in Saigon geboren, kam mit sechs Jahren in die USA. Sie studierte an der Yale University und der Columbia University School of Law und arbeitete in einer namhaften New Yorker Anwaltskanzlei, wo sie sich auf Urheberrecht spezialisierte. Für ihren ersten Roman, ›Das Buch vm Salz‹ (Fischer Taschenbuch Bd. 16993), der in sieben Sprachen übersetzt wurde, erhielt sie mehrere Auszeichnungen, darunter den Fiction Award des renommierten Bard College und den Young Lions Award. Monique Truong lebt in New York.

Monique Truong

Bitter im Mund

Roman

Aus dem Englischen
von Peter Torberg

Fischer Taschenbuch Verlag

FSC
www.fsc.org
MIX
Papier aus verantwortungsvollen Quellen
FSC® C019821

Veröffentlicht im Fischer Taschenbuch Verlag,
einem Unternehmen der S. Fischer Verlag GmbH,
Frankfurt am Main, Februar 2012

Lizenzausgabe mit freundlicher Genehmigung
des Verlags C.H.Beck oHG, München
Die Originalausgabe erschien unter dem Titel ›Bitter in the Mouth‹
erschienen bei Random House, an imprint of
The Random House Publishing Group,
a division of Random House, Inc., New York 2010

Druck und Bindung: C.H.Beck, Nördlingen
Printed in Germany
ISBN 978-3-596-19149-9

«Sie haben ihn verfolgt und konnten ihn nie erwischen, weil sie nicht wussten, wie er aussah, und als sie ihn endlich zu Gesicht bekamen … Er war nett, Atticus, so nett …»

Seine Hände streiften mein Kinn, als er die Decke hochzog und um mich herum feststopfte.

«Das sind die meisten Menschen, Scout, wenn man sie endlich zu Gesicht bekommt.»

Harper Lee, «Wer die Nachtigall stört …»

BEICHTE

… 3. August 1998

KAPITEL 1

Ich verliebte mich in meinen Großonkel Harper, weil er mir das Tanzen beibrachte. Er sagte immer, Rhythmus erlaube einem zu spüren, wie das eigene Blut durch den Körper ströme. Er sagte zu mir, ich solle meine Augen schließen und den Körper vergessen. Das tat ich, und wir hüpften mit unseren nicht existierenden Leibern auf und ab, hin und her, nach oben und unten, nach links und rechts. Er mochte mich, weil ich ein stilles Kind war. Er zeigte mir Fotos von sich als Jungen. Er sprach in der dritten Person von sich. Das hier ist Harper Evan Burch, sagte er. Der Junge auf dem Foto war auch ein stilles Kind. Das konnte ich an der Art erkennen, wie er seine Arme an den Körper gepresst hielt, nie verschränkt oder in den Himmel über North Carolina gereckt. Wir waren immer kompakt, machten uns stets kleiner. Wir mochten beide Musik, sie war ein Fluss, an dem wir uns entkleideten, in den wir hineinsprangen und in dem wir mit den Armen ruderten. Es war 1975 damals, und das Wasser ringsherum glitzerte vor Discolichtern. Doch mein Großonkel Harper und ich tanzten zu Elvis Presley, Jerry Lee Lewis und Fats Domino. Wir twisteten, tanzten den Mashed Potato und zwinkerten uns zu, wann immer wir die Augen aufschlugen. Mein Großonkel Harper war meine erste Liebe. Ich war sieben. In seiner Gesellschaft lachte ich laut.

Ich schäme mich nicht zuzugeben, dass ich ihn in den männlichen Körpern zu finden gehofft habe, neben denen ich liege, und dass ich jetzt nur ihn sehe, wenn ich das Licht ausmache. Seine offene Fliege, die ihm um den Kragen baumelt – kleine gleichschenklige Dreiecke nach der Mode der damaligen Zeit –, die faltige Hose mit Aufschlägen, das graue Haar noch immer so geschnitten wie damals als Junge, eine Strähne über dem einen Auge, das andere sieht aus wie ein blauer, in der Sonne blinkender See.

Ich hatte nicht vor, bei meinem Großonkel Harper anzufangen, aber die Geschichte einer Familie sollte mit einer Liebe beginnen. Weil er meine erste Liebe war, blieb mir die traurigste Erfahrung im Leben der meisten Menschen erspart. Meine erste Liebe und mein erster Liebeskummer wurden mir von verschiedenen Menschen zugefügt. Ich hatte Glück. Meine Erinnerungen an diese beiden Eindrücke, einer meines überfließenden, der andere des sich leerenden Herzens, waren getrennt und gehören zu verschiedenen Körpern. Ich kann mich noch immer an das Gefühl erinnern, das mich durchfuhr, als mein Großonkel zum ersten Mal die Plattennadel auf die sich drehende Single setzte. Es geschah augenblicklich. Ich spürte, wie alles, was tief in mir verborgen war, an die Oberfläche drang, wie meine Haut dünn wurde, wie ich beinahe platzte. Das mag sich schmerzhaft anhören, war es aber nicht. So etwas tat die Liebe mit meinem Körper, sie veränderte ihn. Ich würde wie ein Feuerwerk zerplatzen, ein Lichtschein, der immer größer würde und leuchtete, und die Person unter mir würde «Ah!» sagen. Ich weiß noch, wie ich laut den Namen meines Großonkels sagte: «Babyhonig Harpersellerie.» Diese Erinnerung an meine erste Liebe war damit vor allem geschützt, was noch kommen sollte.

Ich werde Ihnen zuerst die einfachen Dinge erzählen. Ich werde einfache Sätze wählen. Faktenreich und flach werden diese Aussagen zwischen uns landen wie Spielkarten auf einem Tisch. Ich heiße Linda Hammerick. Ich bin in Boiling Springs, North Carolina, aufgewachsen. Meine Eltern hießen Thomas und DeAnne. Meine beste Freundin hieß Kelly. Ich war der Tomboy meines Vaters. Ich war die Majorette meiner Mutter. Ich habe die Abschlussrede an meiner Highschool gehalten. Ich bin weit weg aufs College und zum Jurastudium gegangen. Ich lebe jetzt in New York City. Ich vermisse meinen Großonkel Harper.

Doch wenn diese Karten erst mal auf dem Tisch liegen, dann wird es zwangsläufig zu Verdrehungen und Überlappungen kommen, der Kopf der Pik-Königin auf dem Körper des Kreuz-Königs, die krummen Beine des Jokers unter einem ganzen Feld voller Herzen: Ich wuchs auf in (Thomas und Kelly). Meine Eltern hießen (Abschlussrede und Majorette). Meine beste Freundin hieß (Harper). Ich war der (New York City) meines Vaters. Ich war (College und Jurastudium) meiner Mutter. Ich war der (Tomboy) an meiner Highschool. Ich bin weit weg auf (Thomas und DeAnne) gegangen. Ich lebe jetzt in (Boiling Springs). Ich vermisse (Linda Hammerick). Die einzige Möglichkeit, die Wahrheit zu erkunden, besteht darin, die Karten vorsichtig wieder in die Hand zu nehmen und nacheinander zu betrachten.

♣

Meine Großmutter Iris Burch Whatley starb am 14. Februar 1987. Sie hat nie eine Lüge in den Mund genommen, und die Angst vor ihrer Wahrheitsliebe hielt unsere Familie, eine immer kleiner werdende Schar, zusammen. Als ihre Gesundheit nachließ, zeigten wir unser wahres Gesicht. Als sie starb, blühten wir auf wie die Knospen einer alten Rose, die dann verdorrt und abstirbt. Iris war die Mutter meiner Mutter und die ältere Schwester meines Großonkels Harper.

Für eine Frau auf dem Sterbebett wirkte meine Großmutter Iris erstaunlich adrett. Ihre Augenbrauen waren frisch nachgezogen. Ihre Lippen waren ein glasiertes Korallenrot. Ihr graues Haar war frisch zu einer leicht abgewandelten, etwas moderneren Frisur auftoupiert worden. Sie hatte eine Krankenschwester und eine Kosmetikerin, die ins Haus kamen. Das waren einige der Vorteile, wenn man zu Hause im Sterben lag.

Du würdest unter dem zerbrechen, was ich über dich weiß, kleines Mädchen. Das waren die allerletzten Worte, die meine Großmutter zu mir sagte.

Miststück, entgegnete ich mit so ruhiger Stimme, als hätte sie mich gerade nach der Uhrzeit gefragt und ich würde neben ihrem Bett stehen und antworten: Mittag.

Mein Großonkel Harper gab einen einzelnen Hickser von sich, wie immer, wenn er ein Lachen unterdrückte. Meine Großmutter schloss die milchig blauen Augen und öffnete sie, meinem Großonkel zufolge, erst eine ganze Minute später wieder. DeAnne (so nannte ich meine Mutter damals) nutzte die Gelegenheit, um mir zuzuflüstern: Sei still, Linda. Dann wies sie mit einem erzürnten Finger zur Tür, die ich hinter mir zuwarf.

Für DeAnne war dieses Wortgefecht letztes schmerzhaftes Beispiel für all das, was ihre vierundsiebzigjährige Mutter und ihre neunzehnjährige Tochter gemeinsam hatten. Meine Großmutter und ich sagten beide die Wahrheit, und DeAnne konnte sie nicht ertragen.

DeAnne hatte mich aus dem College kommen lassen, damit ich mich verabschieden konnte.

«Nimm das Flugzeug, Linda. Und fahr um Himmels willen nicht wieder mit dem Bus.»

«Bist du dir diesmal sicher? Ich habe nächste Woche drei Examen –»

«Ich bezahle das Flugticket.»

«Na gut.»

Das war das längste Gespräch, das DeAnne und ich seit Monaten geführt hatten. Ich liebte meine Mutter im Alter von sieben bis elf. Das waren vier gute Jahre, die wir gemeinsam hatten, mehr als die meisten Ehen. Dieses Stück Statistik erfuhr ich in meinem Psychologiekurs im zweiten Studienjahr: «Die amerikanische Familie am Ende des 20. Jahrhunderts: Dysfunktion, Dysfunktion, was ist deine Funktion?» In meinen vier Jahren in Yale zogen mich Kurse an, die das Wort «Dysfunktion» im Titel trugen oder es mehrmals in der Kursbeschreibung wiederholten. Außerdem wünschte ich mir mit jeder Faser meines Körpers, dass mein Vater noch lebte, damit ich mit ihm teilen könnte, was ich gelernt habe.

Als mein Vater starb (das tat er zu meinem Bedauern eineinhalb Jahre vor Iris), waren er und DeAnne fünfundzwanzig Jahre verheiratet gewesen, viele Jahre davon glücklich. «Glücklich» nach den Worten meines Großonkels Harper. Ich erlebte nur die anderen Jahre. Es gab keine körperliche Gewalt, kein Schluchzen, kein Fluchen. Es gab nur Unglück. Ich hatte keine älteren Brüder oder Schwestern, die mir von besseren Zeiten hätten berichten können. Ma und Pa gaben sich zwischen den Worten «Guten» und «Morgen» immer einen Kuss. Dad band sich jeden Sonntagabend eine Schürze um und bereitete Käsesandwiches vom Grill und Tomatensuppe aus der Dose zu. Ma blieb bei ihm in der Küche und blätterte durch eine Zeitschrift. All das, falls es denn je stattgefunden hat, blieb mir völlig verborgen.

Aus einem mir unerfindlichen Grund wusste ich, dass mein Vater mich zu früh verlassen würde. Deshalb vermisste ich ihn schon, als er noch lebte. Jedes Mal, wenn er geschäftlich die Stadt verließ, meist blieb er nur über Nacht in Raleigh, bekam ich eine Erkältung. Kam er zurück, wurde ich wieder gesund. Mein Vater wiederum dachte nie darüber nach, ob er mich vermisste. Natürlich würde er es miterleben, dass ich meinen Highschoolabschluss machte, an seine alte Alma Mater ging, den Beruf erlernte, der ihn ernährte, oder in die Stadt zog, von der er mir zur Schlafenszeit anstelle eines Märchens erzählte.

Die Beerdigung meiner Großmutter Iris verzögerte sich wegen der Blumen um eine Woche. Iris hatte uns nach ihrem zweiten Herzinfarkt mitgeteilt, dass sie Magnolien auf dem Sarg wolle. Viele Zweige, einen Schwall aus glänzend grünen Blättern mit braunen wildledrigen Unterseiten, mittendrin cremefarbene Knospen von der Größe von Suppenschüsseln. Iris ließ sich nicht so detailliert darüber aus, aber so hatte sich mein Großonkel Harper die Blumen vorgestellt, als seine Schwester ihm sagte, was sie haben wolle. Mitte Februar waren allerdings weder in Boiling Springs noch sonst wo im Staate North Carolina Magnolien zu haben. Der Blumenhändler im nahe gelegenen Shelby musste sie extra bei einem Großhändler in New York City bestellen, der im Laufe der Woche eine Lieferung aus Südamerika erwartete, bevor die Zweige in einer Kiste, die fast so groß war wie Großmutters Sarg, nach Boiling Springs verfrachtet wurden. Baby Harper (so nannte meine Großmutter ihren kleinen Bruder seit dem Tag, an dem er geboren worden war, und das war zu diesem Zeitpunkt schon 63 Jahre her) kümmerte sich um die Beerdigung, und er sollte der Erste sein, der meinte, die Blumen seien die größte Herausforderung gewesen. Er machte sich zahlreiche Notizen, was zu tun und zu lassen sei, wenn seine Zeit käme:

Aufbahren in Cecil T. Brandons «Heimstatt zur Ewigen Ruhe»; Paket «Würdevoller Abschied».

Kein Geld für echte Blumen vergeuden; ein toter Gegenstand ist genug.

Speiselieferant aus Asheville; siehe Aktenordner «Viktualien» für Telefonnummern und Anschriften.

Keine Bestellung von harten Eiern mit Remoulade; sie sind köstlich, aber die alten Leute kriegen nur Blähungen davon.

Mein Großonkel legte einen Aktendeckel für seine Notizen an, zeigte ihn mir und reihte ihn dann in seinen persönlichen Unterlagen alphabetisch unter **D** ein, wie «**D**as Ende».

Vor seiner Pensionierung war mein Großonkel Harper Bibliothekar am Gardner Webb Baptist College gewesen, dem intellektuellen Zentrum von Boiling Springs. Bei der Arbeit war seine Methodik konventionell und effizient gewesen, doch das galt nicht für sein eigenes Zuhause. Seine Bücher waren zwar alphabetisch sortiert, aber nicht nach Titeln. A für «Aggressiv», B für «Beschenke andere mit einem Exemplar», C für «Chlorgestank, das heißt, es wird einem übel», D für «Desaströs», E für «Erneute Lektüre», F für «Fremd» (wobei dies bedeutete, dass mein Großonkel die Figuren in einem Buch fremd blieben, nicht dass der Autor aus einem anderen Land stammte) und so fort. Er erläuterte mir sein System und überließ mir getippte Seiten, auf denen er alle sechsundzwanzig Kategorien aufgelistet hatte. Diese Blätter und der Aktenordner «Das Ende» kamen Baby Harpers (er hatte mir Jahre zuvor gestanden, dass er gerne so genannt wurde, auch in der Abwesenheit seiner Schwester Iris) Letztem Willen am nächsten, einen anderen verfasste er nicht. Bis zu Iris' Tod hatte mein Großonkel die Vereinigten Staaten noch nie verlassen; der Kauf der Magnolien regte ihn dazu an, über Orte nachzudenken, die noch südlicher lagen als der Flecken, an dem er geboren und aufgewachsen war. Mit diesem Gedanken ging er in den Buchladen, kaufte ein paar Reiseführer und einen Roman, *Hundert Jahre Einsamkeit*. Diese Bücher sortierte er unter E ein.

Meine Großmutter Iris war eine, wie ihr Arzt es nannte, «reizbare» Diabetikerin. Im Verlauf des Tages stieg ihr Blutzuckerspiegel dramatisch an und sank dann gefährlich ab. Diese Achterbahn übte ein Übermaß an Stress auf ihre inneren Organe aus, vor allem auf ihr Herz. Sie konnte froh sein, nach Ausbruch der Krankheit überhaupt noch so lange gelebt zu haben. Die Diagnose ihres Diabetes fiel mit dem fünften Todestag ihres Mannes Walter Wendell Whatley zusammen. Ich habe keine Erinnerungen an meinen Großvater, Richter Whatley, wie der Rest des Landes ihn nannte. Fünfzehn Jahre lang lebte meine Großmutter Iris noch ohne ihn in Boiling Springs. Nach den ersten zehn einsamen Jahren meinte sie zu mir, es sei kein Glück für sie, noch so lange gelebt zu haben. Sie wusste, dass ich die Einzige in der Familie war, die sich durch ihre Offenheit nicht entnerven ließ.

Die Traurigkeit ergriff meine Großmutter an ihrer schwächsten

Stelle – dem Mund. Sie liebte ihren Mann, aber sie gierte ständig nach Zucker. Als Walter Wendell noch lebte, hielt sie sich von Süßigkeiten fern, vor allem der teigigen, fettgebackenen Variante, damit er seinen Blick nicht von ihrem Körper abwandte. Ihre Kleidergröße, respektable 36, und ihre Frisur, ein schulterlanges Gebilde, das halbwöchentliche Besuche in Miss Coras «Beauty Emporium» erforderlich machte, hatte sich seit den Tagen, als sie Walter Wendell kennenlernte, nicht verändert. Nachdem er verstorben war, gab es keinen vernünftigen Grund mehr für sie, ihre Figur zu halten. Sie schnitt sich einige Zentimeter Haare ab und legte sich die kurzen Locken bis auf festliche Ereignisse selbst. Außerdem stopfte sie sich mit gefüllten Donuts, Apfeltaschen, Zimtkringeln und Schmalzgebäck mit Schokoglasur voll. Der nächste Krispy Kreme – ihr gefiel es, alles an einem Ort kaufen zu können – war jenseits der Staatsgrenze in Spartanburg, South Carolina. Mein Großonkel Harper meinte zu mir, im ersten Jahr ihres einsamen Lebens in dem Haus im Kolonialstil mit den grünen Fensterläden in der Piedmont Street sei Iris die achtunddreißig Meilen zwischen Boiling Springs und Spartanburg so oft gefahren, dass sie sie mit geschlossenen Augen in der Dunkelheit vor Sonnenaufgang zurücklegen und von Walter Wendell träumen konnte.

Wie die meisten Süchtigen teilte auch meine Großmutter Iris gern ihre Erfahrung mit anderen. Sie war es, die mir die erste ganze Flasche Dr. Pepper gab, direkt aus dem Kühlschrank, ohne Glas. Ich war damals sieben (und tanzte bereits mit meinem Großonkel Harper), und ich dachte, dies sei der Beginn von etwas Bedeutsamem zwischen meiner Großmutter und mir. Iris nahm sich selbst ebenfalls eine Flasche und leerte mit dreimaligem Ansetzen jeden Tropfen dieser mit Melasse gefärbten Flüssigkeit.

«Aber verrate niemandem etwas davon», sagte sie und tupfte sich die Mundwinkel mit einer Papierserviette ab.

«Dass du mir Dr. Pepper gegeben hast?», fragte ich.

«Nein, du kleines Zwitschervögelchen», antwortete sie, «dass ich dich direkt aus der Flasche habe trinken lassen.»

Ich weiß noch, wie ich mir das kalte Etwas in meiner Hand anschaute. Schweißperlen kullerten die Glasflasche hinunter, genau wie in der Fernsehwerbung. Die Flasche war noch fast voll. Der erste Schwall Kohlensäure hatte mir die Zunge verbrannt, also versuchte ich langsam zu trinken. Dank meiner Großmutter Iris hatte ich eine wichtige Lektion gelernt. Der Unterschied zwischen einer Tatsache und einem Geheimnis ist die schlüpfrige Phrase: «Verrate niemandem etwas davon.» Am liebsten hätte ich mein Dr. Pepper in den Ausguss geschüttet. Stattdessen ging ich auf den Hinterhof des Hauses meiner Großmutter hinaus und wässerte damit die Wurzeln ihres Hornstrauchs.

Der Arzt meiner Großmutter hatte ihr geraten, sich von Limonaden fernzuhalten. «Sie bringen Sie noch schneller um als diese Donuts», hatte er sie gewarnt. Angesichts dieser Möglichkeiten witzelte sie häufig, sie würde Dr. Pepper ihrem Dr. Peterman vorziehen. Sie hatte Dr. Peterman, schon in der Zeit gekannt, als er, der kleine Artie Peterman, mit DeAnne auf die Elementary School gegangen war. Er sei schon damals schlau und ein Klugscheißer gewesen, meinte Iris zu mir, aber auch ein Nasenpopler und Bettnässer. An diesen Tatsachen könne auch ein noch so toller medizinischer Titel nichts ändern, erklärte meine Großmutter. Und wieder hatte ich eine wichtige Lektion fürs Leben vermittelt bekommen: Die Vergangenheit war eine unheilbare Krankheit.

Ich war vierzehn, als meine Großmutter Iris ihren ersten Herzinfarkt hatte. Der zweite kam, als ich gerade eine Woche auf dem College war. Da hatte ich den Greyhound nach Hause genommen. Nach dem Telefonat mit DeAnne hatte ich eine Tasche für die Nacht gepackt und war zum Busbahnhof gegangen, hatte es aber nicht über mich gebracht, in den Bus zu steigen. Tag für Tag ging ich zum Busbahnhof, bis ich endlich dem Fahrer meine Fahrkarte geben konnte. DeAnne konnte es einfach nicht fassen, als ich eine ganze Woche nach unserem Gespräch im Krankenhaus auftauchte. Ich betrat das leuchtend ausgestrahlte Zimmer mit all den summenden Monitoren und konnte es selbst kaum glauben. Meine Großmutter Iris lebte noch.

«Da hättest du ja genauso gut zu Fuß gehen können», meinte DeAnne mit leiser Stimme zu mir. Nachdem sie zur Begrüßung nur leicht das Kinn gehoben hatte, hatte sie den Kopf in die Hände gestützt – die linke Hand hielt ihre Erleichterung, die rechte ihre Verzweiflung.

«Beim nächsten Mal», sagte ich.

Ein kurzer Blick aufs Bett hatte mir verraten, dass ich noch weitere Gelegenheit haben würde, DeAnne zu enttäuschen. Meine Großmutter Iris hatte noch immer Kleidergröße 40, und ich wusste, sie würde nicht in den Himmel kommen, solange sie noch Übergewicht hatte. Ihr Walter Wendell würde sie nicht erkennen, und dann wäre der ganze Aufwand mit dem Sterben umsonst gewesen.

Meine Großmutter hatte ihre größte Ausdehnung mit Größe 46 erreicht (in der Kleiderscheune in Belwood war das Größe 44), aber sie hatte in diesem letzten Jahr stetig an Gewicht verloren. Dr. Peterman glaubte, seine Botschaft sei langsam bei seiner Patienten angekommen, aber ich wusste, dass sie nicht abnahm, um ihren Diabetes besser in den Griff zu bekommen und ihr Herz weniger zu belasten. Sie hatte zu mir gemeint, sie brauche den kleinen Artie Peterman nicht, um zu wissen, dass über ein Jahrzehnt Zufuhr von etwa einem Pfund Zucker am Tag ihrem Körper unwiderruflichen Schaden zugefügt hatte. Meine Großmutter Iris machte sich einfach nur bereit für den nächsten Lebensabschnitt, so, wie sich die meisten Bräute auf ihren Hochzeitstag vorbereiten.

Fünf Monate später versammelte sich der Rest unserer Familie im Esszimmer meiner Großmutter, ihrem Schlafzimmer, nachdem ihr das Treppensteigen unmöglich geworden war. Diesmal war es nicht nach einem Herzinfarkt, sondern vor dem nächsten. Iris konnte spüren, dass ein dritter und letzter kam. Sie beriet sich nicht mit Dr. Peterman. Sie sagte nur ihrer Tochter DeAnne Bescheid.

DeAnne las gerade ein Selbsthilfebuch mit dem Titel *Mütter, die nicht wissen, wie man bemuttert*, und sie war noch viele Seiten von dem letzten Kapitel «Alter und die Unausweichlichkeit der Güte» entfernt. DeAnne musste, nachdem sie die Selbstdiagnose ihrer Mutter gehört hatte, wohl in das Badezimmer im ersten Stock ihres Kindheitszuhauses gegangen sein, um dort das Wasser anzudrehen und zu weinen (ich war sehr vertraut mit DeAnnes Vorstellung, fließendes Wasser könne Kummer verbergen). Danach rief sie mich an und bat mich, einen Flieger zu nehmen.

Ich entdeckte DeAnnes Buch – ein Eselsohr verriet mir, wo sie zuletzt aufgehört hatte – im Küchenabfall (ich war ebenfalls vertraut mit DeAnnes Vorstellung, dass Dinge im Abfall einfach verschwanden). Das Buch war ganz nass, so als habe DeAnne versucht, es zu ertränken. Vielleicht hat sie das. Vielleicht hat sie es auch nur in die überfließende Wanne fallen lassen, weil sie vor Kummer zwei linke Hände hatte. Ich wusste, sie schämte sich dafür, dieses Buch überhaupt gekauft zu haben. Mein Vater hätte ihr gesagt, dass es nichts tauge. «Niemand kann dir erzählen, wie du dein Leben zu führen hast, DeAnne!» Dass man für alles persönlich verantwortlich war, war der Glaubensgrundsatz meines Vaters. Der Südstaatenbaptismus war für ihn nur ein gesellschaftlicher Rahmen. Als mein Vater gestorben war, dachten mein Großonkel Harper und ich, DeAnne würde sich nun in eine zweite Iris verwandeln. Doch bisher hatte es keine neue Frisur und keine Gewichtszunahme gegeben. Äußerlich betrachtet, war DeAnne noch immer ganz dieselbe.

An einem hellen Februarmorgen standen DeAnne, Baby Harper und ich an Iris' Bett. ‹Ist das alles›, wird meine Großmutter den lieben Gott gefragt haben, als sie zu unseren drei Gesichtern aufschaute. DeAnne, verwitwet. Allein. Baby Harper, nie verheiratet. Allein. Und Linda … Das war der Zeitpunkt, zu dem meine Großmutter jene letzten Worte an mich, ihr einziges Enkelkind, richtete. Iris' Worte – du würdest unter dem zerbrechen, was ich über dich weiß, kleines Mädchen – purzelten ihr unkontrollierbar und unaufhaltsam aus dem Mund, so wie all diese fettgebackenen Stücke glasierter Donuts durch dieselbe Öffnung hineingeschlüpft waren.

Meine Großmutter starb am folgenden Morgen. Der Valentinstag war für uns, die beiden zurückbleibenden Hammericks und den einen Burch, nie mehr dasselbe. Die roten aufgeblähten Herzen in den Fensterläden und auf den Postkarten erinnerten uns an das vierundsiebzigjährige Exemplar, das sich verkrampft und versagt hatte. Für uns war der 14. Februar seitdem Iris-Tag, dabei war sie alles andere als eine Heilige gewesen.

Etwa einen Monat nach der Beerdigung meiner Großmutter saß ich mitten in einem Einführungsseminar, «Dysfunctionalia: Romane vergeudeter Jugend im Süden und ihr gesellschaftlicher Kontext, 1945 bis heute», und ich versuchte mich gerade auf die Diskussion über den lesbischen Subtext in Carson McCullers' *Das Mädchen Frankie* zu konzentrieren, als mir die Tränen kamen. Ich weinte nicht aus Bedauern über das, was ich zu meiner Großmutter gesagt hatte, sondern weil ich nicht länger am Bett der alten sterbenden Frau geblieben war. Eine Minute später hätten sich ihre Augen geöffnet, und ihr Mund wäre vielleicht gefolgt. Noch eine Minute, und ein kleiner Generalschlüssel hätte aus ihrem Mund purzeln können, abgestoßen von einem Körper, der sich endlich von all dem befreite, was er nicht mit ins Grab nehmen wollte. Doch nun haben mehrere Fußbreit Erde aus Carolina und ein luftdichter Sarg diese Minute in etwas unermesslich Langes ausgedehnt.

Ich entschuldigte mich und verließ den Seminarraum. Es handelte sich um einen volierenartigen Raum in einem pseudogotischen

Turm, eine der vielen architektonischen Anmaßungen, die dem Campus von Yale so etwas wie einen Hauch von Geschichte verliehen. Die anderen elf Studenten und der Gastprofessor sahen die nassen Spuren in meinem Gesicht, und ich wusste, jeder Einzelne von ihnen fragte sich jetzt, was mich wohl zu Tränen gerührt hatte. Einen anderen Studenten zum Weinen zu bringen, während des Seminars wohlgemerkt, vor allem mit einer besonders brillanten oder schneidenden Bemerkung, galt auf dem Campus als Ehrenabzeichen. Eine der Regeln bei diesem Spiel lautete, dass man es sich nicht selbst verleihen konnte. Lob für diese Tat, üblicherweise mit einem lässigen Heben des Kinns, musste von jenen ausgesprochen und anerkannt werden, die dabei gewesen waren.

Während ich die steinerne Wendeltreppe hinunterging, die von dem mit Zinnen versehenen Turm in das gewölbte Hauptgeschoss des Gebäudes führte, dachte ich an meinen Vater und wie sein Körper dieselbe Treppe hinauf- und hinuntergegangen war. Thomas waren zwei Generationen von Hammerick-Männern in Yale vorausgegangen; nun war ich die moderne, leicht abgewandelte Repräsentantin der Familie.

Ich drückte einige schwere Holztüren auf und sah mich dem Monat März in New Haven, Connecticut, gegenüber. Ich ließ den Kopf sinken und zog meinen Hals ein, verbarg ihn in Mantel und Schal. Meine Großmutter Iris hatte mir prophezeit, dass das Wetter im Norden meinen Mut brechen würde. Sie sagte, es würde sich so anfühlen, als würde man den ganzen Winter lang einen klammen Wollmantel tragen und den Rest des Jahres in einem türkischen Bad hocken. Ich wusste, dass sie nie in New Haven gewesen war, noch nie einen klammen Wollmantel getragen und auch noch nie ein türkisches Bad gesehen hatte. Aber natürlich war das, was Iris Burch Whatley gesagt hatte, keine Lüge. Meine Großmutter meinte auch zu mir, ich könne meine Familie doch nicht einfach wie ein Paar zu kleiner Schuhe stehen lassen. «Was ist denn nur falsch daran, auf das Gardner Webb Baptist College zu gehen?», hatte sie mich gefragt. Ich weiß noch, dass ich einen einzelnen Hickser gehört habe, nachdem sie mir das gesagt hatte, kann mich aber nicht daran erinnern, dass mein Großonkel Harper ebenfalls im Zimmer war.

Ich ging in mein Zimmer auf dem Old Campus und legte mich ins Bett. Als ich mir die Decke und das Laken über den Kopf zog, war es erst halb vier nachmittags. In dieser künstlichen Dunkelheit sagte ich mir leise ein Wort vor. Ich zog das «Ham» in die Länge, verweilte beim «me» und weichte das kurze «rick» etwas auf. Ich wiederholte das Wort, und jedes Mal, wenn ich seine drei Silben langsam im Mund miteinander verband, stieg mir der kitzelnde Geschmack süßer Lakritze mit einem Nachhall von Holzrauch in den Mund. Ein Phantomschluck Dr. Pepper. Auf dich, Iris. Ich schloss die Augen und verabschiedete mich von meiner Großmutter, die für einen Augenblick gar nicht so weit weg zu sein schien.

KAPITEL 2

Meine erste Erinnerung war ein Geschmack. Den größten Teil meines Lebens habe ich diese Tatsache nicht so sehr als ein Rätsel mit mir herumgetragen, obwohl es noch immer eines ist, sondern als ein Geheimnis. Das Rätsel bestand aus zwei Hälften. Die Hälften bestanden wiederum aus verschiedenen Kammern und Zellen. Da war etwas Bitteres im Mund, und da war das Wort, das diesen Geschmack ausgelöst hat.

Ich fange mit dem Geschmack an:

Er war bitter, so wie Gemüse, das gut für uns ist, meist bitter schmeckt. Aber wie schleichende Verbitterung.

Ich habe noch keine genaue Entsprechung im Essen oder in einer Metapher finden können. Aber selbst wenn ich solch eine Entsprechung entdecke, wird sie mir nur die Illusion einer Mitteilung und Ihnen die Illusion eines Verständnisses vermitteln. Ich könnte zum Beispiel behaupten, dass meine erste Erinnerung der Geschmack einer unreifen Banane war, und viele Menschen auf der Welt würden nicken, weil sie diesen unangenehmen Geschmack kennen. Dabei haben wir alle gar nicht dieselbe unreife Frucht gegessen. Um uns auf der Welt nicht allein zu fühlen, verwischen wir die Grenzen unserer subjektiven Erinnerungen und sagen uns gegenseitig: «Ich weiß genau, was du meinst!»

Die andere Seite des Rätsels ist das Wort:

Die wenigen Worte, die keinen Geschmack hervorriefen, waren Heiligtümer für mich, ein Kloster, in dem ich die Bedeutung so deutlich wie mein eigenes Herz schlagen hören konnte. Der Rest meines Wortschatzes war bewohnt von einem Orden von Mönchen, die ihr Schweigegelübde gebrochen und sich mir in diesem Akt offenbart haben. Nicht ihre innersten Gefühle von Trauer oder Ekstase. Nicht die Farben, die sie unter ihren Kutten trugen. Sondern was sie als Letztes im Mund hatten.

♠

Als ich das erste Mal nach New York City zog, schrieb ich Kelly, ich hätte einen Fehler gemacht. Ich hätte für das Jurastudium nach North Carolina zurückgehen sollen, ich vermisste sie, ich vermisste Baby Harper, ja sogar Boiling Springs, unsere nachdrücklich so genannte Heimatstadt. Das war im Herbst 1990, als E-Mails gerade begannen, jede Form der Korrespondenz zu erobern. Die e.e.-cummings-Variante des geschriebenen Wortes sollte nur noch wenige Monate auf sich warten lassen, doch Kelly und ich hatten uns noch nicht geschlagen gegeben und würden es auch nie tun, weder würden wir uns mit Kleinbuchstaben schreiben oder lax mit der Zeichensetzung umgehen noch bei Rechtschreibung oder Syntax unsere Kreativität ausleben. Seit den frühesten Tagen unserer Freundschaft haben wir uns auf sorgfältig geschriebene Briefe gestützt, um uns gegenseitig über unsere innersten Empfindungen auf dem Laufenden zu halten. Lange bevor wir überhaupt wussten, was das hieß, benahmen wir uns wie Figuren in einem Roman von Jane Austen. Kelly schickte den ersten Brief, datiert vom 11. Juli 1975.

«Ich heiße Kelly. Ich bin sieben Jahre alt. Ich wohne in dem roten Backsteinhaus. Willkommen in Boiling Springs!»

Der Brief war nicht sonderlich elegant, er lud auch nicht zu einer Antwort ein, und damals verstand ich auch nicht, was sie mit dem letzten Satz meinte. Aber ich bewunderte ihre Verwendung eines Ausrufezeichens. Es sind schon von viel älteren Händen als denen Kellys erheblich schlechtere Vorstellungsschreiben verfasst worden, dazu noch auf Papier, das sicher nicht so rosa war. In den vier Ecken des Blattes prangte je eine rote Erdbeere.

Kelly war in vielerlei Hinsicht ihrem Alter voraus. Schon früh konnte sie sich für Grammatik, Groß- und Kleinschreibung und Zeichensetzung erwärmen. Ihre Mutter Beth Anne sagte der Kindergärtnerin, dass niemand Kelly diese Regeln und Vorschriften beigebracht und ihre Tochter sie durch Zeitungslektüre aufgeschnappt habe. Als sie gefragt wurde, woher Kelly denn gelernt habe, schon so früh den *Shelby Star* lesen zu können, antwortete Beth Anne, Kelly sei mit dieser Fähigkeit auf die Welt gekommen. In der ersten Klasse lernte Kelly Strunk & Whites *Stilelemente* auswendig. Genauso brannte sie sich den Kasten mit den «Anredeformen» ins Gedächtnis, die sich am Ende von *Webster's New Collegiate Dictionary* finden und die ganz praktisch sind, wenn man zum Beispiel vorhat, einem ausländischen Botschafter oder dem Kanzler einer Universität einen Brief zu schreiben.

Kelly war mit sieben außerdem tollpatschig, dick und schüchtern. All diese Besonderheiten, in Verbindung mit ihrer intellektuellen Frühreife, erklärten ihre Vorliebe für diese Form der Kommunikation. Ich, ebenfalls sieben Jahre alt, zeigte ihren Brief, den ich auf dem Tischchen im Flur gefunden hatte, meinem Vater. Ich verfügte über die normalen Lese- und Schreibfähigkeiten für mein Alter, also brauchte ich ein älteres Paar Augen, das mir weiterhalf. Mein Vater fragte mich, ob ich zurückschreiben wolle. Falls ja, würde er meinen Brief zustellen. Das Fehlen eines Nachnamens und die Ortsangabe «das rote Backsteinhaus» als einzige mögliche Anschrift hätte so manchen Vater auf eine harte Probe gestellt, meinen nicht.

Kellys Vater, Carson Powell jr., arbeitete für meinen Vater, Thomas Hammerick. Das wusste ich damals nicht. Ich wusste auch nicht, dass diese beiden Männer, die tagsüber Anwälte waren, gerade ihre Zweitjobs als Postminister und Postbote in einem sehr kleinen Land angetreten hatten. Die einzige andere Anschrift in diesem Land lautete «das blaugraue Ranchhaus». Die Farben stammten von mir, mein Vater sorgte für die architektonische Zuordnung. Beim ersten Dutzend Briefe etwa waren die Korrespondenten Kelly, mein Vater und ich. Ich hörte zu und nickte, als er mir die Wörter buchstabierte, damit ich sie langsam zu Papier bringen konnte – meine Vokale waren dreimal so groß wie die Konsonanten. Mein Briefpapier war blassgelb mit einem rotschwarzen Marienkäfer in der oberen rechten Ecke. Ziemlich dezente Wahl für ein siebenjähriges Mädchen, wird mein Vater wohl gedacht haben. Er war mit mir in den Hudson's Department Store in Shelby gegangen, damit ich mir mein eigenes Briefpapier aussuchten konnte. Seines war schlicht und weiß, mit Wasserzeichen, das die Qualität des Papiers verriet, und DeAnnes war mit rosafarbenen Rosen versehen. Beides nicht sehr passend für ein siebenjähriges Mädchen.

Dieser Sommer des Briefeschreibens – Kelly und ich schrieben uns jeden zweiten Tag – machte ziemlichen Eindruck auf meinen Vater. Er erzählte meinem Großonkel Harper, dass er meine Antwort auf Kellys erste Frage nie vergessen würde. In Brief Nr. 3 fragte Kelly: «Was ist Deine Lieblingsfarbe?»

«Feuer», erzählte ich meinem Vater, lautete die Antwort.

Er fragte mich, ob ich denn die Frage verstanden hätte.

«Ja, sie fragt mich, welche Farbe ich mag –»

«Und deine Antwort lautet Feuer? Meinst du damit Rot?»

«Ich mag Rot und Gelb und Orange und Blau …»

Ich zählte ihm all die Farben auf, die ich in einer Flamme gesehen hatte und die ich benennen konnte. Dann begriff mein Vater die Antwort so, wie ich sie gemeint hatte. Ein anderes Kind mit ähnlichen Neigungen hätte vielleicht «Regenbogen» geantwortet, aber ich hatte noch nie einen echten Regenbogen gesehen.

Meinem Großonkel Harper zufolge hat mein Vater niemals vergessen, dass ich ihm den ersten Brief, den ich je bekommen habe, gezeigt habe. Dass ich ungefragt und freiwillig den Erhalt von etwas Versiegeltem, das nur für mich bestimmt war, mit ihm geteilt habe.

Gegen Ende dieses Sommers schlug mein Vater vor, wir könnten doch diese Kelly Powell zum Übernachten einladen. Mein Blick führte allerdings dazu, dass er mitten im Satz abbrach. Ich hatte meinem Vater nichts von meinen geheimen Sinneseindrücken erzählt. Wenn ich den Namen «Kelly» hörte oder sagte, schmeckte ich Dosenpfirsiche, lecker und zuckersüß. Dies war nun allerdings das erste Mal, dass ich jemanden hatte «Powell» sagen hören. Das Wort war eine rohe Zwiebel, ein Spielplatzrabauke, dessen spitze Ellenbogen alle anderen Geschmäcker beiseiteschob. Ein Glück für unsere Freundschaft, dass kleine Mädchen sich nicht allzu häufig beim Nachnamen riefen.

«Ich bin diejenige, die noch in Boiling Springs ist», begann Kelly. «Du hast keinen Fehler begangen. Ich schon. Auf die Gefahr hin, mich wie ein DP-Song anzuhören, aber ich habe in den vergangenen Jahren schon so viele Fehler gemacht, dass es mir zu einer schlechten Angewohnheit geworden ist, die ich nicht ablegen kann», fuhr sie fort. Kelly schrieb, dass sie angesichts des verzweifelten Tons meines fünfseitigen Briefes sogar schon daran gedacht hatte, mir ihren Brief als Expresssendung nach New York zu schicken. Aber sie hatte es dann nicht getan. Der Hauptgrund, warum wir dieses Ritual aus Stift, Papier und Briefmarke so liebten (der philatelistische Ausdruck verriet schon die Stimmung der Schreiberin: Auf meinem Brief klebten zwei Grand Canyons, auf Kellys prangten die Niagarafälle), waren das Warten und das schließliche Eintreffen des Briefs. Eines der wenigen Beispiele in unserem jungen Leben für Geduld, die sich auszahlte.

Das «DP» im vierten Satz von Kellys Brief bezog sich auf unsere gemeinsame Kindheitsobsession, eine, über die wir heute lachen und bei der wir schwören, keiner Menschenseele je davon zu erzählen. Seit wir acht waren, war Dolly Parton unsere Madonna gewesen (die eigentliche, nicht die, die nur *Like a Virgin* sang und in unseren Teenagerjahren von MTV berühmt gemacht wurde), doch als Südstaatenbaptisten verstanden wir die Rolle, die Dolly in unserem Leben spielte, nicht ganz. Uns erschien sie als wunderschönes Rätsel. Ihre Stimme. Ihre Wespentaille und ihre Rundungen. Ihre weißblonden Locken. Ihre glänzenden Zähne inmitten von noch glänzenderen Lippen. Jedes ihrer Bühnenkostüme erschien uns als ein Wunder aus Strass. Wir schrieben ihr Fanpost und schickten sie uns gegenseitig zum Lesen. Wir dachten, wenn wir sie je persönlich treffen würden, dann würde sie unsere innere Aufrichtigkeit erkennen und uns mit zu sich nach Hause nehmen. Wir waren nicht sicher, wo sie wohnte, glaubten aber, dass es wahrscheinlich irgendwo in der Nähe der Grand Ole Opry sein müsse. Wir schnitten ihr Bild aus der Fernsehzeitung aus und weinten, wenn die Sendungen nach unserer Zubettgehzeit liefen. Als meine Mutter den Heiligenschrein entdeckte, den Kelly und ich aus Buntpapier und Klebeband gemacht hatten (damals hielten wir alle drei es einfach nur für ein Album voller Zeitungsausschnitte), meinte sie zu uns, dass Dolly Parton zwar eine schöne Stimme habe, aber ansonsten Schund sei. Meiner Mutter war es nicht gegeben, mit Kindern zu reden. Die erste Frage, die aus unseren kleinen Mündern purzelte, lautete: «Was heißt das?» DeAnne, die sich sowieso schon die meiste Zeit nicht sicher war, was sie eigentlich meinte, blieb nie lang genug da, um eine Antwort zu geben. Sie war eine Schauspielerin, die nur einen Satz zu sprechen hatte und dann gleich wieder die Bühne verließ, Abgang links. Nach diesem Auftritt mussten Kelly und ich unsere eigene Erklärung für «Schund» finden: eine Sache, die aus keinem triftigen Grunde einfach weggeworfen wurde, also unterbewertet war. Kelly und ich schworen, auch Schund werden zu wollen, wenn wir erwachsen sein würden, was für uns außerdem eine Art von Schneewittchen-ähnlicher Erlösung in sich trug.

Kelly hielt ihren Schwur. Im Sommer vor der Highschool nahm sie ab und würdigte diese zwölf Kilogramm ihrer ersten dreizehn Lebensjahre keines Blickes mehr. Selbst in einer so kleinen Gemeinde wie Boiling Springs, in der dieselben Kinder sich vom Kindergarten bis ins Grab piesackten, konnte ein Sommer alles verändern. In wie vielen Hinterhöfen lagen die abgeworfenen Hüllen von Mädchen, die sich geschworen hatten, nicht mehr länger dick, linkisch und hässlich zu sein? Im Sommer '82 gab es in Boiling Springs nur einen solchen Hinterhof. Amerikaweit wurde diese Zahl genauestens von der Anzeigenabteilung des Magazins *Seventeen* überwacht. An dieser Zartheit und Verzweiflung war viel Geld zu verdienen. Ich veränderte mich in diesem Sommer überhaupt nicht, bis auf die Zigaretten und meine erste BH-Größe, die bei 70A zu existieren begann. Kelly hatte schon seit der siebten Klasse 80C gehabt, doch keiner der Jungs hatte das bemerkt, weil sie auch sonst füllig war. Ein Sommer mit Tiefkühlgerichten von Weight Watchers, ergänzt durch die häufige Einnahme von Abführmitteln, ließ den Babyspeck verschwinden und diese Brüste hervortreten. Ein Highschoolmädchen hatte es gesellschaftlich geschafft, wenn sie makellose Haut, hübsche Haare, ein nettes Lächeln *oder* ein wenig von allem, aber dafür einen beeindruckenden Vorbau hatte. Auch diese Regeln und Vorschriften brauchte Kelly niemand beizubringen. Sie folgte einfach dem Vorbild unserer Madonna. Zu dem Zeitpunkt hatten Kelly und ich bereits angefangen, Dolly Parton nur noch «DP» zu nennen, nur für den Fall, dass irgendjemand unsere Briefe in die Finger bekam. Seit DPs Fast-Hauptrolle – ein «Comeback» mochten Kelly und ich es nicht nennen – in dem Film *Warum eigentlich … bringen wir den Chef nicht um?* gingen wir sehr heimlich mit unserer langjährigen Verbindung zu ihr um. Ich war in jenem Sommer schon weit über DPs huldvolle Führung hinaus, und Kelly wusste das.

«Ich flippe total aus wegen uns», schrieb Kelly. «Du musst Dich entscheiden, welche Art Mädchen Du sein möchtest, bevor Du die Hallen der Boiling Springs Highschool betrittst. Im Augenblick finde ich, hast Du nur eine Chance: das kluge Mädchen. Allerdings bin ich mir nicht sicher, wie Du das rüberbringen willst!»

Gemeinsam erreichten Kelly und ich das von ihr gesetzte Ziel meiner Einstufung. In Grund- und Mittelschule war ich immer eine mittelmäßige Schülerin gewesen. Die Schultests erbrachten jedoch, dass mein Leseverständnis weit über dem Durchschnitt lag. Auch meine Mathetests waren stets hoch. Das Problem war meine Unfähigkeit, mich im Unterricht zu konzentrieren.

Wenn mein Lehrer fragte: «Linda, wo siedelten sich die ersten Engländer in North Carolina an?», klang die Frage in meinen Ohren wie: «Linda*minze*, wo siedelten*maraschinokirsche* sich die ersten*peptobismol* Siedler*senf* in North*cheddarkäse* Carolina*dosenerbsen* an?»

Worauf meine Antwort lautete, wenn ich sie schließlich herausbekam: «Roanoke Island*schinken*.»

Viele der Wörter, die ich hörte oder die ich laut aussprechen musste, brachten einen Geschmack mit sich – einzigartig, immer wiederkehrend und meistens vollkommen fern der Bedeutung des Wortes, das für diesen Geschmack in meinem Mund gesorgt hatte. In den Zeugnissen bedachten meine Lehrerinnen diese unentdeckte Tatsache für meine Eltern folgendermaßen: «Ihre Tochter zeigt eine gewisse Unwilligkeit, am Unterrichtsgeschehen teilzunehmen.»

In Brief Nr. 26 hatte ich Kelly in meine geheimen Sinneseindrücke eingeweiht. Als sie las, dass ihr Name nach Dosenpfirsichen schmecke, schrieb sie mir die Frage zurück: «In Sirup oder im eigenen Saft?»

«In Sirup», erwiderte ich in Brief Nr. 28.

Das winzige Wunder unserer Freundschaft bestand darin, dass die Frage – Was soll das bedeuten? – niemals gestellt wurde.

Dieser Sommer der Verwandlung führte auch dazu, dass wir über die Unterdrückung von Geschmacksempfindungen nachdachten. Kelly und ich wussten, dass ich nie eine Einserschülerin würde, wenn ich diese, wie ich sie nannte, «Eingänge» nicht stoppen oder wenigstens verringern konnte. Wir versuchten es mit Big-Red-Kaugummi,

Tic Tacs, Lemonheads und Polos, Geschmacksrichtung Wintergreen. Nichts davon war stark genug. Dann experimentierten wir mit Skoal. Kelly stibitzte eine Dose dieses Kautabaks aus dem Auto ihres Vaters. Ich musste mich übergeben. Der zweite Versuch war erfolgreicher. Mir war flau im Magen und schwindlig im Kopf, aber ich konnte den Brocken Kautabak so lange zwischen Wange und Zähnen festhalten, dass der Tabak wirken konnte. Um die Wirkung zu überprüfen, trug mir Kelly den Text unseres Lieblingssongs von DP wie ein Gedicht vor.

Back through the years
I go wanderin' once again
Back to the seasons of my youth
I recall a box of rags that someone gave to us.

Der Geschmack von Tabak – ein Mundvoll Erde, feucht, frisch gepflügt; trockene Blätter und Apfelschalen; der Kick von Terpentin und der überraschende Abgang von Honig – übertraf jeden einzelnen Eingang.

Als Kelly den Refrain erreichte, schloss ich mich dem Vortrag an:

My coat of many colors
That my momma made for me
Made only from rags
But I wore it so proudly.

Wir mussten laut lachen. Über DPs rührselige Texte, über den britischen Akzent, den Kelly und ich nachahmten, als wir den Text aus dem Gedächtnis vortrugen, über den Sabber, der mein Kinn herunterlief. Der braune Speichel, der meinen Mund überschwemmte, machte uns klar, dass Tabak zwar sehr wirksam, aber nicht für das

Klassenzimmer geeignet war (als ich im College zum ersten Mal das Wort «Heterogenität» hörte, erkannte ich den Geschmack von Skoal wieder, wie ein Schwergewichtsboxer, der mir gegen die Mundinnenseite hämmerte. Mitten im Hörsaal war eine einsame weibliche Stimme zu hören, die «Scheiße!» sagte, was ich, die Sprecherin, als Scheiß*emargarine* hörte!).

Nach ein paar weiteren Tagen mit Süßigkeitenversuchen und mit zwanghaften Ladendiebstählen von Mundsprays entschieden wir uns für Zigaretten. Sie schienen unser beider Probleme zu lösen. Von unseren Schulunterlagen in der achten Klasse mit dem Titel «Alkohol, Tabak und Handfeuerwaffen: Rechte und Pflichten» erinnerten wir uns, dass Zigaretten den Geschmackssinn beeinträchtigen. Aus der Zeitschriftenwerbung für Virginia Slims wussten wir auch, dass Zigaretten ideal zum Abnehmen waren.

Für das Experiment stahl ich sechs Zigaretten aus DeAnnes Tasche. Jedes Mal, wenn mein Vater nicht in der Stadt war, qualmte DeAnne eine halbe Schachtel Winston Reds. Sie rauchte im Badezimmer des elterlichen Schlafzimmers Kette und ließ den Ventilator laufen. Das Schwirren des Ventilators konnte ebenso wenig wie das Geräusch von fließendem Wasser irgendetwas in unserem Haus verbergen. Mit laufender Schiefnase oder schwindlig von leichtem Fieber – wie immer, wenn mein Vater nicht da war – fand ich die ersäuften Kippen sorgfältig eingewickelt im Küchenabfall. Wir wussten natürlich, dass Zigaretten Krebs verursachen konnten. «Konnten», weil North Carolina führend in der Tabakherstellung war und unsere Bürgerkundelehrerin Mrs Duke eine entfernte, aber loyale Verwandte *der* Dukes war, deren Tabakreichtum den Old North State vergoldet hatte. Kelly und ich rauchten jede drei. Bei der ersten husteten wir den ganzen Qualm wieder aus, doch genau wie beim Skoal brachte der zweite Versuch mehr Erfolg. Plötzlich inhalierten wir wie unsere Väter und Mütter. Die dritte Zigarette unseres jungen Lebens rauchten wir vor dem großen Spiegel in Kellys Zimmer. Wir übten, den Glimmstängel lässig zwischen unseren Fingern baumeln zu lassen. Wir aschten in eine leere Pepsidose.

Zigaretten übertünchten die Eingänge noch besser als der Kautabak. Wir beschlossen, dass ich zwischen meinen Unterrichtsstunden rauchen müsse und mich der nachhaltige Geschmack des Rauches leicht durch deren fünfundsiebzig Minuten bringen würde. Blieb nur noch die ungeklärte Frage, wo ich rauchen würde. In einer Kabine auf der Mädchentoilette oder draußen am Hintereingang der Turnhalle?

An diesem Nachmittag führten Kelly und ich das längste Gespräch in der Geschichte unserer Freundschaft. Was wir zueinander sagten, spielte nicht wirklich eine Rolle. Am meisten genossen wir den seltenen Klang unserer sich vermengenden Stimmen. Als der Zigarettengeschmack nachgelassen hatte, ließen wir *Coat of Many Colors* laufen und legten uns auf den Boden in Kellys Zimmer. Wenn sie an Musik gebunden waren, feuerten Wörter nur Platzpatronen ab. Das war eine der frühesten Erkenntnisse bei diesem Rätsel. Während Dolly sang, erfuhr ich also keine Eingänge, nur ein leicht erhebendes Gefühl im Kopf; ich fühlte mich erhaben und in die Musik versetzt. «Ich habe mich DPs Musik noch nie so nahe gefühlt», schrieb ich Kelly am selben Abend. Was ich meinte, war, dass ich mich Kelly nie näher gefühlt hatte.

Unsere Angewohnheit, uns Briefe zu schreiben, leistete uns in der Highschool gute Dienste, da die offene Zurschaustellung von Beziehungen außerhalb der Clique nicht verstanden wurde oder unter den 162 Schülern der Boiling Springs Highschool kaum geduldet wurde. Wie die meisten anderen Highschools in Amerika war auch BSHS ein byzantinischer Königshof, der von einem Footballspieler und einer Cheerleaderin regiert wurde, doch wegen der geringen Größe waren die gesellschaftlichen Intrigen noch erheblich exklusiver. Innerhalb der oberen Ränge war nur begrenzt Platz, und in

Ungnade zu fallen konnte jederzeit mit der Geschwindigkeit und Kraft eines Messers in der Dunkelheit geschehen. Als Kelly in die Stratosphäre flachsköpfiger Popularität abhob, achtete sie sorgsam darauf, den Oberschichtmädchen im innersten Kreis zu schmeicheln, während deren Freunde sie umkreisten wie ein waidwundes Tier. Beth Anne, die über die Neuorientierung ihrer Tochter von ganz unten nach ganz oben sehr erstaunt war, belohnte Kelly mit der Uniform der beliebten Highschoolmädchen aus der Zeit um 1982. Gloria-Vanderbilt-Jeans, Poloshirts von Izod und Slipper von Bass. Allüberall erhältliche «Designer»-Marken, mehr aufstrebend denn wirklich Elite, figurbetont, aber nicht zu eng und teuer, aber beim Ausverkauf mit 25 Prozent Rabatt gerade noch erschwinglich. Das war die Mittelschichtsversion des *bon chic bon genre*, und Kelly stand sie gut.

Ich rauchte mich zu einer Aufmerksamkeitsspanne empor, die meinem akademischen Potenzial entsprach. Den Großteil meines Erstlingsjahres an der BSHS versteckte ich mich mit meiner Packung Winston Reds auf der Mädchentoilette, bis mir eines Tages klar wurde, dass ich mich wie meine Mutter DeAnne benahm. Ab da rauchte ich frech und mit großer Fertigkeit am Hintereingang der Turnhalle – französische Art, ab und an ein Rauchring, all dies mit eingeübter Gleichgültigkeit, so als wäre die Zigarette nur ein weiterer Finger an meiner Hand. Mein Auftritt in der «Raucherecke» der Schule brachte meine soziale Einstufung durcheinander. Von da ab war ich nicht nur ein kluges Mädchen, sondern Das Klügste Mädchen, also überhaupt keines. Die Wände dieser Schublade, in die man mich gesteckt hatte, wurden durch meine schnelle Bekanntschaft mit drei der Abhänger noch weiter aufgeweicht, die die Raucherecke als ihr Revier ansahen. Die zwei Jungen, beide im zweiten Jahr, und das Mädchen, zum zweiten Mal im ersten Jahr, sahen mich von oben bis unten an und nickten sich gegenseitig zu. Schaut mal, was das Nikotin hier angeschleppt hat, sollte das wohl heißen. Ich mochte sie sofort, weil sie erst gar keine Anstalten machten, mit mir zu reden. Ich identifizierte sie als Chris Johnson, Tommy Miller und Susan Taylor, drei junge Leute, die entschieden hatten, sich von den arschkriecherischen, schamlos machtgierigen und nur halb verschleierten Heucheleien fernzuhalten, die die Schulgänge an der BSHS bevölkerten wie behinderte Schüler, die jeder sah, aber keiner wahrnehmen wollte. Die Kiffer, wie sie genannt wurden (obwohl ich sie nie etwas anderes als Zigaretten habe rauchen sehen), trugen schwarze Konzert-T-Shirts (Rush, Iron Maiden, AC/DC), Wrangler und Converse-Basketballstiefel. Sie waren wohl der Gipfel dessen, was die BSHS an Gegenkultur zu bieten hatte.

«Ich weiß, Du hältst Dich für glücklich», schrieb ich Kelly in Brief Nr. 742 am Ende unseres Erstlingsjahres. «Doch als beste Freundin muss ich Dir sagen, das bist Du nicht. Es gibt Zeiten beim Mittagessen, da könnte ich aufstehen und Dir eine semmeln. Ich höre Dich lachen, und ich weiß, dass die Kerle, bei denen Du sitzt, nicht witzig sind. Nicht mal im Entferntesten. Und weißt Du, was noch schlimmer ist? Wenn ich Dich lachen höre, fühle ich mich einsam.»

Unsere Freundschaft war zu diesem Zeitpunkt Geheimnis Nr. 4, das ich für mich behalten musste. Kelly war die Einzige, mit der ich meine geheimen Sinneseindrücke geteilt hatte, und das war Geheimnis Nr. 1. Geheimnisse Nr. 2 und 3 (und Bobby, der Name des geflügelten Ungeheuers, das sie in unser Leben gebracht hatte) waren so geheim, dass Kelly sie noch nicht mal mitzählte. Das tat nur ich. Kellys Schwangerschaft im Erstlingsjahr an der Highschool würde das Geheimnis Nr. 5 werden.

Kelly zog zu ihrer Großmutter nach Rock Hill, South Carolina. Ein Jahr und neun Monate später kehrte sie mit einem GED-Abschluss und ohne Baby zurück, ohne das Bündel rosigen Fleisches, das sie jenseits der Staatsgrenze in der Obhut ihrer Tante gelassen hatte. Kelly schrieb sich am Gardner Webb Baptist College ein, wo all die jungen Männer zukünftige Diakone ihrer Gemeinde und alle jungen Frauen Jungfrauen mit kleinem j waren. Ich hatte die Abschlussrede des BSHS-Jahrgangs 1986 gehalten und war schon eine ganze Welt entfernt in New Haven.

Unsere Korrespondenz war die ganze Zeit über nicht versiegt. Wut, Enttäuschung und Scham mochte manchmal das Hin und Her verzögert haben, aber wir verstanden, ohne wirklich zu verstehen, dass die Wörter, die wir uns gegenseitig schrieben, in mündlicher Rede niemals existiert hätten. Das weiße Papier – mit vierzehn waren wir zu Luftpostpapier übergegangen – war für uns der Schutz der Nacht. Wir wünschten, ohne es zu wissen, uns gegenseitig zu lieben und zu berühren. Deshalb konnten wir uns all die süßen Dinge schreiben, die wir von den den tumben, grausamen Jungs ins Ohr geflüstert haben wollten, die so plötzlich DP als unser schönes Geheimnis verdrängt hatten.

KAPITEL 3

Das Unglück meines Vaters war ein Stück feinsten Drahtgeflechts in der Kehle, an dem all seine Wörter sorgsam vorbeigedrückt werden mussten. Thomas Hammerick hatte den Großteil seines Lebens im Süden verbracht, deshalb kümmerte sich niemand um seine leicht verlangsamte Sprechweise. Als er älter wurde, hielten die Leute die Pausen zwischen den Worten für Beweise seines klugen Urteilsvermögens.

Ich hätte gern gewusst, wer den Gitterstoff dort hingetan hatte. Mein Vater hätte das nicht als Frage verstanden. Er glaubte, nur er allein sei verantwortlich für die Höhen und Tiefen seiner Gefühle. Das war teilweise der Grund für sein Unglück. Die anderen Teile entsprangen seinem festen Glauben an die Existenz des gesunden Menschenverstandes. Ich wurde einem Wesen mit solch einem Verstand im ersten Jahr des Jurastudiums vorgestellt (und erkannte sogleich meinen Vater in ihm). Der gesunde Menschenverstand war ein Rechtsstandard, der früher einmal von den Gerichten häufig verwendet worden war, um Handlungen oder Nichthandlungen anderer daran zu messen. Würde der gesunde Menschenverstand einen Vertrag unterschreiben, ohne ihn gelesen zu haben? Würde der gesunde Menschenverstand ein kleines Kind unbeaufsichtigt zu Hause lassen? Würde der gesunde Menschenverstand seine Frau vor Wut umbringen, weil er sie nackt in den Armen eines anderen gesehen hatte?

In vielerlei Hinsicht war der Standard des vernünftigen Menschen das juristische Analogon zu der Frage, die Fundamentalisten heute auf Plakatwänden und Autoaufklebern stellen: Was würde Jesus tun?

Jesus und der gesunde Menschenverstand gaben oftmals dieselben Antworten. Allerdings gab es durchaus Abweichungen, die dank der verfassungsmäßigen Brandmauer zwischen Kirche und Staat ihren gebührenden Respekt verdienten. Der gesunde Menschenverstand hätte zum Beispiel auf die dritte Frage mit «Na klar, verdammt!» geantwortet. Es gab also mal eine Zeit, da wurde der Zornesausbruch des Gehörnten und von der Liebe Verschmähten von vielen Gerichten als mildernder Umstand angesehen, was seine Schuldfähigkeit und das Strafmaß dafür verringerte, dass er seiner Frau das Gehirn weggepustet hatte. Der gesunde Menschenverstand würde natürlich nicht zum Augenzeugen einer ehebrecherischen Szene werden, um dann fortzugehen und ein paar Stunden später mit einer geladenen Waffe zurückzukehren. Das würde ja von Vorsatz zeugen, was mildernde Umstände ausschließen würde. Der gesunde Menschenverstand hatte offenbar eine Wumme dabei, die er stets griffbereit hielt, für den Fall, dass er verschmäht wurde, um dann in diesem unvorstellbaren Augenblick sofort ein Verbrechen aus Leidenschaft zu begehen. Als ich ihm das erste Mal vorgestellt wurde, begriff ich sofort, dass der gesunde Menschenverstand nicht gerade der ideale Ehemann war.

♥

Als ich acht Jahre alt war, hielt ich meinen Vater für einen dieser Männer im Fernsehen, die sich mit Häftlingen in fensterlosen Räumen trafen und ihnen rieten, «auf den Handel einzugehen», wozu ja die Waage passte, die die Justitia, eine kleine Bronzefigur auf dem Schreibtisch meines Vaters, in Händen hielt. Als ich elf war und *Wer die Nachtigall stört …* las, glaubte ich, mein Vater sei Atticus Finch. Das wiederum bedeutete, dass ich Scout war. Und das wiederum hieß, meine Mutter war hübsch, aber tot, und mein Großonkel Harper konnte mein älterer Bruder Jem sein. Als Kelly von meiner neuen Familie hörte, fragte sie mich, wer denn dann Boo Radley wäre. Ich zuckte nur mit den Schultern und meinte: Keine Verwandtschaft. Das stimmte zwar, beantwortete ihre Frage aber nicht. Kelly fragte mich nie, wer denn dann Dill wäre, weil wir uns gegenseitig vormachten, wir würden nicht an Jungen denken. Kelly wusste allerdings, dass ich den Namen dieser Figur gern laut aussprach. «Dill» war eines der seltenen Worte, die sich selbst treu waren. «Dill» schmeckte nach frischem Dill, ein heller, grasbewachsener Eingang zu einem Raum, in dem bis vor Kurzem etwas leicht Medizinisches gelagert worden war. Diese glückliche Übereinstimmung von Bedeutung und Geschmack führte allerdings nicht dazu, dass das Wort neutral oder kraftlos wurde. Es konnte noch immer stören, schockieren oder erfreuen. In diesem Falle war «Dill» ein Versprechen. In der Silbe steckte ein Sommer, der mir, zusammen mit den Glühwürmchen und den Scuppernong-Trauben, einen Jungen bescheren würde, der mich küsste, wenn mein Bruder Jem nicht hinsah.

Wie schon bei den anderen Meilensteinen in unserem Leben war auch diesmal Kelly die Erste, die bemerkte, dass wir im Sommer '79 einen erreicht hatten. Im Brief Nr. 394, geschrieben in ebendiesem Sommer vor der sechsten Klasse, als wir beide gerade elf geworden waren, teilte Kelly mir mit, ich sei in Dill verknallt, was schon okay sei, weil sie in Wade Harris verknallt sei, der, wie sie betonte, ein «realer» Junge war. Dieser Brief war aus Gründen bedeutsam, die mit der Vorstellung der körperlichen Anziehungskraft zu tun hatten und auch wieder nicht. Das war das erste Mal, dass Kelly den Angriff-Rückzug-Angriff-Impuls gegen mich verwendete. Dieser Impuls (sowie die Erkenntnis davon) schlummerte im Körper eines Mädchens, bis die Hormone ihm einen kräftigen, dauerhaften Tritt in den Hintern gaben.

Angriff: Schwächung der gegnerischen Position durch Benennung einer peinlichen Wahrheit;

Rückzug: beiläufige Einräumung der Tatsache, dass die Wahrheit eigentlich doch kein Thema für sie sei; und

Angriff: Darstellung des wahren Grundes, warum man den Satz zu Papier gebracht hat, und das in so wenigen Worten wie möglich.

Wade Harris war also mit anderen Worten bei Kelly die erste Wahl.

Der reale Junge wohnte zwei Häuser von mir entfernt, ein Gebäude, das bis auf die Farbe, ein verblichenes T-Shirt-Rot, genauso aussah wie mein Zuhause. Der Junge schlug sich in meinem Hinterhof einen Vorderzahn aus, als er kopfüber die Rutsche herunterpurzelte, und lispelte, bis der Zahn wieder drin war. Der reale Junge hielt von der zweiten bis zur vierten Klasse meine Hand während des wöchentlichen Squaredance (der im Sportunterricht abgehalten wurde und von der Boiling Springs Elementary School sowohl als körperliche Ertüchtigung wie auch als musikalische Grundausbildung betrachtet wurde). Bevor der Caller auf der verkratzten banjolastigen Schallplatte uns ansagte, wir sollten die Figuren Dosado, Shoot the Star und Daisy Chain tanzen, kam immer erst Trainer Deweys Stimme, der die Anwesenheit überprüfte.

«Hammerick*dr.Pepper*, Linda*minze*.»

«Hier*hartgekochtesei*.»

«Harris*pekannuss*, Wade*orangeneis*.»

«Hier*hartgekochtesei*.»

Das Alphabet war an der Boiling Springs Elementary School so etwas wie das Schicksal. Innerhalb der unveränderlichen Schülerschaft folgte Harris stets auf Hammerick, also tanzte Harris stets mit Hammerick (zumindest bis zur fünften Klasse, als der Direktor es nicht mehr für so eine gute Idee hielt, Jungen und Mädchen Woche für Woche Gelegenheit zu geben, sich zu betatschen).

Wade, der Orangeneisjunge, war für mich nun tabu.

Auch das Verständnis zwischen zwei besten Freundinnen, die zugelassen hatten, dass Jungs in ihr Leben traten und in ihren Briefen vorkamen, wurde durch Hormone geregelt. Wade gehörte nun

Kelly, war Bestandteil ihres emotionalen Reichs, ein «W» zu ihrem «K». Mir blieb Dill, ein Junge, dessen ganzer fiktionaler Name Charles Baker Harris lautete. Laut seiner Schöpferin stammte er vom Mississippi-Zweig der Familie Harris. Kelly schlug vor, wir sollten Wade und Dill als Cousins betrachten.

«Nein», schrieb ich zurück, «sie sind Zwillinge.»

Würde ich den Brief heute schreiben, würde ich hinzufügen, dass alle elfjährigen Jungen nur Einbildung sind. Zumindest ihre Seelen. Elfjährige Mädchen setzten sie aus grinsenden Klassenfotos, Eisstielen und ein paar losen Wimpern zusammen (die länger sind als unsere eigenen Wimpern, denn die Männchen jeder Spezies sind Angeber).

Doch damals bedeutete «Sie sind Zwillinge» nur, dass ich mit Kelly teilen wollte. Zwillingsbrüder für zwei beste Freundinnen. Kelly schrieb zurück und stimmte zu. Warum auch nicht? Schließlich bekam sie den Jungen mit den warmen Händen, mit Schwielen an den Stellen, wo sich seine Handflächen um die Griffe seines grünen Schwinn-Sting-Ray-Fahrrads gelegt hatten, sein Griff stark und fest. Ich bekam den, der, obwohl auf dem Papier schon vollständig ausgebildet, nie geboren werden würde.

Mit der Einführung von Wade und Dill in unseren Briefen begannen die Zweifel. Davor hatten Kelly und ich Angst gehabt. Vor der Dunkelheit. Davor, allein zu sein. Vor Ungeheuern (eingebildeten). Der Zweifel erschreckte uns auf ganz andere Weise. Kelly und ich sahen eine Zukunft (auch bekannt als die Jahrgangsstufe 6) vor uns, in der wir unsichtbar und unverändert blieben, während ringsumher die anderen Mädchen plötzlich aufblühten. In Kellys Version platzten die Mädchen auf, rüschige Pfingstrosen nach der ersten heißen Sommernacht. In meiner verwandelten sie sich nach sieben Tagen und sieben Nächten Regen in Löwenzahn, während wir grüne Büschel Fingerhirse blieben. Kelly und ich wussten, was wir brauchten. Lippen, die rosig, feucht und wie frisch abgeleckt aussahen. Sally Campbells Lippen sahen schon zu Beginn der fünften Klasse so aus. Sally war hübsch, und hübsche Mädchen waren den anderen stets voraus. Sallys Lippen und ihr ganzer Mund rochen nach Erdbeerkaugummi. Wir waren neidisch auf den Glanz und auf den Duft. Damit wir uns besser fühlten, sagte ich zu Kelly, das Wort «Sally» würde nach Kürbis schmecken, ohne braunen Zucker oder Zimt. Einfach nur nach Kürbis.

Trotzdem setzte Sally Maßstäbe. Lippen, die man durchs ganze Klassenzimmer sehen konnte, so begriffen wir, waren erstrebenswert, und Lipgloss war unsere erste Anschaffung. Kelly flehte ihre Mutter an und ließ sich dann auf eine zukünftige Gewichtsabnahme im Tausch für ein Pink namens Flamingo Paradise ein, das Beth Anne für sie aussuchte. Zu der Zeit kümmerte sich Beth Anne nicht um Kelly. Sie ignorierte die Tatsache, dass ihre Tochter sie um Lipgloss mit Erdbeerkaugummigeschmack gebeten hatte, vollkommen. Flamingo Paradise war Lippenstift, die Art, die meine Großmutter Iris auflegte. Er ließ sich cremig auftragen, trocknete aber bald ab und zerbröselte. Der einzige Geschmack, der davon auf unseren Lippen zurückblieb, gehörte ebenfalls zu Iris: Talk, gemischt mit zerstoßener Vanillecremewaffel. Kelly und ich hassten alles an Flamingo Paradise. Wir hassten sogar den Namen. Im Paradies gab es hoffentlich etwas Besseres als bloß Flamingos, dachten wir.

Ob nun Irrtum oder Sonderanreiz, Beth Anne hatte ebenfalls ein Döschen blauen Lidschatten dazugetan, Ocean Lite, den Kelly und ich sofort ausprobierten. Die Art, wie er auf unseren Augenlidern glitzerte und fast silbern wirkte, gab uns das Gefühl, billig auszusehen. Wir waren alt genug, um zu wissen, was das bedeutete, und wir wollten nicht billig aussehen. Wir waren auch alt genug, um zu erkennen, dass unser Idol Dolly Parton heftig mit dem Make-up-Pinsel herumfuhrwerkte und wohl nicht als Vorbild für unsere eigenen Bemühungen dienen sollte. Heimlich mochten wir es noch immer, wie sie auf all den Fotos aussah. Sie strahlte. Von Jahr zu Jahr wurde sie mondäner. Sie ging allerdings nicht mehr neben uns (weil sie uns in Verlegenheit brachte), eine gute Mutter, die uns über die Straße half oder uns in den Schlaf sang. Doch sie schwebte über uns, außer Sichtweite.

Von Anfang an horteten wir all unsere Tuben und Döschen in Kellys Zimmer. Ihr Baldachinbett, die gelbe Bettwäsche mit der Bordüre, die auf die weiße Schubladenkommode gemalten Narzissen und der dazu passende Spiegel riefen alle laut «MÄDCHEN!» und waren das perfekte Labor für mich, um tatsächlich wie ein Mädchen zu werden. Kelly war immer schon ein Mädchen. Sie mochte Beth Annes fette, noch im Werden begriffene Tochter sein, doch vom Tag ihrer Geburt an war sie die Prinzessin ihres Vaters.

Ich war der Tomboy meines Vaters.

Solange ich zurückdenken konnte, war mein Zimmer in Grün und Blau gehalten (Yale-Blau, wie sich herausstellte). Die Möbel (amerikanischer Kolonialstil) waren aus dunkler Eiche; die Bilder an der Wand zeigten große Schiffe (Walfänger). Ich liebte diese gerahmten Bilder von den Schiffen, ein Triptychon ein und desselben Schiffs auf drei verschiedenen Fahrten. Jeden Morgen erwachte ich zu den Wellen, die sich um den Bug kräuselten, zu einer einsamen Seemöwe, die übers Wasser glitt, zu den rosigen Wolken des frühen Morgens oder späten Abends. Bis ich Kellys Zimmer sah, war mir nie aufgegangen, dass andere kleine Mädchen unter Postern von Clowns aufwachten, die an Gänseblümchen rochen, unter kleinen Hundebabys in Holzkisten oder, wie in Kellys Fall, unter Kätzchen, die mit Wollknäueln spielten. Ich fragte meinen Vater nie, warum denn Segelschiffe mein Zimmer zierten, aber ich bin sicher, seine Antwort hätte gelautet: Schiffe bringen dich schließlich von hier nach da. Er hatte recht. Bei diesen Schiffen dachte ich an die Ozeane der Welt, wollte ihre Namen lernen, wollte an ihren Ufern leben. Flugzeuge und Autos und Eisenbahnen brachten einen auch von hier nach da. Vielleicht hatte also die Antwort, die weniger logische, etwas mit dem Wasser selbst zu tun, der Schwierigkeit, von einem Land zum anderen zu navigieren.

Abgesehen von den Meeresbildern wies mein Zimmer ein Bett auf, einen Schreibtisch, einen Stuhl und kein Spielzeug. Mein Vater meinte, Spielen sei etwas, das Kinder draußen in der Sonne tun sollten. Er meinte, Spielen sei auch Körperertüchtigung. Das Spielzeug, das er mir gab, taugte zu beidem. Fahrrad, Klettergerüst, Schaukel, Schaumstoffbälle und ein Trampolin. Meine Haare wurden kurz geschnitten, damit sie mir beim Springen nicht in die Augen kamen. Meine Jeans waren zum Schutz bei Stürzen an den Knien verstärkt. Meine Haut war von all den Nachmittagen, an denen ich in der Sonne von North Carolina groß und stark wurde, dunkelbraun.

In dem Sommer, als Kelly und ich erst elf waren und uns schon mit Paradies- und Meeresfarben schminkten, musste mein Vater wohl gespürt haben, dass etwas in der Luft lag. Seine Reaktion sollte wohl eine vorbeugende Maßnahme sein. Er sprach davon, dass meine Wangen so rosig seien wie Apfelblüten. Dass meine Augen die Form von Hickorynüssen hätten. Dass mein Haar die Farbe eines Flusses bei Nacht hätte. Er wusste nicht, dass Großonkel Harper mir solche Dinge schon seit Jahren erzählte.

Mit dem Auftauchen von Dill und Wade in unseren Briefen begann auch die Zeit der Reserviertheit. Dieses Wort befand sich noch nicht in meinem Vokabular. Stattdessen dachte ich, ich sei selbstsüchtig. Das Ergebnis war dasselbe, ein Vorenthalten.

In Amerika, einem Land des Überflusses, in North Carolina, einem Staat des Wohlstands, wurde von den Kindern erwartet, dass sie teilten. Kindliches ungebührliches Benehmen ließ sich auf die Weigerung zurückführen, teilen zu wollen, und Eltern und Lehrerinnen schimpften dementsprechend. *Sei nicht so selbstsüchtig! Warum bist du so eigensinnig? Selbstsüchtige Kinder kommen nicht in den Himmel! Kein*

Nachtisch für die Egoisten! Letzteres war die Lieblingsstrafe meiner Mutter. Sie hatte von ihrer eigenen Mutter gelernt, dass Essen Belohnung und Strafe war. Angesichts dessen, was in die Küche meiner Mutter hineingelangte und wieder herauskam – die unnötigerweise eingedosten Gemüse, das Geschüttelte und Gebackene, die Hamburgerfertigmischungen und so weiter –, war das Essen an unserer Tafel stets eine Strafe. Das letzte Wort der Drohung meiner Mutter wirkte auf mich eher gegenteilig. «Egoistisch» schmeckte nach spätsommerreifem Mais am Kolben. Nicht die Kerne, sondern der Saft am wabenbesetzten Kolben, nachdem alles abgenagt war. Arme DeAnne, sie konnte ja nicht ahnen, warum mich ihre Zurechtweisungen immer zum Lächeln brachten.

So lautete mein heimliches Essensgebet:

Sag es noch einmal.
Sag, dass ich egoistisch bin.
Bitte hilf mir, den Geschmack deines Essens aus dem Mund zu kriegen.

Das abendliche Kreuz, das ich zu tragen hatte, war zuverlässig einer der folgenden Aufläufe: Chicken à la King. Nudeln und Thunfisch. Makkaroni Bolognese.

Beständigkeit war eines der wichtigsten Merkmale der Küche meiner Mutter. Abwechslung, das hieß, niemals denselben Auflauf zweimal hintereinander. Abwechslung hieß auch, dass die Kruste des Auflaufs abwechselnd aus Brotkrümeln, zerstoßenen Kräckern, zerkrümelten Kartoffelchips oder Durkees Röstzwiebeln bestand (Letztere nur an Thanksgiving, Weihnachten und bei anderen besonderen Gelegenheiten). Mitte der Achtzigerjahre, kurz bevor mein Vater starb, experimentierte DeAnne mit «exotischen» Geschmacksrichtungen, und für eine kurze Zeit gehörte zu ihrem Wochenplan auch ein dreilagiger Tacoauflauf (eine der Lagen war der Inhalt einer kleinen Tüte Maischips) und ein Chow-Mein-Überraschungsauflauf (die Überraschung bestand aus mehreren, in streichholzgroße Stücke geschnittenen Hotdogs, die sich beim Kochen in kleine runzlige, rosige Gummibänder verwandelten). Doch ganz gleich, wie das Rezept auch lautete, stets kam eine Dose kondensierter Champignoncremesuppe hinzu, die uramerikanische Bindungsmasse für ansonsten nicht zusammengehörige Bestandteile einer Mahlzeit. Der «Große Assimilator», wie ich es heute nenne, war verantwortlich für den einförmigen Geschmack aller Aufläufe von DeAnne. Ob À la King, Thunfisch oder Bolognese (nicht einfach nur Rindfleisch), auch alle diese Aufläufe hatten dieselbe Textur, so als ob alle Zutaten einen Pullover tragen würden. Ich habe seitdem gelernt, dass Speisen, die nach dem Topf oder der Pfanne benannt sind, in denen sie zubereitet oder gekocht wurden, sonst meist wenig Besonderheiten aufweisen. Tellersülze oder Napfkuchen zum Beispiel.

Als ich größer wurde, meine Zuneigung zu DeAnne aber nicht, warf ich ihr die Worte in Form von Fragesätzen zurück. «Kein*wackelpudding* Nachtisch für die Egoisten*kolbenmais?*», fragte ich sie, so als habe sie mich in einer Fremdsprache gescholten, die ich nicht verstand. Der Akt der Wiederholung diente natürlich mehreren Zwecken.

DeAnnes Worten zufolge war ich egoistisch, weil ich nicht aufgegessen hatte; in Afrika würden die Kinder hungern (das hielt sie wohl für ein einziges großes Land); meine Portion Auflauf hätte ihnen zur Speisung geschickt werden können. Ich war egoistisch am Esstisch, weil ich mein Leben retten wollte und das meiner afrikanischen Leidensgenossen noch dazu. Obwohl die das nicht wussten, und das war ein gutes Gefühl.

Im Brief Nr. 395 war ich egoistisch, und das war ein schlechtes Gefühl. Ein Wespenstich, ein Schlag ins Gesicht, ein aufgeschürftes Knie. In den vier Jahren, in denen Kelly und ich uns schrieben, hatte ich ihr nie einen Gedanken vorenthalten. Wir waren Zwillinge, an der Stirn zusammengewachsen, und unsere Gedanken reisten über verborgene Schaltkreise still hin und her. Bis zum Brief Nr. 394, als Kelly Wade beanspruchte, war er nicht ein einziges Mal in meinen Briefen aufgetaucht, weil er Teil meines Lebens war wie Nachbars Hund oder der Briefträger. Wade war immer da, verlässlich, nicht unangenehm. Anfangs kam er wegen der Rutsche im Hinterhof zum blaugrauen Ranchhaus, doch nachdem er seinen Zahn verloren hatte, hielt er sich an die Schaukel. Später kam er wegen des neu aufgebauten Klettergerüsts. Wenn ich darauf kletterte, schloss er sich mir mit wenig mehr als einem ins Gras gesprochenen «Hi» an. War ich im blaugrauen Ranchhaus, kletterte er hinauf und ließ sich kopfunter von der höchsten Stange abwärtsbaumeln, und seine Haare bildeten eine schwebende Heukrone. Er war nicht bemerkenswert bis auf den Geschmack seines Namens. Im Brief Nr. 395 hätte ich Kelly schreiben können, dass «Wade» Orangeneis in meinem Mund bedeutete. Das tat ich nicht. Diesen Teil von ihm wollte ich für mich selbst behalten. Ich war die Wespe, die Faust, der Schotterweg.

Vor dem Sommer von Dill und Wade schrieben Kelly und ich uns Briefe über einen anderen Jungen, ihren Cousin Bobby, doch der zählte nicht. Bobby war älter als wir. Er war schon auf der Highschool, als wir noch in der fünften Klasse waren. Er trug einen Mittelscheitel, und die widerspenstigen Hälften wurden durch Haarspray fixiert. Er hatte einen permanenten Schatten auf der Oberlippe. Uns kam es so vor, als habe er sich nicht richtig gewaschen.

Im Brief Nr. 329 schrieb Kelly, dass Bobby sie dazu gebracht hatte, seine Genitalien zu berühren. Kelly und ihr Cousin waren im Keller des roten Backsteinhauses gewesen. Er setzte sich neben sie auf die Couch. Er nahm ihre Hand und legte sie zwischen seine Beine. Sie schrieb, es habe sich erst warm angefühlt, dann hart. Bobby schloss die Augen, und sein Kopf fiel nach hinten, ein unsichtbares Paar Hände zog an seinen Haarflügeln. Bobby sagte ihr, sie solle niemandem etwas verraten. Ich begann Brief Nr. 330 mit «Igitt!»

und schrieb es immer und immer wieder hin. Jedes Mal bedeutete es etwas anderes. Ich hätte einfach schreiben sollen: «Sag es Deinem Vater!»

Bobby mähte weiterhin den ganzen Frühling und Sommer '79 den Rasen bei den Powells. Kellys Mutter, Beth Anne, mochte den Krach des Rasentraktors nicht und legte ihre Termine in Miss Coras «Beauty Emporium» auf die Nachmittage, wenn ihr Neffe ins Haus kam. Als sie Bobby anheuerte, sagte Beth Anne zu ihm, er könne gern ins Haus gehen und sich eine Limo holen oder die Hände waschen, wenn er fertig sei. Kelly achtete darauf, nicht in den Keller zu gehen, wenn Bobby ums Haus kreiste. Als Nächstes merkte sie, dass sie ihre Kinderzimmertür abschließen musste, es aber nicht konnte. Daraufhin erklärte Kelly ihrer Mutter, dass sie der Krach des Rasentraktors in den Ohren schmerze, und bat darum, bei meinem Haus abgesetzt zu werden, wenn Bobby auftauchte. Das Problem war gelöst, bis meine Mutter im folgenden Sommer Bobby anheuerte, um auch unseren Rasen zu mähen. Von da ab nannte ich sie nur noch DeAnne. Eine Mutter hätte es besser gewusst. Der Sommer von Dill und Wade endete für mich mit Bobby. Kellys Cousin war kein Junge mehr, er war ein Ungeheuer, er war eine Gefahr. Er war die halb verborgene Klinge des Rasentraktors. Er war nichts von alledem, wie wir uns die Jungen in unserem Leben vorgestellt hatten. Gewaltsam gepackte Hände, geschlossene Augen, Blut.

KAPITEL 4

Die Wahrheit über meine Familie lautete: Wir enttäuschten einander. Wenn ich das Wort «enttäuschen» hörte, dann schmeckte ich einen leicht verbrannten Toast. Doch wenn ich das Wort geschrieben sah, dann dachte ich zuallererst an die Kombination oder die Konfrontation der Wörter «entschwinden» und «täuschen»; etwas in uns hörte in jenem Augenblick zu existieren auf, wenn uns jemand täuschte. Kleine Kinder verstanden das besser als Erwachsene, diese unwiderrufliche Verkleinerung des eigenen Ich, die jedes Mal dann eintrat, gleich, ob groß oder klein, wenn jemand ein Versprechen vergaß, zu spät kam, das Interesse verlor, zu früh ging und uns in anderer Hinsicht das Gefühl gab, ein Dummkopf zu sein. Deshalb weinten Kinder angesichts von großen und kleinen Enttäuschungen so schnell, schrien und warfen sich häufig zu Boden, als würden ihre kleinen Gliedmaßen brennen. Das war ein guter Instinkt. Wir Erwachsenen, wir Überlebenden der Jugend, tauschten Instinkt gegen eine gesellschaftliche Norm ein. Wir blieben ruhig. Wir schluckten den Schmerz herunter. Wir verziehen die Übertretung. Wir ignorierten die Tatsache, dass unsere Haut brannte. Wir wurden zu unseren eigenen Narren. Manchmal, wenn wir sehr erfolgreich waren, vergaßen wir die Erinnerung an die Enttäuschung völlig. Der dadurch entstandene Verlust konnte natürlich nicht rückgängig gemacht werden. Weg war weg. Wir konnten uns nur nicht mehr daran erinnern, warum wir so viel von uns selbst verloren hatten. Warum wir nichts mehr erwarteten, warum uns so wenig zustand.

♥

Am Abend eines Abschieds kommt es unweigerlich zu Enthüllungen und Beichten. Am 23. August 1986 kam es bei meinem Großonkel und mir zu beidem. Ich wollte am nächsten Tag nach Yale abreisen, das hieß den Flieger nach New York City nehmen und dann in einen Bus nach New Haven steigen. Ich dachte, ich würde Boiling Springs für immer hinter mir lassen. Ich hatte dabei vergessen, die magnetische Anziehungskraft von Beerdigungen einzukalkulieren. Ich war achtzehn und voller Zorn. Grund dafür war DeAnne, nicht länger meine Mutter. Zumindest wollte ich das an jenem Abend meinen Großonkel Harper wissen lassen.

Baby Harper und ich aßen gemeinsam, wie wir es das ganze letzte Jahr über jeden Samstag getan hatten. Wir waren nach Shelby gefahren und hatten uns auf unseren Stammplatz in Bridges Barbecue Lodge gesetzt. Beide bestellten wir Schweinefleischsandwich, dazu Coleslaw, Fritten mit einer Extraportion Barbecuesauce zum Tunken, Pfirsichauflauf (nur samstags), eine Flasche Cheerwine und eine Cola mit Kirschgeschmack aus Salisbury, die, wie mein Großonkel meinte, die «Frucht» in der Sauce hervorhob. Für Bridges Barbecue Lodge sprachen zwei Dinge, was mehr war, als man über die anderen Speiselokale in der Stadt sagen konnte, Pizza Inn, Waffle House, Arby's, Roy Rogers und Hardee's. Mitte der Achtziger zog die Großregion Boiling Springs-Shelby nur die B-Liste der Fastfoodketten an. Bridges spielte in einer eigenen Liga. Das eine, was Bridges so besonders machte, war die Tatsache, dass, selbst nach Maßstäben eines North Carolina Barbecue, Bridges' Sauce außerordentlich essiglastig war, soll heißen außerordentlich gut (ich hege die Phantasie, eines Tages das *Wort* zu hören, das mich Bridges' Sauce schmecken lässt. In dieser Fantasie sterbe ich glücklich und zufrieden in der Gewissheit, was mein letztes Wort auf Erden sein wird). Die Vorzüge der Saucen wurden in diesem Teil des Staates häufig mit den

Leuten durchgehechelt, die eher für das Slo' Smoking Steakhouse & Bar-B-Que auf dem E. Dixon Boulevard plädierten. «Strohköpfe», murmelte mein Großonkel jedes Mal, wenn wir an Slo's Parkplatz vorbeifuhren. Er kontrollierte die dort parkenden Wagen und notierte sich im Geiste deren Nummernschilder und Automarken. Ähnlich würde es wohl ein Pfarrer machen, der an einem Stripclub vorbeikam, wenn es denn in Cleveland County einen gegeben hätte. Zweitens, Bridges hatte ein tolles Reklameschild. Vier pinkfarbene Neonschweinchen hintereinander. Baby Harper und ich mochten es, wenn das Schild flackerte und ein Schwein ins Nichts des Nachthimmels hinausschickte und wieder zurückholte. Manchmal verschwand ein Schwein für ein paar Monate, bevor das Reklameschild repariert werden konnte. Als ich jünger war, meinte mein Großonkel Harper, das unbeleuchtete Schwein sei geschlachtet worden. An jenem Abend sagte er, das unbeleuchtete Schwein sei dasjenige, das wir gerade essen würden, und dann hickste er. Mein Großonkel war ein netter Mann, selbst mit Sauce am Kinn.

Baby Harper, Gott segne sein Herz und alles andere an ihm auch, war der Familienfotograf. Seine Alben – es gibt hundert Stück davon, wenn man diejenigen nicht rechnet, die er mir in einer Schachtel mit der Aufschrift «Vorsicht, zerbrechlich!» nach New York City schickte – waren Beweis seines lebenslangen Bedürfnisses, gleichzeitig anwesend und abwesend zu sein. Er bekam seinen ersten Fotoapparat 1940, als er sechzehn war, eine Kodak Baby Brownie Special. Zu Beginn war er ein schlechter Fotograf, eher Zufallskünstler. Das erste Album war voller Hinterköpfe, unscharfer Oberkörper und Schuhe beim Gehen. Er nannte sie «freimütige Fotos», doch als seine Schwester Iris sah, wie sie mit einer Gabel im Mund und einer Locke in den Augen aussah, sagte sie zu ihm, er solle damit aufhören, schlechte Fotos von gut aussehenden Menschen zu machen. Ich hätte mir meine Großmutter Iris niemals gut aussehend vorstellen können, aber dank meines Großonkels musste ich das auch nicht.

H.E.B. Nr. 3 (auf jedem Albumrücken war ein getipptes Schild mit den Initialen meines Großonkels und der laufenden Nummer angeklebt) zeigte eine Iris – siebenundzwanzig, verheiratet, Mutter einer Achtjährigen namens DeAnne – mit dem Antlitz eines Hollywoodsternchens. Gezupfte und in Form gebrachte Augenbrauen, vom Lippenstift ganz dunkle Lippen; von diesem Fotoalbum an war Iris stets für Baby Harper bereit. Besser gesagt, von diesem Fotoalbum an musste Baby Harper stets auf Iris warten. Doch gelegentlich schaffte er es, einen Schnappschuss von ihr zu machen, auf dem sie nicht posierte. Am Ende von Band vier findet sich eine ganze Serie davon. Jedes einzelne Bild war eine Nahaufnahme von Iris' Ornat. Ein Handschuh mit drei Perlmuttknöpfen, der letzte aufgeknöpft. Eine Hibiskusblüte aus Seidenorganza mit zitternden (und deshalb verschwommenen) Staubgefäßen auf einem Hut. Ein Stöckelschuh mit einer glänzenden ovalen Schnalle. Als Baby Harper mir diese Schnappschüsse das erste Mal zeigte, hätte ich am liebsten weggeschaut. Ich verstand nicht, warum ich sie nicht sehen wollte, warum mich die Bilder so traurig machten. Wie hätte ich damals wissen können, dass meine Gefühle wenig mit dem zu tun hatten, was fotografiert worden war, und alles mit dem Fotografen und der Sehnsucht in seinem Blick.

Baby Harper war stets dabei, um uns festzuhalten, aber weil er niemals zuließ, dass ein anderer seinen Platz einnahm, und sich auch nie mit einem Stativ abgab, gibt es kein Foto von ihm (die wenigen Fotos aus seiner Kindheit sind die Ausnahme. Damals konnte er noch nicht seinen Willen durchsetzen). Auf diese clevere Weise verbarg sich mein Großonkel vor der Familienhistorie. Indem er sich selbst ausschloss, sorgte er dafür, dass die offizielle Version eine Fälschung war. Zumindest unvollständig. Diese Tatsache enthielt er mir nicht vor. Mein Großonkel hat immer darauf hingewiesen, dass seinen Fotografien nicht zu trauen sei, dass der eigentlich interessante Punkt sich immer anderswo befinde. Als wir die «Bevor du bei uns warst»-Alben durchgingen, hielt er bei jedem Foto inne und erzählte mir von den Anlässen und den abgebildeten Gesichtern (meist dieselben, es sei denn, jemand sah nicht mehr so aus, lebte nicht mehr oder gehörte aus anderen Gründen nicht mehr in unser Leben), und dann erzählte er mir, was ich nicht sehen konnte. Er sagte zum Beispiel: «Also, Linda Vista, du weißt ja, wie sich deine Grandma Iris zu Weihnachten aufführt. Kurz bevor dieses Bild aufgenommen wurde, brach sie wieder in dieses aggressive Flüstern aus, bei dem ich immer Schweißausbrüche kriege. Das Mädchen, das damals für uns arbeitete – hier, siehst du, da ist noch ihr Schürzenzipfel. Sie eilte, so schnell sie konnte, zurück in die Küche, aber ich hab sie noch erwischt. Na ja, ein Stück von ihr. Das arme Ding hatte gerade ein Tablett mit diesen Häppchen aus Brötchen und Virginia-Schinken herumgereicht, die man heute nirgendwo mehr sieht. Tja, und sie hat ein paar fallen lassen. Sind ihr einfach vom Tablett gerutscht. Das Mädchen hätte genauso gut eine Kristallvase zerdeppern können. Wer hätte gedacht, dass die Brötchen so auseinanderspritzen konnten? Das arme Ding hat alles aufgesammelt, was sie nur erwischen konnte, aber diese Brötchen waren richtig zubereitet worden, also von jemand anderem als deiner Grandma. Na, Iris ging durchs Zimmer, beugte sich zu diesem Mädchen vor und flüsterte irgendwas Bösartiges, bei dem die Arme ganz bleich wurde, und das will was heißen. Eine Schande, dass die treue Kodak nicht schnell genug war, um das Gesicht des Mädchens einzufangen. Aber wenn du genau hinschaust, siehst du da neben Iris' Pumps noch immer die Krümel auf dem Teppich. Das Mädchen machte es nicht lange. Im neuen Jahr war sie gleich wieder weg, glaube ich. Aber das Bemerkenswerte, Linda Vista, ist das Lächeln auf dem Gesicht deiner Grandma.»

Baby Harper redete gern, und er nannte mich gern Linda Vista. Die erste dieser Neigungen, könnte man meinen, machte ihn zu einem für mich unpassenden Begleiter. Doch wenn er erst mal damit anfing, dann war das wie eine der Behauptungen in einer Werbung: «Von 0 auf 100 in 0,5 Sekunden.» Wenn seine Worte erst mal Tempo gewonnen hatten, nahmen sie einen Rhythmus an. Und wenn seine Worte einen Rhythmus angenommen hatten, ergaben sie eine Melodie. So gesehen, sang Baby Harper a cappella. Und so gesehen, konnte ich seine Worte ohne die üblichen Eingänge hören. Auch in anderer Hinsicht also waren wir füreinander die ideale Gesellschaft.

Warum er mich Linda Vista nannte, war nicht so leicht zu erklären. Jedes Mal, wenn ich ihn fragte, bekam ich eine andere Antwort. Weil Namen wie Socken sind und deshalb ab und zu mal gewechselt werden müssen. Weil es ohne dich in Cleveland County keine anderen Aussichten gibt. Weil Linda ohne etwas nur der Name einer vierzigjährigen Frau ist, die eine Schachtel am Tag qualmt. Weil dich niemand sonst Linda Vista nennt, nur ich. Mein Großonkel Harper hatte immer einen anderen Grund. Er war voll von Gründen, was ihn, wie ich heute weiß, zum Gegenteil des gesunden Menschenverstands machte, desjenigen, der nie mehr als einen Grund (nämlich den einzig richtigen) für seine Taten hat. Das war wohl auch der Grund, warum Baby Harper meinen Vater so sehr mochte. Wir liebten das Gegenteil, damit wir uns von unseren eigenen Egos befreien konnten. Und manchmal liebten wir das Gegenteil, weil Ablehnung besser war als Leere.

Unsere Anziehung war gegenseitig und spontan. Selbst in der eigenen Familie trifft man eine Wahl. Ich war das einzige Enkelkind in der Familie. Baby Harper war der Einzige, der singend sprach. Es gibt schlechtere Gründe, um sich ineinander zu verlieben. Wie war das für eine Person wie mich, mit einem singenden Sprecher wie ihm zusammen zu sein, hatte Kelly mich gefragt. Ich wusste nicht, wie ich ihr das erklären sollte, bis ich in New Haven war und den ersten schweren Schneefall meines Lebens miterlebt hatte.

Du gehst über den schneebedeckten Boden. Deine Schritte werden von einem Knirschen begleitet. Wenn du lang genug gehst, vergisst du, dass es ein Geräusch bei jedem Schritt gibt. Du vergisst es, bis du zu einer Stelle kommst, wo der Schnee weggeschmolzen ist. Dieser erste stille Schritt verwirrt dich und macht dir klar, dass es nicht immer Schnee gibt.

Niemand nannte ihn Baby Harper, zumindest redete ihn niemand so an, außer Iris und mir. Selbst ich liebte meine Großmutter, wenn sie seinen Namen aussprach.

«Baby*honig* Harper*sellerie*.»

Der Honig, eine wirbelnde Mischung aus Blumen und Zitrus, bricht weit auf, wenn das Selleriemeer – das einzige Gemüse, das ich kenne, welches bereits gesalzen ist – einschwemmt. Eine unerwartet angenehme Geschmackskombination, bei der ich weiche Knie bekam.

Das sollte nicht das letzte Mal sein, dass ich mich in einen Namen verknallte. Dosenpfirsiche. Dill. Orangeneis. Pastinake (zu meinem großen Bedauern). Keiner von denen, die ich seit Baby Harper geliebt habe, hat mir mehr gegeben.

Baby Harper fragte, wo DeAnne heute Abend sei. Zwischen zwei Bissen Schweinefleisch antwortete ich, DeAnne sei eine Hexe. Baby Harper gab wieder einen kleinen Hickser von sich. Es gefiel ihm, wenn meine Reaktionen seine Fragen nicht beantworteten. Es gefiel ihm, wenn sie einer Antwort nahekamen, dann aber abwichen und fehlgingen. Was ich meinem Großonkel sagen wollte, war, dass ich DeAnne für Bobby verantwortlich machte, doch unter den Neonlichtern im essigsauren Dunst von Bridges, inmitten der summenden Kleinfamilien, die zu Abend aßen, konnte ich seinen Namen nicht aussprechen.

Ungeheuer. Gefahr. Klinge.

Als ich später am Abend meinem Großonkel schließlich davon erzählte, weinte er. Er hielt meine Hände und weinte. Seine eigenen Hände zitterten. Ich sagte zu ihm, alles würde wieder gut, es sei seit Jahren schon gut, seit sieben Jahren, um genau zu sein, aber das tröstete ihn nicht. Wir saßen inzwischen nebeneinander auf dem grünen Samtdiwan, der der Mittelpunkt seines Wohnzimmers war. Mein Großonkel war ein zweiundsechzig Jahre alter Junggeselle, Bibliothekar mit einem Samtdiwan, der, er wies mich eigens darauf hin, dieselbe Farbe hatte wie die Vorhänge, die Scarlett O'Hara zu einem Kleid verarbeitet hatte. Das waren keine Hinweise, das waren Leuchtzeichen. Dafür liebte ich ihn nur noch umso mehr. Die braven Bürger des Großraums Boiling Springs-Shelby sahen meinen Großonkel und schauten direkt durch ihn hindurch. Ich weiß noch, dass ich in jener Nacht dachte, sie seien die dunklen Neonschweine.

Enthüllung, das ist, wenn Gott uns die Wahrheit sagt. Beichte ist, wenn wir sie IHM sagen. *Oder* wenn wir sie der Person in unserem Leben sagen, bei der wir uns IHM am nächsten fühlen. Kelly und ich waren auf das «*Oder*» gekommen und was daraus folgt. Vor Bobby, vor dem Sommer mit Dill und Wade waren Kelly und ich Amateurtheologinnen, die die Sonntagsschulerziehung durch eigene Texte zur Heiligen Schrift ergänzten. Wir entwarfen unser eigenes Buch im Neuen Testament und nannten es «Illumination». Kelly war auf den Namen gekommen. Für eine Zehnjährige hatte sie einen ziemlich ausgefallenen Wortschatz. Sie sprach mir den Namen laut vor und fragte: «Und?»

«Trockenpflaumen*schalotte*», erwiderte ich und verzog das Gesicht.

Kelly lachte. Sie begriff, dass in dem Wort «Trockenpflaume» etwas Unangenehmes verborgen lag wie im Wort «Illumination», also wiederholte sie beide Wörter, bis ich sie anflehte, endlich aufzuhören.

«Oder was*grahamcracker?*», fragte Kelly.

«Oder ich spreche*limonade* nie*kaugummi* wieder*pancakesmitsirup* mit dir!»

«Du*grünebohnenausderdose* erzählst mir ja sowieso*reis* nie*kaugummi* mehr irgendetwas», meinte Kelly und rollte mit den Augen.

Wenn man unsere Freundschaft mit einer Kurve vergleichen wollte, dann war 1978 ein echter Höhepunkt. Unsere Welt war klein, intim und komplett. Wir waren zehn. Wir waren in der vierten Klasse. Wir hatten keine Haustiere, keine Geschwister, waren noch nicht verliebt. Wir waren einander, Dolly Parton und, mithilfe von «Illumination», auch Jesus zugetan. Im Brief Nr. 253 fragte ich Kelly, was dieses Wort bedeutete.

«Licht», schrieb sie zur Antwort. «Außerdem das, was passiert, wenn es Licht gibt. Wir sehen mehr und besser.» Kelly setzte auf die zwei «i» in zweimal «Licht», das in «passiert», in «gibt» und jenes in «Wir» ein Herzchen, ein anatomisch korrektes mit rechter und linker Herzkammer.

«Illumination» setzte damit ein, was wir über Jesus dachten. Wir begannen mit einer Liste der Dinge, die wir an ihm liebten.

Wir lieben dich, Jesus! Weil du ein wirklich süßes Baby warst.

Wir lieben dich, Jesus! Weil deine Arme immer weit offen sind und du uns umarmen willst.

Wir lieben dich, Jesus! Weil die Menschen dir folgen wie die Schafe.

Wir lieben dich, Jesus! Weil dein Haar lang und glänzend ist (wir glauben, du nimmst Breck Shampoo).

Wir lieben dich, Jesus! Weil du überall deine eigene Illumination bei dir hast.

Am Ende der Niederschrift der «Illumination», als wir fast elf und unseres Glaubens sehr sicher waren (was gut war, denn bald sollten wir den Glauben an uns selbst verlieren), listeten wir die Zehn Gebote auf und dazu die Möglichkeiten, wie man sie umgehen konnte. Kelly meinte, so etwas würde man «Konzessionen» nennen, und dann fragte sie: «Und?»

«Nichts», antwortete ich.

Kelly zog ein kleines Spiralnotizbuch aus ihrer Tasche – ich hatte keine, weil mein Vater meinte, alles, was ich bräuchte, sollte in meine Gesäßtaschen passen – und schrieb «Konzessionen» auf. Sie führte eine Liste von Wörtern, die Platzpatronen verschossen. Sie glaubte, dass wir schließlich darin ein Muster finden würden. Aber es ergab sich keines, sie verlor erst das Interesse und dann das Notizbuch.

Du sollst nicht töten, es sei denn du tötest, um Jesus zu retten.
Du sollst nicht stehlen, es sei denn, um zurückzuholen, was dir gestohlen worden ist, was bedeutet, es hat dir eh schon gehört.
Du sollst nicht begehren deines Nächsten Weib, es sei denn, dein eigenes Weib ist tot, und du bist sehr einsam.

Kelly bewahrte das einzige Exemplar der «Illumination» auf, weil sie die Schreiberin war. Sie war die Schreiberin, weil ihre Handschrift schöner war als meine. Ihre Handschrift war schöner, weil sie schon Briefe schrieb, bevor ich in ihr Leben trat. Sie erzählte mir, die Briefe waren an Niemanden adressiert und von Jemandem unterschrieben gewesen. Vielleicht war es auch andersherum.

Mein Großonkel Harper und ich waren an jenem Abend zur Beichte bereit. Es waren meine Hände, die zuerst zitterten. Nach unserem Essen bei Bridges fuhren wir nach Boiling Springs zurück und zu seinem Haus im griechischen Nostalgiestil mit einem tadellosen Äußeren, das in der Farbe von stichfester Sahne gestrichen war – eine Farbe, wie er stolz bemerkte, die er der Authentizität wegen gesucht und sich hatte mischen lassen. Baby Harper begann, wie er es immer tat, mit dem Satz: «Linda Vista, komm, setz dich zu mir.» Wir machten es uns auf dem Diwan bequem, und er kam auf das Thema zurück, das ich vorhin bei Bridges angesprochen hatte. «Also, du weißt, deine Mama ist *keine* Hexe, Vista, Mädchen», sagte er. «Aber als wir beide noch jung waren, habe ich sie auch mal für eine gehalten.»

DeAnne und ihr Onkel Harper waren nur acht Jahre auseinander. So viel wusste ich. Was ich nicht wusste, war die Tatsache, dass Baby Harper vom ersten Augenblick an, als Iris und Walter Wendell mit DeAnne die Treppe des Hauses im Kolonialstil mit den grünen Fensterläden herunterkamen – das Baby war in dieselbe Decke eingewickelt, die schon Baby Harper in seinen ersten Lebensstunden gewärmt hatte – entschied, dass er seine Nichte nicht mochte und ihr dies jedes Mal, wenn er allein mit ihr war, auch sagte. Er flüsterte: «Du bist nur ein Haufen Knochen» in ihre Babyohren. Als sie laufen, aber noch lange nicht lesen konnte, drückte er ihr Zettel mit der Aufschrift: «Dein Name ist Schlamm» in die Hand. Als sich sein Vokabular erweiterte, ihres sich aber noch auf «Mama» und »Papa» beschränkte, wurden Baby Harpers Zettelchen immer deutlicher: «Inkubus, Sukkubus, dass du endlich stirbst und Schluss.» Wenn Iris diese Zettelchen aus DeAnnes feuchten kleinen Händchen fischte, war die Tinte bereits zerlaufen und die Botschaft völlig unleserlich. Während mein Großonkel mir das erzählte, blätterte er durch Album Neun und hielt bei einem Foto inne, auf dem DeAnne neben einem Kuchen mit acht brennenden Kerzen steht. Er zeigte auf ihre rechte zur Faust geballte Hand und auf etwas, das wie die Ecken eines Taschentuchs aussah, welches zwischen den Fingern hervorlugte. Er meinte, dies sei die letzte Nachricht gewesen, die er ihr je gegeben habe. Ich fragte ihn, was denn auf dem Zettel gestanden habe. Dann fragte ich ihn, warum er damit aufgehört habe.

«Ich verzeihe dir», stand auf dem Zettel.

Als DeAnne acht wurde, also das Alter erreichte, in dem Baby

Harper war, als sie zur Welt kam, wurde ihm etwas sehr Wichtiges über sie bewusst, etwas, das womöglich angeboren und unveränderlich war. Seine Nichte würde ihm niemals einen Zettel zurückschreiben, dachte er. Sie würde noch nicht mal fragen: «Warum?» Baby Harper wusste, wenn er weiter DeAnne dafür verachtete, dass sie einfach nur da war (im Weg war, zwischen ihm und Iris stand, inmitten jeder Familienzusammenkunft die Gnade genoss, die nur den Jüngsten einer Sippschaft zuteilwird), und noch wichtiger, wenn er fortfuhr, sie das wissen zu lassen, würde er eine noch größere Sünde begehen als die, mit der er gerechnet hatte. Die Sanftmütigen werden das Land besitzen. Baby Harper war sich nicht sicher, ob er wirklich verstand, warum das so sein sollte, aber ganz gewiss würde er nicht gegen Gott wetten. Seine Nichte DeAnne war eine Whatley, dem Namen und dem Blut nach. Sie hatte nicht einen Tropfen von der Batteriesäure der Burchs geerbt, die durch Iris' Adern floss (und in geringem Maße auch durch seine eigenen). Mein Großonkel Harper meinte, und das war die Enthüllung, vielleicht übersprang Gott eine Generation, um die Welt wieder ins Gleichgewicht zu bringen.

Was Harper Evan Burch verschwieg, aber jeder andere in Boiling Springs wusste, war die Tatsache, dass im Falle der Familie Burch Gott die Welt bereits ins Gleichgewicht gebracht hatte, indem er eine ganze Generation ausgerottet hatte. Der «Schlag» war zwei Wochen nach Iris' Hochzeit mit Walter Wendell eingetroffen. Ihre Eltern hatten die beiden alten Jungfernschwestern ihres Vaters zurück in den Heimatort der beiden nach Macon, North Carolina, begleitet, wo die beherrschende Burch-Familieneigenschaft der Knausrigkeit den beiden Jungfern einen neuen Nachnamen eingebracht hatte. Sie waren dort als die «Burr Sisters» bekannt, die Klettenschwestern. Im ehemaligen Plantagenhaus der Familie brach ein Feuer aus und tötete sie alle im Schlaf. Iris und Baby Harper blieb das Haus im Kolonialstil in Boiling Springs, und das Land in Macon ging nach dem Letzten Willen der Schwestern an eine örtliche Vereinigung von Katzenfreunden, von denen ein Mitglied mal nach Venedig gereist war und von dort gemeldet hatte, dass es dort ganze Inseln gebe, die als Friedhöfe ihrer Freunde, der noblen Katzen, bestimmt seien. Die verkohlten Reste des Hauses und die sie umgebenden fünfundfünfzig Morgen Land wurden mitten in Macon zu einer solchen Insel. Nachdem das Testament gerichtlich bestätigt und der Besitztitel auf das Land übertragen worden war, machte die Behauptung die Runde, die Burr Sisters hätten Katzen überhaupt nicht gemocht. Sie hätten nur ihre Nichte und ihren Neffen noch weniger leiden können.

Ich entdeckte nie auch nur einen Hauch der früheren Gefühle meines Großonkels für DeAnne. Als ich aufwuchs, verbrachte er jede Menge Zeit in dem blaugrauen Ranchhaus, doch vermied er es, wann immer möglich, zum Abendessen zu kommen. Er tauchte erst auf, wenn es Nachtisch gab. DeAnne hatte nie irgendwelche Ambitionen gehabt, essbare Backwaren zu produzieren, also freuten wir uns alle auf gekaufte Kuchen und Pasteten oder wabbelige Würfel Jello («hausgemacht») am Ende der Mahlzeit.

Meist brachte Baby Harper ein paar Hemden mit, dazu einen Briefumschlag mit Knöpfen, die abgegangen waren. DeAnne holte ihren Nähkasten hervor, mein Großonkel setzte sich neben sie auf die Couch und beugte sich zu ihr hin, so als wäre er es, der die Nadel führte. DeAnne schien das nicht zu stören. Ich dachte immer, zwischen beiden gebe es so etwas wie echte Zuneigung.

Ich fragte ihn in jener Augustnacht, ob das stimmen würde.

Er nickte und antwortete: «Linda Vista, ich habe mich in deine Mutter an dem Tag verliebt, als sie Thomas heiratete.»

KAPITEL 5

Ein Gespenst ging um in North Carolina. Es hieß Virginia Dare; nach ihrem neunten Lebenstag gab es keinerlei Aufzeichnungen mehr über sie. Ihr Vater hieß Ananias, ihre Mutter Eleanor. Sie wurde am 18. August 1587 geboren, an einem Montag, und am darauf folgenden Sonntag getauft. Wegen dieses Tropfen Wassers wurde ihre Seele im Himmel aufgenommen, was auch immer aus ihrem Leib wurde. Diese Tatsache hielt ihren Großvater John White, den Mann, der sie im Stich gelassen hatte, davon ab, sich bei Flut selbst zu ersäufen. Virginia – oder sollte ich sie bei ihrem Nachnamen Dare nennen (Wagnis, Mutprobe, Wagemut), den sie sich vom ersten Tag ihres Lebens an verdient hatte – wurde auf Roanoke Island vor der Küste des heutigen North Carolina geboren, wo bis zu diesem Zeitpunkt noch nie die Nabelschnur eines englischen Kindes durchtrennt und verknotet worden war. Dare war mutig, dumm und halsstarrig genug gewesen, die Umstände ihrer Geburt zu überleben. Es war unbestreitbar, dass ihre Ankunft den Erwachsenen in der Kolonie Hoffnung gab, eine Hoffnung, die so rein und unvernünftig war, dass sie nur ein paar Stunden anhalten konnte. Dann ermahnte ihre Geburt die Erwachsenen, dass sie nur wenig Nahrungsmittel und Nachschub hatten und bald der erste Winter in der Neuen Welt einbrechen sollte. Dare erinnerte sie daran, dass sie umkommen konnten. Ein kleines Bündel rosiger Haut löste all diese Gefühle in ihnen aus. Die Erwachsenen trafen sich, debattierten und entschieden, dass einige von ihnen nach England zurückkehren müssten, um für Nachschub und weitere Männer und Frauen zu sorgen, die, aber das blieb unerwähnt, über größere Entschlossenheit verfügten als sie selbst. Als es darum ging, Freiwillige für die Reise zu finden, gab es drei, die nicht vortraten: Ananias, Eleanor und Eleanors Vater John White. Ein kleines rosiges Bündel hatte sie dumm, halsstarrig und mutig werden lassen. Doch John White war gezwungen, sein Enkelkind zurückzulassen. Er war Gouverneur der Kolonie, und wenn er nicht an Bord des Rückkehrerschiffs sein würde, würde das Anlass zu Vermutungen über eine mögliche Desertion oder gar Meuterei geben. Am 27. August blickte er zurück nach Roanoke Island und sah seine Tochter Eleanor, die mit Dare auf dem Arm am sandigen Ufer stand. Doch wo war Ananias, wollte John White wissen. Die Frage wurde in John Whites Kopf immer dringlicher, während das Schiff den Atlantik überquerte. John wusste, dass er viele Monate warten musste, um die Antwort darauf zu erhalten, und das machte ihn wütend auf seinen Schwiegersohn, der diese Frage zu verantworten hatte.

Der Atlantik war zu kooperativ, war der nächste Gedanke, den John White auf der Reise hatte, die ihn fort von der neuen Heimat brachte. Er wusste, dass das Meer grausam war, wenn auch auf andere Weise. John White sollte recht behalten. Der Atlantik brachte ihn und seine Besatzung sicher in die alte Heimat, ein Land, das sich im Krieg befand. Englands Schiffe, Seeleute, Nachschub und jede nur verfügbare maritime Ressource war die folgenden drei Jahre dafür bestimmt, die spanische Armada zu versenken. In diesen Jahren entwickelte John White einen Hass auf seinen Schwiegersohn, der an Besessenheit grenzte. Die Ader in John Whites Schläfe pochte und drohte zu platzen. Er musste sich auf diese Wut konzentrieren, denn sonst hätte sein brechendes Herz ihm einen Klagelaut abverlangt, der wie ein blökendes Schaf geklungen hätte. Wie lange standen seine Eleanor und seine Dare am Strand von Roanoke Island? Das war die Frage, die John White schier verrückt machte.

Mein Vater glaubte an den Old North State. Als ich acht war, ein bedeutsames Alter in unserer Familie, gab mein Vater mir ein Buch mit dem Titel *North Carolina Parade: Geschichten um Geschichte und Personen*. Das Buch war 1966 veröffentlicht worden, zwei Jahre vor meiner Geburt. Es machte ganz den Eindruck eines Buchs aus einem erheblich weniger komplizierten Jahrzehnt als den Sechzigern. Die Illustrationen waren schwarz-weiß, wirkten wie Gesten und naiv. Der Text, verfasst von einem Mann, der auf seinem Porträt auf dem Schutzumschlag aussah wie ein Schauspieler aus den Vierzigern, und einer Frau, die sich auf ihrem Bild mit Katze ablichten ließ, wirkte ebenfalls so. Zweiunddreißig kurze Kapitel im Stil und mit dem Tiefgang einer Buchbeschreibung aus der sechsten Klasse. Das Buch zog mich magisch an. Es lag etwas Beruhigendes darin, die Geschichte und die Personen der Welt auf zweihundertneun Seiten und eine Handvoll Zeichnungen reduziert zu sehen. Ganz seinem Wesen gemäß wollte mein Vater, dass ich ein Buch hatte, das mein Gefühl von Sicherheit und Zugehörigkeit bestärkte. *North Carolina* enthielt leicht zu lesende Geschichten, und mein Vater dachte, dass sie starke Gefühle auslösen konnten. Das taten sie. Allerdings handelte es sich um ein anderes Gefühl, als er beabsichtigt hatte. *North Carolina* war Köder und Schalter zugleich.

Wie in allen Märchen wurde auch hier ein Verbrechen begangen. In *Schneewittchen* war es ein Giftanschlag. *Die Schöne und das Biest* handelte eigentlich von einer Geiselnahme. In *Hänsel und Gretel* geht es um versuchten Kannibalismus. Bei *Aschenputtel* ging es um die weniger schwerwiegende Tat des Partycrashens. *North Carolina* begann mit einer Grenzüberschreitung. Kein Einbruch und unbefugtes Betreten wie in *Goldlöckchen und die drei Bären*, sondern ein groß angelegter Akt von Landnahme. Erst dachte ich, es ginge im ersten Kapitel von *North Carolina* über das Baby Virginia Dare und die verlorene Kolonie von Roanoke Island um Kidnapping oder Massenmord. Wie sollte ich auch anders darüber denken. Mir wurde die Welt durch Dares kaum geöffnete Augen gezeigt. In der Geschichte ging es immer um eine bestimmte Perspektive. Eine wirklich wichtige Lektion.

Eine andere Lektion war die Erkenntnis, dass Geschichte das war, woran man sich zu erinnern wünschte. In *North Carolina* wurde nur ein einziges Mal ein Sklave erwähnt, George Moses Horton, der für seinen Herrn etwas dazuverdient hatte, indem er Liebesgedichte für die jungen Herren an der University of North Carolina in Chapel Hill verfasste. Diese Gedichte erdachte George Moses bei der Feldarbeit auf der Farm seines Herrn. Die kleine Virginia Dare hätte wohl gefragt, wie entsetzlich diese «merkwürdige Einrichtung» wohl gewesen sein mag, wenn die Dichtkunst auf dem Acker zu finden war?

Aber *North Carolina* hatte noch ein Ass im Ärmel. Die Geschichte steckte in den fehlenden Einzelheiten. Der erste Flug der Gebrüder Wright am 17. Dezember 1903 von Kitty Hawk, North Carolina, aus wurde von einer kleinen Gruppe von Menschen beobachtet, darunter «ein Junge aus dem Dorf Kitty Hawk». Warum trennten die Autoren von *North Carolina* – Schauspielerdouble und Katzenliebhaberin – diesen Jungen von der Gruppe und ließen ihn dann namenlos und ohne ein Wort am Strand von Kitty Hawk stehen? Vielleicht ging es ihnen ja um ein weiteres vergessenes Kind an der Küste von North Carolina. *North Carolina* war randvoll mit Kindern, alle waren sie überaus geliebt und allen im Gedächtnis geblieben. Buck Duke, Andrew Johnson, Daniel Boone, die alle groß wurden und sich einen Namen machten. Und doch waren es der namenlose Junge und das Baby Virginia Dare, der eine ohne Namen, das andere ohne Zukunft, die mich immer und immer wieder anlockten. Die letzte Lektion von *North Carolina* lautete: Es war weder eine Geschichte noch ein Märchen, es war ein Rätsel.

Als ich Boiling Springs für das optimistisch sogenannte New

Haven verließ, nahm ich *North Carolina* mit, um mich an das Gesicht meines Vaters zu erinnern, als ich mich für das Buch bedankte, und um mich an den Ort zu erinnern, an dem er geboren wurde und an dem er starb. Nachgeburt und Leichnam wurden in derselben Erde begraben, die auch schon die Leichname seines Vaters und von dessen Vorvätern aufgenommen hatte. Asche zu Asche, Staub zu Staub, Carolina zu Carolina. In dieser Hinsicht gehörte mein Vater zu einem uralten Männerorden. In jeder anderen Hinsicht war er ein moderner Mensch. Er war weit weggegangen, um sich selbst unter dem Menschenschlag heranzubilden, der Yankees genannt wird. Er hatte keine Angst, weil schon sein Vater und Großvater sich unter ebendieses Volk gemischt hatten und mehr oder minder unversehrt nach Charlotte, North Carolina, zurückgekehrt waren. Innerhalb des Clans der Hammericks war eine Veränderung in jeglicher Hinsicht mehr als nötig. Mein Urgroßvater Graven Hammerick, so erzählte man sich, habe nach seiner Rückkehr aus New Haven das Maisbrot verweigert, das ihm seine Mutter vorgesetzt hatte, weil es für seinen im Norden umerzogenen Geschmack nicht süß genug war. Da sie es nicht ertrug, ihn nichts essen zu sehen, ließ seine Mutter stets ein paar Stücke Maisbrot mit einigen Löffeln Zucker im Teig für ihn backen, aber sie achtete auch immer darauf, diese Stücke in ein schwarzes Tuch einzuschlagen, bevor sie sie auf den Tisch brachte. Sie wollte ihren Sohn daran erinnern, dass etwas in ihm abgestorben war. Meinen Großvater Spartan Hammerick packte nach seinem Abschluss in Yale das Reisefieber; er reiste zwei Jahre quer durch Europa. In der ganzen Zeit im Ausland schickte er nur zwei Postkarten nach Hause, beide am Geburtstag seiner Mutter geschrieben und abgestempelt. Spartan kam mit einem Stapel von Briefen nach Charlotte zurück, die eine italienische *baronessa* eigenhändig parfümiert hatte, doch seine Mutter fand sie und befahl ihm, sie zu verbrennen. Für die Hammericks war das Wichtigste, dass ihre Männer wieder nach Hause kamen. Als mein Großonkel Harper mir davon erzählte, dachte ich: Natürlich kommen sie nach Hause. Wo sonst auf der Welt sollten sie denn mit solchen Vornamen auch leben?

Aus der Familie meines Vaters habe ich nie jemanden kennengelernt. Alles, was ich über sie weiß, verdanke ich meinem Großonkel Harper. Anders als bei dem Burch-Zweig unserer Familie hatte kein tragisches Ereignis die Hammericks von der Erdoberfläche getilgt. Die Tragödie hier war mein Vater. Thomas war nach Hause zurückgekehrt, hatte aber zu viel von der Welt mitgebracht. Der Clan der Hammericks, über ganz Mecklenburg County in den Städten Charlotte, Cornelius, Pineville und Mint Hill verstreut, schloss die Reihen und ließ Thomas und seine Familie, die er gegründet hatte, außen vor.

Das erste Anzeichen, dass Thomas Hammerick anders war als seine Vorväter, war sein Entschluss, nicht an der UNC in Chapel Hill Jura zu studieren. Für diesen Abschnitt seiner Ausbildung ging er nicht nur nördlich der Mason-Dixon-Linie, er ging sogar auf die Columbia, eine Universität im Epizentrum des Yankeetums, in jenes Wespennest namens New York City. Alle fürchteten, Thomas könne von dort eine Frau mitbringen. Einer der Lawson-Brüder war zum Jurastudium nach New York City gegangen und mit einer «Jüdin» als Frau heimgekehrt. Dieses Ereignis sorgte noch viele Jahre lang für Geschnatter und Tratsch. Die junge Mrs Lawson, geborene Feldmann, bestand darauf, dass ihr Mann ihr in der Küche alles doppelt kaufte. Die junge Mrs Lawson sorgte dafür, dass Mr Lawson freitagabends vor Sonnenuntergang nach Hause kam. Die junge Mrs Lawson vollzog Riten mit Kerzen und Gebeten in fremden Zungen. Die nun erheblich ältere Mrs Lawson sei, so die Gerüchte, arrogant, entbehre jeglicher gesellschaftlicher Noblesse und werde kaum außerhalb ihres Hauses gesehen.

Als Thomas Hammerick allein nach Charlotte zurückkehrte, ohne dass sich sein Geschmack geändert hatte, ohne duftende Briefe oder sonstige erkennbare Anzeichen fremdländischen Anhangs, belohnte ihn die Familie mit einem brandneuen '56er Chevrolet Bel Air, den er, was für ihn ungewöhnlich war, annahm. Abgesehen von einem Speisezimmer voller Hochzeitsgeschenke dreieinhalb Jahre später, die er nicht allein hätte ablehnen können, nahm Thomas nie wieder ein Geschenk von der Familie an. Als ich auf die Welt kam, lautete sein Motto: «Ein Geschenk ist etwas, das du nicht verdient hast.» Glücklicherweise hielt er sich bei seinem einzigen Kind nicht daran. Als Vater war er generös. Mehr oder weniger. Weniger, weil er mir nie das schenkte, was ich mir wünschte. Er schenkte mir nur das, was er sich für mich wünschte. Bei Philanthropen und Liebhabern, habe ich festgestellt, ist das häufig so. Wunsch und Wunscherfüllung des Gebenden spielen eine wichtige Rolle.

Wie sein Vater und Großvater war auch Thomas ein Einzelkind. Die Ein-Kind-Politik dieses Zweigs der Hammericks wurde in Mecklenburg County argwöhnisch betrachtet. Es war so, als hätten sich die Hammerick-Männer an die Straßenecke gestellt und mit dem Megafon verkündet, dass sie nach den ersten paar Versuchen die Lust daran verloren hätten, ihre Frauen anzufassen. Außerdem roch es ein wenig nach Geiz. Ein nicht sonderlich subtiler Versuch, das eigene Vermögen zu mehren, dachten die meisten.

Zweites Anzeichen dafür, dass Thomas von dem klar markierten Pfad abgewichen war, war sein Entschluss, nicht ins Familiengeschäft einzutreten. Die Hammericks hatten ihr Geld mit Baumwolle gemacht, anders gesagt mit Sklaven, doch seit Gravens Generation hatte das Einkommen der Familie keine direkte Verbindung mehr mit dem Land. Von Graven gegründet, lag das Kaufhaus Hammerick & Sons (das Plural-s deutete wohl darauf hin, dass Graven im Grunde seines Herzens ein Optimist war) mitten in der Innenstadt von Charlotte in einem denkmalgeschützten Gebäude, da es eines der ersten in der Stadt mit einem elektrischen Aufzug war. Hammerick

& Sons musste nach einem entfernten Verwandten als Nachfolger und Generaldirektor des Geschäftes Ausschau halten. Doch selbst das sorgte noch nicht dafür, dass sich die Familientore vor meinem Vater verschlossen. Thomas stand noch immer in Gnaden, weil er nicht allzu weit vom Wege abgekommen war. Er war nach Shelby im nahe gelegenen Cleveland County gezogen und hatte eine Stelle in der Anwaltskanzlei von Fletcher Burch angenommen, wobei es sich nicht um die Nachnamen von zwei Partnern handelte, sondern um den vollen Namen einer einzigen Person. Zu Lebzeiten genoss «Fletch» Burch einen gewissen Ruf. Mehr war in höflicher Gesellschaft über ihn nicht herauszubekommen, und meine Großeltern Spartan und Glory Hammerick waren, Baby Harper zufolge, sehr höflich. Sie waren auch bestens informiert. Sie wussten, dass Fletcher Burchs Kanzlei seit Burchs frühzeitigem Tod bei einem Wohnungsbrand in den fähigen Händen seines Schwiegersohnes Walter Wendell Whatley gelegen hatte. Über Spartans Kumpel in der Democratic Party von Mecklenburg County wusste er, dass Walter Wendell sich in das Amt des Richters wählen lassen wollte und dass er die Wahl gewinnen würde. Über Glorys Kontakte in der Charlotte Junior League wusste sie, dass Walter Wendell und seine Frau Iris eine unverheiratete, hübsche blonde Tochter in Thomas' Alter hatten. Bei den Hammericks galt ein Richter in der Familie so viel wie ein Pfarrer. Die Hammericks wollten einen Fuß in den Türen von Himmel *und* Hölle haben. Die Hölle, die sie fürchteten, war die hier auf Erden, anders gesagt jeder Gerichtshof. Vor Thomas wurden die Hammericks nicht Anwälte, um Recht und Gesetz mitzubestimmen, sondern um sich davor zu schützen. Anders als sein Vater Graven war Spartan ganz pragmatisch veranlagt. Wenn er zwischen einem Richter und einem Pfarrer zu wählen hätte, dann hätte Spartan lieber den Richter auf seiner Seite. Spartan wusste, dass, selbst ohne Pfarrer, seine Chancen im Himmel besser standen.

Mein Vater warb drei Jahre lang um DeAnne Whatley, bevor sie heirateten, und der Fotoapparat meines Großonkels Harper war vom ersten Tag an dabei. Thomas, wie er zur Tür des Kolonialstilhauses mit den grünen Fensterläden geht. Thomas, wie er mit einer Zigarette in der Hand auf dem Hinterhof neben dem Hornstrauch steht. Thomas, wie er mit hochgekurbelten Fenstern in seinem neuen Bel Air sitzt. Das hier war übrigens das Geständnis. Denn so posierten junge Männer nicht mit ihren neuen Autos. Sie standen daneben. Sie lehnten sich an die Türen. Sie legten eine Hand auf die Motorhaube. Auf dem Foto, auf dem Thomas ordentlich hinter das Steuer geklemmt ist, sah die rot-weiße Limousine eher wie ein Sarg aus als wie ein Auto.

Wenn er nicht mein Vater wäre, würde ich sagen, Thomas Hammerick habe mit einer gewissen Berechnung um die Tochter seines Chefs geworben. Genau genommen führte er DeAnne erst aus, nachdem Walter Wendell die Firma verlassen hatte und Richter Whatley geworden war. Sechs Monate nachdem mein Vater in die Kanzlei von Fletcher Burch eingetreten war, übergab Walter Wendell die Geschäftsführung an Carson Powell, den Mann, der eines Tages eine Enkelin namens Kelly haben würde. Das Gerichtsgebäude in Shelby, das man von den Vorderfenstern der Kanzlei Fletcher Burch aus sehen konnte, hatte genügend korinthische Säulen und Kuppeln aufzuweisen, um Ehrfurcht und Beklemmung bei denen auszulösen, die das Gebäude betraten. Das Gerichtsgebäude, das mitten auf dem Hauptplatz der Stadt stand, um uns daran zu erinnern, welche zentrale Bedeutung das Recht im Leben aller Menschen hat, war von jahrhundertealten Wassereichen umgeben. An dem Nachmittag, als Walter Wendell von einer Straßenseite auf die andere schlenderte, um den Amtseid abzulegen, betrat er kurz Thomas' Büro und lud ihn zum Dinner in sein Haus an der Piedmont Street ein. Es war also tatsächlich Walter Wendell, der Thomas zur ersten Verabredung einlud.

Baby Harper war dreiunddreißig, als Thomas Hammerick in seinem rot-weißen Bel Air vor dem Kolonialhaus hielt. Mein Großonkel besaß damals schon das Haus im griechischen Nostalgiestil, doch meistens kam er zu Iris und Walter Wendell zum Abendessen, weil Iris ständig jemand Neues in der Küche anstellte. Baby Harper mochte die Abwechslung. Er meinte, das sei fast so, als würde man alle paar Monate in ein anderes Restaurant gehen. Diese Köchinnen kündigten dann meistens, nachdem sie Iris gesagt hatten, wohin sie sich ihre Brötchen stecken könne, damit sie schön warm blieben.

Mein Großonkel meinte zu mir, mein Vater sei gut aussehend. Davon wurde ich rot. Ich war zwölf, als ich damit begann, Baby Harper über das geheimnisvolle Thema auszufragen, wie Thomas und DeAnne ein Paar geworden waren. Ich fing gerade erst an, meinen Vater als Person und als Mann zu sehen. Ich besah mir eingehend die Fotos, die mir mein Großonkel zeigte, und ich versuchte mir vorzustellen, wie aus diesem jungen Mann mein Vater geworden war. Dieser junge Mann hatte sich immer mal wieder in flüssiges Wachs getaucht und war nun unter all den vielen Schichten nicht mehr wiederzuerkennen. Dieser junge Mann nahm seine Augen heraus und ersetzte sie durch ein paar dicke Brillengläser. Dieser junge Mann verlor seine Haarpracht. Ich muss wohl ein enttäuschtes Gesicht gemacht haben, denn Baby Harper tröstete mich: «Ist schon in Ordnung, Linda Vista. Dein Vater hatte seine sonnigen Tage.»

Dann gab es Fotos aus drei Jahren von Thomas Hammerick, wie er bei den Whatleys steht, sitzt und Mahlzeiten zu sich nimmt. Außerdem gab es eine Reihe von «freimütigen Fotos» aus dieser Zeit am Ende eines der Alben. Schuhe waren das wiederkehrende Motiv. Baby Harper war von den unscharfen Schritten seiner Jugend abgekommen. Sein Geschmack konzentrierte sich nun auf Nahaufnahmen von offenen Schnürsenkeln. Ich erkannte die Schuhe meines Vaters auf diesen Bildern sehr leicht. Oxford, dunkelbraun. Als ich jünger war, musste ich bei dem Lochmuster auf der Kappe der

Schuhe meines Vaters immer an die Oberseiten von Ritz-Crackern denken, später erinnerten mich diese winzigen Löcher an Sternbilder am Nachthimmel. Das Einzige, was sich im Laufe der Jahre an den Schuhen meines Vaters änderte, war der fester gewordene Knoten. Als er starb, standen in seinem Schrank vier identische Paar Schuhe. Die linken Absätze waren außen krumm gelaufen, und die rechten Zehen wiesen eine tiefe Falte auf. DeAnne gab die Schuhe meinem Großonkel Harper, weil er dieselbe Schuhgröße trug.

Auf den offiziellen Fotos der «Werbungszeit», wie mein Großonkel sie nannte, berührten sich DeAnne und Thomas niemals. Das war noch so ein Eingeständnis. DeAnne sah Thomas an, blickte aber nie in die Kamera. Sie war fünfundzwanzig, genauso alt wie ihr Zukünftiger, wirkte aber zehn Jahre älter als er. Unsere Familie, so berichtete mein Großonkel, hatte schon Angst, dass DeAnnes «Zeitfenster» sich bald schließen könnte.

Wenn ich heute an diesen Euphemismus denke, an dieses Schlaglicht weiblicher Rentabilität, denke ich an Rapunzel in ihrem hohen Turm, wie sie auf die Welt hinabschaut und an den Wunsch denkt, der eines Tages ihr Leben ändern wird.

DeAnne hatte einen Abschluss vom Gardner Webb Baptist College und arbeitete zwei Tage in der Woche im Büro der Ehemaligen. Iris fand, dass dies eine gute Möglichkeit für ihre Tochter sei, heiratsfähige Männer zu treffen, doch die einzigen Männer, die DeAnne dort traf, waren jene, die alt genug waren, um ihrer Alma Mater größere Summen zu spenden. Eine nach der anderen, Juni um Juni, heirateten DeAnnes Freundinnen die Söhne dieser Männer und waren nun zum zweiten Mal schwanger. An ihren freien Tagen besuchte DeAnne diese frischgebackenen Mütter in ihren Häusern und hielt ihre Babys im Arm. Wenn sie Thomas ansah, muss sie dieses Bild vor Augen gehabt haben. Wenn Thomas direkt in die Kamera schaute, sah er nur ein kleines schwarzes Loch.

Die weiteren Einzelheiten ihrer Werbungszeit sind mir nicht

bekannt, weil sie auch meinem Großonkel Harper entgangen sind. Als Thomas und DeAnne anfingen, nach dem Dinner im Bel Air davonzufahren, ohne noch auf das Dessert zu warten, blieb Baby Harper nichts anderes übrig, als noch eine Tasse Kaffee zu trinken. Wie er so dasaß und die zweite Tasse in der Hand hielt, die ihn, wie er wusste, wach halten würde, sodass er durch die Flure des Griechenhauses wandern würde, müssen ihm eine Menge Dinge durch den Kopf gegangen sein. Ein Gedanke war folgender: Baby Harper dachte über das eine Wort nach, das Iris uns allen entgegenschleudern würde, bevor sie starb. Während Thomas DeAnne über eine vom Mondlicht erhellte Straße chauffierte und dabei mit einem Wagen, der für hohe Geschwindigkeiten gebaut war, nie schneller als vierzig Stundenkilometer fuhr, dachte DeAnne an dasselbe Wort. Und als Iris in das Bett mit seinen vier Pfosten stieg, das ihre Eltern miteinander geteilt hatten wie ihren Feuertod, da sprach sie ein Gebet, dass Walter Wendell und sie niemals dessen beißende Kälte ertragen müssten.

Als Thomas um DeAnnes Hand anhielt, waren er und Walter Wendell zusammen im Wohnzimmer des Kolonialhauses. Baby Harper war im Esszimmer. Baby Harper hörte mit, als Walter Wendell sagte: «Herr Anwalt, ich hätte Ihnen die Gerichtszulassung entzogen, wenn Sie auch nur noch einen Tag länger damit gewartet hätten!» Es gab Gelächter, dann wurde es ruhig, als Walter Wendell gleich zum Geschäftlichen kam. Seine Tochter DeAnne würde es ihm ermöglichen, das Versprechen zu halten, welches er Fletch gegeben hatte, als er selbst in die Familie aufgenommen worden war.

Wie Thomas hatte auch Walter Wendell erst die Arbeit in der Kanzlei von Fletcher Burch aufgenommen, aber keine drei Jahre dafür gebraucht, die Tochter des Chefs zu heiraten. Er heiratete Iris nach drei Monaten. Fletch Burch hatte ihn «Wirbelwind Walter» genannt, als er ihn am Tag der Hochzeit wiederholt auf den Rücken geklopft hatte. Alle wussten, dass der junge Bräutigam nun auch der jüngste Kanzleipartner war. Fletchs Firmenphilosophie war einfach. Erst kam die Familie. Niemand hatte ahnen können, dass Wirbelwind Walter sich innerhalb von Tagen diesen Namen erneut verdienen würde.

Walter Wendell wusste, dass Fletch sich mit Ehrgeiz auskannte. Fletch glaubte allerdings auch daran, dass ein Mann sein Wort hält. Dass Walter Wendell die Kanzlei, und sei es auch nur vorübergehend, einem Außenstehenden überließ, war nicht Teil des Abkommens, das Fletch mit seinem Schwiegersohn getroffen hatte. Wenn auch nur etwas mehr als eine Tasse seiner Asche gefunden worden wäre, dann hätte sich Fletch im Grabe umgedreht, die Seitenwand des Sargs durchstoßen und wäre auf direktem Wege ins Gericht gestürmt, um Walter Wendell von der Richterbank zu zerren. Allerdings war da wohl genug Asche, um eine Faust zu machen, und Walter Wendell war diese Faust regelmäßig im Traum erschienen und auf seinem Kopf gelandet wie ein Hammer, der Recht spricht.

Mein Vater muss gewusst haben, worauf er sich da einließ. Eine Partnerschaft bei Fletcher Burch war wie ein funkelnagelneuer Bel Air. Er hatte ihn nicht verdient. Thomas muss gewusst haben, dass DeAnne der Schlüssel war, und wie alle Schlüssel konnte auch sie Türen öffnen oder zuschließen.

KAPITEL 6

Orville Wright war der erste Amerikaner, der flog. Sein älterer Bruder Wilbur war der zweite. Gemeinsam gingen sie in die Geschichte ein als die «Gebrüder Wright», gemeinsam und doppelköpfig. In der Heimlichkeit geschwisterlicher Rivalität vergaß Wilbur allein und stets einseitig nie, dass Orville der Erste gewesen war, der sich vom Boden erhoben hatte und an allen Gliedern heil wieder aufsetzte. Die Brüder wussten, dass ihre wahre Errungenschaft nicht im Fliegen lag, sondern darin, dass dem Flug eine sichere Landung gefolgt war. Ikarus war auch geflogen. Sein Absturz aber lieferte den Grund dafür, warum seine Geschichte immer und immer wieder erzählt wurde. *Ikarus flog*. So hielten es sich die Brüder in Form eines Gebets vor. Als Mahnung daran, dass das Fliegen nicht ihr einziges Ziel war. Bis zu seinem Todestag sah Wilbur Orville in die Augen, die ihn an seine eigenen und an den Himmel über North Carolina erinnerten, und entdeckte dort einen grauen Fleck, ein Flugzeug, dass sich ins klare Blau erhob. Wenn Orville blinzelte, erinnerte das Wilbur daran, dass der erste Flug nur zwölf Sekunden gedauert hatte. Gemeinsam absolvierten sie an jenem Tag vier erfolgreiche Versuche. Der letzte und längste gehörte Wilbur: neunundfünfzig Sekunden. Ein ziemlicher Unterschied, der häufig übersehen und unterschlagen wurde, nachdem sich ihre Persönlichkeiten praktisch miteinander vermischt hatten. Wilbur flog. Das schrieb er sich auf einen Zettel und steckte ihn sich in den Schuh. Er tat das, um sich seiner Person zu vergewissern und um die Einzigartigkeit seiner Leistung festzuhalten. *Wilbur flog*.

Ich las zum ersten Mal über die Gebrüder Wright auf den Seiten von *North Carolina*, und von diesem Moment an mochte ich Wilbur am liebsten. Ich stickte seine Unabhängigkeitserklärung in zwei Worten im Kreuzstich auf ein Taschentuch, das ich im Handarbeitsunterricht in der sechsten Klasse genäht hatte. Ich nahm immergrünes Stickgarn und versah das «i» mit einem Stern. Dafür bekam ich eine 3–. Meine Stiche waren unsauber, und das kursive «f» sah aus wie ein «b». Das Taschentuch hatte ein Weihnachtsgeschenk für Kelly sein sollen. Stattdessen behielt ich es nun selbst.

♦

Von der ersten bis zur achten Klasse hatten Wade und ich dieselbe Schulbushaltestelle, direkt vor seinem Haus neben einem Schild mit der Aufschrift VORSICHT SCHULKINDER. Wir waren die einzigen Kinder in der Oak Street. Die Ironie ging uns zum Glück erst spät auf. In dieser Hinsicht hatten wir Glück. An kalten Herbsttagen schickte Wades Ma ihn mit zwei Pappbechern heißen Kakaos hinaus, die Sorte mit den kleinen Marshmallows drin, so winzig, dass sie unseren Sinn für Perspektive durcheinanderbrachten. Wenn wir auf diese winzigen schwimmenden weißen Punkte sahen, kamen wir uns wie Riesen vor. Als mir Wade das erste Mal einen Becher reichte, sagte er: «Meine *Maschokoladenmilch* meint, das ist für dich.» Später ging dann die Übergabe schweigend vonstatten. Was gab es denn auch noch zu sagen? Becher, Kakao, Riesen, warten, kalt, Bus, Schule. All die wichtigen Dinge zwischen uns waren bereits gesagt und verstanden. Ich musste dazu nichts mehr sagen, und er, ein Junge, wusste sowieso nicht, wozu Wörter überhaupt nötig waren. Wir ließen die leeren Becher am Fuß des Straßenschilds stehen, stiegen in den Bus, und wenn wir am Nachmittag wieder abgesetzt wurden, waren die Becher fort.

An kälteren Wintervormittagen fuhr uns Wades Ma in die Schule. DeAnne bot sich nie an, und mein Vater hätte das auch nicht getan, wenn er es mitbekommen hätte. Wozu bezahlte er Steuern, wenn seine Tochter mit dem Privatwagen in die Schule gebracht wurde? Und wenn er einen Witz hätte machen wollen (die meisten Menschen wussten gar nicht, dass mein Vater Sinn für Humor hatte), dann hätte er wohl gesagt: «In einem episkopalischen Privatwagen?» Wades Ma hätte bestimmt darüber gelacht. Sie lachte viel. Sie lachte auch viel mit Wade. Ich konnte sie in der Früh hören, wenn er die Haustür des Hauses im verblichenen T-Shirt-Rot öffnete. Das war noch besser als der Kakao.

Wades Sinn für Humor war wie der meines Vaters, trocken und schwer zu erkennen. Deshalb wusste ich, dass seine Ma über den Satz mit dem episkopalischen Fahrzeug gelacht hätte. Eine absurde Vorstellung – dass jemand auf den Gedanken kam, «episkopalisch» als Werturteil für ein Auto zu verwenden –, die ihr gefallen hätte. Auch im Lichte dessen, was aus ihr geworden ist, dachte ich, dass sie die leise Kritik an der Kleinstadtbevölkerung mit ihrem Hang, überall große und kleine Unterschiede zu sehen, amüsiert hätte.

Beim ersten Mal, als ihr Sohn und ich so etwas wie ein Gespräch führten, war ich die Auslöserin. Das war am ersten Tag der sechsten Klasse, und Wade und ich warteten wie üblich auf den Schulbus. Wade wäre wohl lieber mit seinem neuen Zehn-Gang-Rad in die Schule gefahren. Er sah zu dem vertrauten Straßenschild hinauf. Er wirkte amüsiert und angewidert zugleich. Die Ironie, ein Racheengel, hatte ihn heimgesucht. Wades Hände steckten in den Hosentaschen seiner Jeans. Auf seinem T-Shirt stand in gelben Buchstaben ASTEROIDS in einem roten Ring, beide Farben waren rein und kräftig. Ich dachte daran, dass ein zusätzliches «s» die Bedeutung dieses Wortes richtig verändern konnte. Ich dachte an Kelly, die auf all ihre neuen Ordner und Notizbücher K+W kritzelte. Ich sah auf den Gehweg, und dann kamen mir kaum hörbar die Worte aus dem Mund. Wade fragte: «Hä?»

Ich wiederholte meine Frage, sah ihm aber nicht ins Gesicht, sondern mitten auf sein T-Shirt. Ich wollte meine Frage so verständlich wie möglich klingen lassen. Ich wollte wissen, worüber seine Ma an jenem Morgen gelacht hatte, und ich wollte wissen, worüber sie in den letzten fünf Jahren gelacht hatte.

Wade fing mit den letzten fünf Jahren an.

«Ich erzähle*braunerzucker* ihr Witze*cornflakes*», antwortete er.

«Was*grahamcracker*?», fragte ich, obwohl ich ihn verstanden hatte. Ich wollte nur, dass er die Worte noch mal sagte, wegen der Wirkung, die sie in meinem Inneren entfachten.

Das tat er. Und er fügte hinzu: «Jeden*ritzcracker* *Morgenfrühstückswürstchen*.»

«Was*grahamcracker* denn heute*haferflocken* für einen?», fragte ich.

»Klopf*erdnusscrossies*, klopf*erdnusscrossies*», sagte er.

«Oh», sagte ich und sah von seinem ASTEROIDS zum Straßenschild hoch, weil ich davon ausging, dass unsere Unterhaltung damit beendet war. Aber Wade war noch nicht fertig.

«Sag, ‹wer ist da*apfelsaft*›», sagte er.

«Wer ist da*apfelsaft*?»

»Wade*orangeneis*.»

»Wade*orangeneis* wer?»

»Wade*orangeneis* wer? Wade*orangeneis* wer?! Ma*schokoladenmilch*, ich bin dein Sohn*zimt*. Herrje, kennst*butterpekaneiscreme* du*grünebohnenausderdose* mich nicht mehr?»

Ich lachte laut auf.

Wade machte ein erstauntes Gesicht.

«Das war blöd*dosenspinat*», sagte ich.

«Ich weiß*traubengelee*», sagte er und grinste, als der Schulbus hielt und sich die Tür öffnete.

Ich setzte mich vorne hin, und Wade ging wie schon in den Jahren zuvor nach hinten. Als der Bus an Kellys Haltestelle hielt (drei Stopps nach unserer), drehte ich mich um und konnte ihn kurz sehen. Wade starrte aus dem Fenster. Ein W war aufs Glas geschrieben.

Auf der Spitze seines rechten Zeigefingers musste nun ein staubiges Oval prangen.

Kelly setzte sich neben mich und flüsterte: «Süßkartoffelbrei.»

Ich dachte, sie meinte meine neue Handtasche, eine Henkeltasche wie ihre. Mein Vater hatte schließlich nachgegeben, nachdem DeAnne ihn beim Sonntagsessen kurz zuvor beiseitegenommen und halb flüsternd, halb brüllend gesagt hatte, dass ich meine REGEL bekommen hätte und ich etwas bräuchte, um meine HYGIENEARTIKEL darin mitzunehmen. DeAnne hatte, genau wie ihre Mutter Iris, diese Kunst zur Perfektion gebracht. Sie brüllte die peinlichen Wörter und flüsterte die anderen. Meine Großmutter, deren Sinn für Humor ebenso scharf war wie ihre Zunge, beugte sich über den Esstisch und fragte, ob ich denn wisse, warum der Monatszyklus «Regel» genannt werde. Iris lächelte, bevor sie ihre Frage schnell selbst beantwortete: Wenn eine Frau das einem Mann gegenüber erwähne, sei das in der Regel das Ende des Gesprächs. Mein Großonkel Harper senkte seinen Blick, nahm die Gabel, schob damit sein Essen zu vier gleichen Teilen auseinander. Das nannte mein Großonkel «das Kreuz der Vermeidung».

Als mein Vater an den Esstisch zurückkehrte, hatte er einen hochroten Kopf. DeAnne nicht. Iris hatte recht. Mein Vater kam nie wieder auf die Handtasche oder ihre Funktion zu sprechen.

Kelly warf einen kurzen Blick über ihre Schulter, und da wusste ich es. Sie hatte nicht die grünen Schildkröten auf meiner Handtasche gemeint, sondern dass Wade, der Orangeneisjunge, süß war.

Falls Kelly und ich eine Hängebrücke bildeten (und das taten wir oder zumindest unsere Freundschaft), war dies der Augenblick, als unsere Stahltrosse zu reißen begannen.

Ich hatte den ganzen Sommer über Zeit, mich darauf vorzubereiten, und doch raubte mir dieser Moment den Atem.

Kelly hatte jenen Sommer – ich nannte ihn den Sommer von Dill und Wade, für sie war es allerdings hauptsächlich der Sommer von Wade – damit verbracht, mir sehr lange Briefe zu schreiben. Ich schrieb ihr auch, aber immer kürzer. Ich hatte immer weniger zu sagen. Da sie diejenige war, die verkündet hatte, sie sei in einen realen Jungen verknallt, wurde sie die Heldin unseres Lebens und unserer Briefe. Ich wurde zu einem Spiegel, einem Echo. Jeden Samstagabend verfasste Kelly ihren wöchentlichen *Wade Report*. Kelly und ihre Eltern waren wie jede Woche im Slo' Smoking essen gewesen, einem Barbecuerestaurant, das die Bevölkerung ebenso spaltete wie die Religionszugehörigkeit, wenn man meinem Großonkel Harper glauben wollte, sogar noch stärker. Slo' Smoking und Bridges waren parallele Universen, in denen Südstaatenbaptisten, Episkopale und die kleine Gruppe der Katholiken (so wurden sie von den Erwachsenen in unserem Leben genannt, weshalb ich anfangs dachte, «Die kleine Gruppe der Katholiken» sei eine Musikgruppe, so was Ähnliches wie die Partridge Family), aber nie die ehemalige Miss Feldmann (die kein Schweinefleisch aß, das einzige grillbare Fleisch im Old North State) ihre Differenzen in saucenfeuchten Servietten begraben und sich dann wieder entlang zweier deutlich erkennbarer Trennlinien formieren konnten. Wir waren eine Bridges-Familie, und Kelly wusste das. Es gehörte zum Schicksal in der Region Boiling Springs-Shelby, wo man sein gezupftes Schweinefleisch und seinen Coleslaw aß.

Jeden Samstag trafen die Powells pünktlich um siebzehn Uhr im Slo' Smoking ein, und Wade und seine Leute tauchten eine Viertelstunde später auf. Ich bin nie im Slo' gewesen, also wusste ich nicht, ob sie Sitznischen oder Tische hatten. Kelly teilte mir solche interessanten Einzelheiten nicht mit. Sie interessierte sich nur für Wade. Was er anhatte (stets Levi's und T-Shirt); welche Limo er sich bestellte (7UP); was er vielleicht dachte (da ist ja das nette Mädchen aus meiner Klasse!), wann sie und ihre Leute auf dem Weg hinaus an seiner Familie vorbeikamen. Kelly ließ kein Ausrufezeichen aus. Sie war ziemlich optimistisch für ein dickes Mädchen. Vielleicht wusste sie schon die ganze Zeit, dass Dicksein kein unveränderliches Kennzeichen war. Dick war nicht gleich Schicksal.

Meine Reaktion auf den *Wade Report* war es, keinen eigenen abzuliefern. In diesem Sommer sah ich den Orangeneisjungen außer sonntags jeden Tag, wie er mit seinem neuen Zehn-Gang-Rad unsere Straße hinauf- und hinunterfuhr. Ich vermisste das grüne Schwinn Sting Ray. Das neue Fahrrad mit seiner vielfarbigen Metalliclackierung sah schnell aus, und er fuhr es schnell. Etwa eine Woche vor Schulbeginn war er mit seinem Rad vor dem blaugrauen Ranchhaus stehen geblieben und hatte zugeschaut, wie unser Klettergerüst auf einen Pick-up gehievt wurde. Ich stand in der Haustür und sah ebenfalls bei dem letzten Schritt von dessen Abbau zu. DeAnne wollte an der Stelle hinter dem Haus eine Rosenlaube errichten und erklärte, ich sei jetzt sowieso zu alt für dieses Kletterdings. Sie hatte es von Anfang an nur das Kletterdings genannt. Wade und ich sahen uns an, als der Pick-up davonfuhr. Er winkte mir zu. Den ganzen Sommer über hatte Kelly nicht ein einziges Mal Gelegenheit, diese vier Wörter in ihren *Wade Report* einzufügen.

Auch das Erscheinungsbild von Kellys Briefen veränderte sich in jenem Sommer. Sie malte nun keine anatomisch korrekten Herzen mehr über die «i»s. Die Herzklappen zogen sich in das Organ zurück. Der Muskel schwoll an und nahm die symmetrische Form der am weitesten verbreiteten falschen Darstellung an. Durchaus passend, dass sie ihren Realitätsverlust auf diese kleine Weise verriet.

Im Bus an jenem ersten Morgen in der sechsten Klasse wusste ich, dass sich nichts zwischen Kelly und Wade verändert hatte. Sie war immer noch das unsichtbare dicke Mädchen und er ein hübscher Junge, ein Körper, den sie mit schierer Willenskraft in ihr Leben gezerrt hatte. In den folgenden Jahren schloss sich Kelly den Rängen der Schönen und Beliebten an, doch nichts, so dachte ich, hatte sich je zwischen den beiden verändert. Doch der Orangeneisjunge und ich hatten noch eine Veränderung vor uns. Als der Schulbus in die Einfahrt unserer Schule einbog, drehte ich mich um, um einen Blick auf Wade zu werfen.

«*Süßkartoffelbrei*», flüsterte mir Kelly erneut ins Ohr.

Das Wort, das mir aus dem Mund schoss, überraschte sie. Das wusste ich, denn sie zog ihre Hand von den Schildkröten zurück, die über meine neue Tasche marschierten. Diesmal hatte sie nicht Wade gemeint; ich aber schon.

«Meiner*apfel*», sagte ich.

KAPITEL 7

Am zehnten Tag ihres Lebens wurde Virginia Dare aus den Armen der Geschichte gerissen und der Legende in den Schoß gelegt. Unglücklicherweise war die Legende ein Mann. Kein dreckiger alter Mann, doch angesichts der Art, wie er sie behandelte, wohl ein gemeiner und wahrscheinlich ungeliebter. Dares Jahre als Krabbelkind mit schmutzigem Gesicht, als stilles Kind und als zur Akne neigende Teenagerin wurden vollkommen außer Acht gelassen und vergessen. Als Dare nach ihrem Verschwinden wieder auftauchte, war sie bereits ausgewachsen, eine Pallas Athene aus den Stirnen oder doch eher eine Diana aus den Lenden der Männer, die North Carolina ihre Heimat nannten. Die Frauen an dieser Küste hätten sich Dares Leben wohl durchaus nicht auf diese Weise vorgestellt. An den Lagerfeuern und den Herden dachte man sich eine Geschichte von körperlicher Schönheit, männlicher Eifersucht, unschuldiger Liebe und Gewalt als Gegenmittel dazu aus. Dieser Geschichte gab man Virginia Dares Namen. Und da es sich um eine amerikanische Legende handelt, kommen darin auch Indianer und kurz und verstörend auch Queen Elizabeth vor.

Die Legende besagte (weil sie es so wollte), dass Virginia Dare von freundlichen Indianern aufgezogen wurde, die allein von ihrer Gegenwart bezaubert waren und vielleicht sogar zivilisiert wurden. Warum und wie Virgin – wie die Indianer ihren Namen abkürzten und so ihren wahren narrativen Kern freilegten – zur Waise wurde, wurde nie angesprochen. Diese Art von Information hätte ihrer Gestalt zu viel psychologische Tiefe und Nuance verliehen. Virgin war, so die Legende, eine junge Frau von berückender Schönheit, und sie zog die Aufmerksamkeit eines gut aussehenden indianischen Kriegers namens O-kis-ko auf sich. Sie nannte ihn nur «O!». Virgin und O! waren sehr glücklich miteinander, wie das bei attraktiven Paaren in Legenden häufig so ist, was aber wiederum einen anderen Indianer namens Wanchese erzürnte, ein böser Zauberer und, davon können wir ausgehen, außerdem einsam und hässlich. Wanchese belegte Virgin mit einem Fluch und verwandelte sie in die Weiße Hirschkuh, eine Spezies, die für ihren hübschen Schwanz bekannt war. Die Weiße Hirschkuh konnte von dem teuflischen Zauber nur befreit werden, wenn sie von einem Pfeil aus Austernperlmutt ins Herz getroffen wurde. O! besaß einen solchen Pfeil. Unglücklicherweise für O! besaß aber Wanchese einen Pfeil aus Sterlingsilber, den er von Queen Elizabeth erhalten hatte. Unklugerweise überließ die Legende es unserer Fantasie, die Verbindung vom indianischen Zauberer zur Queen herzustellen. Am Tag der großen Jagd sahen O! und Wanchese die Weiße Hirschkuh und schossen ihre Pfeile im selben Moment ab, falls Sie verstehen, was ich meine. Sie durchbohrten das Herz des Tieres in exakt demselben Augenblick. Die Weiße Hirschkuh wurde durch den Perlmuttpfeil wieder in eine wunderschöne junge Frau verwandelt und starb, als sie der Silberpfeil traf.

Trau dich. Trau dich mehr. Virginia Dare. So die Steigerung, die Erhöhung des Einsatzes, die sich Kelly und ich für uns ausgedacht hatten. Virginia Dare bedeutete zu verschiedenen Zeiten unserer Mädchenjahre etwas anderes, doch stets handelte es sich um die Anrufung einer Gefahr, die uns vor ein Rätsel stellte.

Wir waren beide acht Jahre alt, als wir zum ersten Mal in *North Carolina* von Virginia Dare lasen. Kelly und ich hielten diese Geschichte für eine Warnung: Zu schön zu sein konnte uns den Tod bringen. Eine bereits in den anderen Geschichten unserer Jugend weitverbreitete Gefahr. Schneewittchen, zu schön und vergiftet. Aschenputtel, zu schön und zu schwerster Hausarbeit verdammt. Die Schöne, wie der Name schon sagte, zu schön und dem Biest versprochen. Als Kelly und ich zum ersten Mal Virginias Namen anriefen, lautete die Herausforderung also: eine Woche lang keine Zähne putzen. Wir dachten uns, dass unseren Mund und was darin war zu vernachlässigen der einfachste Weg war, um sicherzugehen, dass wir nicht hübsch würden, dass uns dieses potenziell tödliche Schicksal nicht ereilen würde. Aus der ganzen Zahnpasta- und Mundwasserwerbung im Fernsehen, die stets damit endete, dass das Mädchen und der Bursche sich mit ihren Mündern zu nahe kamen, wussten wir, dass weiße Zähne und frischer Atem unentbehrlich für Schönheit waren. Wir wollten nicht, dass irgendein Bursche uns zu nahe kam. Es war eine Mutprobe, die wir uns ausgedacht hatten und annahmen.

Ich gab die Putzverweigerung nach drei Tagen auf. Die kleinen Essensbrocken zwischen den Zähnen machten die Eingänge nur noch schlimmer, als bekäme man sein Essen auf dreckigen Tellern serviert. Kelly schaffte es die ganze Woche. Sie war die geborene Täuscherin. Sieben Vormittage und sieben Abende ging sie ins Bad, quetschte sich ein bisschen Zahnpasta auf die Hände und wusch sie sich dann mit warmem Wasser ab, sodass das Bad und sie selbst minzfrisch rochen. Auch machte sie ihre Zahnbürste nass, schmierte etwas Zahnpasta ins Waschbecken und ließ sie dort. Im Brief Nr. 64 schrieb Kelly, dass es auch sehr wichtig sei, nicht zu lächeln. Warum Beth Anne nicht bemerkte, dass ihr einziges Kind sich nicht die Zähne geputzt hatte und eine ganze Woche lang nicht lächelte, war eine Frage, die wir uns damals nicht zu stellen wagten.

Als wir elf waren und uns erneut bis zu Virginia Dare steigerten, lag dahinter die drohende Furcht verborgen, die Liebe eines hässlichen Mannes würde uns in Tiere verwandeln. Hässlich zu sein, so wussten wir inzwischen, war dasselbe, wie böse zu sein. Jesus zum

Beispiel war ein sehr ansehnlicher Mann. Deshalb beteten wir Ihn an. Er war unsere erste große Liebe. Kelly hatte in ihrem Zimmer ein Poster von Ihm hängen. Jeden Abend, wenn ich zu Bett ging, dachte ich an Ihn. Das nannte man Verehrung und Anbetung, und wir wurden zu beidem angehalten. Dieses Mal kam Kelly auf die Mutprobe, die folgendermaßen lautete: nackt schlafen. Kein Nachthemd. Keine Unterwäsche. Kelly, die bereits B-Körbchengröße trug, hatte alles über ihren Cousin Bobby vergessen. Ich hatte nichts vergessen. Er hatte sie gefragt, ob sie nackt schlafen würde. Er hatte nur geflüstert, und die Worte hatten sie im Ohr gekitzelt. Später flüsterte er nicht mehr, als er Kellys Hand mit Gewalt packte. Bobby war nur einige Monate davon entfernt, Kreise um das blaugraue Ranchhaus zu drehen. Das geflügelte Ungeheuer hatte mich noch nicht gefunden, würde es aber bald tun.

Ich schrieb Kelly zurück, nackt zu schlafen sei eine Sünde. Jesus, da war ich mir sicher, war nie nackt.

«Und wie wusch sich Jesus dann?», schrieb Kelly zurück und forderte mich erneut heraus.

«Jesus musste sich nicht waschen», schrieb ich zurück, er war immer sauber, und schon waren wir beim Superlativ angelangt. Trau dich. Trau dich mehr. Virginia Dare.

Kelly nahm die Herausforderung an. Wir einigten uns darauf, dass wir es tun sollten, wenn ich das nächste Mal bei ihr übernachtete. «Es» war zwar eine Sünde, aber ich fand, ich musste dabei sein, um den Wahrheitsgehalt überprüfen zu können.

Eine Woche später kletterten wir in Kellys Baldachinbett und krochen unter die gelben Rüschendecken. Es war Samstagnacht, und wir hatten den Großteil des Abends damit verbracht, Junkfood zu essen und unser Dolly-Parton-Album zu Ende zu bringen. Zur Schlafenszeit waren wir so voll von Kartoffelchips und Bildern von unserem Idol, dass wir ganz fettig waren und glühten. Unsere Begleitmusik an diesem und jedem anderen Tag des Jahres 1979 war

Dollys Album *Heartbreaker*. Den Titelsong mochten wir am liebsten. *Heartbreaker, sweet little love maker … couldn't you be a little more kind to me.* Uns gefiel auch, was Dolly auf der Plattenhülle trug. Ein pinkfarbenes Kleid mit einem Saum, der vorn kürzer war als hinten, dazu silberne hochhackige Sandalen. Ihre Frisur sah aus wie das Sahnehäubchen auf einer Zitronenbaisertorte. Wenn wir uns das Bild ansahen, spürten wir, wie es rings um uns vibrierte. So fühlte es sich an, wenn man reine Freude verspürte. In den kommenden Jahren sollten wir dieses Gefühl vermissen.

Kelly schlüpfte aus ihrem Nachthemd, dann aus Unterhemd und Schlüpfer und reichte mir alles. Ich legte das Bündel auf den Nachttisch an meiner Bettseite. Sie flüsterte, die Decke würde sich «schlüpfrig*milch*» anfühlen, und ich schluckte und hielt eine Sekunde lang den Atem an. Ich streckte die Hand aus, um die Nachttischlampe auszumachen, und hob dabei ein wenig die Decke an. Ein leichter Geruch von Schweiß und Babyshampoo stieg aus dem Bett auf. Ich griff nach Kellys Hand, und wir schlossen die Augen. Wir glaubten, beim Händchenhalten bekämen wir dieselben Träume. Es klappte nie, aber wir hatten das Gefühl, uns näher zu sein.

Zum letzten Mal steigerten wir uns bis zu Virginia Dare, als wir vierzehn waren. Kelly blätterte durch meine abgegriffene Ausgabe von *North Carolina* und machte eine abschließende Analyse. Sie lachte auf diese laute, schnelle Art, wie sie alle klugen Mädchen haben, bis sie herausfinden, dass dieser Klang brillanter Klugheit die Jungs nervös macht. Die meisten dieser Mädchen, darunter auch Kelly, gewöhnen sich dann dieses langsame, blubbernde Kichern an, bei dem sich die Jungs wieder beruhigen. Es handelt sich um die Art von Lachen, die verrät: «Ich bin dumm. Du kannst mein Hemd ausziehen, wenn du willst.» Kelly, die den Subtext schon lange verstand, bevor sie überhaupt wusste, dass es ein Wort dafür gab, fragte mich, ob ich denn verstünde, worum es in dieser Dare-Geschichte *eigentlich* ging. Ohne eine Antwort abzuwarten, erklärte mir Kelly, dass die Weiße Hirschkuh eine Warnung vor Pfeilen sei. Hüte dich vor dem Pfeil eines Mannes; vielleicht war die Warnung sogar noch spezifischer. Du weißt nicht, ob ein Mann gut oder böse ist, bis du seinen Pfeil zu sehen bekommst. Wieder ein schnelles, lautes Lachen. Ich wurde rot. Dann schlug Kelly die letzte Mutprobe unserer Jugend vor. «Wo wir gerade von Penetration sprechen», begann sie unverblümt.

Es war der Sommer vor der Highschool, und Kelly und ich hatten gerade die grundsätzlichen Entscheidungen getroffen, eine Diät zu machen und zu rauchen. Ich begriff die Notwendigkeit einer Veränderung, aber nicht, wohin uns diese Veränderung führen würde. Kelly schon. Sie hatte wieder mal einen Vorsprung. Wade sollte ihr Pfeil sein. Ich musste mir meinen Pfeil unter den anderen jungen Männern in Boiling Springs suchen. Dem Synonymwörterbuch zufolge, einem Buch, das mir aus Gründen, die die Verfasser sich nicht hätten träumen lassen, immer unentbehrlicher wurde, war ein anderes Wort für «Pfeil» «Schaft». Dem Wörterbuch zufolge war eine Nebenbedeutung davon in der «Abzocke» zu finden, also jemanden übers Ohr zu hauen.

Trau dich. Trau dich mehr. Virginia Dare. Als Kelly diese Worte sagte (wenn sie «dich» sagte, meinte sie gewöhnlich «uns») und uns herausforderte, unsere Unschuld bis zum Ende des Jahres zu verlieren, wusste sie, dass ich meine schon verloren hatte, durch Gewalt, nicht freiwillig. Sie sagte diese Worte trotzdem und verbannte aus meiner und ihrer Erfahrung damit all die versteckten Gefahren unserer gemeinsamen Mädchenjahre. Wenn es nach Kelly ging, konnten wir beide noch immer wählen, wer sich uns als Erster mit Pfeil und Bogen nähern durfte.

Meine erste Regel hatte ich mit elf Jahren, drei Monate nachdem DeAnne angenommen hatte, ich hätte sie. Ich wachte eines Morgens mit einem klebrigen Gefühl zwischen den Beinen und dem

Geruch von rohem Fleisch im Bett auf. Es war niemand da, dem ich es hätte sagen können. Die Neuigkeiten darüber waren dem tatsächlichen Ereignis vorausgeeilt. Ich übte trotzdem den Satz: «Ich habe heute*haferbrei* meine Regel*blaubeermuffin* bekommen*ungesalzenebutter*.» Ein tröstlicher Satz für mich. Oder besser gesagt, die Worte lösten eine Abfolge von beruhigenden Geschmackseindrücken aus. Ich hatte den Trick gelernt, Wörter aneinanderzureihen, um die von mir gewünschten Geschmacksempfindungen auszulösen. Ich war besonders stolz auf die folgende Wortkette: Walnuss, Elefant, Kerze, Jogger. Diese Wörter lösten folgende Geschmackseindrücke in genau dieser befriedigenden Reihenfolge aus: Mit Zucker glasierter und in der Pfanne gebratener Schinken, Süßkartoffeln, mit jeder Menge Butter gebacken, 7UP (aber mehr Limone als Zitrone, etwa so, wie wenn die Limonade eiskalt ist), frische Erdbeeren, süß und reif.

Mit DeAnne als Mutter aufzuwachsen hieß für mich, dass ich die Male, an denen ich eine wirklich gute Mahlzeit bekam, an einer Hand abzählen konnte. Ab und an schaffte es mal eine Zutat, nicht unter DeAnnes Fingern verdorben zu werden. Frische Erdbeeren zum Beispiel. Im Sommer gingen mein Großonkel Harper und ich auf die Selbstpflückerplantagen im nahe gelegenen Städtchen Kings Mountain, und die Früchte, die wir mit nach Hause brachten, waren so rot, makellos und wohlriechend, dass selbst DeAnne ihre Finger davon ließ. Das war vielleicht meine liebste Erinnerung an meine Mutter: wie sie mit einer Glasschüssel voller Erdbeeren aus der Küche kam. Auf dem Tisch wartete noch eine Schüssel Cool Whip auf die Früchte, aber nachdem Baby Harper das Zeug als essbaren Rasierschaum abgetan hatte, rührte ich es nie mehr an.

Erst als ich Boiling Springs und vor allem die Einflusssphäre von DeAnnes Küche hinter mir gelassen hatte, wurde mir klar, warum viele der Eingänge in meiner Kindheit ein wenig unangenehm, nichtssagend oder im besten Falle wenig bemerkenswert waren. Der Grund war entwaffnend simpel. Erst mussten die Geschmackseindrücke einmal gewonnen werden. Wenn sich die Erinnerungen daran – an den Konserven-, den Tiefkühl- und den À-la-King-Geschmack – in mein Gedächtnis eingegraben hatten, dann – und nur dann – konnten sich die Geschmackseindrücke an die Wörter in meinem Wortschatz heften, und zwar ohne jegliche Rücksicht auf die Bedeutung.

Wenn ich genießen wollte, was Wörter mir zu bieten hatten, musste ich deren Bedeutung außer Acht lassen. Zu Anfang war das Ignorieren der Bedeutung für mich ein schwieriger Schritt, etwa so, wie zum ersten Mal die Finger vom Rand eines Schwimmbeckens zu nehmen. Plötzlich wurde die Welt riesig und unsicher. Auf dem Weg zum anderen Ende des Schwimmbeckens konnte mir sonst etwas zustoßen. Doch wie konnte ohne mächtige und enthüllende Wörter jemand wissen, welche Gefahr mir drohte? Ich würde schutzlos sein. Ich würde ertrinken. Vielleicht hatten alle Kinder dieses Gefühl. Wir klammerten uns an die Wörter, weil wir dachten, sie könnten uns retten. «Mama» waren zwei Hände, ein Busen, an dem wir unsere Gesichter verbergen konnten. «Papa» war ein Fahrstuhl nach oben, ein Platz auf seinen Schultern. Vielleicht hatten unsere ersten Worte alle dieselbe Bedeutung: «Rette mich!» Ein Flehen, das, wenn darauf eingegangen wurde, unser Verlangen bestärkte, weitere Wörter zu sammeln, ein Vokabular anzuhäufen, das unser Arsenal gegen die unbekannten Schrecken des Lebens sein konnte. Die Bedeutung zu ignorieren hieß, die Möglichkeit einzuräumen, dass Wörter nicht dieses Versprechen einer Erlösung in sich trugen. Vielleicht aber wurde auch nur ich allein nicht gerettet, weil ich Wörter missbrauchte. Natürlich hatte ich Angst.

Das erste Mal tat ich es aus blanker Not. Ich hatte Hunger, und der Auflauf du jour war Chicken à la King, die von mir am wenigsten bevorzugte Variante in DeAnnes Wochenplan. Sie schaufelte etwas davon auf unsere Teller und nannte den Namen des Gerichts, als ob wir es noch nie zuvor gesehen hätten. Wie üblich waren da graue Pilzstückchen, an denen zu haften sich die dicke, trübe Sauce weigerte. Vielleicht ein Abscheu auf molekularer Ebene. Die Sauce klebte stattdessen an den Eiernudeln und an dem Hühnerfleisch und verlieh der Stärke und dem Fleisch ihre klebrige und schwammige Textur. Ich entschuldigte mich und ging mir die Hände waschen, und dann saß ich, eine dürre Elfjährige, auf dem Badewannenrand und platzte heraus: «Nicht schon wieder*pancakesohnesirup*.»

Da war es. Nahrung. Pur. Ohne Sauce.

Jedes erneute «wieder» war eine Offenbarung. Je schneller ich es sagte, desto intensiver und voller wurde der Geschmack. Jede Wiederholung war eine Wiedergutmachung für erlittene Mahlzeiten. Jede Wiederholung war eine Impfung gegen noch zu erduldende Mahlzeiten. Ich wollte wissen, wie oft ich das Wort sagen musste, bis ich den Eindruck hatte, satt zu sein. Ich schaltete die Lüftung ein, damit mich niemand hörte. Bald klopfte es an der Badezimmertür, mein Vater sagte meinen Namen, fragend, und ich brach ab.

Warum war ich nicht schon früher auf diese einfache Lösung gestoßen? Ich war ihr ganz nahegekommen. Ich hatte gelernt, dass das Wort verkleinern und ablenken konnte. DeAnnes bevorzugter Tadel beim Abendessen, «egoistisch*maiskolben*», hatte mir diese Lektion doch schon erteilt. Ich war langsamer darin zu begreifen, dass das Wort auch erfüllen und befriedigen konnte. Wie alt warst du, als du dich das erste Mal der Freude wegen berührt hast? Dein Körper und deine Gliedmaßen waren doch immer schon da, oder nicht? Aber wir alle müssen lernen, wie man das, mit dem man geboren wurde, noch für etwas anderes als das rein Funktionale und Offenkundige einsetzen kann. All unsere Körper bergen in sich geheime Kammern und Zellen.

Pancakes, das war, als ich größer wurde, die Sorte, die mein Großonkel mit «Bisquick» machte. Wenn Champignoncremesuppe der «Große Assimilator» war, dann war diese Schnellbackmischung der amerikanische Traum. Damit konnten wir alles machen. Brötchen, Waffeln, Kaffeekuchen, Muffins, Klöße, und die Liste wird auch heute noch in einer hell ausgeleuchteten Testküche voller Optimismus immer noch länger. Mein Großonkel benutzte «Bisquick» nur für Pancakes, aber es gefiel ihm, zu wissen, dass all diese süßen und schmackhaften Möglichkeiten in dieser fröhlich gelben Schachtel steckten. Baby Harper war kein dicker Mann, aber er aß wie einer. Seine Vorstellung von einem Nachmittagssnack bestand in einem dreilagigen Stapel Pancakes. Nachdem wir gemeinsam getanzt hatten, gingen Baby Harper und ich in seine Küche, wo er den Traum wahr werden ließ. Er aß seine Pancakes mit Butter und Ahornsirup, ich aß meine pur, jeder Bissen ein flauschiges Amalgam aus Trockenmilch und Vanillin. Vanillin, dieser chemische Ersatz für Vanille, war das billige Parfüm aller aus Schnellbackmischungen industriell gefertigter Backwaren meiner Kindheit. Ich hatte diesen Geschmack schon an allen Keksen erkannt, die DeAnne aus dem Supermarkt mit heimbrachte: «Nilla Wafers», «Lorna Doones», «Chips Ahoy». Ich liebte sie alle. Sie gehörten alle zur selben Familie, dachte ich, wurden alle hinten im Lager unseres örtlichen Piggly-Wiggly-Supermarkts von derselben gesichtslosen Mutter oder Großmutter gebacken.

Als Leo, auch bekannt als die Pastinake, mir 1990 Pancakes machte, waren das die ersten selbst zubereiteten, die ich je gegessen hatte. Wir gingen erst seit Kurzem miteinander aus, und hausgemachte Pfannkuchen waren sein Ass im Ärmel. Er schüttelte Buttermilch. Er schmolz Butter. Er rieb Zitronenschale. Es kam sogar ein Teelöffel echter Vanille hinzu. Ich konnte mich nicht dazu überwinden, das, was er da zubereitet hatte, «Pancakes» zu nennen. Es gab keinerlei Ähnlichkeit zwischen diesen köstlichen Scheiben und dem, was mein Großonkel und ich so oft mitten am Nachmittag geteilt hatten. Leo erzählte mir, dass Pancakes manchmal auch «Flapjacks» genannt würden. Ich konnte mich nicht dazu überwinden, sie so zu nennen, weil «Flapjack» für mich eher wie der Euphemismus für einen nicht beschnittenen Penis klang (ich erzählte Leo von dieser Ablehnung, das brachte ihn zum Lachen; dann fragte er mich, typisch männlich, wie viele ich denn schon gesehen hätte). Außerdem gefiel mir «Flapjacks» nicht, weil es nach Sauerkraut schmeckte (was ich Leo nicht sagte, wie hätte ich das tun können?). Ich beließ es bei «Omelette», auch wenn das nicht ganz stimmte, aber es war ein Wort, das keinerlei Geschmack auslöste. Eine Leerstelle.

Im Verlauf unserer achtjährigen Beziehung begriff Leo, dass ich sensibel auf Wörter reagierte. Er verstand nur nicht, warum. Er dachte, ich sei zu sehr an deren Klang gewöhnt. Ja und nein. Er glaubte, ich würde zu viele Assoziationen zwischen den Wörtern und irgendwelchen nebensächlichen, völlig subjektiven Vorstellungen herstellen (siehe «Flapjacks»). Ja und nein. Er dachte, ich sei klinisch depressiv. Leo hielt alle für klinisch irgendwas. Er war im letzten Jahr an der medizinischen Fakultät und hatte gerade seine Psychologiescheine beisammen, als wir uns kennenlernten. Ich hatte zu diesem Zeitpunkt schon gelernt, meinen Gesichtsausdruck unter Kontrolle zu halten. Ich zuckte zum Beispiel nicht mehr jedes Mal zusammen, wenn ich «Trockenpflaume», «Powell», «du» oder irgendeines der Hunderte von Wörtern hörte, die ich buchstäblich widerlich fand. Ich konnte allerdings nicht die kumulative Wirkung unter Kontrolle bringen, wenn ich ihren geballten Eingang erdulden musste. An den Tagen also, an denen ich zu viele von ihnen gehört hatte, stellte Leo fest, dass ich bedrückt war und ein dunkles, stilles Zimmer brauchte. Aber auch das Gegenteil war natürlich wahr (siehe «Walnuss», «Elefant», «Kerze» oder «Jogger»). Meine emotionalen Tiefpunkte und Hochstimmungen waren also für Leo unerklärlich und unvorhersehbar.

Manche Menschen waren wie Diamanten. Kelly zum Beispiel. Reflektierend, beeindruckend klar, schön, sie bei sich zu haben. Auf dem College und vor allem im Jurastudium erkannte ich, dass die Menschen um mich herum eher wie Peitschen waren. Wunden schlagend, Gedanken klärend, berauschend, aber am besten mied man sie. Leo war eine Peitsche. Er war hyperartikulativ. Sein Mund war nie ganz in der Lage, mit seinem Verstand Schritt zu halten. Seine grauen Zellen drängten die Wörter hinaus, packten sie zu makellos konstruierten Sätzen, Abschnitten und Seiten. In dieser Hinsicht war er eine andere Form des singenden Sprechers, nämlich a cappella. Und genau wie mein Großonkel Harper wählte er mich.

Gut möglich auch, dass ich mich in dem Augenblick in Leo verliebte, als er mir seinen Vornamen nannte, der nach Pastinake schmeckte, ein seltsames, zumindest aber ein unverwechselbares Gemüse.

Ein Sellerie und eine Kartoffel begegnen sich und zeugen ein Kind der Liebe. Kurz darauf verstirbt der Sellerie, und die Kartoffel denkt voller Wehmut und Verlangen an die flüchtige gemeinsame Zeit. Irgendwo am Rande dieser unwahrscheinlichen Liebesbeziehung gleitet ein McIntosh-Apfel vorbei, der dem ganzen Tableau seine feine Würze verleiht, wenn auch ohne die deutliche Süße oder Säure.

Ja, es war sehr gut möglich, dass ich mich in seinen Namen verliebte.

«Leo*pastinake*», sagte ich zu ihm mit einem Lächeln, das weiß ich noch.

Der Amtrak verließ gerade Penn Station. Es war der 21. November 1990, der Mittwoch vor Thanksgiving. Der Zug von New York nach Boston war gesteckt voll. Leo wanderte auf der Suche nach einem freien Platz langsam durch die vollen Wagen. Bevor er sich neben mich setzte, sagte er: «Hi*grünepolos*, ich heiß*eweintrauben* Leo*pastinake*. Ist dieser Platz*rohekarotten* noch frei?» Nichts weiter Bemerkenswertes, mal abgesehen von der unnötigen Erwähnung seines Vornamens. Alltäglich. Banal. Nur für mich nicht. Mein Lächeln muss ihn ermutigt haben, das Gespräch trotz des Kopfhörers, den ich gerade aufhatte, fortzusetzen. «Was hören Sie denn gerade?»

«Dolly Parton*süßstoff*», antwortete ich.

Er lachte.

Ich hätte lügen sollen. Ich hätte Bach oder U2 antworten sollen. Ich habe nie die Wahrheit über DP verraten. Nie. Warum also hatte ich ohne jedes Zögern einem Fremden in der Eisenbahn die Madonna meiner Kindheit dargebracht? Vielleicht lag das an Thanksgiving. Baby Harper war weit weg, und mein Körper fuhr noch weiter nordwärts. Das leichte Scheuern des Mantels eines Fremden an meinem. Der Geschmack seines Namens im Mund. All das ebenfalls mögliche Antworten.

Ich schaltete meinen Walkman aus, nahm den Kopfhörer ab und traute mich – traute mich mehr – Virginia Dare, ihn zu fragen: «Was*grahamcracker* ist denn so lustig*gurke*, Leo*pastinake*?»

KAPITEL 8

Wilbur Wright erinnerte sich an den Klang des Windes, der sich ihm mit einunddreißig Meilen pro Stunde näherte, wie an ein Lied, das nur für ihn geschrieben worden war. Noch während er den Rausch der Geschwindigkeit spürte – der kälteste Tag im Dezember, an den er sich erinnern konnte, seine inneren Organe, die ruckartig nach vorn drängten und ihm sagten, er solle *schneller* fliegen, *noch schneller* –, wusste er, dass das Lied bald enden würde. Die Frage war nur, wie.

Wilbur lag, wie sein jüngerer Bruder Orville nur wenige Minuten zuvor, flach auf dem Bauch, über und unter sich zwei flache Stoffflügel, die straff über ein zartes Holzgeflecht gespannt waren. In den Augen derer im Dorf Kitty Hawk, die es gesehen hatten, aber nicht verstanden, war Wilbur in einem riesigen Kastendrachen festgeschnallt, in einem Spielzeug, das diese zwei wohlerzogenen, gut gekleideten Brüder zum Spielen mit an das Ufer des Atlantik gebracht hatten, zwischen den Sanddünen und Windböen der Outer Banks des Old North State. Dies war das vierte Mal, dass die Gebrüder Wright nach Kitty Hawk gekommen waren, und jedes Mal waren sie unter sich geblieben und nur ab und zu ins Dorf gekommen, um Nahrungsmittel und Nachschub zu kaufen. Die Damen von Kitty Hawk und ihre Töchter hatten bemerkt, dass weder Wilbur, der ältere mit dem kahl werdenden Eierkopf, noch Orville, der jüngere mit dem schmucken Schnurrbart, einen Ehering trug. Die Brüder waren beide für mancher Leute Geschmack ein wenig zu zierlich gebaut, doch alle in Kitty Hawk fanden, dass diese beiden Männer wohl finanziell unabhängig sein mussten, um die Zeit und das Geld zu haben, sich auf solch eine Weise amüsieren zu können.

Die Töchter von Kitty Hawk erkannten allerdings, dass diese Männer nur Augen für den Himmel über sich hatten. Vor allem Wilbur sah nur nach oben. Ein blauer Himmel mit flauschigen Wolken ließ sein ansonsten schlichtes, ernstes Gesicht aufleuchten. Orville und er wechselten einen schnellen, wissenden Blick, und wie zwei Liebende machten sich die beiden auf den Weg zum Strand. Dort in einer Scheune, einem «Hangar», wie die Brüder sie nannten, wartete ihre wahre Liebe auf sie. Wilbur und Orville gaben ihr jeden Penny, den sie besaßen. Sie opferten ihr ihre Jugend. Sie würde sie unsterblich machen. Sie wog dreihundertsiebzig Kilo, hatte einen Verbrennungsmotor und wollte fliegen.

Als Wilbur das Dorf Kitty Hawk aus zweihundertsechzig Meter Höhe sah, dachte er eine Sekunde lang an den Pakt, den Orville und er eingegangen waren, und eine weitere Sekunde lang verspürte er Angst. Eine dritte Sekunde war ihrem Vater Milton Wright, dem Bischof der United Brethren Church, und seinen Predigten über den Teufel und die großen und bösen Taten gewidmet, die er die Menschen in seinem Namen tun ließ. Diese Reihenfolge von Gedanken sorgte dafür, dass Wilbur noch 56 Sekunden blieben, um ungestört zu fliegen. Das tat er. Die ganze Zeit über hörte Wilbur sein Lied.

♥

Von der sechsten bis zur achten Klasse führten Wade, der Orangeneisjunge, und ich unsere Unterhaltung fort, die am ersten Tag der sechsten Klasse begonnen hatte. Wir begannen, sobald wir beide am Morgen die Bushaltestelle erreichten, und hörten fünf bis sieben Minuten später wieder auf, wenn der Bus heranfuhr und vor dem VORSICHT-SCHULKINDER-Schild anhielt. Was mit seinem Repertoire an Klopf-Klopf-Witzen begann, führte bald auch zu den Vor- und Nachteilen seiner Lieblingsspiele im Vergnügungspark, seinen Gedanken darüber, warum Basketball besser war als Football, und welche kleinen Tiere er bei seinen Fahrten durch Boiling Springs gesehen hatte. Ich erzählte ihm, was ich gerade las, meist über griechische Mythologie und die Sternbilder, die dazugehörten. Ich zeichnete die Sterne für Wade in mein Notizbuch, denn wenn wir uns unterhielten, waren sie am Himmel verborgen. Ich meinte zu Wade, wenn wir vor langer Zeit gelebt hätten, dann hätten uns diese Sternbilder an die Geschichten erinnert und uns dabei geholfen, auf den Meeren den Heimweg zu finden. Er meinte, er sei bei den Outer Banks gewesen und habe den Atlantik gesehen, und die aufgewühlte See habe ihm gar nicht gefallen. Ich sagte, ich hätte mir noch keine Meinung darüber gebildet, was bedeutete, dass ich noch nichts Größeres als den nahe gelegenen und ganz von Land umschlossenen Moss Lake gesehen hatte.

Da unsere Gespräche immer einen vertrauten und zuverlässigen Schlusspunkt hatten, konnte ich sie in Ruhe genießen. Auch erlernte ich schnell die Kunst zu verbergen, was in mir geschah. Wenn die Eingänge besonders unangenehm waren – die Vormittage waren, und sind es heute noch, die schwierigste Zeit für mich, da ich nach einer Nacht voller Schlaf und Stille empfindlicher war –, tat ich so, als würde ich auf etwas hinter Wades Schultern schauen, hinter mich blicken oder meine Schuhe betrachten.

Später würde ich feststellen, dass diese Technik auch aus anderen Gründen funktionierte. Die Männer dachten dann, ich sei abgelenkt, desinteressiert oder gelangweilt, was sie nur noch mehr anspornte, meine Aufmerksamkeit zu erregen. Ich war aus Versehen auf die entlegenen Ecken der männlichen Psyche und auf deren Jagdinstinkt gestoßen. Die Prinzipien waren ganz einfach, auch wenn darüber schon viele Bücher geschrieben worden sind, die liebeskranken Frauen zur Anleitung dienen. Erstens: Die am meisten umgarnte Beute ist jene, die nicht gemacht werden will (siehe solche Klassiker wie *Catch Me if You Can* und *Foxes & Bunnies*). Zweitens: Die am meisten umgarnte Beute ist jene, die jemand anderes im Mund hatte (siehe *I'll Have What He's Having* und *First, You Date His Best Friend*).

Wade und ich waren uns gefährlich nah, aber noch nicht Teil der ganz großen Jagd. Unsere morgendlichen Gespräche voller Witze, Erklärungen und Details waren unsere Art, uns zu umkreisen und zu beschnuppern.Die Gespräche mit Wade waren, wie ich fand, ein schneller Tanz mit geschlossenen Augen. Ich lernte, dass ich willens war, eine Menge Wörter zu ertragen, um mich so zu fühlen. Mein ganzer Körper war lebendig. Ich hörte Wades Stimme mit der Haut, wie die Singles meines Großonkels. Was Wade dabei fühlte, wenn er sich mit mir unterhielt, war keine Frage, die ich mir oder er sich stellen musste, denn Zweifel, ein Gift, das meinen Körper mit Beginn der Pubertät überfallen hatte, waren an diesen Vormittagen wundersamerweise nicht vorhanden. An diesem Morgen befanden wir uns in der intimen Atmosphäre einer Kleinstadt mit abnehmender Bevölkerungszahl und rückläufiger Geburtenrate. Wir hatten die Oak Street für uns allein.

Im Bus, in der Schule und inmitten unserer Klassenkameraden waren Wade ein Junge und ich ein Mädchen, und wir kümmerten uns nicht um den anderen. Wir erlebten unsere letzten Tage der Geschlechtertrennung. Hübsche Mädchen wie Sally Campbell und fette Mädchen wie Kelly Powell hatten ihren besten Freundinnen allerdings bereits verraten, dass die Integration nicht nur unvermeidlich, sondern auch überaus wünschenswert wäre. Im Augenblick hielten sich Wade und ich an unsere eigenen Welten, auch wenn wir am Nachmittag gemeinsam aus dem Schulbus stiegen. Wir gingen vorsichtig vor, denn alle Blicke ruhten auf uns. Wir achteten darauf, uns nicht anzusehen oder zum Abschied zuzuwinken, denn das wäre für die anderen ein Signal gewesen.

Wade erzählte mir am letzten Morgen der siebten Klasse, seine Mutter und er würden den Sommer über nach Florida fahren. Seine Großmutter lebte in Tampa und wollte Tochter und Enkelsohn bei sich haben. So sagte es ihm seine Mutter zu diesem Zeitpunkt. Dann fragte mich Wade, ob mein Herz schneller schlüge.

Ja, antwortete ich. Es stimmte, und ich kam nicht auf die Idee zu lügen.

Seines auch, meinte er.

Ich verstand, dass dies in der doppeldeutigen Sprache der späten Kindheit bedeutete, er würde sich schon darauf freuen, mich im Herbst wiederzusehen, die morgendlichen Gespräche wieder aufzunehmen, sich wieder so zu fühlen, als würde er freihändig, mit hoch über den Kopf gereckten Armen, auf dem Fahrrad einen Hügel hinunterrasen.

Im Jurastudium erfuhr ich, dass Übersetzer, genauer gesagt Dolmetscher, zum Beispiel jene, die die Simultanübersetzungen für die Vereinten Nationen machten, nicht Wort für Wort übersetzten. Stattdessen nahmen die Übersetzer ein Bild in ihren Köpfen wahr, während sie in Sprache A hörten, und beschrieben dann dieses Bild in Sprache B. So war es auch bei mir. Zwei Jahre lang, fünf bis sieben Minuten am Tag, fünf Tage die Woche, und ich konnte fließend eine andere Sprache. Ich verstand JUNGE, zumindest diesen einen Jungen. Ich lächelte ihn an, um ihn das wissen zu lassen.

In der siebten Klasse war das, was als *Wade Report* begonnen hatte, zur *Wade Daily News* geworden. Kelly war die Herausgeberin, ich war die einzige Abonnentin. Eine gute, frühe Lektion darin, dass man nicht alles glauben sollte, was man so liest. Kelly schrieb immer noch K+W auf all ihre Notizbücher, eine Sternkonstellation mit einem dazugehörigen Mythos. Jeden Tag sah ich diese Konstellation, aber das ließ sie noch lange nicht wahr werden. Da begriff ich, warum man diese einseitige Form der Bewunderung «Verknalltheit» nannte. Der Gegenstand ihrer Verknalltheit drückte ihr auf die Hauptschlagader und unterbrach die Blutzufuhr zu ihrem Gehirn. Ich war erstaunt über ihren geistigen Verfall. Kelly war von Anfang an mit jeder Menge grauer Zellen gesegnet; was ihr widerfuhr, war also längst nicht so schädlich, wie es hätte sein können. Ihr Phantasieleben mit Wade war zweifellos reich und üppig und trug sie durch die letzten Jahre ihrer Unsichtbarkeit und Isolation. Kellys Briefe aus dieser Zeit strotzten nur so vor Mutmaßungen. Er hatte sie im Flur angesehen. Er hatte im Matheunterricht neben ihrem Tisch einen Bleistift fallen lassen. Gestern im Bus wirkte er glücklich; vielleicht dachte er gerade an sie.

Die andere Seite der Medaille von Kellys konstruierter Wirklichkeit war das vollständige und unumkehrbare Schweigen über ihren Cousin Bobby. Sie sprach über ihn, und ich musste es ihr gleichtun, weil sie ja die Einzige war, die davon wusste. Ihre gewollte Amnesie hielt ihn allerdings nicht aus unserem Leben fern. Er war jedes Mal da, wenn ich einen Rasenmäher hörte oder einen Vogel sah, der gerade die Flügel spreizte, um aufzufliegen. Manchmal war er anwesend, wenn ich Kelly ansah. Das kam ganz unerwartet, die quälende Erinnerung an den einen Körper in dem anderen Körper, die Übertragung der Schuld vom Täter auf diejenige, die von dem Verbrechen wusste. Damals verstand ich nur, dass ich manchmal einen kurzen Anflug von Hass verspürte, wenn ich Kelly ansah. Ich hatte Glück – mal abgesehen von dem, was Jesus Bobby antat –, dass ich Bobby nie in Wade sah. Wenn ich den Orangeneisjungen ansah, sah ich nie den anderen Körper. Ich erkannte nie die Hände, das Auf und Ab des Brustkorbs, den schnellen, scharfen Atemzug.

In vielen anderen männlichen Körpern erkannte ich allerdings schon das Ungeheuer, den Räuber, die Klinge. In meinem Mathelehrer in der zehnten Klasse, in Pastor Reynold, in Leos älterem Bruder. Sie offenbarten sich mir auf verschiedene Weise. Manchmal kam es zu einem schnellen, intensiven Geständnis, das sofort wieder zurückgezogen wurde. Der Pastor etwa starrte mir nicht in die Seele, sondern auf die Brüste. Meistens waren ihre Geständnisse offenkundig und unnachgiebig. Die Hand des Mathelehrers in meinem Kreuz, jedes Mal, wenn ich an der Tafel stand, hatte nichts mit der Vereinfachung einer Gleichung zu tun. Leos Bruder, der mir

Geschichten aus ihrer Kindheit erzählte, die stets damit endeten, dass der kleine Leo in einer Schlammpfütze landete oder weinte.

Als wir uns am ersten Morgen der achten Klasse wieder unter dem Straßenschild VORSICHT SCHULKINDER trafen, das nun nicht nur beleidigend, sondern auch noch falsch war, musterte ich Wade und sah ihn durch Kellys Augen. Wade war schön. Mein Herz schlug schneller, noch bevor er lächelte. Die Reisen hatten Wade verändert. Die Entfernung zwischen North Carolina und Florida ließ ihn wachsen. Er war einen ganzen Kopf größer als ich. Seine Haare waren sonnengebleicht, weil er jeden Sommertag am Strand verbracht hatte. Seine gebräunte Haut hatte dieselbe Farbe angenommen wie meine. Wir nahmen wunderbarerweise den Rhythmus unserer morgendlichen Gespräche mit ihrem lockeren Austausch zusammenhangloser Themen und willkürlicher Abschweifungen wieder auf.

In den kommenden Wochen fiel mir allerdings auf, dass sich Wades Interessen nun verändert hatten. Er erzählte mir von Skateboards, von Bands, die ich noch nie im Radio gehört hatte, und wie mein Vater träumte er laut von New York City. Die Reisen hatten Wade weltgewandter werden lassen. Im Sprachgebrauch der Dreizehnjährigen um 1981 war er einfach *geil*. Er hatte mehrere Staatsgrenzen überquert und in einem Ort mit mehr als einer Ampel gelebt. Er hatte Fernsehsender gesehen, für die man bezahlen musste, und viele Stunden einen namens MTV geschaut, auf dem es zu den Songs kurze Filme gab. In anderen Worten: Wade hatte eine Zeitreise in die nahe Zukunft hinter sich.

Ich war dieselbe geblieben. Ich hatte den Sommer '81 über *Herr der Ringe* und das *Seventeen*-Magazin gelesen. Ich begriff, dass Ersteres eine Art Mythologie war. Ich brauchte länger, um zu begreifen, dass Letzteres ebenfalls eine war. Auf jeder Hochglanzseite von *Seventeen* war das Beautiful American Girl abgebildet. Ich hätte wissen müssen, dass das Magazin ein vergifteter Apfel war, weil meine Großmutter Iris mir das Abonnement geschenkt hatte. Ich war dasselbe Mädchen geblieben. Kelly auch.

Kelly stieg in den Bus und bekam wie gewöhnlich kaum Luft. Sie flüsterte mir ins Ohr: «O mein Gott*walnuss*!» Sie drückte meinen Arm umso fester, je näher wir der Schule kamen. Sie traute sich nicht, sich wie üblich umzudrehen und einen Blick auf den Auserwählten zu erhaschen, der so schön geworden war, als wäre er nicht von dieser Welt.

Auch ich erlebte an jenem Morgen etwas Neues. Es war angenehm und unangenehm zugleich. Ich hatte ein Gefühl am Hinterkopf, als halte jemand seine Hände ganz nah an meine Haare, ohne sie jedoch wirklich zu berühren. Ich drehte mich um, und Wade lächelte mich an. Er hatte mir einen Zettel zugesteckt, als der Schulbus an jenem Morgen an unserer Haltestelle bremste. Dieser Akt allein verriet mir, dass der Orangeneisjunge nicht mehr derselbe war. Das zu einem Dreieck zusammengefaltete Stückchen Papier steckte bis zur dritten Stunde in meiner Handtasche, dann ging ich auf die Toilette und betrat eine Kabine, um es zu lesen. «Ich habe Dich vermisst», hatte Wade geschrieben.

Auch andere in unserer achten Klasse hatten im Sommer eine Zeitreise gemacht. Einige der Mädchen hatten sogar Sally Campbell eingeholt. «Ihre BH-Größe entspricht nun ihrem IQ», schrieb Kelly im Brief Nr. 594. Ihre Lippen glänzten, und ihr goldenes Haar kräuselte sich ganz leicht auf ihren Schultern. Sie trugen ihre neu entdeckte Schönheit wie ein Geburtsrecht und zweifelten nicht einen Augenblick daran, dass sie die Aufmerksamkeit verdienten, die damit einherging. Sally und diese Mädchen bildeten sofort eine Clique und begannen augenblicklich damit, auszugrenzen und zu unterdrücken. Dieser Akt war so natürlich für sie wie Luftholen. Wenn Kelly und ich diese Mädchen beobachteten, dachten wir dabei an die Fische, die vor all diesen Jahrmillionen aus dem Urmeer geklettert waren und sich nie wieder umgeschaut hatten. Schon in den ersten Stunden eines sehr langen Schuljahres verstanden wir beide, dass wir die Fische waren, die immer noch im Kreis schwammen. Ich fragte mich, wann ich wohl endlich Lungen bekam. Kelly grübelte darüber nach, wie sie die Aufmerksamkeit darauf lenken konnte, dass sie schon welche hatte.

Von den Jungs in unserer Klasse hatten vier einen Wachstumssprint hingelegt und waren so groß wie Wade geworden, wenn sie auch ziemlich ungelenk wirkten. Sie ruderten mit ihren dürren Armen und mageren Beinen herum wie Tiefseekopffüßer. Die Köpfe wirkten viel zu klein und unproportioniert im Vergleich zu ihren neuen, großen Körpern. Keiner von ihnen war schön. Sie gestanden sich diese Unzulänglichkeiten in Körperbau und Manieren dadurch ein, dass sie sich noch enger mit Wade befreundeten. Sie boxten ihm gegen den Arm und packten ihn bei den Schultern, weil sie ihn berühren wollten. Sie redeten mit ihm über Football, Basketball und Baseball, um auf diese Weise den Adrenalinstoß zu verspüren, den manche von ihnen später als Ersatz für Sex und Krieg erkannten. Aber mit dreizehn wurde von ihnen erwartet, dass sie bei diesen Mannschaftsspielen nicht nur zuschauten, sondern sie auch selbst spielten, und sie tobten ihren Enthusiasmus mit einer Mischung aus Hoffnung und Wagemut aus. Unbewusst hofften die meisten von ihnen auf die Zeit, wenn ihr alternder Körper diese Erwartungen nicht mehr erfüllen konnte. Wie bei Sex und Krieg zogen sie es auch hier vor zuzuschauen. Der Druck, Taten sprechen zu lassen, und die Forderung, siegen zu müssen, konnte dann wieder auf andere Männer übertragen werden. Im Augenblick hatten sie Wade, auf den sie ihre Wünsche und Ängste projizieren konnten. Die Natur hatte ihn zu ihrem König erwählt. Sie waren nicht dafür geschaffen, ihn vom Thron zu stoßen, also folgten sie ihm. All das spielte sich am ersten Tag der achten Klasse ab. Kein Wunder, dass wir bei der Rückfahrt alle müde und verwirrt waren.

Die Ferien hatten Wade auch furchtlos werden lassen. Noch bevor der Bus an jenem Nachmittag davongerollt war, griff er nach meiner Hand.

«Hast*nutterbutterkekse* du*grünebohnenausderdose* ihn gelesen*kartoffelchips*?», fragte er.

«Ja.»

«Und?»

Ich drehte mich um und rannte davon.

Wade stand da und sah mir nach. Das wusste ich, weil ich wieder dieses Gefühl hatte, die Hände, die fast meinen Hinterkopf berührten.

Ich rannte davon, weil ich nicht wusste, was ich sagen sollte. Ich wollte den Druck loswerden, der sich so plötzlich in meinen Gliedern aufgebaut hatte. Ich wollte ihn berühren, und wenn ich stehen geblieben wäre, hätte ich nicht gewusst, wie.

Am folgenden Morgen sagte ich zu meinem Vater, ich hätte Regelschmerzen, und bat ihn, mich zur Schule zu fahren. Das tat er, ohne ein Wort zu sagen und mit besorgtem Blick. Er hatte einen frühen Termin an diesem Morgen, sodass ich eine halbe Stunde vor allen anderen in der Schule ankam, aber ich war froh, dort zu sein und nicht am VORSICHT-SCHULKINDER-Schild zu stehen. Bevor wir das Haus verließen, hatte mein Vater DeAnne gebeten, mich nach der Schule abzuholen. Das tat sie auch. Ich erzählte dieselbe Lüge die ganze Woche lang. Ich sah Wade in der Klasse, aber da trug er ja seine neue Krone und war von Rittern und Bittstellern umgeben. In diesem Königreich war ich nur Leibeigene. Kelly machte sich natürlich Sorgen und schrieb erweiterte Ausgaben der *Wade Daily News*, damit ich auch ja nichts von dem versäumte, was geschehen war. Im Brief Nr. 598 schrieb ich Kelly, dass ich die ganze Woche ein Gefühl hätte wie Zahnschmerzen, nur am ganzen Körper. Und das stimmte auch.

Das Problem mit der Ausrede «Regel»: Sie hatte ein natürliches

Verfallsdatum und hielt nur für etwa fünf bis sieben Tage im Monat. Der Versuch, die Ausrede länger zu nutzen, endete mit einem Besuch bei unserem Hausarzt Dr. Peterman. An dem darauf folgenden Montag wusste ich, dass ich durch die Haustür treten und mich dem König stellen musste. Ich war darauf vorbereitet. Ich hatte Wade einen Zettel geschrieben und gab ihn ihm, kaum dass ich ihn an jenem Morgen erblickt hatte. Der Zettel war zu einer Raute gefaltet. Wade lächelte, ohne ihn auch nur zu lesen. Er steckte ihn in die Gesäßtasche seiner Jeans und zählte mir dann die Namen der Skateboardtricks auf, die er den ganzen Sommer über geübt hatte: Ollie, Kickflip, Bert Slide. Ich erzählte ihm, wenn ich eine der Gestalten aus *Der Herr der Ringe* sein müsste, dann wäre ich wohl ein Hobbit, einer von denen, die zu Hause im Auenland blieben, keine Namen oder Aufgaben hatten, aber in Sicherheit waren und es warm hatten.

Als Wade die Raute auseinanderfaltete, stand da geschrieben: «Ich habe Dich auch vermisst.»

Das Wunder unserer jungen Liebe bestand darin, dass sie gegenseitig war, uns gleichzeitig ergriff und schon erblüht war, als wir noch nicht alt genug waren, um allzu selbstkritisch zu sein.

In jener Nacht verabschiedete ich mich von Dill. Ich schlug die Seiten von *Wer die Nachtigall stört …* auf und las noch einmal die Sätze, derentwegen ich ihn bewunderte. «Der Sommer war unsere beste Jahreszeit … Er brachte Tausende von Farben in einer sonnenversengten Landschaft, und vor allem brachte er uns Dill.» Unser Sommer war vorüber. Wir trennten uns freundschaftlich. Dill sagte mir, «er werde mich ewig lieben und ich solle mir keine Sorgen machen, er werde kommen und mich heiraten, sobald er genügend Geld beisammenhabe – ‹und bitte antworte mir mal›.»

In mein Notizbuch schrieb ich L+W. Dann radierte ich es wieder weg, wusste ich doch, dass es besser war, den Namen für Wade zu benutzen, den nur ich kannte.

L+OEJ.

KAPITEL 9

Der Tastsinn wurde in meiner Familie nicht gebraucht oder gar gepflegt. Deshalb bevorzugte sie auch große Autos. Cadillac Eldorados, Chrysler Le Barons, Chevy Suburbans. All diese Modelle haben ihren Weg in die Garagen des blaugrauen Ranchhauses, des Kolonialstilhauses mit den grünen Fensterläden und des griechischen Hauses gefunden. Diese Fahrzeuge erlaubten uns fünfen, darin zu sitzen, ohne uns jemals berühren zu müssen. Wir rieben unsere Oberschenkel nicht aneinander. Wir stießen nicht mit unseren Schultern aneinander. Wir waren durch reichlich Ellbogenfreiheit und Fußraum voreinander geschützt. Ich nahm an, dass dieser Wunsch, Berührungen zu vermeiden, auch der Grund war für die Vorliebe in meiner Familie für lange Ärmel und wenig freizügige Kleidung, Alkoholverbot, ihre Verachtung des Tanzes und andere Besonderheiten unseres Glaubens. Südstaatenbaptisten wollten den Geist spüren, nichts anderes. Eine entkörperlichte Umarmung war der Grund, warum wir jeden Sonntag unsere Hände zum Herrn erhoben. Nie sah ich meinen Vater meine Mutter küssen. Nie sah ich meine Mutter meine Großmutter küssen. Die Lippen meiner Großmutter wurden nur zum Schürzen verwendet. Mein Großonkel benutzte seine Lippen, um die Songs von Patsy Cline zu pfeifen.

Als wir acht waren, zeigte mir Kelly, wie man jemandem einen Kuss zuwirft. Das habe sie bei ihrer Tante, die aus Rock Hill, South Carolina, zu Besuch war, gesehen, sagte sie. Es gab zwei Schritte. Das Küssen meiner eigenen Handfläche war eine Offenbarung. Meine Lippen waren warm. Sie waren weich. Sie konnten Druck ausüben. Aber der eigentliche Zauber bestand darin, den unsichtbaren Kuss in die Luft zu pusten. Tatsächlich, so dachte ich damals, würde ich lieber *so etwas* tun, als ein Kaninchen aus dem Hut zu zaubern oder bei jemandem eine Münze hinter dem Ohr hervorzuzaubern oder eine Frau zu zersägen (warum werden eigentlich nie Männer zersägt?). Kelly und ich hatten ein paar Wochen Gelegenheit, uns Luftküsse zu geben, bis meine Mutter zu uns sagte, das sei unnatürlich und wir sollten das sein lassen. Nachdem DeAnne aus dem Zimmer gegangen war, zuckten wir mit unseren kleinen Schultern. Dann fragte mich Kelly, ob sie mich in echt küssen solle, damit ich wisse, wie sich das anfühlt. Ich schüttelte den Kopf und rannte schreiend davon. Sie rannte schreiend hinter mir her. Wir hatten einen Riesenspaß dabei, uns gegenseitig Küsse zuzuwerfen und sie uns aus der Luft zu greifen.

↔

Die Lippen des Orangeneisjungen schmeckten nicht nach Orangeneis. Ich rechnete auch nicht damit, aber gehofft hatte ich es. Ich war leicht enttäuscht. Während des letzten Jahres unserer gemeinsamen Beförderung mit dem Bus beugte sich Wade, der mit dreizehn wunderschön war, eines Morgens vor und küsste mich auf die Lippen. Er presste seine Lippen auf meine, um es genauer zu sagen. Ja, er presste sie. Sekunden zuvor waren wir noch ein Junge und ein Mädchen gewesen, die nebeneinanderstanden. Der Abstand zwischen unseren Körpern wurde aus Gewohnheit eingehalten, nicht aus mangelnder Neugier. Wades Bewegung war schnell und unerwartet. Als erste atmosphärische Veränderung bemerkte ich den Geruch seiner Kleidung – seine Ma muss sie, wie meine, mit Tide gewaschen haben. Die zweite war die sofortige Erwärmung der Luft, als sein Atem näher kam. Die dritte war eine plötzlich einsetzende Verdunkelung. Als Wade wieder zurückwich, sagte er, nur für sich selbst, laut meinen Namen. Ich schlug die Augen auf, und wir waren nun ein Junge und ein Mädchen, die sich geküsst hatten. Er hatte das unsichtbare Siegel um unsere Körper aufgebrochen. Wir hatten eine dünne Hautschicht abgelegt, und darunter waren wir neu und empfindlich wie ein blauer Fleck. Sekunden später kamen mir schnell und unerwartet die Worte meiner Großmutter Iris aus dem Mund. «Erzähle*braunerzucker* niemandem*brotundbuttersauregurke* davon», sagte ich.

«Sicher*dosenthunfisch*», erwiderte Wade schulterzuckend, «geht ja auch niemanden*brotundbuttersauregurke* was an.»

Ich erwiderte nichts darauf und ließ ihn in dem Glauben, dass *das* der Grund sei.

Unsere Minuten waren um, und der Schulbus bog um die Ecke in die Oak Street. Drei Haltestellen später stieg Kelly ein, setzte sich neben mich, nahm drei Viertel des Vinylsitzes ein und drückte mir die Hand zum Gruß. Ich drückte auch ihre Hand. Unsere Oberschenkel berührten sich. Unsere Schultern stießen aneinander. Wir waren in der achten Klasse und fuhren auf das Ende unserer Jahre der körperlichen und emotionalen Nähe zu. Kelly würde schon bald herausfinden, dass die Berührung durch einen Jungen das gute, süchtig machende Gefühl verstärkte, begehrt zu werden, ein Gefühl, das ihr mit vierzehn noch so neu war, dass sie jedes Mal vor Freude hätte aufschreien können. Sie forderte einen Jungen nach dem anderen heraus, sie zu küssen. Sie forderte sie auch heraus, andere Dinge mit ihr zu tun.

Von dem Tag an, als ich den ersten ihrer Briefe bekam, war Kelly meine Welt. Sie war meine Verbindung zu solchen Begriffen wie Mädchentum, Freundschaft und Intimität. Ich liebte sie mehr, als ich Wade liebte. Ich wollte nicht, dass dieser Junge die Liebe zu meiner besten Freundin veränderte. Ich wusste das, als Wade mich küsste. Ich wusste auch, ich würde ihn wieder küssen, und Kelly durfte das nicht wissen. Doch dies bedeutete tatsächlich, dass ich nicht sicher war, ob Kelly *mich* mehr liebte. Ich hatte ihre geschwollenen Herzen mit dem K+W darin gesehen, und das nährte Zweifel in meinem eigenen Herzen.

Wade hatte seine eigenen Gründe, warum er sein Versprechen hielt. Nie wieder küsste er mich an der Bushaltestelle. Er wartete, bis wir bei ihm zu Hause waren. Seine Mutter war selten daheim, obwohl sie keine Arbeit hatte. Wade und ich waren blind dafür, was diese nachmittäglichen Abwesenheiten wohl zu bedeuten hatten, wenn wir in das verblichen rote T-Shirt-Haus gingen und wussten wir, dass wir allein waren. Wir gingen in sein Zimmer, und Wade schloss die Tür, die tatsächlich ein Schloss hatte. Er küsste mich zuerst. Wir berührten uns, um uns zu erforschen, nicht Land- und Wasserwege, nicht das offene Meer, sondern den Raum, das atemlose Neuland über unseren Köpfen, Sterne und Planeten und die Möglichkeiten, zu fliegen. Wir waren keine Kinder mehr, aber Teenager waren wir nur dem Alter nach. Wenn wir uns berührten, spürten wir auf unserer Haut die frischen Narben aufgeschürfter Knie und wundgescheuerter Ellbogen. Wenn Wade sagte, er habe gebrochene Knochen, dann meinte er genau das. Er meinte nicht Enttäuschungen, Liebeskummer oder Seelenpein. Euphemismus war ein Wort für ein Konzept, mit dem keiner von uns beiden genügend vertraut war, um es zu verwenden.

Berühren war ein Wort, so lernte ich bald, das zwei verschiedene Sinneseindrücke beschrieb. Berühren, das hieß, zu drücken, mit der Haut auf meinen Fingerspitzen, mit den weichen Sohlen meiner Füße. Berührt zu werden, das hieß, das Gewicht einer anderen Person auf ebendieser Haut zu spüren. Meine Nachmittage mit dem Orangeneisjungen lehrten mich, dass ich beides mochte. Wade verstummte, wenn es dazu kam. Seine Augen weiteten sich, und er sah mich an, als würde ich jeden Augenblick in tausend Stücke zerbrechen oder davonlaufen. Und wenn ich das nicht tat, belohnte er mich mit seinem langsamen Grinsen, dem mimischen Äquivalent für unseren langsamen Südstaatenakzent.

Als wir das erste Mal nebeneinanderlagen, hatte Wade dieses Grinsen aufgesetzt. Wir lagen auf dem Rücken, die Hände auf unseren noch von T-Shirts bedeckten Bäuchen ineinander verschlungen. Wir sahen zur Zimmerdecke hinauf. Sie war glatt und weiß (obwohl ich glaubte, Sterne zu sehen), so, wie auch seine Wände ausgesehen hatten, bevor er sie mit Postern von Bands und von einer Kunstausstellung bedeckt hatte, zu der ihn seine Mutter in Tampa mitgenommen hatte. Glänzendes weißes Papier, darauf fette schwarze Lettern: T(r)ampA(rt). Darüber befanden sich zwei Kreise, sie sahen aus wie eine liegende Acht. Wade erzählte mir, dies sei das Hobo-Zeichen für «gib nicht auf». Er erzählte, seine Ma und er seien zu einer Ausstellungseröffnung in einer Galerie gegangen, und der Künstler sei ebenfalls dort gewesen. Der Künstler, ein junger Mann, habe nicht sehr glücklich ausgesehen und habe ziemlich viel von dem kostenlosen Wein getrunken, aber alle Anwesenden hätten trotzdem versucht, mit ihm zu sprechen. Ich wusste nicht genau, warum, aber nach dem Ton in Wades Stimme zu urteilen, hatte ihm der Künstler eine neue Welt erschlossen. Dann sagte Wade übergangslos und ohne Veränderung in seiner Stimme, dass er letzten Sommer in Tampa ein Mädchen geküsst habe.

Etwas in mir gefror. Falls ich genau bestimmen müsste, was, würde ich sagen, mein Magen. Irgendwo in der Gegend, tief und groß und lebendig. Ich hätte Wade fragen sollen, warum er sie geküsst hatte. Hatte sie ihn dazu aufgefordert, oder war er der Aktive gewesen? Stattdessen stellte ich eine lächerliche Frage, eine, die offenbar ins weibliche Gehirn eingeschweißt ist: Wie heißt sie? Auch bei anderen Situationen im Leben ertappte ich mich bei dieser Frage. Der Name des geküssten Mädchens, des Mädchens, mit dem er Kaffee getrunken hatte, des gevögelten Mädchens, war überhaupt nicht der Punkt. Der Punkt war, dass es da ein anderes Mädchen gab.

Ebenso fest verdrahtet kam die Antwort von Wade, das habe

alles gar nichts zu bedeuten. Er habe nur wissen wollen, wie das sei, weißt du, jemanden auf die Lippen zu küssen. Mein Magen beruhigte sich wieder, und ich wiederholte mir den Satz im Kopf. *Es hatte alles nichts zu bedeuten*. Aber das war ebenfalls nicht der Punkt. Der Punkt blieb derselbe. Da gab es ein anderes Mädchen.

Mein erster Kuss war Wades zweiter (oder dritter oder vierter). Ich sah zur Decke hinauf, die so weiß war, dass mir die Augen schmerzten und mir die Tränen kamen. Wade griff wortlos nach meiner Hand und hielt sie fest, bis ich aufhörte zu weinen. Ich hätte ihn fragen sollen, warum er mir das erzählt hatte. Ich hätte den Rest meines Lebens glauben können, dass ich die Erste gewesen sei, was hätte das ihm oder dem geküssten Mädchen schon geschadet, wie immer sie hieß. Aber wenn ich Wade diese Frage gestellt hätte, dann hätte seine Antwort gelautet: «Ich weiß nicht, warum ich dir davon erzählt habe.» Das wäre keine Lüge gewesen, weil er es wirklich nicht wusste.

In den letzten paar Monaten hatten wir beim anderen Verhaltensweisen und Reaktionen ausgelöst, die wir in den kommenden Jahren immer wieder erleben würden. Zu dem Zeitpunkt jedoch waren sie brandneu und verwirrend. Oft hatten wir das Gefühl, als wäre da jemand anderer in uns, und diese Person würde Dinge tun und sagen, denen wir nicht zugestimmt hatten und bei denen wir nicht verstanden, welches Motiv dahintersteckte. In diesem Fall sorgte die Person in Wade für eine Rivalität zwischen dem geküssten Mädchen in Tampa und mir, dem Mädchen, das an einem kalten Februarnachmittag in Boiling Springs neben ihm lag. Die Existenz des geküssten Mädchens war, sobald sie bekannt geworden war, eine Bedrohung, eine Möglichkeit, eine Wahrscheinlichkeit, dass sie noch einmal die Erste sein könnte. Ihre Existenz nützte Wade, auch wenn er nur eine vage Vorstellung davon hatte, warum.

Wade und ich verbrachten den März damit, uns auszuziehen. Pullover, T-Shirts, Jeans, bis uns nur noch eine dünne Schicht

Baumwolle bedeckte. Wir waren keine Kinder mehr, aber in unserer harmlosen Baumwollunterwäsche sahen wir wie Kinder aus. Seine weiße Unterhose, mein Unterhemd mit der winzigen gelben Schleife am V-Ausschnitt, seine Socken mit den drei Streifen, blau, rot, blau, an den Knöcheln. Wir hatten keine Angst voreinander, aber wir waren manchmal schüchtern und lagen zitternd, aber nicht frierend auf seiner Bettdecke. Ich fasste ihn weiterhin an. Sein Körper wurde mir vertrautes Terrain. Seine Hüftknochen waren kantig. Seine Schlüsselbeine bildeten zwei kleine Teiche. Sein Gesicht war so glatt wie meins. Ich schloss die Augen, tat so, als wäre ich blind und müsste mit meinen Fingern und Händen sehen. Das tat er auch. Er schob seine Hände unter mein Unterhemd und tastete nach den Stellen, wo meine Brüste sein würden. Seine Hände strichen über meine Brustwarzen, und ich sprach seinen Namen laut aus, um ihn zu schmecken. Als Antwort überlief ihn ein Schauer.

Alles neu macht der Mai, lautete die erste Gedichtzeile, die ich lernte. Darin schwang ein Rhythmus mit. Es klang prophetisch. Es war voller Hoffnung. Es war wahr. Ende April erzählte mir Wade, dass seine Ma und er den Sommer wieder in Tampa verbringen würden. Er musste das geküsste Mädchen gar nicht erwähnen. Sie betrat sein Zimmer und legte sich zwischen uns. Ich hasste sie, dabei kannte ich noch immer nicht ihren Namen. Wade schien wie aus einem Nebel zu kommen und sie ebenfalls dort zu sehen und begriff, warum er mir von ihr erzählt hatte. Dann bat Wade mich, die Erste zu sein.

«Bitte*zitronensaft*, Linda*minze*», sagte er.

Bis zum heutigen Tag rufen mir diese beiden Wörter zusammen Wades Gesicht vor Augen. Teenagerinnen auf der ganzen Welt haben denselben Ausdruck von Hoffnung und Verlangen schon gesehen. So einfach wie ein Teenager.

Ich war nichts Besonderes, obwohl ich mich so fühlte. So einfach wie eine Teenagerin.

Bobby betrat Wades Zimmer. Das geflügelte Ungeheuer hielt sich den Zeigefinger an die Lippen und machte «schsch». Vielleicht ahmte er das Zischen einer Schlange nach. Er stand am Fenster und starrte mich an. Draußen sprangen dicke Regentropfen vom Dach des verblichen roten T-Shirt-Hauses. Drinnen hörten Wade und ich zu, und es klang wie eine siedend heiße, knisternde Pfanne mit heißem Öl rings um uns. Wade hielt die Luft an und ich ebenfalls. Der Einzige, der im Zimmer Luft holte, war Bobby, und die brauchte er nicht mal. Die regelmäßige Bewegung von Bobbys Brust, so selbstsicher und geduldig, überzeugte mich davon, dass es Wade merken würde. Wade würde merken, dass er nicht der Erste war. Ich atmete aus und log.

«Ich bin noch nicht so weit*orangensaft*», sagte ich zu dem Orangeneisjungen.

«Oh», antwortete er.

Eine Silbe ohne Eingang, ein Platzhalter, bis ein Gedanke auftauchte, ein Geräusch, das man in Augenblicken der Überraschung, Frustration oder Enttäuschung von sich gab. «Oh» konnte ein Zeichen von Gleichgültigkeit sein: Es ist mir so egal, was du gerade zu mir gesagt hast, dass ich mir nicht einmal die Mühe mache, mit einem echten Wort darauf zu reagieren. Manchmal war «Oh» auch das Geräusch, das ein Körper macht, der eine Ablehnung zu verdauen hat.

Ich setzte mich auf, zog mir den Pullover über den Kopf, zog Jeans und Turnschuhe an, sah mich um und bemerkte, dass Bobby nicht mehr im Zimmer war.

«Ich sehe dich morgen*frühstückswürstchen* wieder, Wade*orangeneis*», sagte ich, bevor ich beim Hinausgehen die Tür seines Zimmers hinter mir schloss. Ich presste mein Ohr an seine Tür und rührte mich nicht. Die Person in mir ließ mich nicht gehen. Sie wusste, dass ein Geständnis bevorstand. Das Geständnis entpuppte sich als der Name des geküssten Mädchens.

«Bittezitronensaft, Juliekaramell.»

Wade war kein Kind mehr. Er hatte noch einen Plan B. Die Person in ihm verfügte über einen Text, und er übte ihn. Das letzte Wort seiner Bitte war offenkundig austauschbar.

Neu im Mai waren die kleinen roten, rüschigen Blumen. Am Morgen sah ich sie in meinen tränenden Augen. Vom Wasser blühten sie nur noch mehr auf. Augentropfen färbten sie nur rosa. Ich hasste sie dafür, dass sie mich verrieten. Ich durchlitt das, was unter dem etwas ungenauen Ausdruck «gebrochenes Herz» bekannt ist (ein Glas zerbricht. Ein Fieber bricht aus. Ein Sonnenstrahl bricht durch die Wolken. Ein Herz ist ein Muskel, und entsprechend tut es auch weh, es schmerzt und zieht). Am Ende des Monats, als das Schuljahr endete, war ich ausgelaugt, vor allem weil ich nicht verstehen konnte, was mir und Wade passiert war.

Wir verbrachten die Vormittage und die Nachmittage weiter auf die übliche Weise. Aber jedes Mal, wenn ich Wade sah, hörte ich, wie seine Stimme in meinem Kopf den Namen des geküssten Mädchens sagte. Was ich nie wieder hörte, war: «Bittezitronensaft, Lindaminze.»

Wade und ich dachten, wir hätten das Wochenende, um uns zu verabschieden. Seine Ma hatte ihm gesagt, sie würden erst am Montagmorgen nach Tampa aufbrechen, doch irgendwann, nachdem die Familie Harris von ihrem üblichen Samstagsdinner um 17 Uhr 15 im Slo' Smoking zurückgekommen war, und vor dem Sonnenaufgang am Sonntag, nahm Wades Ma eines der Familienautos, zwei Koffer und verließ die Stadt ohne ihn. Der Orangeneisjunge wachte auf und stellte fest, dass er nun zu einer zerbrochenen Familie gehörte (eine Familie zerbricht).

Mrs Harris' Friseuse wusste schon davon, bevor noch irgendjemand anderes auch nur davon ahnte. Man könnte auch sagen, sie wusste davon, bevor Mrs Harris es selbst ahnte. Die kürzlich veränderte Haarfarbe, die blonden Strähnchen, das Haarband aus himmelblauer Viskose, das 1982 in Hollywood Mode war, in Boiling Springs aber eher als schlampig angesehen wurde. Sobald die erste Kundin am Montagmorgen Miss Coras «Beauty Emporium» betrat, wurde die Neuigkeit über Wades Ma in Umlauf gesetzt. Zu diesem Zeitpunkt waren im verblichen roten T-Shirt-Haus alle Vorhänge zugezogen. Das Haus war in Trauer. Oder die Bewohner schämten sich. Ich wusste damals nicht, dass es ein Wort für beide Gefühle zugleich gab: Schmach. Wades Vater, seiner Gemeinde in Shelby bekannt als der hochwürdige Kanonikus der Episcopal Church of the Redeemer, verließ an jenem Sonntag nicht das Haus. Am Montagmorgen fuhr er seinen Sohn Wade zum Flughafen, der allein nach Tampa flog. Vor der Abfahrt hatte Wade an der Hintertür des blaugrauen Ranchhauses geklopft. Er gab mir einen Zettel, auf dem er versprach, er werde mich anrufen, wenn er bei seiner Großmutter ankam. Er rief nie an, den ganzen Sommer über nicht. Auch das geschriebene Wort kam nie wieder zum Einsatz.

Wades Nimbus war ein Produkt der Sonne, war von ihren Strahlen abhängig. Je mehr Zeit er draußen verbrachte, desto mehr Licht fing sein Schopf ein und hielt es dort fest wie Glühwürmchen in einem Glas. Aber im Sommer '82 starben seine Glühwürmchen, und alle in Boiling Springs wussten, warum. Wade, mein Orangeneisjunge, hatte seine Mutter verloren. Sie war nicht gestorben. Sie war abgehauen. Miss Coras «Beauty Emporium» summte nur so vor Neuigkeiten. Beth Anne kam heim und erzählte es ihrem Mann Carson jr., ihre Tochter Kelly hörte mit und gab vor, es nicht zu tun. Beth Anne zufolge war Mrs Harris schon immer viel zu ordinär gewesen mit ihren hautengen Blusen und kurzen Röcken. Die Frau des Reverends, so die Friseuse, wohnte nun in Myrtle Beach, South Carolina. Sie hatte einen Job an der Cocktailbar eines Hotels am Meer gefunden. Es war dasselbe Hotel, in dem sie und ihr Mann, der Reverend Harris, gerade ein Jahr zuvor zu ihrem fünfzehnten

Hochzeitstag übernachtet hatten und in dem sie einen Barkeeper kennengelernt hatte, der ihr jede Nacht, wenn ihr Mann zu seiner üblichen Zubettgehzeit um zweiundzwanzig Uhr eingeschlafen war, ein paar Drinks spendierte. Alle wussten, dass die Episkopalen gern mal einen tranken.

Was die Südstaatenbaptisten anging, kamen die Episkopalen an dritter Stelle auf der Liste der religiösen Abweichler in der Gegend. Ganz oben stand die ehemalige Miss Feldmann. Dann kam die kleine Gruppe der Katholiken. Das Gespräch über sie kreiste normalerweise darum, wie die kleine Gruppe, soll heißen, die Gemeinde von St. Mary's, es nur immer schaffte, genügend Geld aufzutreiben, um ihre Kirche zu erhalten; erst kürzlich waren neue Bleiglasfenster angeschafft worden(alle sechs Fenster zeigten eine Taube, die sich aus einem Wirrwarr aus blauen und gelben Dreiecken erhob, was, von außen betrachtet, absichtlich oder unabsichtlich den Effekt einer «Glaubensexplosion» hatte). Man sagte sich, dass Geld aus Rom im Spiel sein müsse. Kelly schrieb im Brief Nr. 658, dass sie das Gespräch ihrer Eltern an dieser Stelle ausgeblendet habe, weil Katholiken nicht halb so interessant seien, wie ihre Eltern glaubten. Sally Campbell zum Beispiel war katholisch, und sie war langweilig. Kelly schrieb auch, dass die Lektion, die aus Wades Mas «Eskapade» zu lernen war, lautete, dass man aufpassen müsse, was man seiner Friseuse erzählte, wenn wir erst einmal eine hätten. Die Lektion, die ich daraus lernte, lautete, dass wir uns verändern, wenn unsere Mütter uns verlassen. Unsere Glühwürmchen sterben.

Als ich Wade am ersten Tag der Highschool sah, ließ mich seine stumpfe Haarfarbe vermuten, dass es bei seiner Großmutter in Tampa jeden Tag geregnet hatte. Dann blitzte die Vorstellung von seiner Mutter, wie sie sich mit ihrer neuen Haarfarbe und ihrem neuen Leben in Myrtle Beach sonnte, zwischen uns auf. Mit Strähnchen und Strand war Father Harris' Exfrau, nun Cocktailkellnerin, unter den Frauen des Großraums Boiling Springs-Shelby sofort zur

Legende geworden. Unter den Männern war sie noch legendärer. Sie diente in der Gesellschaft als mahnendes Beispiel, sich vor Hotels am Strand, blonden Strähnchen, engen Blusen, entblößten Knien, lasziven Haarbändern und Alkohol zu hüten. Zugleich war sie auch das Fantasiebild für all diese Dinge. Wade kam in eine kleine Stadt zurück, die durch diese strahlende Vision seiner Mutter noch kleiner wirkte. So als habe er bereits mit dieser gesteigerten Aufmerksamkeit gerechnet, hatte Wade sich über den Sommer in das makellose Beispiel eines amerikanischen Teenagers verwandelt. Er musste wohl die *Seventeen*-Zeitschriften des geküssten Mädchens gelesen haben, denn er erschien in der Boiling Springs Highschool, als sei er direkt den Seiten des Blattes entstiegen. Kurze Haare mit Seitenscheitel. Blassblaues Polohemd und Khakihose. An den Füßen Slipper, Pennyloafers, genauer gesagt, natürlich mit Pennys in den Schlitzen. Ich ging an ihm vorbei und blieb erst stehen, als er meinen Namen sagte. Ich drehte mich um, sah vom Linoleumboden auf, entdeckte die Kupfermünzen, die neutral gefärbten Hosenbeine, den pastelligen Oberkörper, das blasse Gesicht, die braunen Haare, und erblickte jemanden, den ich nicht erkannte.

Als ich im ersten Collegejahr im Filmseminar «Filmische Konstruktionen von Maskulinität: Jungs weinen nicht, aber manchmal tanzen sie» *Denn sie wissen nicht, was sie tun* sah, wurde mir klar, dass Wade, der mit dreizehn schön gewesen war, wie ein zerzauster James Dean ausgesehen hatte. Mit vierzehn war Wade hübsch, aber eher wie eine Ken-Puppe.

Wade erkannte mich, weil ich genau dieselbe geblieben war, auch wenn ich unter dem T-Shirt nun einen Sport-BH trug und eine Schachtel Winston Reds in der Handtasche versteckte. Äußerlich hatte ich mich nicht verändert.

Die Haltestelle für den Highschoolbus lag nun am VORFAHRT-BEACHTEN-Schild Laurel Street, Ecke Chestnut Street. Ich hatte Wade am Vormittag dort nicht gesehen. Ich sollte ihn nie dort erblicken.

Im ersten Jahr wurde er von drei anderen Ken-Puppen, die im zweiten Jahr waren und bereits ihre Führerscheine hatten, zur Schule mitgenommen. Keine Ahnung, wann Wade sich mit ihnen angefreundet hatte und wie die Jungs die Entfernung von Tampa nach Boiling Springs in jenem Sommer überwunden hatten, aber so war es. Dank ihrer besaß Wade nun eine ganze Clique von Freunden, ältere Jungs, die ihn am Genick packten, wenn sie im Flur an ihm vorbeikamen. Wade, ehemaliger König der achten Klasse, war nun ihr Prinz. In meinen Briefen an Kelly nannte ich ihn Kadmos, den Prinzen von Phönizien. Ihr Hirn war allerdings bereits so besessen von echten Jungs, dass sie die Geschichten der mythischen Gestalten vergaß. Ich musste ihr ins Gedächtnis rufen, dass Kadmos, als er nach einem fehlenden weiblichen Familienmitglied suchte, ein Orakel mitteilte, er solle die Suche aufgeben und stattdessen Gründervater der Stadt Theben werden. Kadmos, ungeduldig und einfallsreich, bevölkerte seine neue Stadt, indem er die Zähne eines Drachen, den er selbst erlegt hatte, in die jungfräuliche Erde legte. Aus jedem einzelnen Zahn erwuchs ein Mann. Einfach so, Frauen waren nicht nötig. Kelly schrieb im Brief Nr. 661 zurück: «Immer langsam. Du denkst dir da zu viel hinein. Wade sieht toll aus, und er ist beliebt. Mehr nicht.»

Innerhalb der ersten Tage unseres Erstlingsjahres wurde Kellys Welt flach und zu einem weit offenen Feld. Sie konnte die ganze Weite überblicken. Es gab keine Hindernisse, weder natürliche noch von Menschen geschaffene. Nichts lauerte dort, es gab keine Gefahren und keine Geheimnisse. Manche Menschen auf diesem Feld waren körperlich schön oder gut aussehend und ernteten die Großzügigkeit, die das mit sich brachte. Andere waren klug und verdienten daher die Gunst des Schicksals. Der Rest waren Verlierer, die zum Mindestlohn schuften und nichts anhäufen würden. Wir alle verdienten, was uns widerfuhr. Die Highschool war der Beginn unseres unumkehrbaren Gewaltmarschs. Kelly war ganz begeistert von dem, was sie vor sich sah. Sie eilte mit ihrem neuen Körper, ihrer neuen Kleidung und ihrem neuen Hohlkopf darauf zu.

Ich besetzte meine Rolle als das klügste Mädchen an der BSHS mit der Intensität und Inbrunst der frisch Bekehrten. Niemand lenkte mich davon ab. Der Orangeneisjunge war für mich verloren. Diesmal hatte ihn nicht die Reise verändert, sondern die Rückkehr. Kelly, meine Welt, stolperte durch einen dichten Wald und hielt ihn fälschlich für eine grüne Wiese. Zu ihrer größten Enttäuschung fragte Kadmos sie allerdings nicht, ob sie seine zweite werden wolle (das geküsste Mädchen oder sonst ein anderes Mädchen musste wohl seine Erste gewesen sein, was den hohen Status erklärte, den die Horde von älteren, aber noch immer jungfräulichen Kens ihm so schnell zusprach). Sally Campbell war mit der Krone einer Ballkönigin auf dem Kopf geboren worden. Man kann sich den Schmerz und die Freude ihrer Mutter ausmalen. Sally warf einen Blick auf Kadmos und legte ihre Hände in die seinen. Am Ende der ersten Woche unseres ersten Jahres war es bereits in aller Munde, dass sie ein Pärchen seien, die Clique feierte ihn schulterklopfend, und Sally wurde von den Kens nach Hause gefahren.

Den Rest der vier Jahre in der BSHS war ich unsichtbar. Wenn da nicht der Qualm meiner Zigaretten oder der Geruch davon in meinen Haaren gewesen wäre, dann hätte man mich nur sehr schwer finden können. Im Unterricht schrieb ich gesenkten Hauptes fleißig mit und hob ihn nur, wenn ich unter dem gespielten Stöhnen meiner Klassenkameraden die Hand hob, um eine Frage zu stellen. Zu Mittag saß ich am Rande des Speisesaals, bis ich entschied, dass ich wohl besser draußen bei den Kiffern rauchen sollte: Chris Johnson, Tommy Miller und Susan Taylor. Wie verzaubert durch die gemeinsam erlittene Ausgrenzung, waren sie immer beisammen. Dieser griechische Chor hätte dem sofort unisono widersprochen.

Ausgrenzung? Vergiss es, Linda!

Die drei hatten dasselbe Feld gesehen wie Kelly, hatten sich umgedreht und waren in die andere Richtung gegangen. Einer der drei, Chris Johnson, der denselben Vor- und Zunamen wie einer der Kens hatte (damals war mir nicht aufgegangen, dass sie sogar einen gemeinsamen Urahn gehabt haben müssen), und ich waren sogar fast Freunde.

«Es gibt einen High*grünepolos*way*dosenbirnen* aus diesem Loch-*schmalzgebäck*, Linda*minze*.» Das war das Erste, was Chris zu mir sagte. Ich dachte, er würde aus einem Film zitieren. Seine unlogische Schlussfolgerung verwirrte mich, bis ich ihm in die Augen sah und erkannte, dass er es ernst meinte. Der Highway, der fort von Boiling Springs führte, war eine Tatsache, an die er sich klammerte, und er fand, ich sollte ebenfalls daran erinnert werden. Ich hatte zu diesem Zeitpunkt seit einem Monat mit ihnen geraucht. Sie hatten mir zugenickt, mich ansonsten aber ignoriert. Sie tauschten untereinander Witze im Stenogrammstil bester Freunde aus. Ein paar Worte und schallendes Gelächter. Ich genoss die Knappheit ihrer Gespräche und kümmerte mich nicht weiter darum, dass sie eine Sprache verwendeten, die ich nicht verstand. Chris war im zweiten Jahr, wir saßen also nicht in denselben Klassen. In den Fluren sah er mich immer als Erster, doch statt Hi zu sagen, wiederholte er seine Lieblingstatsache über unsere Heimatstadt. In der Abgangsklasse wurde diese Begrüßung geradezu überschwänglich. Er meinte es wirklich so. Er hatte Geld gespart, um sich ein Greyhound-Busticket nach Philadelphia zu kaufen und dort bei seinem Cousin zu leben. Sobald er seinen Abschluss in der Tasche hatte, sagte er, wollte er los.

Auch Tommy Miller wollte raus aus der Stadt. Er wollte mit Susan Taylor in Richmond, Virginia, leben. Sie hatte ihren Abschluss schon im vorigen Jahr gemacht, war aber in der Stadt geblieben und hatte im Super-8-Motel außerhalb von Shelby gearbeitet, um auf Tommy zu warten. Ich hatte keine Ahnung, dass die beiden ein Paar waren, bis ich eines Tages bemerkte, wie Tommy sich eine Zigarette in den Mund steckte, sie mit ein paar schnellen Zügen anzündete und sie Susan reichte. Ich musste einen Seufzer unterdrücken. Ich war beeindruckt davon, wie selbstverständlich Tommys Geste wirkte. Er erkannte ein Bedürfnis und befriedigte es, ohne sich um die Tatsache zu kümmern, dass Susan und er nicht allein waren. Mit vierzehn war dies die größte öffentliche Zurschaustellung von Zweisamkeit, die ich im wirklichen Leben je gesehen hatte. Das war wie ein zugeworfenes Kusshändchen.

KAPITEL 10

Manchmal verlangte es mich regelrecht nach einem Wort. Ich ging zu Bett und dachte daran, und in meinen Träumen sprach es jemand aus. Am folgenden Morgen fiel es mir als Erstes ein. Den ganzen Tag über hoffte ich, es irgendwo zu hören. Für mich gab es, und gibt es immer noch, einen klaren Unterschied, ob ich das Wort höre oder es mir selbst vorsage, auch wenn beides die gleichen Eingänge hervorruft. Es war wie der Unterschied, ob mir ein leckeres Essen vorgesetzt wurde oder ich mir selbst eines kochen musste. Es verlangte mich nach dem Wort, als wäre es ein Löffel voller Pfirsichauflauf, die Art, die Bridges nur samstags auf der Speisekarte hatte.

Essens- und Geschmacksmetaphern waren kompliziert für mich. Damit meinte ich, dass sie für mich keinen Nutzen hatten. Sie verloren ihre Bildlichkeit, ihre durchscheinenden Bedeutungsschichten, und wurden konkret und explizit. Ich nahm alles wortwörtlich und für bare Münze. Das Wort, bei dem ich Pfirsichauflauf schmeckte, lautete zum Beispiel «Muttermord».

Das erste Mal, als ich dieses Wort laut ausgesprochen hörte, war in einem Literaturseminar: «Die Orestie: Eine Familienangelegenheit». Der Eingang eines neuen Wortes traf mich stets unvorbereitet. Am meisten verwirrte mich, wenn ein neues Wort einen ganz vertrauten Geschmack hatte. Dann verlor ich die Fähigkeit, in mich aufzunehmen, was mir gerade widerfuhr. Mein Körper reagierte dann auf diesen Geschmack, angenehm oder nicht, mit einem Zucken oder Zittern, oder mir entfuhr ein Kraftausdruck. Das College war für mich eine ziemliche Herausforderung, denn mein Vokabular erweiterte sich von Minute zu Minute. Im Unterricht bekam ich oft Zuckungen, zeigte die Symptome einer milden Form des Tourette-Syndroms. Am Ende des ersten Jahres in Yale machten Gerüchte auf dem Campus die Runde, ich würde große Mengen Speed nehmen, nie schlafen, jede Seite der Hausaufgaben lesen, alle meine Hausarbeiten und Examen mit Einsern abschließen und sei deshalb dafür verantwortlich, die empfindliche Benotungskurve in all meinen Klassen durcheinanderzubringen. Nur eine dieser Anschuldigungen stimmte. Ich lag oft bis spät in die Nacht wach, aber ich las nicht die vorgeschriebene Lektüre. Ich ging die neuen Wörter durch, die ich am Tag gehört hatte. Ich flüsterte sie vor mich hin. Ich ordnete sie der Reihe nach von sauer nach süß. Ich sortierte sie nach absteigendem Salzgehalt. Ich hob mir die bitteren bis zum Schluss auf und hoffte, wie immer ein passendes Wort für meine erste Erinnerung zu finden. Und dann gab es immer noch die heimlichen Freuden, die ich aus Völlerei oder Heimweh wiederholte. Muttermord, zum Beispiel.

♦

Meinem Großonkel Harper zufolge war meine Mutter nie jung gewesen. Er sagte, sie sei als Fünfunddreißigjährige zur Welt gekommen und so geblieben, bis sie sechsunddreißig wurde, und von da an alterte sie wie wir alle. Wenn ich meinem Großonkel glauben sollte, bekam DeAnne von ihrem ersten Lächeln Lachfältchen. Als sie das erste Mal in die Sonne blinzelte, bekam sie Runzeln auf der Stirn. Wo andere kleine Mädchen Sommersprossen hatten, hatte sie Altersflecken. Mein Großonkel schwor Stein und Bein, dass das die Wahrheit sei. Ich hatte nie Schwierigkeiten damit, an DeAnnes «Prä»-/«Perma»-Erwachsensein zu glauben. Als Mutter war sie so steif und ängstlich wie eine alte Frau. Sie verfügte über eine Handvoll feststehender Tadel, die sie von ihrer Mutter Iris gelernt hatte. DeAnne setzte diese Zurechtweisungen mir gegenüber mit einer Zögerlichkeit ein, die mir verriet, dass sie selbst nicht recht daran glaubte. Oder sie nicht verstand. *Zieh einen Pullover an, sonst erkältest du dich!* Bewaffnet mit über vierzig Jahren Lebenserfahrung, wusste DeAnne, dass Pullover nicht vor einer gewöhnlichen Erkältung schützen. Trotzdem sagte sie es. *Sei nicht so egoistisch!* DeAnne, da war ich mir sicher, verstand den Unterschied zwischen den drei Wörtern «egoistisch», «ichbezogen» und «ich» nicht. Das warf ich ihr am Ende meines zweiten Jahres am College in einem Brief vor. Unsere gelegentlichen Gespräche waren nach diesem Sendschreiben beendet.

Vom siebten bis zum elften Lebensjahr liebte ich DeAnne, weil ich das für vollkommen natürlich hielt. Im Fernsehen (wenn niemand in der Nähe war, schaute ich ohne Ton) sah ich Kinder weinen, wenn ihre Mütter starben. Dieselben Kinder hatten dann hauchdünne Erinnerungen daran, wie sie ihre Mütter umarmten, wie sie sich an Hälse oder Oberschenkel klammerten. Wegen meiner geheimen Sinneseindrücke mochte ich die Geschichten in Büchern lieber als jene, die auf der Mattscheibe oder der Leinwand erschienen. Doch ganz gleich, um welches Medium es sich handelte, die alles durchdringende Botschaft lautete wohl: Ich hatte Glück, überhaupt eine Mutter zu haben.

Rapunzel wurde ihrer Mutter bei der Geburt entrissen. Ihre Mutter konnte ihr nicht einmal einen Namen geben und hätte sie wohl auch nicht «Rapunzel» genannt. Schneewittchen und Gretel hatten Stiefmütter, die ihnen nach dem Leben trachteten; Aschenputtels Stiefmutter dachte an ein langes Siechtum durch übermäßige Hausarbeit und den zermürbenden Mangel an gesellschaftlichen Kontakten. Mädchen ohne Mütter waren einem hohen Risiko ausgesetzt. Auch wenn die Mädchen in diesen Geschichten schließlich Schutz in der Ehe fanden und, wenn sie nicht gestorben sind, noch heute ohne Gezänk und Ehekrach leben.

Hier sind die Höhepunkte meiner Beziehung zu meiner Mutter:

Als ich sieben war, ging sie mit mir in den Hudson's Department Store und kaufte mir den Jahresbedarf an Kleidung. Die Mädchenabteilung befand sich im ersten Stock, der eigentlich kein ganzes Stockwerk war, sondern bloß ein breiter Balkon mit einem verzierten schmiedeeisernen Geländer. Ich erinnere mich noch, wie ich den Kopf durch einen der eisernen Schnörkel steckte und auf die Glasplatten der Parfüm- und Kosmetiktresen hinuntersah.

Als ich acht war, kaufte sie mir für meine neuen kurzen Haare eine Schachtel bunter Plastikhaarnadeln in Form von verschiedenen tropischen Früchten. Sie hatte mir gerade die Haare geschnitten, und ich glaubte, sie machte sich Sorgen, man könne mich für einen Jungen halten. Bananen, Ananas und Orangen in meinem Haar verkündeten der Welt, dass ich ein Mädchen war.

Mit neun schrieb sie mich in einem Majorettenkurs ein. (Im Brief Nr. 157 erklärte mir Kelly, warum sie dort nicht auch Unterricht nahm: «Ich bin dick. Meine Ma meint, niemand will ein dickes Mädchen einen Stab wirbeln sehen.») Ich ging jeden Montag und Donnerstag nach der Schule in den Kurs, marschierte bei der jährlichen Thanksgiving-Parade in Shelby mit und wurde dann gebeten, nicht wieder in den Unterricht zu kommen, nachdem ich meinen Stab geschleudert und Sally Campbell damit im Gesicht getroffen hatte. Ich entschuldigte mich, aber meine Lehrerin Miss Wendy glaubte mir nicht. Ich konnte daran nichts ändern. Wenn ich sagte: «Tut mir leid*glasierterdonut*», musste ich immer lächeln.

Als ich zehn war, servierte sie den ganzen Sommer über frische Erdbeeren.

Als ich elf war, ging ich mit ihr zu Miss Coras «Beauty Emporium» und sah zu, wie sie sich eine hübsche neue Frisur machen ließ. Miss Cora betrachtete mein Haar, das wieder lang gewachsen war, und schlug meiner Mutter vor, eine ihrer Kolleginnen könne mir einen Bob schneiden. Meine Mutter meinte zu ihr, meine Haare seien so vollkommen in Ordnung.

Ende.

Als DeAnne zuließ, dass Bobby rings um das blaugraue Ranchhaus seine Kreise fuhr, war ich elf Jahre alt. Bevor sie ihn anheuerte, in diesem Sommer unseren Rasen zu mähen, hatte sie ihr Haar so herrichten lassen wie seines. Beide trugen sie einen Schnitt wie die Eiskunstläuferin Dorothy Hamill (streng genommen müsste die männliche Variante Bruce Jenner heißen). Dorothy trug ihn 1976. Bobby und DeAnne trugen ihn 1979. Unsere Stadt war das Hospiz der Moden. Trends erreichten uns in Boiling Springs erst, wenn sie kurz vor dem Aussterben standen. Wenn das heute geschehen würde, wüsste ich, dass ein neuer Haarstil bei einer Frau immer auch bedeutet, dass sich in ihrem Seelenleben etwas verändert hat (siehe Johanna von Orleans vor der Schlacht, Mia Farrow vor der Heirat mit Frank Sinatra, meine Großmutter Iris nach dem Tod ihres Mannes Walter Wendell). Aber das war damals, also fand ich nur, dass meine Mutter mit ihrer schwingenden neuen Frisur hübsch aussah. An der Art, wie Bobby sie anlächelte, meinte ich zu erkennen, dass auch er meine Mutter hübsch fand. Ich verstand nicht, dass DeAnne eine achtundvierzigjährige Hausfrau war und noch erheblich mehr als ihr Haar verändern musste, bevor Bobby sie als würdige Beute ansehen würde. Den ganzen Sommer über täuschten DeAnne und ich uns in ihm.

Am Tag bevor Bobby an die Tür zum blaugrauen Ranchhaus klopfte und sich dann hineindrängte, war ich mit DeAnne oder, wie ich sie damals nannte, Ma, im Auto unterwegs. Der Sommer ’79 ging zu Ende. Kelly hatte Wade beansprucht, ich klammerte mich noch immer an Dill. Die sechste Klasse rückte drohend näher. Meine Mutter und ich wollten uns mit Baby Harper im Bridges zum Essen treffen. Mein Vater war auf Dienstreise, zumindest hatte er ihr das gesagt. Meine Mutter ließ das Radio laufen und schüttelte ihr Haar im Takt zu Peaches and Herb (ein Duo mit einem Namen, von dem ich immer dachte, das könnte einen guten, interessanten Salat ergeben).

Reunited and it feels so good
Reunited 'cause we understood
There's one perfect fit
And, sugar, this is it.

Mir war aufgefallen, dass meine Ma, seit sie ihre neue Frisur hatte, auch etwas lauter Radio hörte. Sie wechselte häufiger den Sender, so als suche sie nach einem Song, der zu ihrer Stimmung passte. Ich habe Musikhören immer mit Glücklichsein gleichgesetzt. Ich nahm an, dass es bei ihr auch so war.

Einen Song zu hören, war für mich wie bei dem Trick zuzusehen, der darin bestand, das Tischtuch wegzuziehen, ohne dass sich das Geschirr dabei bewegte, nur dass in meinem Falle alles auf dem Tisch, bis auf das Tischtuch, verschwand und es anschließend so sauber wie ein leeres Blatt Papier war. Gläser, alle fleckig von irgendeiner starken Flüssigkeit, die sich als Letztes darin befunden hat, Teller und Schüsseln voller Knochen, Schalen, Kerne und Krümel wurden mit einer einzigen ausladenden Handbewegung abgeräumt. Songs lösten bei mir diesen Trick aus. Ihre Wörter – lammfromm und zufrieden damit, Bedeutung zu tragen – transportierten nur das, was ich ihnen gestattete. Mein Wille war stärker als ihrer. Das war eine Definition von Glück.

Ich summte zu dem Song im Radio mit. Meine Ma nickte, die Hände am Lenkrad auf zehn vor zwei Uhr, zu dem Rhythmus mit dem Kopf. Wir kamen dem Bridges immer näher, würden gleich Baby Harper treffen, der sich in Erwartung der Sauce bereits seine Serviette in den Hemdkragen gesteckt hatte. Ich muss das Gefühl gehabt haben, dass sich nichts von alledem jemals ändern würde. Anders gesagt, ich muss mich sicher gefühlt haben.

Und dann platzte ich damit heraus, so schnell ich konnte: «Ma*schokoladenmilch*, wei*ßttraubengelee* du*grünebohnenausderdose*, was*grahamcracker* wie eine Walnuss*mithonigmariniertenschinken* schmeckt? Gott*walnuss* schmeckt wie Walnuss*mithonigmarinierterschinken*. Das Wort*lakritz* Gott*walnuss*, meine*rosine* ich, und das Wort*lakritz* schmeckt –»

«Linda*minze*, bitte*zitronensaft* rede*maischips* nicht wie eine verrückte*dickesahne* Person*knoblauchpulver*», unterbrach meine Mutter mich. Sie wandte noch nicht einmal den Blick von der Straße ab, und ihre Hände lagen noch immer bei zehn vor zwei Uhr auf dem Lenkrad.

I'll give you all the love I have
With all my might, hey, hey
Reunited and it feels so good
Reunited 'cause we understood

Peaches and Herb sangen noch immer im Radio. Meine Mutter und ich waren noch immer unterwegs zum Bridges. Mein Großonkel Harper wartete noch immer auf uns, und seine blauen Augen waren so sanft wie Seen.

Also versuchte ich es erneut, langsamer diesmal: «Ma*schokoladenmilch*, ehrlich. Ich meine*rosine* es ernst. Wörter haben einen Geschmack. Ma*schokoladenmilch* schmeckt wie Schokoladen*rindfleischbrühe*milch*Pringles* und –»

«Linda*minze*. Schluss*dosenmais* damit! Ich kann ja eine Menge ertragen*fruchtkaugummi*. Gott*walnuss* weiß*traubengelee*, was ich alles wegen dir schon zu erdulden hatte. Aber Verrückte*dickesahne* ertrage*fruchtkaugummi* ich nicht. Das lasse ich in meiner Familie*dosenrotebete* nicht zu. Hast*nutterbutterkekse* du*grünebohnenausderdose* mich verstanden?», fragte mich meine Mutter, obwohl es gar keine Frage war.

Der Song war zu Ende, und dann kam Rod Stewarts *Do You Think I'm Sexy?*. Meine Mutter suchte nach einem anderen Sender. Ich wusste, was sie dachte. Rod Stewart war, wie Dolly, Schund. Ich weiß nicht mehr, was auf dem anderen Radiosender lief. Vielleicht eine Werbung für Gebrauchtwagen. Vielleicht Nachrichten. Ich sah zu meiner Mutter hinüber. Ihre Lippen bildeten eine gerade Linie. Sie hatte nichts mehr zu sagen.

Ihre Worte aber – *Das lasse ich in meiner Familie nicht zu* – hallten im Auto wider wie die Noten einer hängenden Schallplatte. Mit jeder Wiederholung wurden sie beharrlicher, sie übertönten das Radio völlig. Ich wusste, was meine Ma meinte. *Wenn du eine von uns sein willst, Linda, dann halt den Mund.*

Wir fuhren auf den Parkplatz von Bridges. Ich sah den Wagen meines Großonkels vor dem Eingang stehen. Er sagte gern, Bridges und er seien füreinander bestimmt, weil er stets den besten Parkplatz bekäme, schon immer. Er war der erste Mensch, den ich kannte, der einen freien Parkplatz als eine Möglichkeit ansah, sein Schicksal zu deuten. Er sollte nicht der Letzte bleiben. Parkplätze, Kaffeesatz, Spielkarten, die Linien in unseren Handflächen. Wir alle wünschen uns eine Möglichkeit, um erkennen zu können, wo in der Welt wir eigentlich sein sollten.

Bevor meine Mutter ausstieg, musterte sie sich selbst im Rückspiegel und rückte sich das makellose Haar zurecht.

Ich habe DeAnne nie so geliebt, wie ich meinen Vater geliebt habe. Es tröstete mich, wenn er das Zimmer betrat. Ich baute darauf, dass er mich vor den nächtlichen Tiergeräuschen beschützte, einer normalen Erkältung, dem anderen Ende des Schwimmbeckens. Er war kein demonstrativ überschwänglicher Vater – seine bevorzugte Geste der Zuneigung war, mir über den Kopf zu streichen und mir sanft die Haare zu verwuscheln –, aber das brauchte ich auch nicht. Ich brauchte nur seine körperliche Anwesenheit.

Auch Mädchen ohne Väter gehen ein hohes Risiko ein. Das lernte ich nicht aus den Märchen meiner Kindheit, denn in diesen Geschichten waren die Väter in den Palästen und Hütten stets anwesend. Allerdings waren diese Märchenväter unverzeihlich schwach und dachten stets nur mit ihren Lenden. Diese Männer opferten lieber ihre Töchter, statt sich selbst Schaden zuzufügen. Rapunzels Vater liebte ihre Mutter so sehr, dass er für sie stahl. Als er ertappt wurde, entpuppte er sich als Feigling, und statt mit dem eigenen Leben zu bezahlen, gab er das ungeborene Kind preis. Gretel war sehr lebendig, genauso wie ihr Bruder Hänsel, als ihr Vater versuchte, sie loszuwerden. Dreimal versuchte er es («im Wald auszusetzen» war ein Euphemismus für versuchten Mord). Dann war da natürlich noch die Schöne. War sie nicht geradezu das Muster einer Tochter für jene Männer, die ihrer Verantwortung nicht nachkamen und ihre weiblichen Nachkommen als menschlichen Schutzschild verwendeten?

Und was die sträfliche Vernachlässigung betraf: Wo war denn Aschenputtels Vater, als sie von ihrer Stiefmutter und ihren Stiefschwestern beschimpft und körperlich herabgewürdigt wurde? Vielleicht war er so vernarrt in seine neue Frau, vielleicht waren seine Sinne durch den nächtlichen Beischlaf so getrübt, dass er den erbärmlichen Zustand der eigenen Tochter nicht bemerkte. Schneewittchens Vater, noch dazu ein König, war ebenfalls unachtsam und übte in seinem eigenen häuslichen Bereich offensichtlich keinerlei Macht aus. Unter seinem eigenen Dach plante seine neue Frau die Ermordung seines Kindes, überredete einen seiner eigenen Jäger, die Tat auszuführen, und aß dann, was sie für das Herz des Mädchens hielt. Dieser König war gar keiner. Er war ein Narr, der seine Tochter schmählich unbewacht ließ.

Als ich diese Geschichten zum ersten Mal hörte, gab ich diesen Männern keine Schuld, denn sie trugen ja alle die würdevolle und bewunderte Last, «Vater» zu sein. Ich hielt sie, wie meinen eigenen Vater, für Männer, die jeden Tag zur Arbeit gingen, erschöpft und schweigsam nach Hause kamen und beim Zeitunglesen auf dem Sessel einschliefen. Ich nahm an, dass sie wie mein Vater ihre Töchter beschützt hätten, wenn sie nur von den Gefahren gewusst hätten, die auf ihre Mädchen in jenen düsteren Stunden nach der Schule und vor dem Abendessen lauerten.

Unter dem Dach meines Vaters heuerte seine Frau ein Raubtier an, begehrte es, vertraute ihm ihre Tochter an, und als der Beweis für die Tat des Raubtiers ans Tageslicht kam, suchte die Frau Trost und Erklärung im Körper des Opfers. Regelblutungen waren normal, ein Nebenprodukt des Erwachsenwerdens. Kauf dem Mädchen eine Schachtel Binden und eine Handtasche, um sie darin zu verbergen. Das Blut der durchbohrten Jungfernhaut einer Elfjährigen wäre ein Verbrechen gewesen von den Tagen der alten Griechen bis zur Gegenwart des amerikanischen Südens, wäre so zum Gegenstand von Tragödien geworden. Reinige die Unterwäsche mit Waschmittel, und du kannst sicher sein, dass es keinen Fleck geben wird.

Hatte ich Fragen zu meiner Familie, wusste mein Großonkel Harper die Antworten. Er hatte die Beweise dafür, dass wir existierten. Er zog das entsprechende Fotoalbum hervor, und schon sprudelten die Geschichten. Ich erinnere mich daran, ihn einmal gefragt zu haben, warum mein Vater DeAnne geheiratet hatte. Ich war damals fünfzehn, und was ich wirklich wissen wollte, war, warum DeAnnes Herz nicht genauso in tausend Stücke zersprungen war wie meins. Mein Großonkel wusste nichts von Wade und mir – was er wusste, war, dass mein erstes Jahr an der Highschool nicht gerade ein Höhepunkt meines Lebens gewesen war. Baby Harper hatte sich angewöhnt, statt einer Begrüßung zu fragen: «Auf welche Beerdigung willst du denn heute gehen, Vista Girl?»

Seine Schwester mochte zwar Iris heißen, aber mein Großonkel war der Seher in der Familie. Ich war die meiste Zeit des Schuljahres in Trauer. Kelly. Wade. All diese verdammten Glühwürmchen. Nun, da der Sommer – langweilig, stärkend und hoffentlich alles verändernd – endlich da war, beschloss ich, dass ich genauso gut öffentlich trauern konnte.

Es war unmöglich, in der Mädchenabteilung des Hudson's Department Stores schwarze Kleidung zu finden. Im Süden war immer

Ostersonntag. Pfirsichblütenrosa, Forsythiengelb, Pfefferminzgrün waren immer in Mode und stets vorrätig. Also kaufte ich stattdessen eine Schachtel schwarzer Wäschefarbe und warf alle Kleidungsstücke in die Waschmaschine. Nach dem Spülen war ich Witwe geworden. Mein Vater hielt das Ganze für einen entsetzlichen Waschfehler und fragte mich, ob ich Geld bräuchte, um mir neue Kleidung zu kaufen. Ich erwiderte, dass Schwarz meine Lieblingsfarbe sei.

In seiner üblichen Unerschütterlichkeit sagte mein Vater: «Mein wildes*fischstäbchen* Herz, ich dachte, Feuer*süßekondensmilch* sei deine Lieblings*hawaiipunsch*farbe.»

Ich wusste, was er meinte, und musste lächeln. Es freute mich, dass sich mein Vater an die allererste Frage, die mir Kelly geschickt hatte, und an meine Antwort erinnerte. DeAnne verstand nicht, was ihr Mann sagte, und sie fragte ihn, wovon zum Teufel er rede.

Dann starrte DeAnne mich an, und ich starrte zurück.

Wenn mein Vater sarkastisch wurde, also in vierundachtzig Prozent aller Fälle, ein bekanntes Berufsrisiko in der Juristerei, nannte er mich «mein wildes Herz». Als ich diesen leicht spöttisch klingenden Kosenamen zum ersten Mal hörte, dachte ich gleich an die Legende von Virginia Dare, und das Bild, das mir in den achtjährigen Kopf kam, war das eines sterbenden Tieres mit einem durchbohrten Herz. Homonyme lösten stets dieselben Eingänge aus. Ob nun «wild» oder «Wild», stets erlebte ich denselben Geschmack, Fischstäbchen (zusammen mit dem metallischen Geschmack von Gefrierbrand). «Herz» löste nichts aus. Vielleicht meinte er ja tatsächlich die Legende. Nun, da mein Vater tot ist, ist mir alles an ihm so undeutlich geworden. Kein Bild, das nur verschmutzt oder unscharf ist. Eher eines, das vielleicht nie existiert hat.

In jenem Sommer, als ich fünfzehn war, lautete meine Frage nicht, ob mein Vater DeAnne liebte, sondern *warum*. Das war der Augenblick, in dem mir Baby Harper davon erzählte, dass DeAnne als Fünfunddreißigjährige auf die Welt gekommen sei. Ich lachte, bis er mir die Beweise dafür zeigte. Wir sahen uns Babyfotos von ihr an, und sie sah aus wie alle anderen Babys auch. Mit anderen Worten: DeAnne sah aus wie ein alter Mann. Dann, mit etwa vier, ähnelte DeAnne Whatley einem weiblichen Zwerg von ungefähr fünfunddreißig Jahren. Baby Harper wies darauf hin, dass das weniger mit ihrem Gesicht zu tun hätte, sondern mit der Art, wie sie ihren kleinen Körper hielt, Schultern, Nacken und der leicht vorgebeugte Oberkörper, so als habe sie jemand in eine Ecke geschoben. Wir schauten uns Fotos von ihr als kleines Mädchen an und wunderten uns darüber, dass ihr blonder Lockenkopf, ihre Trägerkleider, ihre Ballerinaschuhe es nicht geschafft hatten, den Eindruck von Jugend zu vermitteln. Bei DeAnne wirkten diese Anleihen bei Shirley Temple unpassend und nahezu grotesk. Mit sechzehn sah sie aus wie Joan Crawford in *Mildred Pierce*, den Pony wie einen Vorhang über die Stirn gezogen, der Rest an beiden Seiten des Kopfes nach hinten gekämmt und im Nacken zu Lockenbündeln zusammengefasst. Das passte gut zu DeAnne. Baby Harper wies darauf hin, dass *Mildred Pierce* 1945 in die Kinos gekommen war und die Fotos von DeAnne von 1948 stammten. Eine Verzögerung von drei Jahren, auf die er mich aufmerksam machen wollte: Schon damals war DeAnne nicht auf der Höhe der Zeit. Als sie mit Mitte zwanzig begann, mit Thomas auszugehen, probierte sie es mit Audrey Hepburns Stil in *Ein süßer Fratz*, aber die kleinen Löckchen und der Pferdeschwanz – die bei Audrey so frisch und unbekümmert wirkten – sahen bei DeAnne aus, als würde sie eine Perücke tragen. Das war die DeAnne, die Thomas kennenlernte, als er zum ersten Mal zum Dinner in das Kolonialhaus mit den grünen Fensterläden kam.

«Linda Vista, jetzt versuchst du zu verstehen, was Thomas an DeAnne gefunden haben *könnte*», sagte Baby Harper. «Die Antwort ist viel offenkundiger, als du denkst, Vista Girl. Schau dir diese Fotos aus den ersten Tagen an, und du siehst, was los ist. Eine seinem Alter entsprechende Frau, blond, mittelgroß, alle Gliedmaßen vorhanden und am richtigen Platz, *und* sie konnte die Augen nicht von ihm lassen. Linda Vista, mehr musst du gar nicht wissen», schloss er und klappte Fotoalbum Nummer 20 zu.

Mein Großonkel bekam keinen Schluckauf dabei, aber ich war mir sicher, dass er das nicht ernst gemeint hatte. Mit fünfzehn konnte ich mir nicht vorstellen, dass der Wunsch, jemanden heiraten zu wollen, auf derart oberflächlichen Dingen beruhen konnte. Ich schlug Album Nr. 20 auf und schaute mir die Hochzeitsfotos von DeAnne und meinem Vater an. Am 10. Dezember 1960, an dem Tag, als sie DeAnne Hammerick wurde, trug sie eine hochmodische Frisur à la Jacqueline Kennedy. DeAnnes Schopf sah aus wie ein Luftballon, dessen Luft kurz davor war, zu entweichen. Sie hätte bei Mildred Pierce bleiben sollen. Baby Harpers Fotos zufolge lächelte DeAnne an ihrem Hochzeitstag nicht ein einziges Mal. Sie sah unverwandt in die Kamera und schaute hochkonzentriert, so als versuche sie, sich wach zu halten oder eine sehr dünne Linie entlangzugehen. Thomas stand neben ihr und trug noch nicht die dicke schwarze Brille, die er schon bald bis zu seinem Lebensende tragen sollte.

Mein Großonkel Harper musste mich nicht darauf hinweisen. Auf keinem einzigen der Bilder sah DeAnne Thomas an. Die goldenen Ringe, das Silbergeschirr der Großmutter, ein ganzer Satz Porzellan inklusive Suppenterrine, eine gläserne Bowleschüssel, umringt von passenden Tassen, und eine Kirche voller Leute waren vorhanden und am richtigen Platz. Sie hatte das alles und auch Thomas an ihrer Seite. Dieser Mann dürfte nicht wieder verschwinden, muss sie wohl gedacht haben.

«Sieht Thomas in seinem Frack nicht gut aus?», fragte Baby Harper. «Er und DeAnne waren beide achtundzwanzig. Na ja, er war achtundzwanzig. DeAnne war in ihrem üblichen Alter von fünfunddreißig. Miss Vista, weißt du, was an jenem Tag das Traurigste war? Deine Grandma Iris sah schöner aus als DeAnne. Das war nicht richtig. Ich meinte zu Iris, sie solle DeAnne das Feld überlassen. Sie solle etwas, na ja, Gesetzteres anziehen. Aber das konnte und wollte Iris nicht. Sie trug ein blassrosafarbenes Kleid und sah aus wie eine Junibraut auf einer Dezemberhochzeit. Iris konnte nie nett zu diesem Mädchen sein. Du weißt ja, was man so sagt, Linda Vista. Schöne Frauen lieben ihre Töchter nicht. Entweder sind sie zu schön, und damit Konkurrenz, oder zu hässlich, und deshalb peinlich. Ich bin mir da nicht so sicher. Die meisten Dinge, die «man so sagt», sind einfach falsch. Aber in diesem Falle, also, ich muss zugeben, Linda Vista, da scheint wohl etwas Wahres dran zu sein.»

Ich blätterte in dem Album weiter und hoffte, etwas anderes zu finden, etwas Definitives, Überraschendes oder Außergewöhnliches über diesen Mann und diese Frau. Ich fragte Baby Harper, wo sie ihre Flitterwochen verbracht hätten. Moss Lake, antwortete er. Moss Lake, wiederholte ich. Das sind keine Flitterwochen, das ist ein Tagesausflug. Mein Großonkel wusste, dass ich das dachte, und nickte zustimmend. Er stand vom Diwan auf und ging in die Küche. Ich wusste, er würde mit zwei Gläsern süßem Eistee zurückkommen, verziert mit frischen Minzezweigen, die an der Hintertür seines Hauses wuchsen. Es war so, als wüsste er, dass diese Blätter zwischen den Eiswürfeln eine kokette Anspielung waren. Aber mein Großonkel, der Mann mit dem Singsang, wusste nicht, wie mein Name schmeckte. Ich habe es ihm nie erzählt, denn wenn ich bei ihm war, waren meine geheimen Sinneseindrücke kein Thema. Mir ging es prächtig, wenn ich bei ihm war, so hätte er es wohl formuliert. Und waren wir zusammen, ging es auch ihm prächtig. Eine bessere Definition von Glück.

KAPITEL 11

Die Erinnerung ist ein Fluch. Ich war nicht die Erste, die das sagt, aber ich war der Beweis dafür. Mein Erinnerungsvermögen war sehr ausgeprägt. Ein Dorn, ein zerbrochenes Wasserglas, eine Qualle in einer Welle, die sich an mir brach und erneut ausholte. Meine geheimen Sinneseindrücke, die ich allmählich als Zustand begriff, verschafften mir eine Möglichkeit, Informationen zu kodieren, die einwandfrei funktionierte und sehr lange Bestand hatte, ein angeborenes mnemotechnisches Verfahren.

Die alten Griechen hatten ein mnemotechnisches Verfahren, bei dem man an einen Weg denken sollte, sagen wir durch die vertrauten Straßen einer Stadt, um dann entlang des Wegs die Informationen zu hinterlegen, die man sich merken wollte. An der Ecke zur Straße der Weinhändler legten sie Faktum Nr. eins ab; weitere zwanzig Schritte in Richtung des Bacchusbrunnens Faktum Nr. zwei; rechts in die Straße der Vergnügungshäuser, an der Eingangstür zum Pavillon der Jungfrauen (ein ironisch gemeinter Name, denn selbst damals schon waren Jungfrauen seltene, mythische Wesen) Fakten Nr. drei bis zehn (denn dort zwischen den seltenen, mythischen Wesen wollten sie verweilen), und auf diese Weise ging die Reise weiter. Diesen Weg im Geiste zurückzulegen, hieß, die Fakten wieder einzusammeln, die so leicht erkennbar und so offensichtlich waren wie rote Mohnblumen am Wegesrand.

Meine eigene Gedächtnisstütze funktionierte ähnlich, doch statt eines Weges handelte es sich um ein vielgängiges Menü, das von einem verrückten Wissenschaftler zubereitet wurde, der sich nicht für Essen interessierte und der keine Ahnung vom Kochen hatte.

Die Gerichte und all ihre widersprüchlichen Geschmacksrichtungen aufzusuchen, hieß, ganz genau die Fakten abzurufen, banale und wichtige, die ich im Laufe meines Lebens durch das gesprochene Wort erworben hatte.

So sagte ich in der vierten Klasse auf: «Der erste*pepto-bismol* Flug*melone* der Gebrüder Wright war am siebzehnten*ketchup* Dezember*vanilleeis* Neunzehnhundert*weißbrot*drei», und schon würde ich dieses Datum nie wieder vergessen, das mir, mögen mir Wilbur und Orville verzeihen, in meinem täglichen Leben allerdings nicht von sonderlich großem Nutzen ist. In meinem ersten Jahr im Jurastudium lernte ich im Zug von New York nach Boston einen jungen Mann kennen, und kaum hatte er sich neben mich gesetzt und gesagt: «Ich heiße*weintrauben* Leo*pastinake*», konnte ich den Namen dieses Mannes nicht mehr vergessen, auch nicht, nachdem ich es wollte. Als ich sieben war, hörte ich ein Wort, das kaum identifizierbar bitter schmeckte, und ich vergesse nie die Flammen, die durch die Nähte eines Wohnwagens schnitten, den Klang der Schritte auf dem Schotter, dann Dunkelheit. Nicht Nacht, was es wohl hatte sein müssen, sondern geschlossene Augen oder eine fest vor die Augen gehaltene Hand.

Doch das Beispiel mit dem Wohnwagen war unpassend. Es hätte als Erstes genannt werden müssen. Außerdem war das Beispiel mit dem Wohnwagen nicht dasselbe wie die beiden vorherigen Beispiele. Der Unterschied bestand im Faktum, im Gegensatz zur Abwesenheit eines Faktums.

Die Gebrüder Wright gab es wirklich in der Geschichte. Den Mann namens Leo gab es wirklich in meiner persönlichen Geschichte. Alle drei wurden durch Worte und Fotografien bezeugt, im Falle Leos sogar durch ein Paar Schuhe, die hinten im Schlafzimmerschrank auftauchten, als er schon lange verschwunden war. Leder, karamellfarben, Slipper, funkelnagelneu. Stücke eines Außenskeletts, das unachtsam zurückzulassen er bereut haben muss.

Ein gütiger Wohnungsschatten, vielleicht der eines flauschigen Wintermantels, hatte sie wochenlang verborgen gehalten, und dann wurden sie eines Tages ans Licht gezerrt. Ich hatte auch schon den Hinterhof des blaugrauen Ranchhauses auf ähnliche Weise arbeiten gesehen. Unter einer Sumpfeiche gab es einen Flecken Erde, auf dem kein Gras wuchs. Die Schicht Erde gab ab und zu Scherben von blauweißem Porzellan und dunklem Glas frei, alles als Beweis dafür, dass jemand da gewesen war.

Den brennenden Wohnwagen hat es vielleicht nie gegeben. Es gab keine Fotos und keine Geschichte, weder offziell noch als Anekdote. Es gab nur meine Erinnerung: Kaffee, der zu lange auf der Herdplatte stand, ein rohes Aspirin, das einem im Halse stecken bleibt, wie ein Tropfen Quecksilber wohl auf der Zungenspitze schmecken mag. Ich bin kurz davor, den Geschmack von bitter zu identifizieren, aber kurz davor war nicht gut genug in der Mnemotechnik. Das Wort, der übliche Auslöser für meine Erinnerungen, ist weg.

♥

Mein Großonkel Harper, ein zweiundsechzigjähriger Mann, und ich, ein achtzehnjähriges Mädchen, saßen da und hielten Händchen. In einer Spätaugustnacht in Boiling Springs beichteten und enthüllten wir. Mehr als nur ein Kreis des Kummers umgab uns. Wie die Ringe des Saturns waren sie nicht massiv, sondern bestanden aus vielen kleinen Splittern. Baby Harper erzählte mir von seiner Zuneigung für meinen Vater Thomas und wie er durch diese nachträglich meine Mutter DeAnne zu lieben vermochte. Ich berichtete Baby Harper von einer Vergewaltigung. Ich begriff damals nicht, dass Fakten drastisch waren, in Nebensätze gewickelt oder von tiefen Seufzern unterbrochen gehörten. Ich dachte, die beste Möglichkeit, schlechte Nachrichten zu überbringen, sei, sie einfach zu überbringen.

Folgendes berichtete ich ihm. Der Sommer '79 ging zu Ende. Ich war elf. Ich habe nicht geschrien. Ich habe mich nicht gewehrt.

Ich war regungslos. Als es vorbei war, stellte ich mich lange unter die Dusche. Das Wasser war erst heiß, dann lauwarm, dann kalt. Ich konnte die Blutergüsse an meinen Oberschenkeln erst am nächsten Morgen sehen. Dann weinte ich.

Folgendes berichtete ich meinem Großonkel Harper nicht. Ich hatte auch blaue Flecken am Hals. Bobby hatte sich in meine Vagina und in meinen Mund gedrängt, in der Reihenfolge.

Im Brief Nr. 427 fragte ich Kelly, warum ihr Cousin Bobby mir das angetan hätte. Ich meinte, warum er mich so anders behandelt hätte. Als Kelly zehn war, hatte Bobby ihre Hand gehalten und in den Schritt seiner Hose gezwungen. Warum genügte ihm das nicht, als er mich traf?

Als Bobby an die Haustür des blaugrauen Ranchhauses klopfte und mich fragte, ob er das Bad benutzen dürfe, hätte ich die Tür zuschlagen und verriegeln sollen. DeAnne war fortgefahren, um einen Kuchen für den siebenundvierzigsten Geburtstag meines Vaters zu besorgen, den wir später am Abend feiern würden. Bevor sie einstieg, war sie stehen geblieben und hatte mit Bobby geredet. Sie lächelte und warf ihr Haar nach hinten. Er lächelte und warf sein Haar nach hinten. Er saß auf dem Rasentraktor, und sie fasste das Lenkrad an. Den ganzen Sommer über hatte ich ihre Bewegungen gesehen. Ich dachte, sie bedeuteten, ich sei unsichtbar und in Sicherheit.

Klopf, klopf.

Wer ist da?

Bobby.

Bobby wer?

Bobby, Ungeheuer, Gefahr, Klinge.

Im Brief Nr. 428 schrieb Kelly nur vier Worte. «Verrate nie jemandem was.» Sie meinte damit auch sich selbst. Da begriff ich zum ersten Mal, dass «jemand» ein sehr großes Wortkino war, in dem die Lichter gedimmt waren. Man konnte nie wissen, wer drinsaß.

Ich erzählte nichts.

Zum Geburtstagsdinner meines Vaters trug ich einen braunen, karierten Rock und einen weißen Rollkragenpulli mit rosa Rosenapplikationen am Hals. Ich half meinem Vater, die Kerzen auf seinem Kuchen auszupusten. Ich schürzte die Lippen und tat so, als würde ich vorbeipusten. Ich lächelte in den Fotoapparat meines Großonkels Harper. Meine Großmutter Iris meinte, ich solle noch ein Stück Kuchen essen. Wenn einem eine dicke Person einen Nachschlag anbietet, war das ein schlechtes Omen: So würde dein eigener Körper aussehen, wenn du Ja sagst. Das hatte mir meine Großmutter beigebracht.

Ich lächelte und lehnte ab. Meine Großmutter Iris lächelte und aß das letzte Stück für mich.

Den ganzen Abend über beobachtete ich DeAnne, ob sie ihr Haar nach hinten werfen würde. Sie tat es nicht.

Am nächsten Morgen legte DeAnne mir eine neue Handtasche – eine Henkeltasche, mit grünen Schildkröten bestickt – aufs Bett, dazu eine Schachtel mit Slipeinlagen. Daneben lag ein Schlüpfer, gewaschen und säuberlich zu einem Quadrat zusammengefaltet. Ich hatte ihn blutverschmiert in Zeitungspapier gewickelt und in der Nacht zuvor weggeworfen. Dieser und andere Augenblicke meines Lebens haben mich gelehrt, dass man all die Dinge in den Müll warf, von denen man bewusst oder unbewusst wollte, dass sie gefunden wurden. Wenn man wollte, dass etwas ganz und gar verschwinden sollte, dann verbrannte man es.

Das Problem mit Gras ist, dass es nachwächst.

Das Problem mit Vergewaltigern ist, dass sie es wieder tun.

Das Problem mit dem Schicksal ist, dass es häufig so aussieht wie von der Hand eines rachsüchtigen Gottes.

An dem Tag, an dem Bobby wieder zum blaugrauen Ranchhaus hätte kommen sollen, fuhr er mit seinem Wagen gegen einen Telefonmasten am Highway 150. Er war nicht angeschnallt. Er war sofort tot. Der *Shelby Star* druckte auf der ersten Seite einen Artikel, dazu ein Bild des Verstorbenen aus dem Jahrbuch, auf dem er lächelt. Die Reifenspuren, so der Reporter, zeigten, dass der Fahrer abrupt ins Schleudern gekommen sei. Wohl um einem kleinen Tier auszuweichen, vielleicht einem Kaninchen, meinte der Schreiber (den Toten werden nur allzu häufig gute Absichten unterstellt).

Kelly gehörte zur Familie und ging zur Beerdigung. DeAnne hatte keine Ahnung und nahm ebenfalls teil. Die Beerdigung wurde mit verschlossenem Sarg durchgeführt, da Bobby mit dem Kopf voran durch die Windschutzscheibe geflogen war.

Ich liebe dich, Jesus! Weil du seinem Körper das Gesicht genommen hast, die Hände, die Hüften, den warmen Atem.

Ich verzeihe dir, Jesus! Dass du es nicht früher getan hast. Ich weiß, du hast es sicher versucht.

Als ich Boiling Springs verließ und nach New Haven ging, hatte ich verstanden, dass mein Großonkel Harper Evan Burch, wenn er es sich hätte aussuchen können, wohl einen anderen Körper bewohnt hätte als den, welchen Gott ihm gegeben hatte. Sein Körper war nicht sein Tempel. Er war sein Schleier, seine Hülle. Er wäre lieber nicht sein Augenzeuge gewesen. Noch an den schwülsten Sommertagen trug er keine kurzen Hosen und rollte nie die Ärmel hoch. In früheren Zeiten hätte er wohl jeden Tag Handschuhe und Hut getragen. In einer großen Stadt hätte er sich eine dunkle Sonnenbrille aufgesetzt. Soweit ich weiß, gab es in seinem Haus nur einen einzigen Spiegel. Der Spiegel, so groß wie ein kleiner Umschlag, hing über dem Waschbecken. Sein Haus war in einer Zeit gebaut worden, als man ein großes und geräumiges Badezimmer mit zwei Fenstern und einer Badewanne auf Füßen für ein stattliches Haus für ausreichend hielt. Kein Elternbadezimmer, keine getrennten Badezimmer, keine kleinen Gästetoiletten oder gar Gästebadezimmer. Irgendwo auf dem Weg von Greek Revival zum blaugrauen Ranchhaus waren all diese zusätzlichen Toiletten und Waschbecken aufgetaucht und signalisierten eine Art notwendigen Überfluss, das Versprechen, sich niemals in demselben Zimmer erleichtern zu müssen wie die anderen Haushaltsmitglieder, ein Zeichen, das der Welt verkündete, dass wir uns von jeglicher unerwünschten Intimität befreit hatten.

Als ich klein war, musste ich auf einen Stuhl steigen und konnte den größten Teil meines Gesichts in diesem Spiegel sehen. Als ich älter war und fast so groß wie Baby Harper, wurde mir klar, dass der Spiegel ihm nur gestattete, wohl zum Rasieren Mund und Kinn zu sehen. Der Rest des Gesichts war eine weiße Wand. Dieses Vermeiden des eigenen Spiegelbildes, zusammen mit der Tatsache, dass er gern Fotos machte, sich aber nie fotografieren ließ, brachte mich zu einer einfachen Schlussfolgerung. Mein Großonkel war ein Buch, das sich in einem falschen Umschlag befand. Was das zu bedeuten hatte, glaubte ich zu verstehen. Ich war im Irrtum. Baby Harper sollte sich mir erst nach und nach enthüllen. Die erste seiner Karten deckte er auf, als er von Bobby hörte.

Mein Großonkel Harper sagte in dieser Nacht zu mir, keine Scham sei so schlimm wie das Schweigen. Er wollte wissen, warum ich niemandem von Bobby erzählt hatte. Er betrauerte, was mir geraubt worden war. Das Verbrechen, das er (und ich) meinten, war nicht der Verlust meiner Unschuld. Der Ausdruck «Verlust» klingt hier unpassenderweise, als spräche man von einem Hemdknopf, den man wiederfinden oder ersetzen kann. Das Verbrechen bestand darin, dass mir die Entscheidungsfreiheit genommen war. Zu dem Kummer gehörte auch Baby Harpers eigene Entscheidungsfreiheit. Er lebte in vielerlei Hinsicht durch meinen Körper. Er hatte sich für mich (und sich) eine mondhelle Nacht gewünscht, eine zerdrückte Abschlussballkorsage, einen langsamen Tanz, den Rücksitz eines Wagens. Ich hatte diese Erfahrungen nicht gemacht. Baby Harper auch nicht. Er trauerte darüber, dass es einen Teil meines Lebens gab, den ich ihm vorenthalten hatte. Zum ersten Mal wurde ihm klar, dass es auch noch andere geben mochte. In diesem Kummer verbargen sich auch die geheimen Kammern seines Lebens. Er erzählte mir, dass Schmerz schon schlimm genug sei und dass ich immer darauf achten solle, dass nicht auch noch Einsamkeit hinzukomme. «Deshalb treffen wir uns und tanzen», sagte er. Bis dahin hatte ich nicht verstanden, was mein Großonkel mir seit den frühesten gemeinsamen Tagen hatte beibringen wollen. Wir trafen uns und bewegten unsere Körper, um unsere Schmerzen zu vertreiben.

In einem Tonfall, den ich bei ihm noch nie gehört hatte, sagte mein Großonkel dann zu mir, langsam und ganz präzise: Gott. hat. vielleicht. Bobby. das. Leben. genommen. Aber. Gott. kann. dir. dein. Leben. nicht. zurückgeben.

Er forderte mich auf, ihm in die Garage zu folgen. Dann nahm er eine Dose Außenfarbe von einem Regal. Päonienrot, stand auf dem Etikett. Dann schnappte er sich eine Taschenlampe und zwei Pinsel und verstaute alles in einer Plastiktüte.

Wir stiegen in sein Auto und fuhren zum Friedhof. Dass Baby Harper Außenfarbe in Päonienrot hatte, wo doch alle Hauswände eierschalenweiß waren, und dass er wusste, wo unter den einhundertzweiundfünfzig Bäumen des Friedhofs Bobby begraben lag, machte mir klar, dass ich nur ein brieftaschengroßes Bild vom Leben meines Großonkels besaß.

Der Grabstein war aus blassem Granit, und er leuchtete im Schein des abnehmenden Mondes. Wir brauchten keine Taschenlampe, um zu sehen, was in den Stein gehauen stand. GELIEBT. Zum dritten Mal an jenem Abend fasste mein Großonkel nach meinen Händen. Grillen zirpten zu unseren Füßen, über uns huhute eine Eule, der Duft von Geißblatt spielte Haschmich mit der Sommernachtluft. Baby Harper sagte, ich solle die Vorderseite nehmen, er würde sich um die Rückseite kümmern. Ich konnte mich nicht rühren. Ich verstand schon, was er zu mir sagte, aber ich verstand den Mann nicht. Er tauchte einen Pinsel in die Farbe und ließ die überschüssige Farbe in die Dose zurücktropfen. Dann schrieb er das Wort KINDERSCHÄNDER über den ganzen Grabstein. Wir standen da und schauten uns den Stein an. Dann folgte ich seinem Beispiel. Eine Sommernacht, Geißblatt, Grillen, eine Eule, der Mond. Alles stumme Zeugen für das, was wir getan hatten. Wir stiegen wieder ins Auto und ließen alles hinter uns. Die Hände meines Großonkels am Lenkrad. Die gestrichelte Linie, die die beiden Fahrspuren markierte. Die Wohnwagen in den Seitenspiegeln. Der Wasserturm, eine pilzförmige Wolke über einem Nadelstich von Städtchen. Alles leuchtete in jener Nacht. Nicht wie Sterne, eher wie ausgebleichte Knochen.

Nach dem Tod meines Vaters verbrachte ich jedes Wochenende mit Baby Harper. Jene Samstagnacht bildete da keine Ausnahme, abgesehen davon, dass wir unsere Hände und die Stellen unter den Fingernägeln mit Terpentin säuberten, bevor wir Gute Nacht sagten. Baby Harpers Gästezimmer (er sagte, ich sei sein Ein und Alles, und ich glaubte ihm) beherbergte ein uraltes Schlittenbett und seine Sammlung von Trauerstickereien. Die Walfänger an den Wänden meines Zimmers waren mir lieber als diese verblichenen Seidenstickereien von Trauerweiden, griechischen Urnen und darauf prangenden trauernden jungen Ladys, aber das Schlittenbett machte das mehr als wett. Baby Harper hatte das Bett von einem Witwer in Greenville, South Carolina, erworben. Baby Harper meinte, Witwer seien die beste Quelle für Antiquitäten zu vernünftigen Preisen. Trauernde Männer trennen sich vom Brimborium der Vergangenheit. Trauernde Frauen horten es. Oder sie sticken, meinte Baby Harper und bekam seinen Hickser. Trotz der Herkunft des Bettes mochte ich es. Der gebogene Kirschholzrahmen erhob mich weit über den Fußboden. Ein dazu passender Trittschemel stand neben dem Bett, und so konnte ich wie auf eine Bühne, eine Wolke hinaufklettern. Und während ich in jener Nacht einschlief, hatte ich keine Ahnung, was mein Großonkel wohl dachte, wenn er in seinem eigenen Bett mit geschlossenen Augen langsam und stetig atmete. Er war ein wunderbares Rätsel für mich geworden.

Früh am nächsten Morgen fuhr Baby Harper mich zu dem blaugrauen Ranchhaus. Ich hatte meine Koffer – beide waren ganz neu, weil ich noch nie zuvor welche gebraucht hatte – schon eine Woche zuvor gepackt. Sie warteten auf mich im Wohnzimmer. DeAnne hatte sich für die Kirche fein gemacht und trank Kaffee am Küchentisch. Baby Harper und sie sagten sich Guten Morgen. Ich goss mir ein Glas Saft ein und setzte mich DeAnne gegenüber. Baby Harper zog sich einen Stuhl heran, sah uns beide an, schob ihn wieder an seinen Platz und meinte, er würde gegen Mittag vorbeikommen und mich zum Flughafen fahren. Zum Ende des Satzes hin hob er die Stimme. Flug-HA-fen, sagte er.

Baby Harper hatte damals noch nie in einem Flugzeug gesessen, ich ebenfalls nicht. Die Aufregung, die er meinetwegen verspürte, war mit Händen zu greifen. Er hatte ein Bild im Kopf, das noch aus den frühen Tagen der Luftfahrt stammte, als die Fluggäste sich besonders sorgfältig kleideten und alle an Bord, auch die Stewardessen, Hüte trugen, so als wollten sie in die Kirche gehen. Vielleicht fühlte man sich damals bei der Flugreise Gott näher, weil das Fliegen immer noch wie ein Wunder erschien, wenn auch wie eines, für das man ein Ticket erwarb und dessen Zeuge man wurde. Baby Harper war allerdings anderer Meinung. Er meinte, die Fluggäste glaubten, sie könnten umkommen, und keiner wollte in Nietenhosen und einem T-Shirt im Himmel erscheinen. Beide Erklärungen, so entschieden wir, waren wohl richtig. Baby Harper versprach mir für den Tag meiner ersten Flugreise ein besonderes Kleidungsstück.

Wir hatten den ganzen Sommer über damit zugebracht, uns auf diesen Tag vorzubereiten. Stille, innere Vorbereitungen, das Katalogisieren von Augenblicken oder Taten, als uns klar wurde, jede Einzelne davon könnte zum letzten Mal stattgefunden haben. In jenem Sommer machte Baby Harper eine Reihe von Fotos von mir. Er fotografierte meine nackten Füße, meine Hände, meine Augen. Seine Lieblingskörperpartien von mir, sagte er zu mir. Wenn er mich gelassen hätte, dann hätte ich seine Ohren, Handgelenke, den dünnen Streifen Haut zwischen Hosenaufschlägen und Socken fotografiert, der nur sichtbar wurde, wenn er sich hinsetzte und die Beine übereinanderschlug. Meine Lieblingskörperpartien von ihm, die zu sehen waren.

Der erste Todestag meines Vaters war im darauffolgenden Monat. Ich war erleichtert, zu dem Zeitpunkt bereits weit weg in New Haven zu sein. Was hätten denn DeAnne und ich sonst zusammen gemacht? Ein Kirchenlied gesungen. Händchen gehalten. Einen Strauß Nelken auf das Grab meines Vaters gelegt und dann aus dem Augenwinkel den weißen Granitgrabstein des GELIEBTEN bemerkt, um den sie eigentlich trauerte. Das konnte sie ruhig auch allein machen, dachte ich.

Seit dem Tod meines Vaters hatten DeAnne und ich uns gegenseitig in Ruhe gelassen. Wir lebten in einem stillen Haus. Gespräche waren nicht mehr nötig, aber nicht, weil wir uns gegenseitig wortlos verstanden, sondern weil wir nicht wissen wollten, was die andere dachte. Die gemeinsame Einnahme der Mahlzeiten war nicht mehr Pflicht. DeAnne aß vor dem Fernseher. Ich aß in meinem Zimmer vor einem Buch. Wir aßen, was alleinstehende Frauen so essen. Thunfisch aus der Dose. Joghurt. Dörrobst. Salate mit Dressing aus der Flasche. Der Geruch der brennenden Zigaretten, die DeAnne nicht länger vor mir verbarg, war nun dauerhafter als der Geruch ihrer Aufläufe. Ein kleiner Trost.

Baby Harper war der größte Trost. Er war Vermittler und Zuflucht. Er hatte DeAnne mitgeteilt, an welchen Colleges ich mich bewarb, und füllte die Schecks aus, die ich dem Antrag beifügen musste, wenn DeAnne nicht daran dachte. Er hatte ihr mitgeteilt, dass ich nicht auf den Abschlussball gehen würde, und fügte hinzu, dass es seiner Meinung nach in ganz Boiling Springs keinen jungen Mann gebe, der gut genug für mich sei. Er hatte mir an den Wochenenden sein Gästezimmer angeboten, damit ich sie nicht mit DeAnne und Iris verbringen musste, die nun die Witwenschaft mit ihrer Tochter gemeinsam hatte und sie deshalb besser leiden konnte.

Jeden Samstag gingen DeAnne und Iris ins Kino und anschließend essen, Iris' Lieblingsspeisen. Brathühnchen, Kartoffelbrei, danach ein Stück Kokoscremetorte. Fett, Kohlenhydrate und Zucker. Iris, die Diabetikerin, wusste sehr gut, wie man nicht lebte. Iris spritzte sich Insulin, um den Blutzucker unter Kontrolle zu halten, und der Anblick, wie sie eine Spritze aufzog, sich selbst durch den Stoff ihres Hosenbeins in den rechten Oberschenkel injizierte und dann erneut nachlud, weil eine Füllung nicht mehr ausreichte, war das stumme Gebet, das allen unseren gemeinsamen Mahlzeiten vorausging.

Jeden Sonntag gingen die beiden Witwen mit Baby Harper in die Kirche und beteten auf konventionelle Weise. Stehend, mit erhobenen Händen, die Handflächen himmelwärts gedreht, die Augen geschlossen, warteten sie darauf, dass der Geist sie anwehte. Pastor Reynold wollte von seiner Kanzel aus wissen: «Könnt ihr es SPÜREN? Könnt ihr es SPÜREN?»

Das letzte Mal, als ich mit ihnen in die Kirche ging, stand ich da und fragte mich, ob «Kannst du es SPÜREN?» auch die Frage war, die Mrs Reynold hörte, wenn sie und der Pastor Sex hatten. Das wiederum brachte mich zur nächsten Frage. Vögelt Pastor Reynold in diesem Augenblick mit uns allen? DeAnne und Iris, die mit geschlossenen Augen und wiegenden Körpern auf ES warteten. Baby Harper, der mit offenen Augen und verzücktem Körper auf ES wartete.

Nein, Pastor Reynold, ich spüre überhaupt nichts.

Das war alles. Eine Frage. Eine ehrliche Antwort. Eine Entscheidung.

DeAnne weinte, als ich ihr mitteilte, dass ich nicht mehr weiter mit ihnen zur Kirche gehen würde. Iris beschuldigte mich, von Anfang an keine wahre Christin gewesen zu sein. Mein Großonkel Harper saß am Esstisch und war sprachlos.

Ich sagte das Erste, was mir in den Sinn kam: «Ich wünschte*centershock*, mein Vater wäre noch*sauerrahm* hier*hartgekochtesei*.» Wir alle wussten, was ich damit meinte. Ich meinte, dass meine Großmutter so etwas niemals zu mir gesagt hätte, wenn mein Vater noch am Leben gewesen wäre.

«Na, ist er aber nicht, und wessen Schuld*gekochterschinken* ist das?», fauchte Iris mich an. «Ganz sicher*dosenthunfisch* nicht Gottes*walnuss* Schuld*gekochterschinken*, kleines Fräulein*salz*.»

DeAnne schluchzte in ihre Serviette. Mein Großonkel Harper stand auf und geleitete sie hinaus. Nach dem Ableben meines Vaters hatte ich bei mehr als nur einer Gelegenheit gesehen, wie DeAnne wie eine Blinde behandelt wurde.

Meine Großmutter Iris und ich blieben am Esstisch sitzen. Der Auflauf war noch warm, auf der Anrichte stand ein gekaufter Pfirsichkuchen in einer Pappschachtel, und die Serviette meines Großonkels lag auf dem Boden, wohin sie gefallen war.

Ich sah zu dem leeren Stuhl am Kopf des Tisches und stellte mir vor, mein Vater würde wieder nach Hause kommen.

KAPITEL 12

Mein Vater war verliebt. Das sagte ich zu seinem Sarg, als er in die Erde gelassen wurde. Als er starb, war ich siebzehn. Er war dreiundfünfzig. Ich dachte, meine Großmutter Iris würde als Erste sterben. Das dachte sie auch. Sobald die Nachricht von seinem Tod die Runde in Boiling Springs, Shelby und dann dank eines schnellen Telefonanrufs bei den Hammericks in Charlotte gemacht hatte, die seinen Tod dadurch würdigten, dass sie einen kleinen Geldbaum in einem Bastkorb an den Bestattungsunternehmer schicken ließen, wusste ich, dass Iris sich *wünschte*, sie wäre als Erste gegangen. Iris sah die kleine Topfpflanze inmitten all der Kränze, die vor Rosen und Lilien schier explodierten, und sie empfand sie als das, was sie war: als Beleidigung, wie sie da in der nährstoffreichen Erde steckte und mit jedem kommenden Tag weiter wachsen sollte. Nachdem Iris die Namen auf der Karte gelesen hatte, bat sie Baby Harper, die Pflanze und den Korb zu nehmen und in sein Auto zu stellen. In jener Nacht, nachdem all die Trauergäste das blaugraue Ranchhaus verlassen hatten, wo sie sich nach der Beerdigung versammelt hatten, um ihre Gaben aus Aufläufen und Rührkuchen (Speisen für die Toten, wie ich mir schon immer gedacht hatte) abzustellen, holte Iris die Pflanze aus dem Wagen, trug sie auf den Hinterhof und zündete den Korb an.

Etwa eine Minute lang warf eine helle, unerwartete Lichtquelle Iris' Schatten auf die Außenwand der Garage und zeichnete dort die Silhouette eines formlosen Berges. Ich fragte mich, wer diese Leute in Charlotte waren, die glaubten, Iris mit einem Geldbaum Schmerz zufügen zu müssen. Ich wusste wenig über sie, und es ging mir damals nicht auf, dass sie überhaupt irgendetwas über mich wussten. Die Beleidigung, wie eigentlich alles nach dem Tode, galt den Lebenden.

Iris war sehr lebendig, und sie sorgte dafür, dass die Pflanze es nicht mehr war. Nachdem die Flammen sich gelegt hatten, war von dem Korb nichts mehr übrig, und der Geldbaum war grau und schwammig geworden. Sukkulenten brennen nicht. Sie dampfen. Mein Großonkel und ich sahen uns an und erkannten ohne Worte, dass man nie auslernte. Wir saßen am Küchentisch. DeAnne war schon zu Bett gegangen. Als Baby Harper Iris mit dem Blumentopf sah, zückte er seinen Fotoapparat. Er baumelte um seinen Hals, als wir dasaßen und zuschauten. Wir konnten Iris und ihren Scheiterhaufen durch die Fliegentür der Küche sehen. Er rührte den Apparat nicht an, und er sagte kein Wort, auch nicht, als die Flammen erloschen waren.

Baby Harper hatte in jenen Tagen direkt nach dem Tod meines Vaters nicht viel gesprochen. Der Mann mit dem Singsang hatte mir dieses kleine Gebet mitgegeben, geschrieben auf ein Stück Papier: «Thomas war verliebt.» Baby Harper und ich saßen vorn im Wagen, DeAnne und Iris hinten. Wir waren auf dem Weg zum Bestattungsunternehmen. Baby Harper hatte dies als Fürbitte an Gott angesehen. Genauso meinte ich es auch, als ich dies zum Sarg meines Vaters sagte. Ein Gebet sollte stets das Wort Liebe enthalten. Vielleicht auch anders herum.

Während mein Großonkel Baby Harper keine Worte mehr fand, vergaßen DeAnne und ich, die einfachsten Dinge zu tun. Vielleicht war das der Grund, warum Trauergäste der Familie des Verstorbenen Essen bringen, denn wenn wir auf dem Küchentresen oder im Kühlschrank keines vorfanden, dann vergaßen wir einfach zu essen. DeAnne vergaß, nachts abzuschließen. Ich vergaß, den Müll hinauszubringen. DeAnne vergaß, die Lichter auszumachen. Ich vergaß die Post vollkommen. Am Morgen der Beerdigung vergaß DeAnne, den Reißverschluss an ihrem Kleid zuzuziehen.

Meine Großmutter Iris, Baby Harper und ich saßen am Küchentisch und warteten auf sie. Als DeAnne den Raum betrat, sahen Iris und ich gleichzeitig das V ihrer bloßen Haut auf ihrem Rücken. Iris stand auf und geleitete ihre Tochter wortlos hinaus, als wäre sie blind. An meinen Großonkel gerichtet, sagte ich: «Kannst du dir vorstellen, dass sie so etwas vergisst?» Er schüttelte den Kopf. Damals dachte ich, er meine nein, das könne er sich nicht vorstellen. Aber er meinte, nein, sie hatte es nicht vergessen. Woher hätte ich wissen sollen, dass fünfundzwanzig Jahre Ehe bedeuteten, jemanden zu haben, der einem half, den Reißverschluss am Rücken zuzuziehen?

Der Tag der Beerdigung ist zu meiner mir vertrauten mnemotechnischen griechischen Stadt geworden. Jede Stunde war eine Straße oder ein Weg. Jede Minute war ein Tempel oder ein Brunnen. Ich suchte die Stadt immer wieder auf, nicht um mich an die Einzelheiten zu erinnern, sondern um sie neu zu sehen.

Wenn ich jenen Morgen heute vor mir sehe, sehe ich die Gesichter rings um den Küchentisch, und ich sehe DeAnnes Kleid. Am deutlichsten sehe ich die nackte Haut vor mir, so blass im Kontrast zum schwarzen Stoff ihres Kleides, und ich sehe darin keine Gedächtnislücke, sondern die Beharrlichkeit der Erinnerungen. Ich fühle eine Wut, eine erwachsene und durchdachte Wut auf meinen liebeskranken Vater, da er etwas Wertvolles verschleudert hatte. Ich verspüre fast wieder so etwas wie Zuneigung zu DeAnne.

♠

Am Ende seines Lebens war Thomas Hammerick kein Mann mit einem gesunden Menschenverstand. Er war lediglich ein Mann mit einem schwachen Herzen. Er saß in seinem Wagen, der in der Einfahrt eines kleinen Hauses in der Goforth Road stand. Dort hatten ihn die Polizei und die Rettungssanitäter gefunden, er war hinter dem Lenkrad zusammengesunken wie ein Betrunkener; sein Herz war schon zu Stein geworden.

DeAnne und ich hatten in dieser Nacht am Esstisch gesessen und auf ihn gewartet, bis das Telefon klingelte. Mein Vater öffnete jeden Abend in der Woche um siebzehn Uhr dreißig die Haustür des blaugrauen Ranchhauses. Um achtzehn Uhr saßen wir immer noch am Tisch. Mein Vater war immer pünktlich. Sein Terminplan war so fest wie sein Handschlag. DeAnne und ich hatten am Esstisch gesessen, unsere Gedecke angestarrt und gedacht, dass wir beide uns wohl in der Zeit geirrt hatten, dass alle Uhren im Haus zu schnell gingen. Das Telefon klingelte, und DeAnne ging im Wohnzimmer an den Apparat. Ich hörte, wie sie Hallo sagte. Dann Stille. Als ich ins Wohnzimmer trat, legte sie gerade auf. Ich folgte ihr in die Küche, wo sie den Ofen ausschaltete. Drinnen war bei niedriger Hitze ein Auflauf vertrocknet. Ich folgte ihr, als sie ins Esszimmer zurückging. Sie drehte sich um und sah mich an, verwirrt, noch eine andere Person im Haus zu sehen. DeAnne dachte an den Auflauf, bevor sie an mich dachte. In der Obhut dieser Frau hatte mich mein Vater zurückgelassen.

In der Goforth Road wohnte die zweiundzwanzigjährige Sekretärin meines Vaters. Sein Wagen stand in der Einfahrt zu ihrem Haus. Es musste sich damals wohl jemand einen Scherz erlaubt haben, als die Straße ihren Namen erhielt, denn Goforth Road war eine Sackgasse. Nun aber ging der Scherz auf unsere Kosten, auf die der beiden Hammericks, der einen Whatley und des einen Burch, die zurückblieben.

Neuigkeiten verbreiteten sich schnell in Boiling Springs, sie hatten es ja auch nicht weit. Das kleine Bündel Wörter, die in dem Bericht auf dem Polizeirevier steckten, kam mit dem Sergeant nach Hause und wurde an Thomas Hammericks Frau weitergereicht. Am nächsten Tag erreichte das Bündel, nun ein übertriebenes Geflüster, die Hauptvermittlung des Ortes, Miss Coras «Beauty Emporium», wo es in den ersten fünfzehn Minuten an zwei Dauerwellen und eine Hochsteckfrisur weitergereicht wurde. Die Wege, die das

Geflüster, nun ein ausgewachsenes Stück pikanten Gerüchts, bis zu meiner Großmutter Iris und Baby Harper nahmen, waren andere, aber ebenso schnell. Iris rief sofort DeAnne an. Baby Harper behielt das Gerücht für sich. Ich erhielt drei Tage später Brief Nr. 821 von Kelly, die zu dem Zeitpunkt in Rock Hill, South Carolina, lebte. Sie wollte nicht, dass ich es von jemand anderem erfuhr. «Oder so, wie ich Deine Familie kenne», schrieb Kelly, «versuchen sie, es vor Dir geheim zu halten, und ich weiß, das wäre noch schlimmer.» In ihren Händen nahm die Neuigkeit über meinen Vater wieder die Form eines festen Bündels Wörter an.

Am Mittwoch, dem 30. Oktober 1985, wurde Thomas Hammerick gegen neunzehn Uhr zweiundvierzig tot in seinem Wagen aufgefunden, der in der Einfahrt des Hauses 133 Goforth Road stand. Hammerick war vollständig bekleidet; sein Kopf ruhte mit dem Gesicht nach unten auf dem Lenkrad. Die beiden Rettungssanitäter, die ihn untersuchten, stellten fest, dass der Verstorbene keine Unterwäsche trug. Auf Anfrage händigte Carrie Betts, die Bewohnerin des Hauses 133 Goforth Road, das Unterhemd und die Boxershorts des Verstorbenen aus. Betts sagte aus, dass Hammerick in der Eile wohl vergessen habe, sie anzuziehen. An dieser Stelle sahen sich die Rettungssanitäter und der am Fundort befindliche Polizist an und lächelten.

Am Tag der Beerdigung meines Vaters wartete im blaugrauen Ranchhaus ein weiterer Brief auf mich. Ich entdeckte den Poststapel auf dem Flurtisch an jenem Abend erst, nachdem Baby Harper schon abgefahren war, um Iris nach Hause zu bringen. Er oder jemand anders musste wohl den Inhalt unseres überquellenden Briefkastens für uns hereingetragen haben. Statt an der Beerdigung teilzunehmen, hatte Kelly mir einen langen Brief geschrieben.

Seit sie nach Rock Hill gezogen war, um mit ihrer Tante zusammenzuleben, hatte Kellys Korrespondenz nur aus ein paar auf eine

Postkarte gekritzelten Zeilen bestanden, meist darüber, wie viel sie zugenommen hatte. Der Subtext war schmerzlich deutlich zu erkennen, selbst für mich. Ihr Fehler wurde von Tag zu Tag größer; sie fühlte sich nur noch wie ein Besucher in ihrem eigenen Körper. Doch ein wenig von ihrem alten Ich kehrte zurück, was Inhalt und Stil anbelangte. Sie schrieb, sie und ihre Tante hätten sich auf den Namen Luke für das Baby geeinigt. Ihre Tante mochte den Namen wegen Luke und Laura aus *General Hospital*. Kelly mochte ihn wegen Luke und Leia aus *Star Wars*. «Nur unter uns», schrieb Kelly, «der zweite Vorname des Babys lautet Skywalker.» Kelly fand, das Baby solle einen geheimen Namen haben, weil er ein Geheimnis sei und sein Vater, genau wie der von Skywalker, nicht oft da sein würde. Ich hatte die Frage nach dem Kindsvater vermieden, weil Kelly mir beim ersten und einzigen Mal, als ich danach gefragt hatte, geantwortet hatte, das wisse sie nicht. Kelly wusste es. Das war nur ihre Art, mir mitzuteilen, dass sie es mir nicht sagen wollte, und ich wollte nicht wissen, warum. Eine Freundschaft, das lernten wir beide schnell, konnte auf dem beruhen, was uns verband, und auf dem, was wir vor dem anderen geheim hielten.

In meinen Briefen an Kelly während dieser Monate hatte ich von allem Möglichen berichtet, mit Ausnahme des einzigen Themas, an das ich ständig denken musste. Der krönende Augenblick einer Highschoolüberfliegerin, die Zeit der Collegebewerbungen, kam schnell auf mich zu. Ich war eine Hammerick. Die Hammericks gingen nach Yale. So viel wusste ich über die Familiengeschichte. Notendurchschnitt? Passt. Eine Schachtel Zigaretten am Tag hatte meine Eingänge erfolgreich ferngehalten. Ehrenamtliche Arbeit? Passt. Ich hatte fünf Stunden die Woche freiwillig in der Boiling Springs Elemantary School gearbeitet und die Schulbibliothek neu sortiert. Mein Großonkel meinte, ich könne in die Bewerbung schreiben: «Organisation und Ausgabe von Lesematerial an sozial benachteiligte Südstaatenkinder.» Wir beide verstanden, dass die Kinder benachteiligt waren, weil sie in Boiling Springs lebten, nicht weil es ihnen wirtschaftlich schlecht ging. Empfehlungsschreiben? Passt. Passt nicht. Doch, passt. Kurz bevor mein Vater starb, hatte er alles so arrangiert, dass William Hoyle, der für uns zuständige Kongressabgeordnete, einen Brief aufsetzen sollte, doch der löste dann sein Versprechen angesichts der «mangelnden*apfelmus* moralischen*muskatnuss* Charakterstärke*wassermelonenrinde*» meines Vaters nicht ein. Das teilte mir die Sekretärin dieses gewählten Mistkerls zwei Wochen nach dem Tod meines Vaters am Telefon mit. Ich legte auf. Als ich meinem Großonkel Harper von diesem Anruf erzählte, sagte er, lieber mangele es ihm an Charakter als an Herz, doch da hätte ich Glück, denn der Abgeordnete Hoyle hätte weder das eine noch das andere.

Ich erhielt einen weiteren Anruf von der Sekretärin des Kongressabgeordneten. Dieses Mal teilte sie mir mit, dass mir ein Empfehlungsschreiben zu meinen Gunsten zugesandt werden würde und dass der Kongressabgeordnete mir weiterhin viel Erfolg wünsche. Mein Großonkel Harper bekam seinen üblichen Schluckauf, als ich ihm das erzählte. Als ich wissen wollte, welche Rolle er dabei gespielt habe, die Meinung des Abgeordneten zu ändern, behauptete Baby Harper, keine, er habe nur Iris gegenüber erwähnt, was der kleine Willie Hoyle über ihren verstorbenen Schwiegersohn dachte. Das war das erste Mal, dass ich hörte, wie jemand den Abgeordneten «kleiner Willie» nannte. Ich hatte jede Menge Fragen, doch mein Großonkel wollte dazu nichts mehr sagen.

Ich ging zu Iris, die gesprächiger war. Sie erzählte mir, Willie Hoyle und Baby Harper seien als Jungen unzertrennliche Freunde gewesen, bis sie sie eines Tages dabei erwischt habe, wie sie, nackt von der Hüfte abwärts, ihre Korsetts und Strümpfe anprobiert hätten. Willie zeigte mit dem Finger auf Baby Harper und sagte, alles sei dessen Idee gewesen. Seit der Zeit hatte Iris den Diminutiv «klein» vor den Vornamen des zukünftigen Kongressabgeordneten gesetzt. Ich musste bei dem Gedanken an zwei kleine Lausbuben lächeln, die sich von einer wütenden Iris hatten erwischen lassen, bis sie, diejenige in der Familie, die immer die Wahrheit sagte, flüsterte und brüllte, dass Baby Harper und der kleine Willie SECHZEHN gewesen seien, als sie sie halb nackt und in ihren Kleidern erwischte.

Meine Großmutter, die Pflanzenbrandstifterin, war auch eine kleine Erpresserin. Allein ihre Stimme am Telefon muss den Kongressabgeordneten Hoyle dazu veranlasst haben, seine Meinung zu ändern und mein Empfehlungsschreiben zu unterschreiben. Der kleine Willie kannte seine Wähler und wusste, dass in deren Augen seine kleine Jugendsünde schlimmer war als überhaupt kein moralischer Charakter. Es war eine Sünde, die ihn unwählbar machen würde. Ich nehme an, Iris kokelte und erpresste aus demselben Grund, nämlich um ihren verletzten Stolz zu lindern. Ihr kleiner Bruder mochte ja ein Freund von Spitzenunterwäsche sein, ihr Schwiegersohn ein Schürzenjäger, der ohne Unterhose starb, und ihre Enkelin eine physische Enttäuschung im Sport-BH, aber wir alle gehörten zu ihr. Wir umkreisten sie als pockennarbige und verwundete Monde. Ohne uns wäre es nie so nötig geworden, dass sie so hell erstrahlte.

Als ich in die Highschool kam, hatte ich mich mit der Tatsache abgefunden, dass Iris und ich uns so nah waren wie Maine und Hawaii. Ich glaubte, sie würde sich nicht für mich interessieren, weil ich ihr überhaupt nicht ähnlich sah.

Heute weiß ich, dass es kein Zufall ist, wenn man im Zusammenhang mit körperlicher Erscheinung von «vorteilhaft» spricht: Ich finde (deine Augen, dein Kinn) vorteilhaft. Du bevorteilst mich (in Liebe und Aufmerksamkeit). Bevorteilung ist eine wechselseitige Beziehung, die auf einem biologischen Inperativ basiert; sie ist eine Ureitelkeit, die so manchem Baby das Leben gerettet und so manchem anderen den Untergang gebracht hat:

Die Flut steigt. Du hast nur zwei Hände. Welches Kind packst du? Das, welches dein Spiegelbild ist, oder dasjenige, das du nicht erkennst? (Ich hatte zwar keine Geschwister, aber ich war immer dankbar dafür, dass Boiling Springs nicht vom Hochwasser bedroht war.)

In meinem zweiten Jahr im College lernte ich in meinem Seminar «Entfremdung/Ent-Fremdung», das gleichzeitig unter Soziologie und Literatur angeboten wurde, dass eine Definition lautete, «Aberration» sei eine Kameralinse, die kein exaktes Abbild liefere. Schon lange davor hatte ich begriffen, dass der Körper – vor allem der eines Nachkommens – am besten war, wenn er eine spiegelnde Oberfläche war. DeAnnes Erscheinung etwa kam der von Iris recht nahe, doch in DeAnnes Augen und an der Form ihrer Lippen fehlte etwas. Iris hoffte deshalb auf die nachkommende Generation. Dann kam ich, und all die Hoffnungen meiner Großmutter waren zunichte.

Iris tolerierte mich in meinen Jahren als Tomboy. Es gab sogar ein kurzes aufflammendes Interesse an mir, als meine Mutter mich dazu überredete, Stunden als Twirling-Majorette zu nehmen, ein Ritus der Mädchenzeit in den Südstaaten, der darin gipfelte, dass ich in der Thanksgiving-Day-Parade in Shelby die Hauptstraße entlangmarschierte. Ich war neun. Iris saß auf einem Klappstuhl auf der Gerichtstreppe. Mein Großonkel saß neben ihr. Als meine Gruppe vorbeikam, stand er auf und schwang ein Schild: WIR DANKEN LINDA! Ich wollte glauben, dass meine Großmutter mir ebenfalls zuwinkte und nicht Baby Harper ein Zeichen gab, das Schild wegzulegen. Iris ignorierte mich vollkommen, als ich anfing, mir die Haare wieder lang wachsen zu lassen, Lipgloss aufzutragen und eine Handtasche voller weiblicher Hygieneartikel bei mir zu tragen. Ich war entschwunden, weil ich sie enttäuscht hatte. Zumindest glaubte ich das, als ich größer wurde.

Was mit Kelly geschah, bestätigte nur, was ich bereits über physische und emotionale Wechselseitigkeit wusste. Die ersten dreizehn Jahre ihres Lebens war Kelly für ihre Mutter Beth Anne nichts weiter als eine entkörperlichte Stimme. Kelly, die mir nur sehr zögerlich ihre Babyfotos zeigte, war vom ersten Tag an fett. Sie kam mit einem Tripelkinn und so vielen Falten am Körper auf die Welt, dass sie eher wie ein Shar-Pei-Welpe aussah, nicht wie ein menschliches Baby. Als Beth Ann vierzehn Jahre später endlich das schöne Ich in dem Lebewesen erkannte, das sie zur Welt gebracht hatte, wurde Kelly faktisch neu geboren. Plötzlich hatte sie einen Körper, der angenehm anzuschauen war und deshalb auch wahrgenommen wurde. Während unseres ersten Jahres an der BSHS stellte ich mir vor, wie meine beste Freundin all das Gewicht verlor und die restliche Person nicht attraktiv war. Was, wenn in dem dicken Mädchen ein dürres hässliches Mädchen gesteckt hätte? Oder ein unscheinbares? Ich hatte in der Highschool eine Rolle angenommen, die nur eine Aufgabe verlangte. Ich musste die Beste sein. Kelly hatte eine Rolle angenommen, die von ihr verlangte, sich zur Schau zu stellen, wie Beute gejagt zu werden, zu flirten und zu locken, nachzugeben und sich berühren zu lassen, ohne dass jemand eindringen durfte. Kelly war zu klug, um ihre Rolle erfolgreich spielen zu können. Sie war zu neugierig. *Wie fühlt sich das an?* Sie war zu egalitär. *Jetzt machst du es mit mir.* Sie war zu wahrheitsliebend. *Ich möchte nicht, dass du damit aufhörst.*

Kelly verließ Boiling Springs im Januar 1985. Es war der letzte Samstag im Monat. Mein Zimmer war voller Morgensonne, aber ich lag noch im Bett und hielt die Augen vor den Staubfusseln in der Luft und den Walfängern auf See geschlossen. Ich hörte DeAnne, die meinen Namen rief. Dann hörte ich: «Kelly*dosenpfirsiche* ist am Telefon*frischkäse!*» Ich schlug die Augen auf und wusste, dass etwas nicht stimmte. Kelly und ich telefonierten kaum miteinander, und wenn, dann tauschten wir verbale Telegramme aus, kurz, knapp, wirkungsvoll und sachlich.

«Hallo», sagte ich.

«Linda*minze?*»

«Ja.»

«Ich muss fortgekochtekarotten.»

«Wohin?»

«Rockrohesei Hilldörraprikose.»

«Zu deiner Tantemaisbrot?»

«Ja.»

«Wie langegrapenehi?»

«Neun Monatesaltinecracker.»

«Oh, Jesusbrathähnchen.»

«Der hat nichts damit zu tungrütze.»

«Wirst du schreibenpommesfrites?»

«Ja.»

Klick.

«Kellydosenpfirsiche?»

Kelly schrieb im Brief Nr. 822, dass sie im Augenblick nicht vom kleinen Skywalker wegkönne, weil sie ihm die Brust gebe. Abgesehen davon wollte Beth Anne, dass sie erst nach Boiling Springs zurückkehre, wenn sie all ihr Schwangerschaftsgewicht wieder verloren hatte. «Sonst wissen die Leute gleich, dass ich, na ja, du weißt schon … fett war!» Ich konnte fast Kellys schnelles lautes Lachen im Zimmer hören, als ich das las. Kelly fügte noch hinzu, dass sie langsam das Gefühl habe, ihre Tante wolle sie aus dem Haus haben. Ihre Tante, eine vierzigjährige Exhippie und erfolgreiche Katzenfriseuse, hatte gelesen, dass das Stillen im ersten Lebensjahr gut für das Immunsystem des Babys sei, deshalb wusste Kelly, dass sie tatsächlich nicht so bald irgendwohin gehen würde. In der Zwischenzeit versuchte die Tante mit mäßigem Erfolg, ihre wachsenden mütterlichen Empfindungen und Rivalitäten unter Kontrolle zu halten. Sie ließ sich zum Beispiel aufs Sofa plumpsen und sagte: «Ach, da seid ihr zwei ja!», so als habe sie nicht die leiseste Ahnung davon, dass Mutter und Kind sich gleich der urältesten Form der Nahrungsaufnahme widmen wollten. Und während Kelly stillte, hielt die Tante irgendeinen Teil vom kleinen Skywalker in der Hand, meist eines seiner kleinen Füßchen.

In den vorangegangenen Postkarten und Briefen hatte Kelly mir nicht sonderlich viele Einzelheiten von ihrer Schwangerschaft mitgeteilt. Im Brief Nr. 822 schon. Sie erinnerte sich daran, wie ihr Geruchssinn zu Beginn des dritten Trimenon spürhundstark geworden war. Sie schrieb, sie habe mitbekommen, was zwei Häuser entfernt gekocht wurde. Sie entdeckte, dass selbst gekochte Kartoffeln oder aufgewärmte Milch Gerüche abgaben, von denen ihr schlecht wurde. Sie schrieb, dass ihr am Ende des fünften Monats Nase und Knöchel von eingelagertem Wasser anschwollen. Ihre Tante strich alles Salz vom Speiseplan, um die Schwellung wieder rückgängig zu machen, doch davon gierte es Kelly nur noch mehr nach diesem Geschmack. Das machte sie wieder wett, indem sie die versteckten Salze in Lebensmitteln entdeckte. Tomatensaft. Karamellbonbons. Die Füllung von gekauftem Apfelkuchen. Instantkakaopulver. Zu Beginn des dritten Trimenon glaubte Kelly zu hören, wie sich ihre Haut dehnte. Sie weinte viel, weil sie ihren eigenen Körper nicht mehr wiedererkannte. Sie schlief zwölf bis vierzehn Stunden am Tag, weil Schlaf das einzige Beruhigungsmittel war, das einer Schwangeren erlaubt war. Ihre Tante, die unverheiratet und begierig darauf war, alleinerziehende Mutter zu werden, verbrachte ihre freie Zeit damit, ein Babydeckchen, ein Mützchen und ein paar Schühchen zu stricken. Manchmal handelten Kelly und ihre Tante als zukünftige Mütter auch gemeinsam, etwa bei der Auswahl des Namens. Was die Geburt selbst anging, schrieb Kelly, so habe sie keinerlei Erinnerung daran.

Kelly beendete ihren Brief an mich mit einer Ode auf die Finger- und Fußnägel des kleinen Skywalker. Sie hätten die Farbe von Wachspapier und seien fast genauso dünn, schrieb sie. Eher Insektenflügel denn Bestandteil des menschlichen Körpers. Sie wuchsen stündlich. Ihretwegen verstand sie, warum wir unsere Nägel so kräftig lackierten, wenn wir älter wurden. Wir waren enttäuscht über das, was aus ihnen geworden war. Dick und geriffelt, eher Panzerung denn Bestandteil des menschlichen Körpers. Kelly hatte für den kleinen Skywalker eine kleine Nagelschere mit stumpfer Spitze gekauft, doch ihre Tante hatte gelesen, dass es besser sei, die Nägel vorsichtig abzubeißen. Kelly wollte das nicht, also tat es ihre Tante für sie. Kelly schrieb, dass ihr ganz schlecht werde, wenn sie sehe, wie die winzigen Fingerchen und zarten Zehen vom kleinen Skywalker im Mund ihrer Tante verschwinden. Sie schrieb, er sei so hilflos. Eigentlich meinte Kelly, sie selbst sei so hilflos.

Nach dem ersten Geburtstag des kleinen Skywalker wurde Kelly gebeten, das Haus in Rock Hill zu verlassen. Ihre Tante versprach ihr, in regelmäßigem Kontakt mit ihr zu bleiben, und das hat sie auch getan. Das Arrangement war ganz einfach. Die Tante rief Kelly einmal im Monat an. Kelly rief niemals die Tante an. Auf diese Anrufe, dazu Fotos von Lukes Geburtstagen und den meisten Feiertagen, mit Ausnahme des Muttertags, erstreckten sich diese Kontakte.

Die Tante unterbreitete folgenden Vorschlag. Sollte Luke jemals nach seiner leiblichen Mutter fragen, würde er Kellys Namen und Anschrift erhalten. Soweit ich weiß, hat Luke bis zum heutigen Tag noch nicht gefragt. Er weiß also noch nicht, dass er einen geheimen Zweitnamen trägt, Skywalker, und dass sich zwei siebzehnjährige Mädchen während seines ersten Lebensjahres Briefe schrieben, in denen sie die Koseform dieses Namens benutzten. Kelly zufolge sieht er genauso aus wie sein Vater. Das ist wohl auch der Grund, warum sie mir nie ein Foto von Luke gezeigt hat. Ihr Geheimnis stünde ihm so deutlich ins Gesicht geschrieben.

Nachdem Kellys Tante Luke rechtmäßig adoptiert hatte, ließ die Katzenfriseuse die lukrative Welt der Katzenliebhaber hinter sich und eröffnete das erste Yoga-Studio in Rock Hill, wenn nicht gar in ganz South Carolina. Sie lernte mithilfe eines Videokonferenzkurses einer profitorientierten Kommune in Nordkalifornien, welche in einer Gegend lebte, die nun gemeinhin als Silicon Valley bekannt ist, Hatha Yoga. Yoga erwies sich für die Kommune wie für Kellys Tante als klug eingefädelte Geldmaschine. Sie zog mit Luke in ein größeres Haus, und jedes Jahr flogen sie nach Indien, wo sie ihre Kenntnisse mit einem Yogi vertiefte und der junge Luke von seinem indischen Kindermädchen Hindi als Zweitsprache erlernte.

Kellys Tante, Beth Annes jüngste Schwester, hatte der Familie nie sonderlich nahegestanden. Als Kelly vierzehn war, hatte die Tante bereits ihre Teilnahme an Familienfeiern auf jedes zweite Jahr reduziert. Ihre seltenen Besuche genügten Kelly, um eine Meinung von ihr zu entwickeln. Ihre Tante war die einzige Person in der Familie ihrer Mutter, die jemals außerhalb des Bible Belt gelebt hatte. Ihre Tante hatte keinen Collegeabschluss, verfügte aber über einen Wortschatz mit vielsilbigen und manchmal fremdländisch klingenden Wörtern. Kelly war klug genug zu bemerken, dass ihre Tante manchmal nicht recht wusste, was diese Wörter bedeuteten, sie aber dennoch verwendete. Ich weiß noch, dass Kelly ihre Tante als «geblödet» bezeichnete. Ich schrieb ihr zurück, dass ich nicht wüsste, ob es dieses Wort überhaupt gebe. Kelly entgegnete darauf, dass es das aber geben solle, weil es unter den Gebildeten nicht selten Leute gebe, die blöd seien. Trotzdem rief Kelly als Erstes diese Frau an, als sie feststellte, dass sie schwanger war.

Als Kellys Tante Lukes rechtliche Mutter wurde, brach sie allen Kontakt mit ihrer weitläufigen Familie ab, die offen gestanden erleichtert darüber war, dass das eine peinliche Familienmitglied auch das andere peinliche Familienmitglied beherbergte. Zwei Verschwundene zum Preis von einem. Die Familie hatte Kellys Tante schon lange deutlich gemacht, dass sie über all ihre Lebensentscheidungen entsetzt war, die sie nach Staaten auflisteten, gefolgt von einem Wort, das jeweils beschrieb, «worauf sie sich dort eingelassen hatte». Kalifornien: Kommune. New Mexico: Indianer. Arizona:

Katzen. South Carolina: Katzen und Yoga. Im Nachhinein erkannte die Familie, dass Katzenpflege noch bei Weitem das «Normalste» war, worauf sich diese Frau eingelassen hatte.

Kellys Tante hatte natürlich einen Namen, doch von dem Augenblick an, als Kelly zu ihr zog, wollte ich ihn nicht mehr benutzen. Leibliche Mütter waren zu oft anonym. Dieses eine Mal wollte ich, dass die Adoptivmutter namenlos blieb.

Als ich Kellys Brief las, der voller detaillierter Beschreibungen vom Leben ihres Babys war, wurde ich wütend, wie ich mich erinnere. Nicht ein Wort über den Tod meines Vaters. Ich konnte nicht glauben, wie sehr ihre Mutterschaft sie verändert hatte, wie sehr sich ihre Wahrnehmung der anderen um sie herum, mit Ausnahme des einen Gestillten, eingetrübt hatte und dass sie angenommen hatte, es sei angebracht, gerade mir ihre mangelnde Rücksichtnahme zu demonstrieren. All diese Gefühle schnurrten zu einer einzigen rhetorischen Frage zusammen: In was für einer bescheuerten Welt lebte sie eigentlich? Die Grenzen meiner Welt waren klar umrissen. Mein Vater lag in einem offenen Sarg, der inzwischen verschlossen und in die Erde gesenkt worden war. DeAnne lag allein im Bett. Meine Großmutter Iris war eine übergewichtige, rachsüchtige Diabetikerin mit einer Vorliebe für Feuer, und eine dieser Eigenschaften würde sicherlich dafür sorgen, dass sie als Nächste sterben würde. Mein Großonkel Harper mit seinem liebenswerten Singsang war sprachlos vor Kummer. Was ich von meiner besten Freundin wollte, war Mitgefühl, die Anerkennung meines Verlustes, eine Schulter, an der ich mich ausheulen konnte. Doch da war schon ein Baby namens kleiner Skywalker.

Am äußersten Ende der vertrauten Stadt steht ein blaugraues Ranchhaus. Dort wartet Kellys Brief auf dem Flurtischchen auf mich. Daneben liegt das Gespenst des allerersten Briefes, den sie mir je geschrieben hatte. Das plötzliche Dahinscheiden des Postministers hat das Risiko mit sich gebracht, dass alles plötzlich nicht mehr zugestellt wird und ungelesen bleibt. Ich kehre dorthin zurück, um mir immer und immer wieder die Leiche von Brief Nr. 822 anzuschauen. Wie oft musste ich ihn lesen, bis ich darin das fand, was Kelly, die junge Mutter, schon damals wusste? Ich habe den Überblick verloren. Nach Iris' Tod begriff ich es immer noch nicht. Als letztes Geschenk an mich machte mir Baby Harper klar, welchen Satz Kelly nicht hingeschrieben hatte, der aber in jedem einzelnen Wort mitschwang. Das Leben übertrumpft den Tod.

Die Flut steigt. Du hast zwei Hände und ein Herz (das bricht, weil du deine Welt untergehen siehst). Da sind ein schreiendes Baby und eine Leiche. Was nimmst du in die Arme und bringst es an einen höher gelegenen Ort? Ob das Baby nun blutsverwandt ist oder nicht, sollte bei der Antwort keine Rolle spielen.

Kelly, die junge Mutter, begriff, dass das, was mir zugestoßen war, ihrem Baby nur allzu bald auch zustoßen würde. Welcher Unterschied besteht denn schon zwischen dem Tod und der Abwesenheit für die, die zurückgelassen werden?

KAPITEL 13

Auf einer Plantage an den Ufern des Roanoke River kurz vor der Grenze zu Virginia, aber noch fest auf dem Boden von North Carolina wurde ein Baby in die Sklaverei geboren. Jemand – denn wir können uns nicht sicher sein, ob Vater oder Mutter – nannte ihn George, Mittelname Moses. Der Plantagenbesitzer, dem er gehörte, hieß William (zweifellos von den eigenen Eltern so genannt), Familienname Horton. Also lautete auch der Name des Babys Horton; das war die erste seiner Fesseln. George Moses Hortons erste Erinnerungen betrafen den Rücken seiner Mutter, die sich über Reihen von Tabakpflanzen beugte, während er sich an sie klammerte und vom Rhythmus des Auf und Ab harter Arbeit fasziniert war. Als George Moses noch klein war, zog William Horton mit seinem ganzen Besitz – Porzellanschrank, Plantagentisch, silbernen Kerzenhalter, Sklaven, Pferden und Kühen – auf ein Stück Land in der Nähe von Chapel Hill um. Dort, fern der Geräusche des Flusses, wuchs George Moses auf und erkannte, dass seine Mutter Trost in den Klängen der Gottesdienste fand. Sie brachte ihm die Gebete und Kirchenlieder bei, all die Worte, die ihnen zum Lobe Gottes aus dem Munde strömen konnten. Er nahm sie alle auf, bewegte sie eines Tages in seinem Kopf umher und schuf etwas Neues: «Erheb dich, Seele, lass uns gehn.» Er sagte sich diese Worte vor und erfreute sich an der klaren, deutlichen Bedeutung dessen, was die erste Zeile eines Gedichtes werden sollte, ein Ding aus eigener Schöpfung, das nur ihm gehören würde. Weitere Wörter erklangen von selbst in seinem Kopf, und das Gedicht war fertig. Der ursprüngliche Aufruf zur Freiheit verbarg sich nun in einer erbaulichen Botschaft.

Erheb dich, Seele, lass uns gehn
Dort zu dem Feierfest;
Zieh an die Kleidung, weiß und schön,
Wir gehen hin, wir sind Gast.

George Moses' Mutter hatte ihn gut erzogen. Wörter, so begriff er, waren schön, weil sie die Wahrheit gleichzeitig enthüllen und verbergen konnten. Mit zwanzig trug George Moses bereits einen ganzen Band eigener Gedichte in seinem Herzen. Er sagte sie niemandem vor, um sie sicher aufzubewahren, vor allem nicht James Horton, dem Sohn Williams, der George Moses nun besaß und seine Worte ebenfalls würde haben wollen. Ein Produkt seines, Hortons, Besitzes war sein Besitz. Die Milch von seinen Kühen, der Tabak von seinem Land, das Kind von seinem Sklaven. George Moses kannte die Gesetze der Plantage. Innerhalb ihrer Grenzen kannte er die Beschränkungen, die unsichtbaren Flussufer, die Staatsgrenzen.

James Horton musterte eines Tages George Moses und entdeckte, was er entdecken wollte, einen großen jungen Mann, ruhig, sanftmütig, auf den man sich verlassen konnte. Von da an wurde George Moses sonntags nach Chapel Hill geschickt, um den Obst- und Gemüseüberschuss der Plantage zu verkaufen. Ganz unmöglich konnten die Hortons all die Tomaten, Zuckererbsen, Erdbeeren und Pflaumen selbst verbrauchen.

Chapel Hill war eine traurige neue Welt für George Moses. Dort galten dieselben Gesetze, dazu noch ein paar weitere, die seine Mutter ihm niemals hätte beibringen können. Die Stadt war Heimstatt der University of North Carolina, und ihre Straßen waren voller junger Männer in George Moses' Alter. Wenn diese Studenten auf den Markt kamen, dann, um sich zu amüsieren und gelegentlich auch Nahrungsmittel zu kaufen. George Moses wurde aufgefordert, irgendetwas vorzuführen – Na, komm schon! Sing uns was vor. Tanz mal. Deine Mama hat dir doch einen Jig beigebracht, oder nicht? –, bevor sie etwas bei ihm kauften. George Moses' Stolz verriet ihn. Er machte den Mund auf, und ein Gedicht kam heraus. Die jungen Männer hielten das für einen tollen Trick. Ein Sklave, der ein Gedicht auswendig gelernt hatte! Sie klopften sich auf die Schenkel und lachten. George Moses' Stolz stand nun in voller Blüte. Er meinte mit leiser Stimme zu ihnen, dass das Gedicht ihm gehören würde. Aber natürlich gehörte ihm das Gedicht nicht mehr, nachdem die Worte an die Öffentlichkeit gedrungen waren.

♠

Mein Großonkel Harper war sechsundsechzig, und er sollte bald seinen ersten Flug absolvieren. Um seine Nerven zu beruhigen, summte er Patsy Clines *You Belong to Me*, während er in der Abflughalle des Flughafens von Charlotte wartete – *Fly the ocean in a silver plane. See the jungle when it's wet with rain* –, doch dann fiel ihm ein, dass Patsy bei einem Flugzeugabsturz ums Leben gekommen war. Das und die Tatsache, dass es zwischen North Carolina und Connecticut weder Ozean noch Dschungel gab, ließ ihn zu einer anderen Melodie übergehen. Frank Sinatras *Come Fly With Me* leistete ihm Gesellschaft, bis der Aufruf kam, an Bord zu gehen. *Let's fly, let's fly away … Once I get you up there, where the air is rarefied. We'll just glide, starry eyed.* Baby Harper hatte erst überlegt, noch nach New Haven zu fahren, doch dann beschloss er, die Reise so erleben zu wollen, wie ich sie erlebt hatte. Er wollte spüren, wie der Boden unter ihm wegglitt, wollte sehen, wie North Carolina kleiner wurde, wie die Felder und Dörfer abstrakt wurden und schließlich unter ihm verschwanden. Ich erzählte ihm, dass das Entscheidende am Fliegen nicht das Gefühl eines Verlustes sei, sondern das des Schwunges, des Aufsteigens und Davonsegelns. Diese Aussicht gab den Ausschlag für ihn.

Es war Mai 1990, und ich hatte meinen Abschluss in Yale gemacht. Baby Harper war meine Familie, das einzige Mitglied, das da war, um mitzuerleben, wie ich mein Diplom erhielt. Baby Harper versicherte mir, dass mein Vater und meine Großmutter vom Himmel aus zuschauen würden. Meine Mutter DeAnne, die nicht tot war, die ich jedoch nicht eingeladen hatte, erwähnte er nicht.

Mein Großonkel erschien zu meiner Abschlusszeremonie in einem weißen Leinenanzug, der schmal und kantig geschnitten war und den er wahrscheinlich das letzte Mal getragen hatte, als Eisenhower das erste Mal gewählt wurde, ein genauso weißes Oxford-Hemd und eine blaue Fliege (für Yale), bestickt mit Kardinalvögeln (für den Old North State). Er sah aus wie eine Mischung aus Colonel Sanders, Tom Wolfe und Pee Wee Herman. Anders gesagt, wie Baby Harper. Als ich ihn über den Hof des Pierson College, in dem ich in Yale wohnte, kommen sah, lächelte ich breit, offen und ohne Zögern, etwas, das ich in den vergangenen vier Jahren in New Haven nicht ein einziges Mal getan hatte.

Als Erblast war ich demselben Residential College zugeteilt worden wie mein Vater und seine Vorväter. Als ich das Gebäude zum ersten Mal sah, musste ich lachen. Pierson College hatte grüne Fensterläden und war ein Kolonialbau, wenn auch erheblich größer als das Haus von Iris und Walter Wendell in der Piedmont Street. Zu den häufig wiederholten Erzählungen (falsch und wahr zugleich, wie so vieles auf dem Yale-Campus) gehörte die Geschichte, dass das Pierson College vor dem Bürgerkrieg das einzige Residential College für jene Herren aus den Südstaaten gewesen sein soll, die ihre eigenen Leibdiener mit in den Norden gebracht hatten. Die Geschichte war zweifelhaft. Das System der Residential Colleges in Yale wurde erst 1933 eingeführt. Diese entlastende Tatsache erklärte allerdings nicht ein anderes Faktum: Warum gab es im Pierson College einen Gebäudeflügel – weiß gestrichen und an der Außenseite mit dekorativen Eisengeländern an den Treppen versehen –, der «Sklavenunterkunft» genannt wurde? Vielleicht war es die Unmöglichkeit, die eine wahre Geschichte, das Baujahr, mit einer anderen wahren Geschichte, dem Namen des Flügels, zusammenzubringen, die den Mythos aus der Vorbürgerkriegszeit notwendig machte. Eine Lüge, um zu einer verständlicheren Wahrheit zu gelangen, sozusagen. Tatsächliche Sklavenunterkünfte konnten als Gebeine der Geschichte verstanden werden, die nur spärlich erhalten blieben. Hübsche eingebildete Sklavenunterkünfte wiederum waren die Pornografie der Geschichte. Ich fragte mich, was mein Vater wohl gedacht haben mochte, als er die Sklavenunterkünfte des Pierson College das erste Mal gesehen hatte, und was er dabei fühlte, Hunderte von Meilen in den Norden zu reisen, nur um dort mit einer Art Ersatzsüden konfrontiert zu werden, und ob er sich noch weiter weg von zu Hause gefühlt hatte?

Ich senkte den Blick vom Gesicht und Anzug meines Großonkels und sah die Schuhe meines Vaters auf mich zukommen. Oxford, braunes Leder, hübscher linker Absatz, ein wenig abgetreten, eine tiefe Falte über dem charismatischen rechten Zeh. Ich erkannte, dass Baby Harper versucht hatte mitzubringen, was er konnte.

Es waren fast fünf Jahre seit dem Tod meines Vaters und mehr als drei Jahre seit dem Tod meiner Großmutter vergangen. DeAnne und ich hatten seit Iris' Beerdigung kein Wort mehr miteinander gesprochen. Den letzten Brief hatte ich DeAnne am Ende meines zweiten Studienjahres geschickt. Ich ging davon aus, dass ich sie erst bei der nächsten Beerdigung wiedersehen würde. Ich hoffte, es würde nicht Baby Harpers Beerdigung werden. Blieb nur noch eine Möglichkeit. Dann soll es so sein, dachte ich.

An dem Entschluss, nicht nach Boiling Springs zurückzukehren, war das Schlimmste, dass ich Baby Harper so sehr vermisste. Wir telefonierten jede Woche miteinander. Er redete am meisten. Ich presste mir den Hörer ans Ohr und hörte zu. Jeden Monat schickte er mir einen Scheck für «Nebensächliches». Das schrieb er auf den Scheck. Ich bezahlte damit meine Zigaretten, die für mich eher das Gegenteil waren. «Wesentliches» hätte besser gepasst. Zu meinem Geburtstag und zu jedem Feiertag, der auf seinem Wandkalender stand, schickte er mir Pralinen. Witmans Mischung mochte er am liebsten. Ich auch. Seit der fünften Klasse hatte ich langsam und methodisch begonnen, die Stücke in diesen Schachteln mit dem täuschend echt wirkenden aufgedruckten Kreuzstichmuster mit den Wörtern zu versehen, die ihren Geschmack auslösten. Eine bunte Mischung von Wörtern. Als Erstes identifizierte ich Cashew Cluster, das von da ab «Russland» hieß. Karamell in dunkler Schokolade wurde zu «statisch». Kirschherzen waren «Neandertal». Zusammen mit der Schokolade schickte mir Baby Harper Fotos, die er während meiner Abwesenheit gemacht hatte, alle von Leuten, die ich nicht kannte. Er meinte, er müsse sich nun umsehen, weil nur noch so wenige von uns da seien.

«Linda Vista!» Die Stimme meines Großonkels Harper erreichte mich schon, bevor er bei mir war. «Was hast du denn jetzt schon wieder angestellt?» In seiner Stimme lag ein Zittern, das ich am Telefon nicht gehört hatte.

Ich streckte die Arme aus und umarmte ihn.

Seine Erwiderung war linkisch und lieb. Seine Arme wussten, wie immer, nicht, wo sie meinen Körper anfassen sollten. Er roch wie die Zimmer seines Hauses. Zaubernuss (sein Aftershave), verbrannter Kaffee und Spülmittel mit Zitronenduft. Ich spürte, wie er mir vorsichtig übers Haar strich. Ich hob mein Gesicht aus seinem Kragen.

«Ich wollte*salzbutter* mehr wie du*grünebohnenausderdose* aussehen», antwortete ich. Ich wollte einen Witz machen, doch kaum hatte ich den Satz ausgesprochen, begriff ich, wie spöttisch er klang, mein Grundton in der Stimme in Yale.

Baby Harper machte ein paar Schritte zurück. Als ich seinen Blick sah – eine Kumuluswolke, die sich vor die Mittagssonne schiebt –, bedauerte ich, dass ich mir die Haare geschnitten hatte.

Als Baby Harper mich für meinen ersten Flug zum Flughafen in

Charlotte gebracht hatte, hatte er einen seiner Fotoapparate dabeigehabt, eine einfache Kamera, die er geschenkt bekommen hatte und nur selten benutzte. Ich weiß noch, wie überrascht ich war, als er sie einer Frau in die Hand drückte, neben der wir am Abflugschalter saßen. Er bat sie, uns zu fotografieren. Dann bat er sie höflich darum, noch zwei weitere Fotos zu machen. Er wusste, dass er beim ersten Mal, als die Linse sich schloss, geblinzelt hatte. Ich dachte, er sei wohl nicht daran gewöhnt, die Lider, sein Lächeln und seine Haltung für die Nachwelt miteinander zu koordinieren. Bei meinem Abschluss vier Jahre später hatte ich diese Flughafenbilder immer noch nicht gesehen. Als ich sie schließlich zu Gesicht bekam, musste ich bei dem Bild mit den geschlossenen Augen weinen.

Als wir so dastanden, umgeben von den ausgeblichenen roten Backsteinen und den grünen, für die Abschlussfeier frisch gestrichenen Fensterläden des Pierson College, muss Baby Harper wohl an das Mädchen auf diesen Fotos gedacht haben, das Mädchen, das sich wenige Minuten später umgedreht und ihm zum Abschied zugewunken hatte, bevor es über einen Gang verschwand, der es in den dickbäuchigen Flieger führte. Ihm gefiel wohl die Art, wie das lange Haar schwang, als das Mädchen fortging. Er sah mich an und vermisste es.

«Nun, Vista Girl, dann fühle ich mich zutiefst geschmeichelt», sagte Baby Harper.

Ich strahlte ihn an und war erleichtert, dass sich sein Sinn für Humor nicht verändert hatte.

Meine Haare waren nun kürzer, als seine es je gewesen waren, doch als Hommage an ihn hatte ich meinen Pony asymmetrisch schneiden lassen, sodass er ein Auge bedeckte. Ich trug einen schwarzen Anzug, den ich bei der Heilsarmee gekauft hatte. Die Hose hatte weit geschnittene Beine, die kurze Jacke endete an der Taille, die schmalen Schultern wirkten spitz. Ich trug ein paar rote Pumps (für Harvard), die mich acht Zentimeter größer machten. Mein Lippenstift war eine Spur dunkler als meine Schuhe. Der Eyeliner wirkte kleopatrahaft. In meinen vier Jahren in Yale hatte ich viele gute und nützliche Dinge gelernt. Eines davon war, dass es verschiedene Möglichkeiten gab, sich zu verstecken. Eine bestand darin, in einer Menschenmenge unterzutauchen. Das Gegenteil funktionierte ebenfalls: in der Menge aufzufallen. Die Menschen sahen nur deine Kostümierung und die Maske und interessierten sich nicht dafür, was sich alles dahinter verbarg.

Am Ende des ersten Studienjahres hatte ich mir mit viel Sorgfalt ein Aussehen zugelegt, das Kelly «das Kind der Liebe zwischen Sid Vicious und Katharine Hepburn» genannt hatte. Ich hatte Kelly eine Ausgabe der *Yale Daily News* geschickt, in der es ein Foto von mir gab, wie ich vor dem Sterling Memorial, der Hauptbibliothek auf dem Campus, rauche. Das Foto illustrierte einen Artikel darüber, dass Rauchen, trotz der bekannten Gesundheitsrisiken, unter den Studenten der bildenden Künste und der Literatur noch immer «de rigueur» sei. Ein kurzer Einblick ins Campusleben, die Art von Artikel, die man einem Frischling gibt, um zu sehen, ob der Jungreporter aus einem solch banalen Thema noch etwas Interessantes herauspressen könne. Der Reporter meinte, dass die Kunstfuzzis wohl alle einen Todeswunsch hegten, weil sie wüssten, dass sie nach dem Abschluss eh keinen Job finden würden. Ich mochte das Foto, weil ich ein finsteres Gesicht zog und dem Fotografen den Stinkefinger zeigte. Bevor ich Kelly den Artikel schickte, schrieb ich noch quer darüber: «Antiraucherpropaganda!!» Als Antwort schickte sie mir diese Beschreibung von mir – Kind der Liebe zwischen Sid Vicious und Katharine Hepburn –, bei der ich mir nicht ganz sicher war, ob sie stimmte, die ich aber wegen ihres Klanges mochte, wegen der Möglichkeiten dieser besonderen Form ästhetisch-genetischer Vermischung. Ich schrieb Kelly zurück, ich würde mein Bestes tun, um dem gerecht zu werden. Bis zu meinem Abschlussjahr gelang mir das, und ich übertraf unser beider Erwartungen.

Noch eine vorbeiziehende Kumuluswolke.

Ich wollte Baby Harper das beruhigende Gefühl geben, dass wir uns nicht verändert hatten. Er und ich waren Familie, und daran würde sich nichts ändern, ganz gleich, was ich mit meinem Äußeren anstellte. Ich wollte, dass er aufhörte, mich mit seinen blauen Augen, die seit dem letzten Mal ein wenig blasser geworden waren, so streng zu begutachten, und sich stattdessen umschaute, die anderen Familiengrüppchen sah, die sich alle mit einem Sohn oder einer Tochter in der Mitte, die ihren Abschluss gemacht hatten, im Hof des Pierson College versammelt hatten. Nichts, was ich in Boiling Springs gelernt hatte, hätte mich auf diese Kinder vorbereiten können. Ihre Schulrivalitäten, die exklusive Geografie ihrer Herkunft, ihr rhythmusloses Tanzen, ihre Gleichgültigkeit gegenüber der bitteren Kälte, ihre L.L. Bean-Gummistiefel. Unter diesen Menschen hätte ich mich nie verstecken können. Auch wenn ich es noch so oft versucht hätte, ich wäre immer gescheitert.

Meine Großmutter Iris in ihrem Sarg zu sehen hatte mich diese einfache Erkenntnis über mich gelehrt. Sogar am Tag ihrer Beerdigung war meine Großmutter diejenige in der Familie, die immer die Wahrheit sagte. Iris' Gesicht, das vom Puder zu hell wirkte, trug einen reuevollen Gesichtsausdruck, wahrscheinlich weil der Bestattungsunternehmer ihr den Lippenstift ein wenig ungleichmäßig aufgetragen hatte. Iris hatte zusätzlich zu den Magnolien und dem Caterer aus Asheville noch ein nelkenrosafarbenes Kleid Größe 38 ausgesucht, dazu elfenbeinfarbene Handschuhe mit Perlenknöpfen an den Handgelenken. Ihre Satinpumps waren passend zum Kleid eingefärbt worden. Die Schuhe musste sie wohl gekauft haben, als sie noch dick gewesen war, denn ihre nun wieder schlanken Füße schwammen darin. Neben der behandschuhten linken Hand lag eine kleine Handtasche auf der Seite. ‹Was brauchst du denn im Himmel, Iris?›, dachte ich. ‹Einen Spiegel, Lippenstift und einen Zwanziger?›

Iris war bereit für ihren Gatten Walter Wendell und Gott, in dieser Reihenfolge. Bis zum Ende blieb sie sich selbst treu, und sie war gestorben, wie sie gelebt hatte: selbstzufrieden, wenn nicht gar glücklich. Sie war die Herzkönigin, wir anderen waren ihre Joker. Sie hatte jeden einzelnen Gedanken ihres Babybruders beherrscht. Eine ganze Woche nach Einsetzen der Totenstarre war schon vergangen, und erzählte sie ihm nicht immer noch, was er zu tun hatte? Sie hatte die Gelegenheit ihrer Beerdigung dazu benutzt, ihre Tochter ein letztes Mal zu übertrumpfen. Mal abgesehen von dem schiefen Lippenstift war Iris eine Wucht in Rosa. Ihre Tochter stand im Schatten der Trauergewänder. Iris blieb stets die Sonne. In ihren letzten Stunden war sie aufgeflammt und hatte uns mit dem einen blassen, nicht scharlachroten Buchstaben gebrandmarkt. In ihren Augen waren wir alle alleine auf der Welt. Was sie meinte, war, dass wir ihrem Beispiel folgen und das Beste daraus machen sollten.

Mit ihrem Lippenstiftgrinsen sah meine Großmutter Iris amüsiert, aber nicht sonderlich beeindruckt von dem Zaubertrick aus, den ich ausprobiert hatte, seit ich Boiling Springs verlassen hatte. Das verschwindende Mädchen versuchte sich in eine weiße Taube zu verwandeln. Dabei wurde ich nicht unsichtbar, sondern vielmehr gar nichts, und Iris wusste es sogar mit geschlossenen Augen.

Nach der Beerdigung meiner Großmutter kehrte ich nach New Haven zurück und warf meine L.L. Bean- und J. Crew-Kataloge fort, die mir vom ersten Tag an unverlangt in mein Postschließfach geflattert waren und mir mithilfe von Khakihosen und auberginefarbenen Pullovern eine sorglose Unauffälligkeit versprochen hatten. Ich warf die Kette mit den falschen Perlen und die Rollkragenpullis fort. Ich wandte mich wieder der schwarzen Garderobe zu, die mir so gute Dienste geleistet hatte, doch diesmal war ich keine Tabula rasa. Ich erfand für mich ein Alter Ego aus Secondhandklamotten, die nach Mottenkugeln und aufgewirbeltem Staub rochen. Ich machte reichlich Gebrauch von knalliger Drugstore-Kosmetik, achtete dabei mit einem Auge vor allem auf den klassischen Hollywoodglamour und mit dem anderen auf Londons King's Road. Der Eindruck, den ich erzielte, war der eines visuellen Kraftausdrucks, meine Kleidung vermittelte all die Bitterkeit, Kritik und das Verlangen, die ansonsten in mir verborgen geblieben wären. Ich wollte mich mit meinem ganzen Körper und großem Elan in eine sich nicht mit meinem Alltag überschneidende Umlaufbahn in ein Paralleluniversum stürzen. Anders gesagt, ich war fast neunzehn Jahre alt und formte mich endlich selbst.

«Wo ist denn dein Hut, Vista Girl?», fragte mein Großonkel, nachdem er mein Abschlusstag-Outfit ganz in Augenschein genommen hatte. Da war wieder dieses Zittern. Baby Harper klang ein wenig verletzt, weil er den Hut aus braunem Filz mit dem breiten cremefarbenen Band nicht an mir sah, das «besondere Mitbringsel», das er mir zu meinem ersten Flug geschenkt hatte. Er hatte mir den Hut mit einem Zwinkern überreicht, als der letzte Aufruf kam, an Bord der Maschine zu gehen. Damals dachte ich, der Hut und das Zwinkern würden sich auf unsere vorausgegangenen Gespräche über meine bevorstehende, aber hoffentlich nicht dauerhafte Nähe zu Gott dank American Airlines beziehen. Erst als ich die Plattenhülle von *Come Fly With Me* sah, verstand ich, dass das Zwinkern und der Hut etwas vollkommen anderes zu bedeuten hatten.

Leo besaß diese Schallplatte in seiner Sammlung, und wie alle anderen Gegenstände in seinem Leben befand sie sich in einem erstklassigen Zustand, weil sie zum Schutz vor Staub und schmierigen Fingerspitzen in einer Plastikhülle steckte. Auf dem Cover sah man eine Illustration in kühlen, luftigen Mittelmeerfarben, im Mittelpunkt der junge, schlanke Sinatra mit einem kecken Lächeln im Gesicht. Sinatra hat eine Hand nach einer weiblichen Hand ausgestreckt, ihr restlicher Körper befindet sich außerhalb des Bildes; Sinatras andere Hand ist geballt, der Daumen wie bei einem Tramper hochgereckt. Im Hintergrund stehen weiße Flugzeuge mit munteren roten Streifen startbereit auf der Rollbahn, darüber ein klarer blauer Himmel. Die Szene sollte locken, eine Verführung zum Reisen, sicher der Vorläufer des Mile High Club. Ich erkannte den Hut auf Sinatras Kopf, ein vertrauter Gegenstand, der in meinen Erinnerungen zuerst Großonkel Harper gehörte. Mein Großonkel gab mir den Filzhut mit den Worten, er habe ihn 1957 gekauft und genau zwei Mal getragen. Als ich das Album von Sinatra sah, prüfte ich gleich das Erscheinungsjahr nach: 1957. Ich war froh, dass Baby Harper im Alter von dreiunddreißig Jahren in mindestens zwei Fällen flott und absolut topmodisch gewesen war. Ich stellte ihn mir gern vor, wie er in jenen Tagen ausgesehen haben mochte. Ich stellte mir nicht gern vor, warum er den Hut weggepackt hatte, bis er zweiundsechzig war, als er ihn mir mit einem Zwinkern gab, diese lang gehegte Phantasie vom Fliegen, das Versprechen, schnell und mit leichtem Gepäck zu reisen, die romantische Vorstellung, man sei anderswo, wenn man landete.

Vielleicht fragte mich mein Großonkel nach dem Hut, weil er plötzlich den Abstand zwischen Boiling Springs und New Haven verspürte. Dann beugte er sich vor und flüsterte mir ins Ohr: «Thomas wäre so stolz auf dich gewesen, kleines Mädchen.» So nannte er mich sonst nie. Nur Iris nannte mich immer kleines Mädchen, ein Ausdruck, der gleichzeitig quälend allgemein und doch süß und liebevoll ist. Als ich das in Verbindung mit dem Vornamen meines Vaters hörte, steckte ich mein Gesicht wieder in den Kragen meines Großonkels. Diesmal legte er ganz schnell seine Arme um mich, und gemeinsam ließen wir Pierson College, Yale, New Haven, ja ganz Connecticut verschwinden.

Der Abschluss sollte uns als etwas Besonderes im Gedächtnis bleiben und uns für das ganze Leben als Yalies prägen. Falls die letzten vier Jahre das noch nicht bezweckt hatten, sollten die vier Tage voller von der Universität organisierter Feiern uns mit Stolz erfüllen, mit einem Gefühl des Privilegiertseins (etwas ganz anderes als Privilegien selbst, eher wie etwas Anrüchiges oder ein Hauch von Klasse) und mit beißendem Vorurteil jenen gegenüber, die ihre Jugend und ihre Studiengebühren anderswo verbraucht hatten. Zumindest war es das, was ich damals dachte, und ich wollte nicht teilhaben an dieser endgültigen Indoktrination. Ein Collegeabschluss war, wie eine Hochzeit oder eine Beerdigung, zwar eine Zeremonie, die zu deinen Ehren abgehalten wird, aber eigentlich nicht dich meint. Yale verstand das. Ich, einundzwanzig und auf dem Gipfel meiner Egozentrik angelangt, verstand das nicht. Ich hatte die Liste der Konzerte, Vorführungen, ökumenischen Gottesdienste, Empfänge, Übungen, Präsentationen, Bakkalaureate und Zeremonien überflogen und dann verworfen. Ich hatte nicht die Absicht, meinem Großonkel Harper diese Liste zu schicken. Ich wusste, wenn er die Gelegenheit hätte, würde er an allem teilnehmen wollen. Er war ein Mann, der den Glanz und ziemlich viel Gloria liebte. Allerdings wusste ich, dass er in letzter Zeit nur an einer glanzvollen Veranstaltung teilgenommen hatte, einer Zeremonie, die für die meisten traurig und bestürzend gewesen war, aber nicht für Baby Harper.

Cecil T. Brandon, Besitzer und Direktor der «Heimstatt zur Ewigen Ruhe», war so beeindruckt, nein, «überwältigt» von den Fotos von Iris' Beerdigung gewesen, dass er meinen Großonkel Harper gebeten hatte, der offizielle Beerdigungsfotograf des Unternehmens zu werden, was ein Bestandteil der anhaltenden Bemühungen war, wahrhaft einen «All-Inclusive»-Service anzubieten. Als Baby Harper mir am Telefon davon berichtete, sprach er noch schneller als üblich. Seine Worte purzelten ihm aus dem Mund, schlugen Rad und machten Saltos. Beerdigungsfotograf zu werden, war ein schönes Beispiel dafür, dass wir manchmal nicht wussten, welches eigentlich unsere Träume waren, bis sie plötzlich in Erfüllung gingen. Baby Harper, der seine Tätigkeit in der Bücherei hinter sich hatte, verbrachte seine Tage bereits damit, die Todesanzeigen zu lesen. Er beschäftigte sich intensiv mit seinem zweitliebsten Hobby, Witwern Antiquitäten abzukaufen. Dem Angebot, das Cecil oder Mr T, wie alle anderen sagten, machte, konnte mein Großonkel nicht widerstehen. Dafür bezahlt zu werden, Fotos zu machen, war Baby Harper zufolge so, als würde man Geld bekommen, weil man sich kratzt. Und natürlich würde mein Großonkel, wenn er für die «Heimstatt zur Ewigen Ruhe» arbeitete, als Erster, sogar noch vor dem Nachrufschreiber des *Shelby Star*, von den neuesten Abgängen im Cleveland County erfahren. Mr T war aus Gründen, die mir unklar waren, die erste Wahl in der Gegend. Vielleicht nur aus Gewohnheit. Bei Mr T wurde mein Vater zur ewigen Ruhe gebettet. Dann Iris. Sich auf dem Weg zum Bestattungsunternehmen zu verfahren war vermutlich das Letzte, was Familien und Freunde in Zeiten des Verlustes wollten. Diese Theorie erzählte ich auch Baby Harper, und er meinte, sie sei gar nicht so schlecht. Er würde Cecil vorschlagen, doch als neuen Slogan «Sie wissen ja, wo Sie uns finden!» zu verwenden. Ich musste laut lachen. Am anderen Ende der Leitung gab es einen einzelnen Schluckauf.

Ich wusste, dass man Baby Harper nicht dafür bezahlen musste, um an Beerdigungen teilzunehmen. Er hielt sie für die idealen gesellschaftlichen Ereignisse. Dafür hatte er vielerlei Gründe. Er mochte es, wenn die Menschen sich gut anzogen. Selbst an den heißesten Tagen im August würde niemand kurzärmlig oder im Minirock auf einer Beerdigung erscheinen. Er fand auch, dass die Menschen natürlicher wirkten – «eher so wie ihr alltägliches Selbst» –, wenn man sie weinend oder kurz vor einem Tränenausbruch fotografierte. Außerdem lockte ihn die Beerdigungen innewohnende Dramatik. Diese boten Gelegenheit zu wundervollen Auftritten, steckten aber auch voller drohender Ohnmachtsanfälle und Anrufungen des Herrn, und gelegentlich klammerte sich sogar jemand an einen Sarg (ein Akt der Liebe, der nur von Witwen vollzogen wurde, da Männer schon von Geburt an dazu konditioniert wurden loszulassen). Ich sah keinen Widerspruch darin, dass der Mann, der mir den Watusi beigebracht hatte – die Arme kreisen lassen, die Hüften schwingen, mit den Haaren wirbeln –, sich so gern in einem Bestattungsunternehmen aufhielt. Freude und Trauer sind von Natur aus körperlich, und Baby Harper war ein Mann, der beides zu schätzen wusste.

Mein Großonkel fand seinen neuen Arbeitgeber so attraktiv wie dessen Jobangebot. Das deutlichste Signal dafür war «Cecil». Vom ersten Gespräch an, das wir über ihn führten, nannte Baby Harper ihn immer nur so. Schon als ich aufwuchs, wusste ich, dass Baby Harper Männer mochte. Das war für mich kein Geheimnis. Mein Großonkel setzte sich immer etwas aufrechter hin, führte manchmal die Hand in den Nacken oder seufzte öfter vernehmlich, wenn er einen gut aussehenden Mann im Fernsehen sah, aber das fiel mir erst richtig auf, als ich mich genauso verhielt. Ich registrierte sein Verlangen nach Männern, als ich mein eigenes Verlangen nach ihnen bemerkte.

Ich war dreizehn, als mein Großonkel und ich zusammen den Film *Giganten* anschauten. Das war ein langer, entlarvender Samstagnachmittag vor dem Fernseher. Elizabeth Taylor? Wir bemerkten sie kaum. Mein Großonkel saß in einem Ohrensessel und hielt sich an einem süßen Eistee fest. Ich lümmelte auf dem Diwan, zupfte an der Nagelhaut meiner Finger herum und versuchte, die Wörter aus dem Fernsehen auszublenden. Rock Hudson? Baby Harper stellte seinen süßen Eistee auf den Beistelltisch. Ich setzte mich auf, zupfte mir das T-Shirt und die Shorts zurecht, als ob Rock Hudson sehen könnte, dass sie verrutscht und zerknittert waren. James Dean? Mein Großonkel rutschte auf seinem Sessel nach vorn. Ich rutschte vom Diwan auf den Boden, um näher an den Fernseher zu kommen. Baby Harper und ich waren eins, wir tanzten, ohne einen Muskel zu bewegen, und rissen die Augen weit auf.

Ich war neun Jahre alt, als ich zum ersten Mal das Wort homosexuell hörte. Mein Vater schaute die Abendnachrichten. «Die Versammlungs*süßertee* der Südstaaten*hotdog*baptisten*thunfischauflauf* hat sich gegen*pancakesohnesirup* ABCs neue*kirschkuchen* Sitcom*eggnog* Soap*gewürznelken* ausgesprochen*erdbeermarmelade*, in der eine homosexuelle*mandarine* Figur*sauereingelegtewassermelonenrinde* auftaucht, gespielt*mortadella* von …»

Ich saß auf dem Teppich neben dem Sessel meines Vaters und hielt meinen Kopf in Reichweite seiner Hände, für den Fall, dass er mir die Haare verwuscheln wollte, was seine Form einer Umarmung war.

Lecker, dachte ich.

Es gab bei uns nicht oft Mandarinen, nur ein-, zweimal im Jahr, wenn Wades Großeltern aus Florida mit einer Wagenladung voller Zitrusfrüchte auftauchten. Wades Ma kam dann mit einem Netz voll davon am blaugrauen Ranchhaus vorbei, und ich dachte immer, die Früchte seien aus dem Meer gefischt worden. Mein Vater bedankte sich bei ihr dafür, dass sie ein Stück Tropen mit uns teilte. Wades Ma lächelte, und die beiden beschäftigten sich mit dem, was mein Großonkel «Höflichkeiten austauschen» nannte. DeAnne begab sich ebenfalls an die Tür und musterte Wades Ma und ihre Gaben, als seien beide verrottet. Als mein Vater mir zeigte, wie leicht es war, eine Mandarine zu schälen, klatschte ich in die Hände. Ich war sieben und hielt das für einen Zaubertrick. Ich dachte, er habe die Frucht dazu gebracht, es selbst zu tun! Als er mir dann eine gab, damit ich es selbst versuchte, spürte ich das Glück, etwas so Müheloses tun zu können. Heute würde ich es eher willig nennen.

«Also, heutzutage*hartgekochteseigelb* zeigen*marshmallow* sie auch wirklich nichts Gescheites mehr im Fernsehen», sagte DeAnne, die mit einer Auflaufform in ihren Küchenhandschuhen auf dem Weg zum Esstisch war. Abgang Bühne links. Ich sah zu meinem Vater auf. Der schaute weiter dem Sprecher ins Gesicht und machte keinerlei Anzeichen, DeAnne überhaupt gehört zu haben.

Abgesehen von den Abendnachrichten mit meinem Vater und gelegentlich einem alten Film mit meinem Großonkel, mied ich das Fernsehen wegen der ununterbrochenen Eingänge. Es gab fast keine natürlichen Pausen, wie sie im alltäglichen Gespräch üblich sind, Luft holen, einen Gedanken fassen und all die anderen goldenen Augenblicke der Stille, die die Mundfaulen, die um Worte Ringenden, die Verwirrten, die Unverständlichen und die Schüchternen brauchten. Ich fand es anstrengend, vor einem vom Fernsehen präsentierten Volk zu sitzen, das fortwährend etwas zu sagen hatte.

An jenem Abend schrieb ich an Kelly und fragte sie, was denn «homosessuell» bedeutete und warum wir Südstaatenbaptisten das nicht mochten. Ich konnte kein Wörterbuch benutzen, weil ich nur selten die genaue Schreibweise eines neuen Wortes kannte. Außerdem waren Kellys Definitionen besser als die im Wörterbuch, weil ihre Definitionen stets auf bereits Vertrautem basierten. Ihre Antwort auf den ersten Teil meiner Frage lautete: «Ein Homosexueller ist ein warmer Bruder. Wie dein Großonkel. Meine Ma nennt ihn die ganze Zeit über warmer Bruder. Mein Vater meint, dein Großonkel ist ein wenig ‹schwach auf der Brust›». Zweiter Teil der Frage: «Keine Ahnung.»

Baby Harper war am späten Sonntagabend in New Haven eingetroffen und hatte das Bakkalaureat in der Woolsey Hall völlig verpasst, den Jahrgangstag auf dem Old Campus, ein Konzert der Whiffenpoofs in Woolsey Hall und den Abschlussball in der Payne-Whitney-Turnhalle, gar nicht zu erwähnen all die anderen selbstbeweihräuchernden, gruppenwichsenden (ah, da ist mein beißendes Vokabular, das ich in Yale erworben hatte) Veranstaltungen, die schon am Freitag und Samstag stattgefunden hatten. Er nahm sich ein Zimmer im Holiday Inn auf der Whalley Avenue, während ich ein paar Straßen entfernt in meinem Zimmer im Pierson College saß und mich mit einem Jungen betrank, den ich anfassen wollte. Das taten wir auch. Bis wir ganz wund waren.

Es gab also noch zwei weitere nützliche Dinge, die ich in den weiterführenden vier Jahren der höheren Bildung gelernt hatte: Alkohol und Sex ließen die Eingänge fast völlig versiegen. Der Alkohol benebelte, wie Nikotin, die Eingänge. Ich konnte immer noch schmecken, aber gedämpfter, ich konnte damit umgehen, etwa so, wie ein hitziger Streit aus den Tiefen eines Hauses für einen Passanten auf dem Gehsteig klingen mag. Sex verdrängte die Eingänge vollkommen. Die vielschichtigen und vielseitigen Empfindungen des Körpers verlangten meine ganze Aufmerksamkeit. Langweiliger, fauler, nerviger Ist-es-endlich-vorbei?-Sex aber hatte die gegenteilige Wirkung. Mein Gehirn, das offenbar die Vorgänge ebenso langweilig fand wie mein Körper, verstärkte sogar noch den Geschmack der Klischeewörter, die aus Pornostreifen und alten Ausgaben des *Penthouse* stammten und als beschränktes männliches Vokabular für diese Art von Begegnung dienten. Das wirklich Perverse daran war nur, dass diese dummen, uninspirierten Wörter oft lecker waren. Schwanz*buttermilchbrötchen*, ficken*limoneneis*, Möse*geröstetemandeln*, Baby*honig*, komm*apfelkraut*, Papa*erdbeerwackelpudding*, lutsch*käsegrütze*. Ich konnte so weitermachen, und das tat ich auch.

Als Kelly kleiner war und sich noch ganz aufs Essen als Glücksbringer konzentrierte, schlug sie vor, ich solle die Wirkung der Eingänge durch mehr richtiges Essen kontern. Sie glaubte, ich könne den Phantomgeschmack durch den «richtigen» Geschmack eines vollen Tellers überschreiben und verdrängen. Das war eine vernünftige Hypothese, vor allem, da sie von einem dicken Mädchen kam, allerdings eine mangelhafte, und das aus Gründen, die zu jener Zeit zu kompliziert für mich waren. In den Jahren, die seitdem vergangen sind, habe ich Folgendes zusammengepuzzelt: Es stimmt, dass ich jeden Eingang als Geschmack in meinem Mund erfahre, eigentlich arbeitet aber allein mein Gehirn. Das Gehirn ist ein mutwilliger, diktatorischer Verarbeiter, und solange es nicht abgelenkt (Sex) oder chemisch manipuliert (Nikotin oder Alkohol) wird, siegt es über die Zunge, das geringere, untergeordnete Organ, und übertrumpft spielend all das Süße, Salzige, Saure und Bittere, das ich ihr aufladen kann.

Ich sah Baby Harper erst am Montagmittag, als er zum Hauptereignis meines Abschlusses, der Übergabe der Diplome, ins Pierson College kam. Ich wusste, dass er am Vormittag schon einmal auf dem Old Campus gewesen war, um einen Blick auf mich in meiner akademischen Robe, andere Universitäten sprachen von Talar und Überwurf, zu erhaschen. Gegen neun Uhr früh hatten sich die Absolventen der gesamten Universität auf den Innenhöfen ihrer jeweiligen Residential Colleges versammelt, um sich gemeinsam vor der Sterling-Memorial-Bibliothek zu formieren und zu den Abschlussfeierlichkeiten auf dem Old Campus zu gehen. Die Absolventen wurden von den Professoren angeführt, deren Roben mit buntem Samt besetzt waren, über ihnen boten Platanen einen Schutz aus frühlingsgrünen Blättern. An der Spitze der Prozession trug ein Professor einen Morgenstern, und vielleicht trug noch ein weiterer ein Zepter, um dem Mythos der Universität noch einen mittelalterlichen Anstrich zu verleihen. Ich hatte diese Abschlussprozession schon gesehen, drei Mal, um genau zu sein. Während meine Studienkollegen davongeeilt waren, um den Sommer anderswo zu verbringen, war ich in New Haven geblieben. Während sie Praktika absolviert hatten oder auf Reisen gegangen waren, hatte ich im Sterling Memorial gearbeitet. Es war mein Lieblingsgebäude auf dem Campus, und weil es eine Bibliothek war, bot es wegen seiner Funktion zwangsläufig Stille.

Sterling Memorial, die Zentralbibliothek in Yale, ähnelte einer gotischen Kathedrale voller Bleiglasfenster, Steinmetzarbeiten und einem mit Zinnen versehenen Turm. 1930 fertiggestellt, war das

Gebäude dem Architekten James Gamble Rogers zufolge «so neugotisch, wie wir es uns nur getraut haben». Die Verwendung des Worts «trauen» faszinierte mich schon immer. Es klang nach Grenzen und Überschreitungen. Es gab, wie in Yale auch nicht anders zu erwarten, einen Skandal im Zusammenhang mit dem Entwurf der Bibliothek. Die Wohltäterin, eine alte Frau mit schwindendem Augenlicht, wollte einen Ort der Anbetung, Yale wollte eine Bibliothek. Ganz entgegen dem eigenen Motto *Lux et Veritas*, präsentierte Yale ihr eine Sinnestäuschung in Gebäudeform. Von der Form her eine Kathedrale, doch in Wirklichkeit ein Pantheon der Bücher, in dem König Lear ein Halbgott und Huckleberry Finn ein schmutziger Engel waren. Die sichtbare Welt war für die Wohltäterin bereits zu einem Schmutzfleck geworden, und daher bemerkte die alte Dame den Unterschied gar nicht.

So viel zu *Licht und Wahrheit*.

Natürlich stimmte an der Geschichte kein Wort. Die Wahrheit war längst nicht so skandalös, aber vielleicht wurde sie als skandalös betrachtet und musste mit einer Lüge vertuscht werden. Das Geld für die Bibliothek stammte von John William Sterling aus dem Jahrgang von 1864, einem Rechtsanwalt, der den Großteil seines Vermögens Yale vermachte. Als Sterling 1918 verstarb, hinterließ er auch seinen Gefährten, mit dem er fast fünfzig Jahre zusammengelebt hatte, James Orville Bloss. Wenn James eine Jane gewesen wäre, hätte John seinen Geliebten in einer Kirche oder vielleicht einer gotischen Kathedrale geheiratet. Wenn James eine Jane gewesen wäre, hätte John sein Vermögen wohl seiner geliebten Frau hinterlassen, nicht seiner Alma Mater. Aber James war keine Jane, und die Sterling-Memorial-Bibliothek, eine gotische Narrheit in mehr als nur einer Hinsicht, wurde gebaut und zum Herzen des Campus; viele verschiedene Formen von Stille sind darin versammelt.

Das Individuum war nicht der Kern der Abschlussprozession oder der -feierlichkeiten. Der Kern war der Jahrgang von 1990. Ich wusste, dass Baby Harper mich in dem Meer der schwarzen und blauen Überwürfe und Talare niemals finden würde, also schwänzte ich alles – die Parade und das Spektakel – und schlief aus. Als ich ihn später am selben Tag im Hof des Pierson College sah, sagte oder tat mein Großonkel nichts, was darauf hingedeutet hätte, dass er mich im Verdacht hatte, ich könnte nicht dabei gewesen sein. Wir ahnen nicht, was wir uns nicht vorstellen können. Mein Großonkel Harper hätte nicht im Traum daran gedacht, mich allein in der Menge stehen oder einen leeren Platz bejubeln zu lassen. Als ich ihn zum dritten Mal in dreieinhalb Jahren umarmte, ging mir auf, dass er mir vielleicht sogar ein Zeichen gegeben hatte.

Ringsumher begannen Familien bereits damit, reihenweise hölzerne Klappstühle zu besetzen, die an einem Ende des Innenhofes vom Pierson College aufgestellt worden waren. Ich nahm Baby Harper bei der Hand und führte ihn zu einem Platz, den ich ihm in der ersten Reihe reserviert hatte. Ich hatte Überwurf und Talar dort deponiert. Sie steckten noch immer in der Plastikhülle, in der ich sie bekommen hatte. Schnell zog ich mein zweites Kostüm an diesem Tag an, strich die Falten, so gut ich konnte, glatt und gesellte mich zu den anderen Absolventen. Wir waren achtundachtzig Personen. Nach Tagen voller sorgfältig choreografierter Ereignisse in grandiosen und riesigen architektonischen Räumen wirkte das Freiluftspektakel der Übergabe der Diplome wie ein Gospelabend in einer kleinen Südstaatengemeinde. Die Übergabe dieser Diplome im kleineren Rahmen des jeweiligen Residential College war ein Versuch, ein Trick, wie ich dachte, um den Eltern zu versichern, dass ihre Kinder eine ganz persönliche, geradezu «intime» Bildungserfahrung genossen hatte. Master und Dean des jeweiligen Residential College nutzten die Gelegenheit, um herzerwärmende Anekdoten zum Besten zu geben und etwas Amüsantes oder zumindest Individuelles über ihre Absolventen zu verraten, bevor sie uns das teuerste Stück Papier überreichten, das wir je in Händen halten würden. Zur Vorbereitung auf diese Abschlussreden hatte ich mir Ohrstöpsel mitgenommen. Die nächste halbe Stunde beobachtete ich Baby Harpers Gesicht, in dem sich der ganze Stolz abzeichnete, den er verspürte. Dann führte er seine Hände zusammen und klatschte mit allen um ihn herum einen mitreißenden Gratulationsbeifall im Zweiertakt.

Ich konnte an den Bewegungen der Körper neben mir erkennen, dass man begonnen hatte, die Namen aufzurufen. Ich wartete, bis ich sah, wie Heather Garrison nach vorne trat, um ihr Diplom in Empfang zu nehmen. Dann senkte ich den Kopf ein wenig und nahm die Ohrstöpsel heraus, und dann brach, nur unterbrochen durch den Applaus und das Klicken der Fotoapparate, der Schwall der Eingänge über mich herein. Dieser Schwall beeinträchtigte mich nicht oder zumindest nur wenig. Bevor ich mein Zimmer verlassen hatte, hatte ich drei Zigaretten geraucht und zum guten Schluss noch einen Wodka getrunken. Ich konzentrierte mich nun auf Baby Harpers strahlendes Gesicht, der hörte, was ich ihm am Freitag, Samstag und Sonntag verweigert hatte.

«Caleb*birne* Arthur*mayonnaise* Gruenfeld*ahornsirup*, cum laude, Geschichte*kirschkuchenfüllung*.

Sascha*curry* Kay Haddley*trockenesbasilikum*, Amerikanistik*colgatezahnpasta*.

Linh-Dao Nguyen Hammerick*dr.pepper*, summa cum laude, Literatur*roastbeef*.»

Erst als ich meinen Namen hörte, fiel mir auf, dass an Baby Harper diesmal etwas anders war. Er hatte keinen Fotoapparat bei sich. Er saß einfach nur da, und seine Hände waren in schöner flatternder Bewegung.

ENTHÜLLUNG

4. August 1998 …

KAPITEL 14

Es gab zwei Arten von Abwesenheit: die Leere und das Vermisste. Die Leere war die Person, der Ort, die Sache, die niemals da war. Das Vermisste war einmal da gewesen, fehlte aber jetzt. Das eine war ein theoretischer, das andere ein praktischer Verlust. Welcher war schlimmer? Ich hatte nie ein Kind. Oder ich hatte mal ein Kind, aber nun gehörte es mir nicht mehr. So oder so war da ein Loch. Nur DeAnne war noch da, um mir diese Frage zu beantworten. Sie lebte noch immer in dem blaugrauen Ranchhaus. Das wusste ich, weil ich ihr in einem Anfall von Optimismus, in gewisser Hinsicht eine Form der Geisteskrankheit, eine kurze, höfliche Weihnachtskarte geschickt hatte, dazu ein Foto von Leo und mir. Leo war ein Beispiel für beide Formen der Abwesenheit. Er verließ mich vier Monate und drei Tage nachdem ich die Karte in einem Umschlag mit der Kwanzaa-Briefmarke abgeschickt hatte. Die Briefmarke war meine Vorstellung von einem Scherz. Ich fragte mich, ob DeAnne wohl glaubte, ich hätte die Karte aus irgendeinem fernen Land abgeschickt. DeAnne schrieb kurz und höflich zurück, dass wir doch auf einen Besuch in Boiling Springs vorbeikommen sollten, da sie Leo gern kennenlernen wolle.

Als ich das erste Mal in das blaugraue Ranchhaus kam, konnte ich nicht schlafen. Ich war sieben Jahre alt und litt unter Schlaflosigkeit. Thomas und DeAnne müssen sich Sorgen um mich und sich selbst gemacht haben. Sie hatten sich die Frage nach der Abwesenheit gestellt, und sie hatten – zumindest Thomas – sie so beantwortet, dass die Leere noch schlimmer sei. Thomas, den ich schon bald Vater nannte, versuchte mich mit Gutenachtgeschichten zu beruhigen. In den ersten paar Wochen las er mir Märchen aus einem Buch vor, das noch so neu war, dass jede Seite, die er umblätterte, im Buchrücken knackte. Ich versuchte mein Bestes, mein Gesicht zu verbergen. Die einzige Geschichte, die ich ertragen konnte, war *Goldlöckchen und die drei Bären*. Der Rest bestand aus zu vielen sauren Wörtern, von denen mir schlecht wurde oder die mich aufregten und mich bis tief in die Nacht wach hielten. «Schneewittchen» war eine saure Gurke, etwas Langes, Saures, das wie das endlose Schlendern über einen ausgedehnten engen Flur war. «Aschenputtel» war ein Schluck weißer Essig, der Geschmack das Äquivalent zu einem besonders grellen, leuchtend hellen Licht. Sauer schmeckende Wörter waren für mich wie Koffein. Ich weiß nicht, was sich Thomas wohl gedacht hat, wie er da neben einem Kind saß, welches sein Gesicht unter der Decke verbarg, aber hellwach war. Thomas war kein sehr guter Geschichtenerzähler. Er bemühte sich nie, mit verschiedenen Stimmen zu sprechen. Jede Figur war ein Mann mittleren Alters mit tiefer Stimme, die jeden Satz als Aussage las, auch wenn er eine Frage war. Dann berührte er mich leicht am Kopf, dem einzigen Teil von mir, der nicht zugedeckt war, schaltete das Licht aus, und mit einem Klicken schloss sich die Zimmertür.

Um die Zeit im Dunkeln zu überbrücken, brachte ich mir selbst ein Spiel bei. Ich stellte mir vor, mir fehlten verschiedene Körperteile. Linkes Bein, rechtes Auge, beide Ohren, ein großer Zeh. Das war weniger makaber, als es sich anhört. Eine Comicversion von Verstümmelung. Es gab kein Blut, keinen Schmerz, und ich konnte die Teile mit einem Fingerschnippen wieder anmontieren, was bedeutete, dass es sehr wichtig war, mir nicht Mittelfinger und Daumen meiner rechten Hand wegzuwünschen. Der Punkt bei dem Spiel, vielleicht war es auch mehr eine Übung, bestand darin, die Dinge aufzuzählen, die ich wegen des fehlenden Körperteils nicht mehr tun konnte. Ein anderer Punkt bei dem Spiel war die Freude über die Dinge, die ich nach dem Anmontieren wieder tun konnte.

Wenn es nicht das Jahr 1975 und nicht Boiling Springs, North Carolina, gewesen wäre, dann wäre ich eine Siebenjährige in therapeutischer Behandlung gewesen.

♥

Wie Pallas Athene kam ich für meinen Vater Thomas voll entwickelt auf die Welt. Ich trug keine sich windenden Schlangen, sondern lange schwarze Haare in einem Pferdeschwanz. Athene kam in voller Rüstung zur Welt. Ich kam mit der englischen Sprache im Mund zur Welt, hatte einen sechsten Sinn, aber keinerlei Erinnerungen an die ersten sechs Jahre meines Lebens. So kam ich auch für DeAnne zur Welt, aber ich wusste immer, ich war mehr das Kind meines Vaters. Nun folgt die Geschichte, wie ich Thomas und – in geringerem Maße – DeAnne geboren wurde.

Wenn man in die Luft vor einem Tornado beißen und sie herunterschlucken könnte, dann hätte sie vielleicht diesen bitteren Geschmack, der meine erste Erinnerung bildete. Meine zweite, dritte, vierte und fünfte Erinnerung, die in schneller Folge kamen, waren ein Blitz, ein Wohnwagen mit Fenstern in Flammen, Schotter, der unter Füßen knirschte, die nicht die meinen waren, dann Dunkelheit. Das Nächste, woran ich mich erinnerte, war das Erwachen in einem Bett, das nicht nach mir roch. Auf mir lagen zu viele Decken, und über mir schwebten die Gesichter eines Mannes und einer Frau. Sie versuchten mich anzulächeln, als hätten sie Freude im Herzen. Ich sah, wie sich ihre Lippen verzogen, dann sah ich ihre weißen Zähne, aber ich sah keine Freude. Ich fing an zu weinen. Die Frau schob sich eine blonde Strähne hinter das Ohr und verließ, ohne ein Wort zu sagen, das Zimmer. Der Mann schob seine Brille mit der schwarzen Fassung auf der Nase hoch und strich mir sanft übers Haar.

«Linh-Dao, Linh-Dao», sagte er, beinahe flüsternd, so als sollte das außer mir niemand hören.

Ich erkannte den Mann und seine Worte nicht, deshalb schloss ich die Augen wieder. Mein Brustkorb hob sich im krampfhaften, unregelmäßigen Rhythmus der Trauer. Um was oder wen, wusste ich nicht.

«Linh-Dao», wiederholte er etwas lauter.

Ich schlug die Augen auf und sah zu ihm auf. Er war mir fremd, aber ich hatte keine Angst vor ihm. Fing so nicht die Liebe an?

«Kannst du*grünebohnenausderdose* mich hören?», fragte er.

Ich nickte.

«Linh-Dao, willkommen in deinem neuen*kirschkuchen* Zuhause*pepsi*.»

Ich schüttelte den Kopf, weil ich die Wörter zwar verstand, der Satz aber keinen Sinn für mich ergab.

«Linh-Dao, kannst du*grünebohnenausderdose* mir erzählen*braunerzucker*, was*grahamcracker* letzte*schwarzerpfeffer* Nacht*banane* passiert ist?»

Wieder schüttelte ich den Kopf.

«Kannst du*grünebohnenausderdose* dich nicht erinnern*pekankaramelleis*, Linh-Dao? Oder möchtest*salzbutter* du*grünebohnenausderdose* es mir nicht erzählen*braunerzucker*?»

Im Nachhinein war das sehr klug von Thomas zu erkennen, dass Schweigen verschiedene Bedeutungen haben kann und dass er herausfinden musste, welche mir durch den Kopf ging. Sein beruflicher Instinkt setzte ein, doch ich dachte, dass die Veränderung seines Tonfalls von besänftigend zu munter bedeutete, dass er böse mit mir war.

Ich blieb stumm, weil ich Angst hatte. Ich fing an zu begreifen, dass dieser Mann mich bei einem Namen nannte, den er für den meinen hielt. Ich begann, wieder zu weinen. Diesmal kannte ich den Grund für meinen Kummer. Ich war verloren, ein anderer Ausdruck dafür, dass ich keinerlei Erinnerung daran hatte, wo ich gewesen war.

Der Mann nahm die Brille ab, setzte sich auf den Boden und

lehnte sich mit dem Rücken an die Bettkante. Ich konnte sein Gesicht nicht sehen, bemerkte aber, wie sich seine Schultern langsam hoben und senkten. Er holte langsam und stetig Luft, um sich zu beruhigen. Damals verstand ich diese Bewegungen nicht und hielt sie für Weinen. Ich hörte selbst auf damit, weil ich dachte, dann würde er auch aufhören. War dies nicht der Beginn der Liebe?

Heile dich selbst! Bete! Mehr Ratschläge zur geistigen Gesundheit bekam ich in meiner Familie nicht. Thomas, mein Vater, mochte besonders den ersten Satz. Selbstvertrauen *und* Gottvertrauen schienen ihm wohl zu viel zu sein. Ein anderes Wort für Beten war Wünschen, und nur Kinder wünschten sich etwas. Männer schufen etwas. Frauen handelten bloß, mit all den negativen Untertönen, die dieses Wort «Handeln» mit sich bringen konnte. Mein Vater setzte sich nie mit mir hin, um mir diese Leitsätze mitzuteilen, aber ich konnte sie in allem wiedererkennen, was er tat. Er glaubte an das analytische Denken. Er glaubte nicht an die Analyse. In diesem Falle hüteten der gesunde Menschenverstand und Jesus ihre Herde mit einem «Schau nicht zurück!». Lots Frau war Beweisstück A für die Konsequenzen, die ein Festhalten an einer katastrophalen Vergangenheit und an den düsteren Folgen der Reue mit sich brachte. Ich nahm an, dass dies die Gründe waren, warum Thomas und alle anderen im Haus niemals darüber sprachen, wie ich seine Tochter geworden war. In unserer kleinen Sippe wollte niemand Lots Frau sein, wenn auch aus ganz unterschiedlichen Gründen.

Baby Harpers Gründe waren für mich am leichtesten zu verstehen. Vom ersten Augenblick an als Großonkel und Großnichte liebten wir uns. Etwa eine Woche nachdem ich im blaugrauen Ranchhaus aufgewacht war, kamen Iris und er zu Besuch, um mich kennenzulernen. Ich hörte bereits auf den Namen Linda, den DeAnne schön fand, wie sie sagte, als sie ihn mir gab. Sie meinte damit, er sei schöner als der Name, mit dem mich Thomas gerufen hatte. Mir war das gleich. Keiner der beiden Namen war mir vertraut. Linda war die Leere. Linh-Dao war das Vermisste. «Linda» hatte allerdings einen Geschmack, der so kräftig war, dass ich beinahe ausgespuckt hätte, als DeAnne ihn das erste Mal gebrauchte. Das waren nicht die künstlichen, abgemilderten Minzaromen von Zahnpasta und Kaugummi. Bald erkannte ich, dass mein Name nach frischen Minzblättern aus dem Garten schmeckte, die von der Sonne erwärmt waren und deren Aromaöle verstärkt und intensiviert worden waren. Als ich das erste Mal «Linda» hörte, hatte ich keine Erinnerung daran, jemals einen Stängel frischer Minze gegessen zu haben, aber das musste ich wohl. Ich hatte keine Erinnerung an die anderen Geschmackserlebnisse, die die englischen Wörter begleiteten, die schon zu meinem Vokabular gehörten, aber auch die muss ich wohl schon gekannt haben. Thomas mochte den Namen nicht, den mir seine Frau gab, also kürzte er ihn häufig auf «Lin» ab, das überhaupt keinen Geschmack auslöste. Er änderte auch nicht offiziell meinen Namen, sondern hängte nur seinen Nachnamen an.

Mein Großonkel zwinkerte mir zu, als Thomas «Linda» ins Wohnzimmer brachte, um die andere Hälfte der Familie kennenzulernen. Ich hatte noch nicht zwinkern gelernt, also reagierte ich mit einem langsamen Blinzeln beider Augen.

Mein Großonkel bekam einen Schluckauf.

Ich schloss und öffnete noch einmal die Augen.

Er musste laut lachen.

Sich an die Tage und Jahre vor diesem Augenblick zu erinnern würde bedeuten, dass Baby Harper einräumen müsste, es könnte einmal eine Zeit gegeben haben, in der seine Liebe zu einem anderen menschlichen Wesen nicht völlig erwidert wurde. Baby Harper würde diese Jahre lieber vergessen wollen. Zu der Zeit, als er mein Großonkel wurde, war er ein Mann, der einundfünfzig Jahre seines Lebens mit einer Art selbst auferlegter Aphasie gelebt hatte. Der

Mann mit dem Singsang konnte geradezu lyrisch werden, solange es nicht um die Angelegenheiten seines Herzens und die seiner Lenden ging. Jener Teil des Vokabulars war ihm in Boiling Springs abhandengekommen. Ich wünschte, ich könnte behaupten, dass meine Anwesenheit in seinem Leben ihm diese Worte zurückgebracht habe. Aber das wäre eine Lüge, ein nicht in Erfüllung gegangener Wunsch.

Iris saß neben Baby Harper auf dem Sofa im Wohnzimmer. Als DeAnne mich zögernd vor sie schob, streckte Iris mir die rechte Hand entgegen. Wie immer sagte Iris der Familie die Wahrheit. In diesem Falle brauchte sie noch nicht einmal Worte dafür, ein Handschlag genügte. Linda, die neue Erweiterung der Familie, war eine geschäftliche Angelegenheit. Wie bei allen vertraglich geregelten Angelegenheiten – schließlich war meine Großmutter mit einem Richter verheiratet gewesen – begriff sie, dass sie nun eine Verpflichtung hatte. Als Großmutter hatte sie die Pflicht, mich vor allem Schaden zu bewahren, mir beizubringen, was Recht und Unrecht war (besser gesagt, was akzeptabel und was inakzeptabel war), und ihrerseits die fragenden Blicke der Nachbarn und Freunde zu ertragen, ohne auch nur ein einziges Mal den Mund aufzumachen. Denn wenn sie es tat, dann hätte sie zugeben müssen, dass ihre Familie nicht wie die der anderen war. Iris würde in mir nur das sehen, was sie wollte, das hatte sie schließlich mit ihrem eigen Fleisch und Blut auch so gehalten (einem erwachsenen Bruder, den sie immer noch Baby nannte) und alles andere übersehen. Für Iris hieß «alles andere» das meiste an mir, vor allem wer ich war, bevor ich eine Hammerick wurde.

Sie verzieh DeAnne und Thomas nie, dass sie ihr nicht auf die normale Weise ein Enkelkind geschenkt hatten. Ich glaube, Iris dachte oft an Walter Wendell und dass nichts von alledem geschehen wäre, wenn ihr Mann noch am Leben gewesen wäre. Walter Wendell hätte sichergestellt, dass sein Schwiegersohn wie ein richtiger Mann ein Kind gezeugt und nicht mithilfe eines Stück Papiers erworben hätte. Als Iris mich ansah, wurde sie an die Leere und an das Vermisste zugleich erinnert. Wie sie es ertragen konnte, das nächste Jahrzehnt lang Tag für Tag mein Gesicht zu sehen, war auch schon ein Wunder. Als ich fünfzehn war (und gerade von Kelly und Wade verlassen), warf ich meiner Großmutter vor, dass sie mich nie gemocht hätte. Unsere Familie war an den Moss Lake gefahren, um sich das Feuerwerk zum 4. Juli anzuschauen. Wir hatten unsere Decken und Klappstühle auf einem rechteckigen Stück Gras ausgebreitet. Mein Vater und Baby Harper waren zum Auto zurückgegangen, um die Kühltaschen zu holen. DeAnne begrüßte eine Freundin, die sie ein paar Picknickdecken entfernt entdeckt hatte. Iris und ich waren uns selbst überlassen, was gewöhnlich dazu führte, dass wir unsere Karten auf den Tisch legten. Wir saßen da und starrten auf den See hinaus, der von Kindern mit Schwimmflügeln und Autoschläuchen bevölkert war. Vielleicht war es der Anblick dieser kleinen Wesen, die vor dem Ertrinken bewahrt wurden, der meinen Vorwurf auslöste.

«Das ändert aber nichts daran, dass ich deine Großmutter*kartoffelsalat* bin, Linda*minze*», lautete ihre Antwort.

Nein, Iris, das hat es nie getan.

DeAnne spielte eine Rolle. Als ich Linda wurde, wollte ich ihr sagen, dass «Ma» nach Schokoladenmilch schmeckte und dass ich Schokoladenmilch liebte. Sie stillte meinen Durst, machte mich satt und schmeckte wie eine Süßigkeit. Ich hielt sie für einen Zaubertrank, wenn sie diese drei Dinge auf einmal vermochte. Als ich aufhörte, sie «Ma» zu nennen, vermisste ich das Wort. DeAnne hingegen war sichtlich erleichtert. Ich verwirrte sie nicht mehr durch den Klang meiner Stimme, die sie etwas erschreckte, woran sie sich nie gewöhnen konnte.

DeAnne und Thomas waren beide dreiundvierzig, als ich ihr einziges Kind wurde. Warum sie nie eigene Kinder bekommen hatten, war ein Thema, das ebenfalls niemals in meiner Familie angeschnitten wurde (wenn ich an all die Auslassungen denke, die wir wie Haustiere pflegten, bin ich erstaunt, dass meine Familie einander trotzdem immer noch etwas zu sagen hatte). DeAnne muss wohl geglaubt haben, die Frage nach einem Kind sei zu dem Zeitpunkt, als ich auftauchte, bereits entschieden gewesen.

Nun, da mein eigener Körper die Frage nach einem Kind für mich entschieden hat, ertappe ich mich bei der Überlegung, ob es sein Körper oder ihrer war, der sie im Stich gelassen hatte. Ich vermute, es war Thomas' Körper. Wenn DeAnne die Unfruchtbare gewesen wäre, dann hätte er sie verlassen. Männer tun so etwas. Sie ersetzen kaputte Frauen durch heile. Auch Frauen ersetzen kaputte Männer, aber viel häufiger versuchen sie, sie zu reparieren, ihre Knochen zu richten, ihre Wunden zu lecken. DeAnne stimmte meiner Adoption wahrscheinlich deswegen zu, weil sie Thomas behalten wollte, um weiter für ihn diese Dinge zu tun, in der Hoffnung, dass er wieder heil oder so zerbrochen wäre, dass er gar keine andere Wahl mehr hätte, als bei ihr zu bleiben.

Nach meinem Eingriff dachte ich, Leo und ich könnten trotzdem eine Familie werden. Ich meinte zu ihm, wir könnten doch ein Kind adoptieren. Er erwiderte, er wolle eigene Kinder haben. *So etwas* sagte Leo zu mir. Er sagte diese Worte gedanken- und gefühllos wie Pistolenschüsse.

Kelly schrieb, ich solle froh sein, dass Dr. Leo ein Arschloch sei. Sie hatte recht. Wenn Leo nicht darauf bestanden hätte, dass ich mich vor Bekanntmachung unserer Verlobung einer gründlichen medizinischen Untersuchung unterzog – seine medizinische Variante eines Ehevertrags –,wäre ich gestorben. Seit meinem ersten Collegejahr, als ich zur Familienberatungsstelle ging, um mir ein Rezept für die Pille geben zu lassen (was sich bald als schlechte Methode der Verhütung im Zeitalter von Aids entpuppen sollte), hatte ich keinen Gynäkologen mehr aufgesucht. In den folgenden zwölf Jahren versäumte ich alle jährlichen Vorsorgeuntersuchungen. Die Männer, mit denen ich Sex hatte, benutzten Kondome. Ich war jung. Ich fühlte mich gesund. Ich hatte keine Informationen über eine familiäre Vorbelastung, an die ich mich hätte halten können und die mich vor der möglichen Zukunft meines Körpers hätte warnen können. Leo war sichtlich verwirrt, als er hörte, wie nachlässig ich gewesen war. Wie sich herausstellte, war er ebenso verwirrt über die Tatsache, dass ich adoptiert war. Für Dr. Leo war ich eine neunundzwanzigjährige Zeitbombe, bei der die Unterbrecherdrähte nicht deutlich genug eingefärbt waren. Er hatte recht damit. Nach meiner Unterleibsuntersuchung ordnete die Gynäkologin eine CT-Aufnahme an, die bestätigte, dass ich eine Zyste an einem meiner Eierstöcke hatte. Eine Woche später kam ich wegen einer Oophorektomie ins Krankenhaus. Bei der Operation wurden mir beide Eierstöcke entfernt, weil der Chirurg auch am anderen Eierstock eine Anomalie feststellte, die auf der CT-Aufnahme nicht zu sehen gewesen war.

Noch während ich im Krankenhaus lag, unterschrieb Leo einen Mietvertrag für eine Wohnung an der Upper West Side. Auf den Tag drei Wochen nachdem ich aus dem Krankenhaus in das Backsteinhaus zurückkam, in dem er und ich in Chelsea wohnten, setzte er sich zu mir ans Bett und teilte mir mit, dass er unsere Beziehung beenden würde, dass die Möbelpacker um drei Uhr nachmittags kämen und dass ich die Lampen von Nelson behalten könne, er dagegen den Sessel und die Ottomane von Eames, den Beistelltisch von Noguchi und den Zweisitzer von Knoll mitnehmen würde. Alle Möbelstücke, die Leo mit ins Haus gebracht hatte, das wir in den letzten drei Jahren gemeinsam bewohnt hatten, besaßen einen Nachnamen. Herkunft war bei dem Mann eine fixe Idee. Das war ein Signal, ein blinkendes Neonschwein, das ich übersehen hatte. Dann bat mich Leo, ihm den Zweitschlüssel für die Blockhütte seiner Familie in den Berkshires zurückzugeben. Ich dachte immer noch, er würde Witze machen, deshalb hatte ich nicht einmal alle Sinne beisammen, um zu fragen: «Wie heißt sie?»

Ich war Seniorteilhaberin einer großen Anwaltskanzlei in New York City. Ich bekam umfassende ärztliche Versorgung und konnte mich ausgiebig erholen. Ich bekam eine Firmenrente und hatte ein Investmentportfolio. Mir gehörten die ersten beiden Etagen eines Brooklyner Backsteinhauses. Leo zählte mir all diese Fakten in dieser Reihenfolge auf, bevor er am nächsten Tag mit den Möbelpackern verschwand. Der Diagnostiker in ihm schloss mit den Worten: «Linda*minze*, ich weiß*traubengelee*, du kommst schon klar.»

Kelly hatte recht. Dr. Leo war ein Arschloch. Er rettete mir das Leben und fand dann, es sei für ihn wertlos.

Seit ich Boiling Springs hinter mir gelassen habe, bin ich oft von Fremden gefragt worden, wie es denn gewesen sei, als Asiatin in den Südstaaten aufgewachsen zu sein. «Sie meinen, wie es war, in den Südstaaten aufzuwachsen und wie eine Asiatin auszusehen?», fragte ich in dem Dialekt zurück, der ihnen diesen Teil meiner Biografie verraten hatte. Meine kleine Korrektur ihrer Frage verwirrte oder verärgerte sie häufig sichtlich, als ob ich irgendein ärgerliches semantisches Spielchen mit ihnen treiben wollte. Den Unterschied zwischen «Sein» und «Aussehen» herauszustellen war für mich Anfang, Mitte und Ende meiner Antwort. Nur selten erfuhren sie mehr.

Ich war immer noch überrascht, verdutzt, nehme ich an, dass es meine äußere Form war, die mich so klar als nicht von hier (New Haven, New York, Neue Welt) und nicht von dort (dem Süden) stammend definierte. Wie konnte ich ihnen erklären, dass zwischen meinem siebten und meinem achtzehnten Lebensjahr, abgesehen von meinem Körper, den ich mir wegwünschte und den in Boiling Springs nur wenige zu bemerken schienen, nichts Asiatisches an mir gewesen war.

Wenn Boiling Springs größer gewesen wäre, wäre das nicht möglich gewesen. Das war Boiling Springs aber nicht. Die schwindende Einwohnerschaft war so klein und insular, dass sie sich wie ein Mikroorganismus verhalten konnte. Damit meine ich die Erwachsenen in Boiling Springs (ihre Kinder hatten, wie Kinder das immer tun, andere Vorstellungen). Genauer gesagt, waren es die weißen Männer und Frauen von Boiling Springs. Meine Lehrerinnen waren, bis ich in die Highschool kam, weiß. Meine Schulbusfahrer von der Elementary bis zur Middle School waren alte weiße Männer, die bereits einen anderen Job hinter sich hatten. Die Arbeitskollegen meines Vaters in seiner Kanzlei waren alles weiße Männer mittleren Alters. DeAnnes Freundinnen waren alle weiß und mittleren Alters. Iris und Baby Harper schienen nur sich zu haben.

Natürlich gab es in meinem Heimatort eine parallele Erwachsenenwelt, mit der ich aber nur flüchtig in Kontakt kam. Diese schwarzen Männer und Frauen wussten auch von mir, vor allem die Frauen. Wenn DeAnne mich zum Einkaufen mit in den Piggly-Wiggly-Supermarkt oder in den Hudson's Department Store nahm, schauten mich die Frauen, die dort arbeiteten, mit einem Blick an, bei dem mir immer unbehaglich wurde. Diese Frauen sahen mich tatsächlich, und was sie sich meinetwegen fragten – warum hatte niemand von meiner Art mich aufgenommen? –, rührte ihnen das Herz. Die Frauen an der Essensausgabe mit ihren Haarnetzen und Plastikschürzen sahen mich genauso an. Auch die hübsche junge Sekretärin meines Vaters, die in der Goforth Road wohnte. Die Hausmeister in der Schule, die alten Männer, die unser Familienauto betankten, die Männer mittleren Alters, die vor und nach Bobby unseren Rasen mähten, der Postbote. Ich lernte früh, ihnen nicht in die Augen zu schauen, die so dunkel und tief waren wie ein Fluss. Wenn ich ihnen in die Augen gesehen hätte, dann hätte ich mich selbst gesehen. Ich wollte keinen Spiegel. Ich wollte reinen Tisch.

Das Wort muss von den Kanzeln herabgekommen sein. Die Südstaatenbaptisten, die Episkopalen und die kleine Gruppe der Katholiken hatten gemeinsam diesen Pakt geschlossen. Sie schworen, mir zuliebe farbenblind zu werden. Das geschah nicht. Was stattdessen geschah, war, dass ich zu einem blinden Fleck in ihrem ansonsten hundert Prozent vorhandenen Gesichtsfeld wurde. Sie hörten meine Stimme – es war hilfreich, dass ich bereits Englisch mit einem Südstaatenakzent sprach, als ich zu ihnen kam, der eine Zeit lang der sicherste und einzige Hinweis darauf war, dass ich aus Boiling Springs kam –, aber sie lernten, mich nicht zu sehen. Es handelte sich um einen Akt von selektiver Blindheit, der mich vor ihnen beschützen sollte, vielleicht auch andersherum. Sie wussten, dass sie sich, wenn sie mir ins Gesicht sähen, auf meine Augen konzentrieren würden, die manche als mandelförmig beschreiben, andere nur Schlitze nennen würden. Sähen sie meine Haare, würden sie darüber staunen, wie glatt und glänzend sie waren oder wie strähnig und teerfarben. Sähen sie meine Haut, verstünden sie, warum sie sich in der Hitze der Südstaatensonne bräunten, doch manche würden sich fragen, wie DeAnne sich so sicher sein konnte, dass ich tatsächlich gewaschen und sauber war. Sähen sie meine knospenden Brüste, meine dünnen Arme und Beine, die Hände und Füße, die klein genug waren, um in ihre Münder zu passen, wie viele der Männer würden sich dann wohl an die jungen weiblichen Körper erinnern, die sie sich für eine halbe Stunde gekauft hatten, als sie die Uniform ihres Landes auf den Philippinen, in Thailand, Südkorea oder in Südvietnam trugen? Sie schwiegen und schauten lieber durch mich hindurch, die Mütter und Schwestern und Frauen dieser Männer, weil sie lieber nicht die Antwort darauf wissen wollten. Statt mich unsichtbar werden zu lassen, machte Boiling Springs ein offenes Geheimnis aus mir. Ich war der Paria der Stadt, doch das durfte mir keiner sagen. In Boiling Springs war ich niemals Scout. Ich war Boo Radley, allerdings nicht verborgen, sondern in aller Blickfeld.

Die Kinder von Boiling Springs hatten ihre eigenen Vorstellungen davon, wie sie mich im Ort willkommen heißen wollten. Sie ließen sich durch meinen neuen Namen nicht täuschen. «Linda Hammerick» war eine Maske, bis ich «hier» sagte. Dann drehten sie sich um und sagten leise Chink oder Japse oder Schlitzauge zu mir, damit die Lehrerinnen es nicht mitbekamen. Gerissene Ungeheuer, meine Klassenkameradinnen, aber nicht sehr originell. Als ich in das blaugraue Ranchhaus gekommen war, hafteten diese Spitznamen bereits an mir – noch ein weiterer Hinweis darauf, wo ich zuvor gewesen war. Genau wie in der Welt der Erwachsenen, wurden auch die Verhaltensweisen der Kinder von einer Übereinkunft diktiert, die tief in ihnen verwurzelt war und die ich erst sehr viel später in unserem Leben verstand. Die schwarzen Mädchen in meiner Klasse nannten mich *nie* anders als «Linda». Sie wussten, dass die anderen Namen mich beleidigen, mich durchlöchern, mich erniedrigen sollten.

Ich verstand, ohne es wirklich zu begreifen, dass Chink, Japse und Schlitzauge eng mit dem verbunden waren, wie die Kinder meinen Körper sahen. Ich sah das an den Gesten, die ihre Worte begleiteten. In der Pause, wenn nur wenige Lehrer anwesend waren, zogen meine Klassenkameradinnen ihre Augenwinkel für Chink nach oben und für Japse nach unten. Diese Kinder gingen präzise und systematisch vor. Es gab auch einen Kinderreim, den sie sangen und der Fremdartigkeit mit einem unreinen, sexualisierten Körper verknüpfte.

Reisfresser, Japse
Dreck am Knie, na bitte
Und ne gelbe Titte

Eine zweite Emily Dickinson waren diese Ungeheuer nicht.

Ihre Choreografie dabei war zwar recht kommunikativ, aber Schema F. Bei der zweiten Zeile zeigten sie sich auf die Knie, bei der letzten Zeile zupften sie sich mit ihren kleinen Händen an der Stelle ihrer eigenen nichtexistenten Brüste Zelte aus den T-Shirts. Eine zweite Martha Graham war auch nicht darunter. Aber mit welcher Schadenfreude sie das für mich aufführten.

Bravo, meine kleinen Kinder. Wer hat euch diese Wörter beigebracht? Ich musste selbst darauf kommen – denn niemand aus meiner Familie hatte es mir jemals erklärt –, dass eure Eltern eure Lehrer gewesen sein müssen. Ihr, die lieben kleinen Papageien, wart Sprachrohr für all das geworden, was diese Männer und Frauen nicht laut zu mir, Thomas, DeAnne, Iris oder Baby Harper zu sagen wussten, aber so frei waren, es hinter den hohen Mauern ihrer Häuser vor den Kindern auszusprechen. Wenn ich nicht nach Boiling Springs gekommen wäre, wem hättet ihr dann diese Wörter zurufen können? Ihr hättet euch all diese Japse, Chinks und Schlitzaugen aufheben müssen, bis ein anderer ahnungsloser Fremdling in den Ort gekommen wäre oder bis ihr erwachsen geworden wärt und auf Jobsuche bis nach Raleigh oder Charlotte oder gar noch weiter gekommen wärt. Und wenn es gar nicht anders gegangen wäre, dann hättet ihr diese Wörter gegen einen Cherokee, einen Lumbee oder einen Croatan gerichtet. Aber ihr hattet ja keinen Grund, die Wörter auf diese Weise falsch zu verwenden, denn als ich nach Boiling Springs kam, war die Dürre der Vielfalt zu Ende. Welche Freude ich euch so früh in eurem Leben bereitet haben muss. Wenn ihr an eure Kindheit zurückdenkt, hegt ihr sicher nur gute Gedanken an mich.

In der Highschool änderte sich das alles. Was als unerwünschtes, großes Interesse an meiner körperlichen Gegenwart begonnen hatte, verwandelte sich bald in eine Art von Nichtwahrnehmung, genau die, um die sich schon ihre Eltern bemüht, die sie aber nie erreicht hatten. Ich spielte in den Romanzen, Dramen und Tragödien, die die Hormone meiner Klassenkameradinnen für sie verfassten, keine Rolle. Ich galt nie als Heldin, Liebesobjekt, Drache oder Hexe. Selbst Kelly bot mir nur die Rolle als heimliche Vertraute und dann als

Mitglied des Publikums an. Das klügste Mädchen in der Highschool zu sein, hieß, keinen Körper zu haben, was ich mir ja die ganze Zeit schon gewünscht hatte, wie ich glaubte. Ich war das Gehirn. Alle anderen um mich herum wurden Körper. Die Mädchen mit ihren großen Brüsten und langen Ballettbeinen wurden Cheerleader und Ballköniginnen. Die Jungs mit den Wurfarmen und Läuferwaden wurden Baseballspieler und Quarterbacks. Das war eine Art Schicksal, das alle erwartete, auch Kelly. Ich beobachtete das Ganze aus einer Distanz, die mir keineswegs Objektivität oder Klarheit verlieh. Ich war einfach nur einsam.

Als wir uns das erste Mal begegneten, versuchte ich Leo von meiner Kindheit in Boiling Springs zu erzählen. Er meinte nur, diese Erfahrungen würden bedeuten, dass ich durchaus wisse, wie es ist, Asiatin im Süden zu sein. Für einen zukünftigen Psychiater hörte Leo nicht besonders gut zu. Nein, Leo, ich wusste, was es bedeutete, im Süden gehasst zu werden. Leo wollte, dass ich die beiden Dinge gleichsetzte, meinen Körper und das, was die anderen darin sahen. Ich wollte das nicht (wie mein Urgroßvater Graven Hammerick bin ich im Grunde meines Herzens eine Optimistin). Ich glaubte, und das tue ich immer noch, dass dieser *Seinszustand*, den ich zu verstehen versuchte, einen Inhalt und eine Substanz hatte, die nichts mit dem zu tun hatten, was Boiling Springs mir beigebracht hatte.

KAPITEL 15

I'm a Tar Heel born,
I'm a Tar Heel bred,
And when I die
I'm a Tar Heel dead.

Ich konnte Baby Harper immer noch singen hören. Manchmal sang er ein Kirchenlied. Häufiger sang er seine eigene Version des Blues. Er nagte an den Wörtern in seinem Mund herum, biss sie wie Melonenkerne auf und dehnte sie so aus, dass in jede Silbe seine ganze Lebensgeschichte passte. Sie hätten mal hören sollen, was das bescheidene «Tar» alles bedeuten konnte. Er brachte mir den Text bei, erklärte mir aber nie, was «Tar Heel» überhaupt hieß. Mit sieben glaubte ich, es ginge in dem Text um eine Frau, die Schuhe mit hohen Absätzen trägt. In der Schule lernte ich, dass es sich um die inoffizielle Hymne des Staates North Carolina handelte und dass «Tar Heel» der Spitzname für die Farmer sei, die ihr karges Einkommen dadurch aufbesserten, dass sie Baumharz aufkochten, um Teer zu gewinnen. Ich erfuhr auch, dass das Lied ein erhebendes, schenkelklopfendes Manifest für den Staat, die Loyalität und vor allem für den Ruf dieser Farmer sei, die während des Bürgerkriegs ihr Land verteidigt hatten. Baby Harpers Version handelte dagegen vom Schicksal.

♣

Nach einer ganzen Woche voller gescheiterter Märchen – Geschichten, bei denen ich eher die Augen aufriss, als sie zu schließen – versuchte mein Vater mir Geschichten zu erzählen, die nur ihm gehörten. Thomas erzählte mir von einer Insel vor der Küste einer anderen Welt. Auf dieser Insel gab es eine Stadt, deren Häuser aus Glas waren. Er erzählte mir, dass es im Zentrum der Stadt einen Wald mit Bäumen, Teichen, mit einem See, Schwänen und Pferden gab, dazu eine kleine Burg. Er erzählte mir, dass die Straßen dieser Stadt voller knallgelber Autos waren, in die man nach Lust und Laune springen konnte und die einen dort hinbrachten, wohin man wollte. In dieser Stadt gab es Bürgersteige voller Menschen aus der ganzen Welt, die auch so gern *dort* sein wollten. Er erzählte mir von Vierteln mit Namen wie Greenwich Village und Harlem und Chinatown. Im Mittelpunkt dieser Geschichten stand mein Vater, und um ihn herum drehte sich New York City. Lange bevor ich sie auf Fotos oder in der Realität sehen konnte, hatte mein Vater mir die weiße Lichterkrone des Chrysler Building und die glitzernde Nadel des Empire State Building geschenkt. Seine Worte lösten einen Eingang nach dem anderen aus, aber ich war gefesselt, ließ mich endlich von dem verzaubern, was er zu mir sagte. Seine Geschichten hatten selten eine Handlung, keinerlei Figuren, die sich groß entwickelten – keinen, der gut oder böse, schön oder hinterhältig war –, und sie hatten selten einen Schluss oder eine Art Auflösung am Ende. Die Geschichten meines Vaters waren meist Beschreibungen von Menschen, Orten und Dingen. Impressionistisch und episodisch, wie sie waren, fingen sie häufig mit einer Feststellung an, die mir damals vollkommen unmöglich und fantastisch erschien. *In der Stadt New York fahren die Züge unter der Erde.* Dann konzentrierte er sich auf eine ganz bestimmte Erinnerung und bot sie mir wie einen makellos erhaltenen Schmetterling an, damit ich das Wunder seiner Flügel betrachten konnte. *Eines frühen Morgens auf dem IRT – der U-Bahn-Linie, die unter der Westseite der Insel entlangführt – sah ich eine alte Frau mit einem Korb vor ihren Füßen. Sie beugte sich vor, nahm eine Porzellanteekanne und eine Tasse aus dem Korb, und sie fragte den jungen Mann neben sich, ob er einen Tee möge.* Von Anfang an hatte ich das Gefühl, dass mein Vater und der junge Mann ein und dieselbe Person waren. *Der junge Mann dachte kurz darüber nach und sagte dann Ja. Die alte Frau goss ihm eine Tasse Tee ein. Sie reichte diese dem jungen Mann, er trank einen Schluck und sagte: «Vielen herzlichen Dank.» Natürlich war die Kanne leer.*

Ich war fasziniert von diesen Geschichten, weil er, der Erzähler, ebenfalls von ihnen fasziniert war. Manchmal hielt Thomas für eine scheinbar lange Zeit inne und suchte nach den passenden Worten. Jedenfalls dachte ich das. Ich weiß nicht, warum er damit aufhörte, mir diese Geschichten zu erzählen. Vielleicht waren sie ihm ausgegangen. Doch am Ende jenes ersten gemeinsamen Sommers kam mein Vater nicht mehr zur Bettzeit in mein Zimmer, um mich, wenn schon nicht in den Schlaf zu bringen, so doch an einen fernen Ort, wo er der schöne Prinz war, einfach nur, weil er dort war.

Natürlich konnte ich viel besser einschlafen, nachdem die Geschichten zu Ende waren. Aber ich vermisste sie. Noch schlimmer: Ich vermisste den Erzähler. Ich erfand ein anderes Spiel, um die Zeit zwischen Dunkelheit und Schlaf zu überbrücken. Ich stellte mir vor, wie ich mit dem jungen Mann U-Bahn fuhr, wie ich mit ihm auf dem Bürgersteig stand und das Empire State Building hinaufstarrte, wie wir in einem Taxi saßen, das uns durch die Straßen einer aus Glas gebauten Stadt fuhr. Ich sah uns so deutlich vor mir wie am helllichten Tag.

Vielleicht war das der Grund, warum ich nicht überrascht war, als ich die Fotos sah. Ich war überrascht, dass es sie gab, aber bestimmt nicht über das, was sie zeigten. Stattdessen hatte ich ein komisches, ein unmögliches Gefühl, als würde ich die Geschichten neu durchleben. Der junge Thomas, gut aussehend und mit frischem Gesicht (damit meine ich, dass er von innen heraus leuchtete), steht neben dem Bethesda-Brunnen im Central Park, neben ihm eine junge Frau, die ich nicht kannte, die ich aber wiedererkannte. Der junge Thomas sitzt lächelnd und mit verwuscheltem Haar, als wäre er gegen den Wind gelaufen, auf der langen Treppe vor der

Low Library der Columbia University, neben ihm dieselbe vertraute weibliche Gestalt. Der junge Thomas – diesmal allein – in seiner Abschlussrobe, eine Hand auf dem Marmor- und Granitsockel der Alma Mater, deren übergroßer modellierter Fuß gerade noch am oberen Bildrand erkennbar ist. Es gab nur zwölf Fotos, schwarzweiße Bilder von einem anderen Thomas. Sie erreichten mich in einem großen, wohl ehemals weißen Umschlag, der nun elfenbeinfarben geworden war.

In einem mit «Vorsicht, zerbrechlich!» versehenen Paket hatte mein Großonkel Harper mir auch vier Fotoalben geschickt, allerdings ohne eine Nummerierung, die ihren Ort in der Chronologie seines Lebens bezeichnet hätte. Als Leo sah, wie ich sie aus dem Paket nahm, fragte er, wer mir denn die alten Hochzeitsalben geschickt habe. So hatte ich die Alben noch nie betrachtet. Anders gesagt, ich hatte noch nie bemerkt, was sie eigentlich waren. Alle Alben waren weiß, manchmal waren sie mit Tauben geprägt, manchmal mit Rosen. Ich musste laut lachen, als mir aufging, dass dies schon immer Baby Harpers Art von Humor gewesen sein musste.

Das Paket, das in Boiling Springs abgestempelt worden war, traf im November 1997 in New York City ein. Leo und ich wohnten noch immer in dem Brownstone in Chelsea. Wir hatten gerade mit der Diskussion begonnen, die sich später zu Verhandlungen ausweitete, ob wir uns eventuell verloben sollten. Wir kannten uns nun schon seit fast sieben Jahren und lebten seit zwei Jahren zusammen. Er war ein ausgewachsener Dr. Leo, da er gerade sein praktisches Jahr als Arzt der Psychiatrie absolviert hatte (Kelly hatte ihn von Anfang an Dr. Leo genannt. Wie sich herausstellte, handelte es sich bei ihrer Verknüpfung von dem Titel mit seinem Vornamen um die prägnante und vorausschauende Charakterisierung seines Egos und seiner Überheblichkeit). Mir war es ein Rätsel, warum nicht auch noch eine Therapie oder eine Analyse zu den medizinischen Voraussetzungen einer möglichen Verlobung gehörten. Vielleicht glaubte ja Dr. Leo, dass er selbst in der Lage sei, die notwendige Beurteilung meiner geistigen Gesundheit vorzunehmen. Vielleicht glaubte er, dass die «Depression», die mich manchmal tagelang verstummen ließ, mit ein, zwei Rezepten behoben werden könnte oder dass unsere Nächte, die ich durch gemurmelte «Feuer!»-Rufe unterbrach, sich ebenfalls wegmedikamentieren ließen. Genauso wichtig war für Leo, dass meine Verlegenheit, die ich an den Tag legte, wenn ich vor seinen Eltern und seinem älteren Bruder erschien, beim nächsten Mal verschwand, wenn wir uns zum Thanksgiving versammelten und um einen Tisch herumsaßen, der so groß war, dass wir besonders laut sprechen mussten, wenn wir uns unterhalten und gehört werden wollten, fast so laut, als wollten wir uns wütend anschreien.

Leopold Thomas Benton – ich hätte mich wohl auch in seinen Mittelnamen verlieben können – kam aus einer kleinen Familie, einer seiner Vorzüge. Als mir klar wurde, dass sein einziger Bruder unverheiratet war und es angesichts seiner Persönlichkeit wohl auch bleiben würde, wusste ich, dass es keine Nichten und Neffen geben würde, die bei jeder Familienzusammenkunft meinen Namen laut durch die Gegend schrien. Die Tatsache, dass auch sein Vater und seine Mutter beides Einzelkinder waren, war ein Erbstück, das ich gar nicht hätte vorhersehen können, aber sehr schätzte. Das hieß, Leo hatte keine Cousins und Cousinen mit dazugehörigen Familien, die um das Haus seiner Eltern in Beacon Hill schwirrten, wohin er unterwegs war, als wir uns im Zug von New York nach Boston kennenlernten. Leo wuchs in diesem dreistöckigen Backsteinhaus auf, das seit seinem Bau 1795 der Familie gehörte und dessen Treppe und kornblumenblau gestrichene Eingangstür nun von einzelnen Mitgliedern von Reisegruppen fotografiert wurden, die die Straßen von Beacon Hill überschwemmten und die es nach amerikanischer Geschichte in der Luxusausgabe der betuchten Gesellschaft Bostons verlangte. Womit ich nicht gerechnet hatte: Leos wohlsituierter, aber karger Familienstammbaum bedeutete, dass er einiges hinzufügen und den Baum mit neuen Blättern ausladender erscheinen lassen wollte.

Von meiner Familie hatte ich Leo am meisten über Baby Harper erzählt, weil ich seinen Namen gern laut aussprach. Leos Augen blitzten auf, als er zum ersten Mal den Spitznamen meines Großonkels hörte. Leo meinte, dies sei ein deutliches Beispiel dafür, wie meine Familie die Infantilisierung meines Großonkels sanktioniert und verlängert habe. Ich sah Leo an und dachte: ‹Dafür hast du Medizin studieren müssen?› Natürlich war das so, Dr. Leo. Meine Großmutter Iris musste ihren jüngeren Bruder zum Kind machen, denn wenn er ein Erwachsener geworden wäre, hätte sie erkennen müssen, zu wem es diesen Mann hinzog, und das wäre ja eine Schande gewesen. Jeder in der Familie wusste das, und keiner von uns war Doktor, mit Ausnahme der Jurisprudenz. Leo hatte keinen Sinn für Humor, wenn ich witzelte, dass es in Wirklichkeit zwei Doktoren in unserem Brownstone gebe. Leo entgegnete, ein Dr. jur. sei nur ein akademischer Titel. Damit meinte er wohl, dass er nicht sonderlich viel gelte, im Gegensatz zum *richtigen* Doktor.

Leo hatte von Baby Harper gehört, war ihm aber nie persönlich begegnet, weil mein Großonkel nach seinem ersten Flug nach New Haven zu einem Reisenden wurde. Manchmal mit Cecil, meist aber allein sah sich mein Großonkel die Welt an. Und die Welt, die er sich ansah, überraschte mich. Ich dachte, er würde wie mein Großvater Spartan nach Europa fahren, um die Glanzlichter der westlichen Zivilisation zu besichtigen. Aber nein, Baby Harper flog nach Südamerika. Im ersten Jahr des Jurastudiums bekam ich eine Postkarte aus Cartagena, auf der stand: «Du bist an der Columbia, ich bin in Kolumbien! Sie schreiben es hier nur ein wenig anders.» Baby Harper fügte hinzu, er habe diesen Fleck der Erde schon immer sehen wollen, seit er *Hundert Jahre Einsamkeit* gelesen habe.

Mein Großonkel reiste so, wie die Menschen früher gereist waren. Für die Flüge trug er Anzug und Krawatte. Ich bot ihm an, ihm seinen Hut zurückzuschicken, um das Bild zu vervollständigen, doch er wollte nichts davon hören. Er blieb einen Monat oder noch länger in einer Stadt, ließ sich Zeit und schaute sich das an, was in den Reiseführern stand, und das, was nicht darin stand. Baby Harper schickte mir nie eine E-Mail, daher genoss ich das große Privileg, einen physischen Briefkasten öffnen zu dürfen und darin seine Handschrift auf der Rückseite eines Bildes von einem Sandstrand oder einer Kirchenfassade schweben zu sehen. Er behauptete, er sei zu alt, um neue Sprachen zu lernen, also machte er sich stattdessen mit der Literatur vertraut, die in seine eigene Sprache übersetzt war. Der Bibliothekar in ihm kehrte wieder aus dem Ruhestand zurück und führte ihn zu der englischen Übersetzung von José Donosos *Der obszöne Vogel der Nacht*, bevor er nach Santiago de Chile flog, zu Eduardo Galeanos *Das Buch der Umarmungen* vor seinen zwei Monaten in Montevideo in Uruguay und zu Clarice Lispectors *Die Sternstunde*, bevor er nach Rio de Janeiro flog.

Baby Harper war sechsundsechzig, als er im späten August 1990 sein neues Leben als Reisender begann. Von da an plante er zwischen Mitte Januar und Ende August seine Reisen. Er zog es vor, für die schönen Herbsttage, die North Carolina seinen Bewohnern zur Belohnung für das Überleben des Sommers gewährte, wieder in Boiling Springs zu sein. Er wollte auch zum Hattrick der amerikanischen Feiertage da sein: Thanksgiving, Weihnachten und Neujahr. Cecil reiste ebenfalls um diese Zeit nicht gern, denn während der Feiertage ging es in der «Heimstatt zur Ewigen Ruhe» meist sehr geschäftig zu. Offenbar war das folgende ein klassisches Bonmot unter Bestattungsunternehmern – in der Beerdigungsbranche erzählte man sich ja keine «Witze» –, das Cecil an Baby Harper weiterreichte: «Ist es Thanksgiving noch nicht so weit, kommt ja noch die Weihnachtszeit.»

Baby Harper blieb auch deswegen über die Feiertage in Boiling Springs, weil er sichergehen wollte, dass DeAnne nicht allein war. Als sie erkannte, dass sie die Rollen vertauscht hatten – er war in einer festen Beziehung, sie war ganz allein –, zog sie sich ins blaugraue Ranchhaus zurück und schlug die erste von vielen Einladungen zum Thanksgiving-Dinner im griechischen Haus aus. «Cecil wird kochen», so outete sich mein Großonkel Harper im Herbst 1987 seiner Nichte gegenüber. Ein Satz, der schlicht und kompliziert zugleich war. Wörter sind nun mal so, dachte ich, als er mir am Telefon von DeAnnes Reaktion berichtete. Mein Großonkel versuchte die Situation auf die leichte Schulter zu nehmen, aber ich konnte hören, wie verletzt er von DeAnnes Absage war. Seine Stimme klang genauso wie nach Iris' Tod. Sie hörte sich an, als hätte er Kieselsteine im Mund.

DeAnne traute sich erst zum Thanksgiving 1990 an den feiertäglichen Esstisch von Baby Harper und Cecil. Ich glaube, ihr Sinneswandel hatte damit zu tun, dass Baby Harper in jenem Jahr erst zu meiner Abschlussfeier im Mai, dann im August nach Cartagena geflogen war. DeAnne muss wohl ebenso darüber geschockt gewesen sein wie ich, wie sehr Baby Harper sich auf Flugreisen stürzte. Vielleicht war sie sogar noch geschockter über die Tatsache, dass sie nun wahrhaftig allein in Boiling Springs war.

Fühlte es sich so an, als habe die Schwerkraft nicht mehr die Hoheit über das Land, DeAnne? Als hielten die bewaldeten Hügel und die bestellten Äcker dich nicht länger? Ihre Geschichte und Erinnerungen waren nicht länger die deinen, und dein Körper fühlte sich so leicht an, dass du schwebtest und dahintriebst, was etwas anderes ist als fliegen und aufsteigen. Wolltest du dich an jemand anderes Hand festhalten, damit Boiling Springs wieder in Sicht kam?

Nach Baby Harpers Beschreibung ihres ersten gemeinsamen Thanksgiving wünschte ich mir, ich wäre ihm zuliebe dabei gewesen. Cecil hatte sich an einem neuen Rezept versucht, das verlangte, den Truthahn zu frittieren, was allerdings bei falscher Durchführung dazu führt, dass der zwanzig Pfund schwere Vogel auf die Größe eines Hähnchens zusammenschrumpft. DeAnne sprach die meiste Zeit über kein Wort mit Baby Harper oder Cecil, sondern erst, als Cecil seine Auswahl an verschiedenen gedeckten Kuchen brachte: der traditionelle Kürbiskuchen, ein Pekannusskuchen (eine Hommage an die texanischen Wurzeln seiner verstorbenen Mutter) und sein Lieblingskuchen, Zitronenbaiser. Das Zitronenbaiser entlockte DeAnne schließlich ein paar Wörter, und sie waren nicht freundlich. Baby Harper zufolge sprach an diesem Tag wohl Iris aus ihr. Als Cecil ihr die dritte der Nachtischvarianten präsentierte, meinte DeAnne: «Ach herrje, ich hatte ja keine Ahnung, dass wir heute Ostern feiern.»

Das war's dann.

Cecil legte den alten silbernen Kuchenheber, den Baby Harper ihm zum dritten Jahrestag geschenkt hatte, auf den Tisch und ging in aller Ruhe mit dem Zitronenbaiserkuchen aus dem Esszimmer des griechischen Hauses. Dann setzte er sich in die Küche und aß den ganzen Kuchen allein auf, während Baby Harper DeAnne nach Hause fuhr. Sie war damals erst achtundfünfzig Jahre alt, aber sie hatte die Sehschwäche einer viel älteren Person. Wegen ihrer immer stärker werdenden Nachtblindheit musste sie sich an jenem Abend und, wie ihr bewusst war, noch an vielen weiteren Abenden auf Baby Harper verlassen, was ihre Stimmung nicht gerade hob.

Im Auto herrschte Schweigen.

Baby Harper brachte DeAnne bis an die Tür zum blaugrauen Ranchhaus. Bevor sie hineinging, gab sie ihm einen kleinen Zettel, der, wie er sagte, so aussah, als hätte sie ihn schon den ganzen Tag in der Hand gehalten.

«Ich verzeihe Dir», hatte DeAnne geschrieben.

‹Was?›, fragte sich Baby Harper, als er diese drei Wörter im Schein der Innenbeleuchtung über dem Rückspiegel las. Ihm fiel mehr als nur eine Sache ein, die er im Leben getan hatte und die in

DeAnnes Augen nach Vergebung rief. Er beschloss, dass es egal war. Am Telefon erzählte er mir, der Zettel sei wohl DeAnnes Art, einen Waffenstillstand zu schließen. Baby Harper zerriss ihn und warf ihn auf der Heimfahrt zu seinem griechischen Haus wie Konfetti aus dem Seitenfenster und entschuldigte sich bis tief in die Nacht und noch das ganze Wochenende lang bei Cecil.

1990 hatte ich, anders als DeAnne, die Einladung meines Großonkels, mich Cecil und ihm zu Thanksgiving anzuschließen, erneut abgelehnt. Ich sagte meinem Großonkel, ich müsse in New York City bleiben und lernen, denn wenn ich das nicht täte, könnte mein erstes Jahr in Jura auch mein letztes sein, und ich würde ihn bald wieder anrufen, um zu hören, wie alles gelaufen sei. Ich hatte damit begonnen, ihn nicht wie üblich einmal, sondern zweimal in der Woche anzurufen, weil mir sein Anblick in New Haven etwas verraten hatte, das ich seiner Stimme am Telefon nicht angehört hatte: Baby Harper wurde alt.

Dann nahm ich den Zug nach Boston, weil ich nicht mit den ausländischen Studenten und der Handvoll Amerikaner, mit den Fremden und den Entfremdeten, allein im College sein wollte. Ich hatte ein Zimmer im Lenox reserviert, einem Hotel in der Innenstadt von Boston mit einer grandiosen Eingangshalle voller vielversprechender historischer Details und mit großen Sträußen aus Schnittblumen und Herbstlaub. Die Zimmer aber, zumindest jene, die ich mir leisten konnte, sahen so aus, als hätte man sie erschlagen. Als ich mein Hotelzimmer 139 aufschloss, musste ich weinen. Ich musste an Kellys letzten Brief denken, in dem sie über ihren Zwang schrieb, ständig lebensentscheidende Fehler zu machen: «Es ist zu einer Angewohnheit geworden, die ich nicht mehr abschütteln kann», schrieb sie. Ich hatte meine Weigerung, nach Boiling Springs zurückzukehren, nicht als Gewohnheit angesehen, aber das war sie wohl. Wie Nägelkauen oder eine Schachtel Zigaretten am Tag hatte auch die Entscheidung, nicht nach Hause zu fahren, einen lindernden Effekt auf meine Psyche. Alles hatte mit der Vorstellung begonnen, die mir neu und spritzig in meinen achtzehnjährigen Kopf gekommen war, dass Familie eine Wahl, aber kein Schicksal sei. Wenn das stimmte, wollte ich mich dafür entscheiden, keine Familie zu haben. Wie Bartleby der Schreiber mochte ich lieber ohne auskommen.

Vier Jahre dieser Einstellung hatten mich in dieses Zimmer mit dem verwaschenen, geblümten Bettüberwurf und dem aschfarbenen Teppichboden gebracht. Ich zog den Überwurf weg und legte mich ins Bett. Dort im Dunkeln sprach ich Folgendes statt eines Gebetes.

Ich vermisse meinen Großonkel Harper und seine Ersatzfamilie Cecil.

Ich vermisse Kelly, die mir nähersteht als eine Schwester.

Ich vermisse meinen Vater. Wegen allem und jedem.

Ich vermisse sogar meine Großmutter Iris.

Ich fügte sogar Iris hinzu, weil ich, zweiundzwanzigjährig, gerade zu begreifen begann, wie selten es ist, jemanden auf der Welt zu haben, der einen nie anlog. DeAnne vermisste ich nicht, weil ich so wenig über sie wusste. Da war sie also, die ganze Liste meiner Angehörigen, alle lebten sie in Boiling Springs, zwei davon damals schon unter der Erde.

In dem Augenblick vorm Einschlafen dachte ich an den jungen Mann, der immer wieder etwas Neues fand, worüber er mit mir reden konnte, bis der Zug in die South Station einfuhr und er mich um meine Telefonnummer bat. «*Leopastinake*», sagte ich laut zu meinem Hotelzimmer. Dann sagte ich es, so leicht wie der nächste Atemzug, noch einmal.

Im folgenden November fuhr ich wieder nach Boston zum ersten von sieben Thanksgivings, die ich mit Leo und seiner Familie verbringen sollte. Wir nahmen ein fades, üppiges New-England-Mahl ein, und nicht ein einziges Mal sah ich einen frittierten Truthahn oder einen Zitronenbaiserkuchen auf ihrer Tafel. Einmal machte ich Leo wütend, als ich seine Mutter «die gute Benton» nannte. Nicht ihr ins Gesicht, natürlich nicht, aber trotzdem hatte ich bei ihm eine unsichtbare Grenze zwischen WASPs und allen anderen überschritten. Ich versuchte das wiedergutzumachen, indem ich nur lobende Worte für ihre selbst gemachte Cranberrysauce und ihre silberne Sauciere fand. Ich suchte mir dieses Gefäß deshalb für mein Lob aus, weil «Benton» nach Bratensaft klang, nicht die zu salzarme, entfettete Truthahnbrühe, die die gute Benton jedes Jahr servierte, sondern der mit Milch verfeinerte Saft mit zerkrümelten Schweinswürsten, die Südstaatler über ihre Brötchen gießen. Ich behielt dieses Faktenwissen für mich und bezog meine Kommentare daher auf den eleganten Schwung des Henkels und das Glänzen des Silbers. Nach dem Dinner erzählte mir Leo, dass das gute Stück eine «Sauciere» und von Paul Revere angefertigt worden sei. Die gute Benton hatte wohl befürchtet, ich würde ein Interesse an ihren Familienerbstücken entwickeln.

Ich entschied, dass mir das vollkommen gleichgültig war. Leos Familie war seine Sache, nicht meine. Mr und Mrs Benton – ich war mir nicht sicher, ob Leo überhaupt ihre Vornamen kannte – waren überaus höflich, aber keineswegs überschwänglich mir gegenüber. Collin, ihr ältester Sohn, übernahm das für sie. Collin war Investmentbanker und hatte ein paar Jahre in Hongkong gelebt und gearbeitet. Er dachte wohl, dass dies bedeuten würde, er und ich würden sofort gut miteinander auskommen. Wir hatten überhaupt nichts miteinander gemeinsam. Als er mich durch die Räume im Haus seiner Eltern führte, legte er mir andauernd die Hand auf den Rücken. Er sorgte immer dafür, dass er mir in den Mantel helfen konnte, damit er mir immer zu dicht auf den Leib rücken konnte. Beim ersten Mal sagte Collin, dass ich ihn an eine Frau erinnern würde, mit der er einmal ausgegangen sei. Nach ein paar Minuten in seiner Gesellschaft tat mir diese unglückliche junge Frau leid.

Um aus Thanksgiving ein langes Wochenende machen zu können, musste Leo, der Arzt im praktischen Jahr, und dann Leo, der

Assistenzarzt, Heiligabend und Weihnachten arbeiten. Vielleicht war das ein weiterer Grund, warum ich ihn liebte. Leos restriktiver Dienstplan im Krankenhaus bot mir die passende Entschuldigung, warum ich an den Feiertagen nicht nach Boiling Springs kommen konnte. Mein eigener Dienstplan als assoziierte Anwältin, die in acht Jahren Partnerin werden wollte, hielt mich für den Rest des Jahres in New York City fest.

Baby Harper gab jedoch nie auf. Jedes Jahr schickte er mir Anfang November eine Hallmarck-Karte – überquellende Füllhörner, narbige Kürbisse, nonchalante Truthähne – und lud mich ein, zu Thanksgiving «in den Süden zu fliegen». Als letztes Jahr die Schachtel mit den Alben und den Fotos vom jungen Thomas ankam, dachte ich, mein Großonkel würde eine neue Taktik ausprobieren. Natürlich hatte er auch eine Grußkarte beigelegt, die ich als Erstes las. Als ich sie aus dem leuchtend orangefarbenen Umschlag zog, konnte ich meinen Großonkel hicksen hören. Auf der Karte hielt ein pummeliges, mondgesichtiges Indianermädchen Händchen mit einem pummeligen, mondgesichtigen kleinen Pilgervaterjungen.

In der Klappkarte steckte ein liniertes Blatt Papier, das Baby Harper auf beiden Seiten beschrieben hatte. Sein Brief begann mit der Feststellung, dass er seine Reisepläne (und Lektüreliste) für das kommende Jahr fertig habe. Von Mitte Januar bis Mitte Februar 1998 wollten Cecil und er nach Buenos Aires, Argentinien (Manuel Puigs *Der Kuss der Spinnenfrau*), und dann nach Bogotá (Gabriel García Marquez' *Die Liebe in den Zeiten der Cholera*) fliegen, es war die zweite Reise meines Großonkels nach Kolumbien und die erste mit Cecil. Ich wusste, dass Baby Harper sehr frustriert über Cecil war, weil der nicht bereit war, die «Heimstatt zur Ewigen Ruhe» in die Hände seines Vizedirektors zu übergeben, um häufiger mit ihm zu reisen. Mit der Dauer dieser Reise und den beiden Zielen hatte Baby Harper einen ziemlichen Coup gelandet. Im nächsten Satz seines Briefes erklärte mein Großonkel, wie er dieses Tauziehen gewonnen hatte. Er schrieb: «Ich sagte zu Cecil: ‹Schatz, deine Kunden sind doch schon tot. Was könnte ihnen denn noch Schlimmes widerfahren?›»

Das Wort «Schatz» sprang einem direkt entgegen, ein Frosch, der sich in einen Prinz verwandelte. Ich musste an Leo denken und daran, dass ihm dieses Wort nie aus dem Stift geflossen oder über die Lippen gekommen war. Ich dachte schon daran, mir das Wort selbst laut vorzulesen. Dann dachte ich, ich sollte es besser sein lassen.

«Cecil ist zutiefst verstört», fuhr mein Großonkel fort, «wenn ich darauf bestehe, bei seinem Broterwerb von ‹Kunden› zu sprechen. Kli-ENTEN, korrigiert er dann ihnen zuliebe voller Entrüstung. Dann dämmerte es mir. Warum kämpfe ich mit den Toten, wenn ich sie mir auch zu Verbündeten machen kann? Ich ließ das Thema bis nach dem Essen ruhen. Als wir dann unseren Entkoffeinierten tranken, sagte ich zu ihm: ‹Du musst dir für *sie* die Welt ansehen, Cecil.›»

Das habe den Ausschlag gegeben, so mein Großonkel Harper.

Dieser Satz befreite Cecil, besser gesagt, er gab ihm eine neue Mission. Seine «Heimstatt zur Ewigen Ruhe» war die erste Adresse in Cleveland County, weil Cecil, alias Mr T, eine große Empathie für die Toten besaß. Er verstand, dass deren Bedürfnisse heute andere waren. Dass das, was die hinterbliebenen Verwandten wollten, nicht das war, was sie für sich selbst gewollt hätten. Klienten mit ganz spezifischen Vorstellungen schrieben ihm einen detaillierten Brief und zahlten für Sarg, Blumen und Grabstätte im Voraus, damit die Lebenden sich nicht mehr einmischen konnten. Cecil kannte die Medaillons, die die Frauen mit ins Grab nehmen wollten – um den Hals, aber diskret unter den Kleidern verborgen –, weil die Medaillons Andenken an Männer bargen, die nicht ihre Ehemänner gewesen waren. Er kannte die zerknitterten Fotos, die Männer in ihrem Anzug haben wollten, rechte Innentasche, denn dort hatten diese Gesichter – die der Familie des Verstorbenen vollkommen unbekannt waren – lange genug gewohnt. Cecil kannte die gebrochenen, verkümmerten, verheimlichten Lebensgeschichten seiner Klienten, und er wusste, dass Baby Harper da auf einen wichtigen Punkt gestoßen war. Diese Menschen würden eine größere Welt sehen wollen als die, die sie ihr ganzes Leben lang gekannt hatten. Und er würde sie für sie sehen.

Baby Harper beendete den Brief mit ein paar Zeilen über den Inhalt des Pakets. «Ich schicke Dir ein paar Fotos mit», schrieb er. «Ich denke, wir sollten sie gemeinsam anschauen (Dein Diwan oder meiner, Vista Girl?). Ich möchte allerdings, dass Du erst mal mit ihnen lebst.»

Ich telefonierte noch achtmal mit meinem Großonkel Harper. Wir sprachen nie über die nicht nummerierten Fotoalben oder über die Fotos, die den jungen Thomas zeigten. Aus Respekt vor ihm wartete ich auf den Augenblick, bis wir beide wieder im selben Raum waren. Ich hätte einfach sagen sollen, was mir mein Herz sagte, und das war: Ich liebe dich mehr und mehr.

KAPITEL 16

Für die Liebeskranken und die sich nach Liebe Verzehrenden von Chapel Hill hatte George Moses ein Heilmittel. Für fünfundzwanzig Cent verriet er es ihnen. Erst spürte er ihre kühlen Münzen in seiner Hand. Er schloss die Augen, damit dieses Gefühl intensiver wurde. So fühlte sich die Freiheit an, sagte er sich. Dann schlug George Moses die Augen auf und fragte: «Ist der Gentleman bereit?» Der junge Mann nickte, Stift und Papier in der Hand, und wartete auf den Zauberspruch, bei dem das Herz der Geliebten so schnell schlagen würde wie das seine. George Moses kannte den Vornamen der Geliebten, die Haarfarbe, seltener die Farbe ihrer Augen. Damals verliebte man sich aus der Distanz. Mit dem, was George Moses hatte, verfasste er ein Gedicht. Die Anfangsbuchstaben jeder Zeile ergaben den Namen der Geliebten:

Joy, like the morning, breaks from one divine –
Unveiling stream which cannot fail to shine.
Long have I strove to magnify her name
Imperial, floating on the breeze of fame.
Attracting beauty must delight afford …

Jeder Morgen stammt aus einer heil'gen Quell
Unentdeckten Glanzes, der nur strahlen will.
Lang schon müh ich mich, den Namen ihr zu singen
In hehren Worten, ihr einst den Ruhm zu bringen.
Anziehend schön und stets wie Freude hell …

Der Stift des jungen Mannes flog übers Papier. Er bat George Moses, das Gedicht noch einmal zu wiederholen, nur um sicherzugehen, dass er jedes Wort mitgeschrieben hatte. George Moses tat, wie ihm geheißen. Nach dem zweiten Vortrag unterdrückte der junge Mann einen Seufzer. Am Abend übertrug er George Moses' Gedicht auf einen Bogen feines Briefpapier, der der Geliebten dann heimlich überbracht werden sollte. Wieder wunderte sich der junge Mann über den Sklaven, der nicht lesen oder schreiben konnte und dennoch den unbändigen Rhythmus seines Herzens erfasst hatte. Er fragte sich, wie der Sklave nur wissen konnte, dass ihm ihr Name schon gleich am Morgen einfiel. Dass sich sein Körper wie von Sonnenlicht umfangen fühlte, wenn sie in seinen Gedanken auftauchte, und gleichzeitig wie in frisches Quellwasser getaucht. Dass sie in solchen Augenblicken uneingeschränkte Macht über ihn hatte und alle lächelnden Gesichter aus seiner Erinnerung tilgte, nur nicht das ihre. Den jungen Mann überkam für einen kurzen Augenblick Eifersucht. Der Sklave *kannte* seine Julia. Der Gedanke tauchte auf und verflog dann wieder, und er blieb über seine eigene Irrationalität peinlich berührt zurück. Der Sklave war ein Sklave. Er konnte seine Julia überhaupt nicht kennen.

In jener Nacht zählte George Moses die Münzen seinem Herrn in die Hand. Er selbst durfte nur das Fünfcentstück behalten. Der morgige Tag würde ihn seiner eigenen Geliebten näher bringen, dachte George Moses. Aber seine Arbeit war noch nicht getan. Bevor er einschlief, dachte er sich noch ein Gedicht für das klopfende Herz eines anderen jungen Mannes aus. Lucy war der Grund dafür. George Moses wusste etwas, das dieser junge Mann nicht wusste. Es war das dritte Gedicht in dieser Woche, für das George Moses bezahlt wurde, um es für ein und dieselbe Lucy zu dichten. Er fragte sich, welches ihr wohl am besten gefiel, welches sie wohl nachts las, wobei sie von der Stirn bis zum Busen errötete, und welches ihr Herz befreite.

♥

Vor sechs Monaten hob ich den Telefonhörer ab und hörte, wie die Stimme meiner Sekretärin sagte: «Mrs Hammerick*dr.pepper* auf Leitung eins.» Ich zögerte nicht, denn ich muss es gewusst haben. Während DeAnnes Stimme mir von dem Anruf zu erzählen begann, den sie im blaugrauen Ranchhaus erhalten hatte, fanden meine Finger wie von allein den Weg zur Tastatur. Ich klickte mich auf die Webseite von CNN, und dort erfuhr ich in den dürren Worten einer aktuellen Meldung, in der Datumszeile stand der 16. Februar 1998, dass an der Küste Kolumbiens ein Flugzeug abgestürzt war und womöglich alle Insassen den Tod gefunden hatten.

«Linda*minze*, bist du*grünebohnenausderdose* es?», fragte DeAnne.

Ich nickte.

«Linda*minze*?», fragte sie noch einmal.

«Ich bin immer noch*sauerrahm* hier*hartgekochtesei*.»

«Es gibt keine Leiche*dosenpilze*, Linda*minze*. Was soll*gingerale* ich denn tun*grütze*?»

Ich brauchte einen Augenblick, um zu begreifen, was DeAnne von mir wollte. Ihre Frage war kindisch und beileibe nicht existenziell. Nach dem Tod ihres Mannes und ihrer Mutter wusste DeAnne, was von ihr erwartet wurde. Die Vorbereitungen für die Beerdigung gaben ihr etwas zu tun, auch wenn das in Iris' Fall nur bedeutet hatte, neben Baby Harper zu sitzen, während er all die notwendigen Telefonate führte. Doch nun war Baby Harper fort, weggeflogen, und nichts von ihm hatte den Weg zurück nach Boiling Springs gefunden. Was ist denn eine Beerdigung ohne Leiche oder auch nur eine Urne voller Asche, das war es, was sie mich fragte. Sie hätte sonst Mr T diese Frage gestellt, aber er war ebenfalls weggeflogen.

‹Wir haben noch uns›, dachte ich. Ich sprach es nicht aus, weil ich nicht sicher war, ob das DeAnnes Frage beantworten und ob sie das als Trost oder als Fluch ansehen würde. Ich war nicht mal sicher, was ich davon halten sollte. Also sagte ich stattdessen, ich würde mich am kommenden Tag in ein Flugzeug setzen, und wir würden das gemeinsam regeln.

«Linda*minze*, nein!», sagte DeAnne mit hoher Stimme. Bitte*zitronensaft*, nimm kein Flugzeug*grünepaprika*. Mir zuliebe*apfelkuchen* fahr*bakedbeans* mit dem Auto nach Hause*pepsi*.»

«Ich versuche*coleslaw* Leo*pastinake* zu erreichen. Vielleicht kann er mit mir kommen*apfelkraut*. Ich rufe*doritochips* dich gleich zurück*wassermelone*», sagte ich.

«Bitte*zitronensaft*, tu*grütze* das.»

Klick.

«Ma*schokoladenmilch*?», sprach ich zum ersten Mal seit Jahren wieder laut aus.

DeAnne und ich hatten das letzte Mal vor elf Jahren miteinander gesprochen. Das fand ich weniger bemerkenswert als die Tatsache, dass wir gerade telefoniert hatten und was der Grund für diesen Anruf gewesen war.

Ich wollte Leo nicht im Krankenhaus anrufen. Ich wollte es ihm nicht sagen. Stattdessen griff ich zum Hörer und rief Kelly an. Als Erstes wählte ich die Nummer des griechischen Hauses. Ich wusste, dass sie für Baby Harper und Cecil das Haus hütete, und hoffte, sie würde dort sein, weil ich weder ihre Nummer bei der Arbeit noch die ihrer Wohnung kannte. Sie hatte auch keine von meinen Nummern. Wir hatten nie an Dringlichkeit gedacht. Wir hatten uns nicht vorgestellt, dass wir eines Tages, wenn selbst ein Expressbrief zu langsam wäre, womöglich sofort die Stimme der anderen hören müssten. Es klingelte fünfmal, dann hörte ich ihre Stimme.

‹Liebe Freundin›, dachte ich.

Ich sagte es ihr. Wir saßen da, 691 Meilen voneinander entfernt, doch so nah, wie zwei Menschen einander nur sein können. Ich hörte sie weinen, und ich wusste, das hieß, ich konnte es auch tun.

Ich musste nicht sagen, dass ich nach Hause kommen würde. Sie wusste es, und zwischen Schluchzern fragte sie: «Wann?»

«Sobald*mandarinenlimo* ich kann», antwortete ich. «DeAnne*cranberrysauce* möchte*salzbutter*, dass ich mit dem Auto fahre*bakedbeans*. Das wird ein paar*gebrateneokra* Tage*hartgekochteseigelb* dauern.»

«Leo*pastinake*?», fragte Kelly.

«Ich hab's ihm noch nicht gesagt.»

«Das solltest*instantkaffee* du*grünebohnenausderdose* aber.»

«Mach ich. Kelly*dosenpfirsiche*?»

«Ja.»

«Baby*honig* Harper*sellerie* war verliebt*nestea*.»

«Da hatte dein Großonkel*datteln* mehr Glück als die meisten anderen.»

«Amen*grapefruitsaft*.»

Stille.

«Kelly*dosenpfirsiche*», sagte ich. «Ich muss los. Ich bin noch*sauerrahm* bei der Arbeit*vanillewaffeln*. Ich rufe dich an, sobald*mandarinenlimo* ich mehr weiß*traubengelee*.»

Ich legte auf und wartete.

Wie lange – eine Minute, eine Stunde, den Rest des Tages –, bevor ich endlich Leo anrief und ihm die Neuigkeiten vom Tod meines Großonkels überbrachte? Worauf ich wartete, war das Bedürfnis, es ihm zu sagen. Ich saß an meinem Schreibtisch, bis meine Sekretärin anklopfte und mich fragte, ob ich noch etwas bräuchte, bevor sie gehe. Ich saß da, bis die Frau, die die Papierkörbe leerte und den Teppich saugte, an dieselbe Tür klopfte. Ich winkte sie herein und ging auf den Gang hinaus. Als ich in mein Büro zurückkehrte, blinkte der Anrufbeantworter an meinem Telefon. Es war Leo. Er hatte aus dem Krankenhaus angerufen und wollte wissen, wann ich nach Hause käme und ob ich ihm beim Drugstore schnell ein Shampoo kaufen könnte. Den Alltag bekamen Leo und ich sehr gut hin. Wir kümmerten uns um den anderen, was ich für dasselbe gehalten hatte, wie sich um den anderen zu sorgen. Ich rief ihn auf seinem Handy an.

«Linda*minze*?», antwortete Leo.

«Ich bin's», erwiderte ich.

«Hi. Ich kann nicht lange*traubenlimo* reden*maischips*. Ich bräuchte nur ein paar*gebrateneokra* Sachen*tomate* aus dem Laden*müsli* –»

«Baby*honig* Harper*sellerie* und Cecil*gekochteshrimps* sind tot*melasse*. Ihr Flugzeug*grünepaprika* ist heute*haferflocken* abgestürzt.»

«O mein Gott*walnuss*.»

Gott hatte nichts damit zu tun, fand ich.

«DeAnne*cranberrysauce* möchte*salzbutter*, dass wir nach Boiling*petersilie* Springs*zitronenwackelpudding* fahren*bakedbeans*», sagte ich.

«Wann?»

«Ich möchte*salzbutter* morgen*frühstückswürstchen* los.»

«Morgen*frühstückswürstchen*?»

«Ja. Komm*apfelkraut* mit.»

«Ich muss fragen. Aber, Linda*minze*, ich bezweifle*instantvanillepudding* das stark. Ich bin die nächsten anderthalb*brownie* Wochen jeden*ritzcracker* Tag*hartgekochteseigelb* eingeteilt.»

«Na toll.»

«Linda*minze*?»

«Ja, Leo*pastinake*.»

«Mein Beileid für deinen Verlust*früchtebrot*.»

«Danke.»

«Ich sehe dich morgen*frühstückswürstchen* früh*Hardee'scheeseburger*. Uns wird schon was einfallen*grünkohl*. Okay?»

«Okay.»

Leo war zu dem Zeitpunkt Assistenzarzt in der Psychiatrie des St. Vincent's Hospital. Er musste keine 24-Stunden-Schichten mehr absolvieren wie noch im Praktikum, war aber immer noch verpflichtet, mehrmals die Woche die Nachtschicht zu übernehmen.

An solchen Tagen kam er meist gegen sieben Uhr vierzig nach Hause. So hatten wir eine halbe Stunde Zeit, bevor ich in die Kanzlei musste. Dann saßen wir am Küchentisch und tauschten ein paar Informationen über unser Leben aus. Was machte die Milch im Kühlschrank? Sauer, fast leer, wir sollten es mal mit fettarmer Milch versuchen. Und die Wäsche? In die Reinigung bringen, abholen, sie haben zwei von deinen Hemden verschlampt. Wir zogen unsere Kalender aus der Tasche, suchten nach dem nächsten Abend, an dem wir beide zum Abendessen zu Hause waren, und gingen die Möglichkeiten durch. Essen bestellen, irgendwo eine Reservierung machen, ich hol ein paar Steaks. Wir waren uns selten uneins. Das war nicht dasselbe, wie sich meist einig sein. Einfach gesagt, eine halbe Stunde reichte nicht aus, um einen Streit anzufangen, und wir hatten nur eine halbe Stunde. Das waren die Lasten und Grenzen unserer Beziehung. Wir sollten mal einen entscheidenden Schritt weiterkommen, dachten wir. Allerdings mussten wir erst in unsere Kalender schauen.

Am Morgen nach Baby Harpers und Cecils Tod erwachte ich mit hämmernden Kopfschmerzen von der zweihundert Dollar teuren Flasche Scotch, die ich in der Nacht zuvor geleert hatte, um endlich Schlaf zu finden (jeder, der behauptet, von teurem Alkohol bekomme man keinen Kater, hat noch nicht genug davon getrunken). Ich öffnete die Augen, und die ersten Worte, die mir einfielen, lauteten: «Mein Beileid zu deinem Verlust.» Wie konnte Leo so etwas zu mir sagen? Wahrscheinlich hatte die gute Benton ihm diese enge, blutleere Kondolenzfloskel beigebracht. Und wenn ich Leo heiratete, würde ich dann nicht die gute Benton II werden? Als meine Gedanken einen kurzen Augenblick lang von Baby Harper zu Leo abschweiften, bekam ich vor lauter Scham einen Schlag. Mein Großonkel war erst einen Tag tot, und schon plante ich ein Leben ohne ihn.

Leo und ich teilten uns eine Maisonettewohnung, Erdgeschoss und erster Stock in einem Brownstone in einem von Bäumen gesäumten Block an der West 22nd Street. Ich hatte die Wohnung nach dem zweiten Jahr meiner Arbeit in der Kanzlei gekauft. Ich hatte zu viel Geld und suchte nach einer Möglichkeit, es zu investieren. Ich musste keine Kredite für meine Studiengebühren abstottern, weil mein Großonkel dafür gesorgt hatte, dass das College und das Jurastudium bezahlt waren. Das Geld stamme aus einer der vielen Lebensversicherungen meines Vaters, meinte er zu mir. Der Mann mit dem gesunden Menschenverstand hatte finanziell vorgesorgt. Wann immer ich an den Geldautomaten ging, besah ich mir die zur Verfügung stehende Summe und fragte mich, wem dieses Konto nur gehörte. Ich konnte mein Gehalt gar nicht ausgeben, das mir wie die Gewinne einer geheimen Lotterie direkt auf mein Girokonto überwiesen wurde. Gut möglich, dass dies der Grund war, warum ich die Arbeit in einer Anwaltskanzlei so mochte.

Anfangs mochte ich sie aus einem ganz anderen Grund.

Die Jurisprudenz eröffnete mir ein völlig neues Vokabular, eine Sprache, die Nichtjuristen als Fachchinesisch abtun. Anders als die Basisbausteine – die alltäglichen Wörter –, mit denen ich von der U-Bahn bis ins Büro und zurück komme, lösten die Begriffe meines juristischen Vokabulars Geschmackseindrücke aus, die ich erst kennengelernt hatte, nachdem ich Boiling Springs verlassen hatte, Geschmacksrichtungen, die ich mir selbst ausgesucht hatte und die von Nahrungsmitteln stammten, die sich nirgendwo in den Packungen und Dosen in DeAnnes Küche finden ließen.

Vorladung*kiwi*.

Gerichtliche Verfügung*camembert*.

Verstoß*lobster*.

Gerichtsbarkeit*frischegrünebohnen*.

Beschwerdeführer*sauerteigbrot*.

Schlichtung*guinness*.

Verfassungswidrig*spargel*.

Entlastend*nutella*.

Ich konnte immer so weitermachen, und das tat ich auch.

Jeden Tag verdiente ich eine erstaunliche Summe Geld dafür, diese Wörter auf dem Papier herumzuschieben oder, was noch besser war, sie auszusprechen. Bei meinen jährlichen Beurteilungen bemerkten die Partner, dass sie noch nie eine junge Anwältin gesehen hätten, die die Arbeit so sichtbar erfrischt hätte. Einer der vielen Gründe, warum ich auf dem Weg war, Partnerin zu werden, dachte ich.

Es gab natürlich seltene und beunruhigende Ausnahmen. Manche Wörter der Juristerei führten weit zurück ins tiefe Mittelalter meiner Kindheit und zu der kümmerlichen Ernährung, die meine frühen Wörter prägte. «Mildernde Umstände», zum Beispiel, schmeckte unmissverständlich nach den Pizzastücken in der Grundschulcafeteria: Rechtecke aus gefrorenem Teig mit einer ketchupartigen Sauce darauf, hartes, bröseliges Fleisch irgendeines nicht identifizierbaren Tieres und geriebener «Käse», der beim Erhitzen nicht schmolz, sondern das Muster einer dilettantisch bestickten Tagesdecke beibehielt. Ich hatte mich auf die Tage gefreut, an denen diese Rechtecke auf dem Speiseplan standen und von den Küchenfrauen in Haarnetzen und Gesundheitsschuhen auf mein Tablett geklatscht wurden. Diese Pizza (schon das Wort allein war die reine Freude, mit seinen zwei ‹z›s und diesem Geräusch der Zufriedenheit am Ende … ah!) schien Vorbote eines größeren, interessanteren Schauplatzes, doch wie und wo, vermochte niemand von uns in der Boiling Springs Elementary School um 1975 genau zu sagen. Wir alle wussten, wie Hamburger und Hotdogs aussehen und schmecken sollten, und wir wussten, dass die Schulcafeteria uns nur eine zweitklassige Version davon servierte. Nur wenige von uns Schülern wussten, wie eine Pizza sein sollte. Zwar behauptete Kelly, eine Pizza sei normalerweise ziemlich groß und rund, doch kamen mir beide Eigenschaften reichlich unwahrscheinlich vor. Als wir in der Middle School waren, hatte ein Pizza Inn am Zubringer zur I-85 aufgemacht. Pizza Inn mag vielleicht die erste landesweite Kette gewesen sein, die einmal in der Woche ein All-you-can-eat-Büfett anbot, ich weiß es nicht. Für die Leute im Großraum Boiling Springs-Shelby war dies eine Idee, die, wenn schon nicht ihre Vorstellungskraft, so doch zumindest ihre Taillenweite sprengte. Später machte dann neben dem Pizza Inn ein Sizzler auf (der Begriff des Versorgungsweges nahm hier eine ganz neue Bedeutung an) und bot den Heiligen Gral aller All-you-can-eat-Büfetts dar: Steaks, Folienkartoffeln und für die Damen eine Salatbar mit so exotischen Zutaten wie Kichererbsen aus der Dose und einem Gewirr aus leicht angegangenen Alfalfasprossen.

Neben den «mildernden Umständen» versetzten mich noch andere Wörter der Juristerei in die Vergangenheit zurück.

Ausgang*rotesamttorte*.

Lebenslänglich*frenchdressing*.

Kompensatorisch*gekochteerdnüsse*.

Nachlass*erdnussbutterkekse*.

Treuhänder*kirschlimo*.

Amortisation*oreokekse*.

Am liebsten hätte ich meinem Vater all diese Wörter gesagt. Das Lexikon der Juristerei hatte ihm gestattet, Teil einer Welt zu sein, die viel größer als Boiling Springs und Shelby war, größer als Raleigh, als North Carolina. Ich wusste, dass diese Wörter auch ihm Trost gespendet haben müssen.

Der Geruch von Pancakes und Bacon stieg durch die Belüftungsschächte hoch, die von der Küche direkt in unser Schlafzimmer führten. Ich holte tief Luft und entdeckte darin auch aufkochenden Kaffee. Leo hatte um einen Gefallen gebeten. Der Assistenzarzt der Tagesschicht war zwei Stunden früher gekommen und übernahm am Vormittag Leos Arbeit. Im ersten morgendlichen Dämmerlicht in Manhattan war Leo nach Hause gefahren, hatte am Eckladen gehalten und ein halbes Pfund Blaubeeren, eine Zitrone, Ahornsirup und gepfefferten Bacon gekauft. Als ich nach unten kam, sah ich all diese Sachen auf dem Küchentresen ausgebreitet. Leo hatte sich eine Schürze über die Jeans und das weiße T-Shirt gebunden, und er sah aus wie ein emanzipierter kleiner Junge, der Hausmann spielt. Er legte den Finger auf die Lippen, um mich zum Schweigen zu bringen, bevor ich irgendetwas hätte sagen können. Er ließ mich am Küchentisch Platz nehmen und stellte einen Teller vor mich hin. Auf dem Teller stand eine kleine, drosseleiblaue Schachtel.

Bevor ich noch Einspruch gegen diesen nun wirklich völlig unpassenden Zeitpunkt einlegen konnte, begann Leo eine verwirrende Rede darüber zu halten, dass sich das Leben trotz all unserer Bemühungen einfach nicht planen lasse. Dass er den Ring vor drei Monaten gekauft und nur darauf gewartet habe, mir endlich einen Antrag zu machen. Dass er schon alles arrangiert habe, um im Krankenhaus freizubekommen – ganze zwei Wochen –, damit wir in der Blockhütte seiner Eltern in den Berkshires feiern könnten. Im Sprachgebrauch der reichen WASPs handelte es sich bei der «Blockhütte» um ein ausgedehntes Stück Land von 45 Hektar, darauf ein Haupthaus mit fünf Schlafzimmern, einer umgebauten Scheune für die Enkelkinder, die erst noch auf die Welt kommen mussten, einem Bade-«Weiher» – einem See von der Größe der Wollman-Schlittschuhbahn im Central Park – und einer Apfelplantage, für die Mr und Mrs Benton jeden Herbst zur Ernte eine ortsansässige Familie anheuern mussten.

Leo war aufgeregter als üblich, was dazu führte, dass er noch schneller sprach, als er es ohnehin schon tat. Seine Wörter stießen aneinander, während sie ihm alle gleichzeitig aus dem Mund zu purzeln schienen. Er muss wohl den Ausdruck der Verwirrung auf meinem Gesicht gesehen und bemerkt haben, wie mein Blick immer wieder zur Kaffeemaschine wanderte. Er goss mir eine Tasse ein und setzte sich neben mich. Er erklärte mir so langsam er konnte, dass der Urlaub, um den er gefleht und verhandelt hatte und für den er sich für den Rest des Jahres die Wochenendschichten eingehandelt hatte, in *zwei* Wochen stattfinden sollte. Um meine Hand anhalten, Ring, Ja sagen, Urlaub, all das sollte in *zwei* Wochen stattfinden, wiederholte er. Die gestrige Nachricht von Baby Harpers und Cecils Tod und meine Bitte, sofort nach Boiling Springs zu fahren, hatten ihn gezwungen, seine Karten auf den Tisch zu legen.

‹Hat er wirklich «die Karten auf den Tisch legen» gesagt?›, dachte ich nur.

Leo, der spürte, dass ihm der Schwung ausging, dass seine Pancakes zu kalten Pucks wurden und das Schmalz sich weiß um die Schinkenstreifen legte, nahm das Tempo seines Antrags wieder auf.

Ich sagte Ja.

Leo klappte die drosseleiblaue Schachtel auf und schob mir den Ring auf den Finger. Es war ein Solitär, traditionell, hochkarätig und teuer. Natürlich passte der Ring genau. Leo hatte alles geplant. Wahrscheinlich hatte er meinen Finger ausgemessen, während ich schlief.

Leo gab mir einen Kuss. Ich schloss die Augen und schlug sie wieder auf. Ich erkannte in diesem kurzen Augenblick der Dunkelheit, dass die Schürze für mich sehr wichtig war. Leo wirkte in der Schürze jünger und verletzlicher. Ich musste ihn einfach darin sehen. Ich lächelte. Er erwiderte das Lächeln.

Dann bat mich Leo um drei Dinge. Erstens, wir sollten uns, wenn schon nicht an den Ort, so doch an den Zeitpunkt seines ursprünglichen Plans halten. Wir sollten zwei Wochen warten und dann nach Boiling Springs fahren. Wir könnten ein paar Tage bei DeAnne verbringen, je nachdem, wie ich mich dabei fühlte, sagte er. Zweitens, ich sollte das Rauchen aufgeben. Drittens, ich sollte mich gründlich medizinisch untersuchen lassen, bevor wir unsere Verlobung offiziell bekannt machten.

Der ersten Bedingung zuzustimmen, war leichter als bei Punkt zwei und drei.

Plötzlich kam es mir völlig absurd vor, dass ich vorgehabt hatte, noch an diesem Tag mit Leo in ein Auto zu steigen und für unbestimmte Zeit nach North Carolina zu fahren. Ich hatte keinem in der Kanzlei mitgeteilt, dass ich vorhatte, wegzufahren. Am Nachmittag hatte ich eine Konferenz. In der kommenden Woche hatte ich ein Meeting in Detroit. Leo und ich besaßen noch nicht einmal ein Auto. Wir würden uns eines leihen müssen, doch als mir das in der Nacht zuvor eingefallen war, war ich schon zu betrunken gewesen, um mich darum zu kümmern. Ich fand außerdem die Vorstellung, DeAnne erst in zwei Wochen zu sehen statt in zwei Tagen, gar nicht so unangenehm.

Wenn ich ehrlich war, erkannte ich Leos restliche Bitten als das, was sie waren. Leo hatte mir ein Angebot gemacht, das an Bedingungen geknüpft war. Wurden die Bedingungen nicht eingehalten, war das Angebot hinfällig.

Als ich an jenem Morgen in die Kanzlei kam, rief ich zuerst Kelly an und berichtete ihr, dass ich erst in zwei Wochen nach Boiling Springs kommen könnte. Meine und Leos Arbeitszeiten wären so ein verwickeltes Durcheinander. Ich erzählte ihr nichts von Leos Heiratsantrag oder wie immer man das nennen sollte. Sie hätte mir bloß die Frage gestellt, die wir, seit wir kleine Mädchen gewesen waren und auf den Tag warteten, an dem wir sie mit einem uneingeschränkten Ja beantworten konnten, verinnerlicht hatten.

Bist du verliebt, Linda?

Nein.

Wirst du ihn heiraten?

Ja.

Warum?

Weil die beiden Fragen nicht ein und dasselbe sind.

Sind sie doch.

Woher willst *du* das denn wissen, Kelly?

Am Rande eines solchen Abgrunds könnte eine Freundschaft ihr vorzeitiges Ende finden.

Dann rief ich DeAnne an, ich bekam keineswegs die Rüge zu hören, die ich erwartet hatte, und auch nicht das Wort, von dem ich geglaubt hatte, dass sie es mir an den Kopf werfen würde. «Egoistisch» war aus ihrem Vokabular verschwunden. Ihre Stimme hallte in der Leitung, als würde sie in einem leeren Zimmer sitzen, als wäre sie das leere Zimmer selbst. DeAnne sagte, sie werde warten, bis ich zu Hause sei, bevor sie irgendetwas tun oder entscheiden würde. Baby Harper hätte es so gewollt, meinte sie.

Am 16. Februar 1998 um ein Uhr zwölf morgens stürzte die Maschine der American Airlines, Flugnummer 1520, die auf dem Weg von Bogotás Flughafen El Dorado zum Douglas International Airport in Charlotte war, wenige Minuten nachdem sie die Stadt Santa Marta am Karibischen Meer überflogen hatte, ab. Den Bewohnern von Santa Marta zufolge, von denen einige behaupteten, diesen Augenblick in ihren Träumen gesehen zu haben, verwandelten sich Harper Evan Burch, Cecil Tobias Brandon und 262 weitere Passagiere in Vögel. Dann stürzte der Schwarm, der so groß war, dass er den Mond verdeckte, kopfüber ins Meer. Die Einwohner berichteten auch, in ihrem Schlaf ein Lied gehört zu haben, das sie später als Patsy Clines *You belong to me* identifizieren würden.

Fly the ocean in a silver plane,
See the jungle when it's wet with rain,
Just remember till you're home again,
You belong to me.

In seinem Letzten Willen vermachte Cecil seinen Besitz, mit einer kleinen Ausnahme, seinem «Lebensgefährten» Harper Evan Burch und, falls dieser vor ihm sterben sollte, seinem Neffen Clay Tobias Mitchell aus Fayetteville, North Carolina. Clay, ein siebenunddreißigjähriger Mathematiklehrer an der Middle School, kündigte sofort und zog mit seinem Lebensgefährten Gregory Puckett Ames nach Shelby, wo die beiden Männer sich darum kümmerten, dass die «Heimstatt zur Ewigen Ruhe» sich weiter all der Bedürfnisse der teuren Verstorbenen im County annahm. Die Menschen im Großraum Boiling Springs-Shelby waren froh darüber, dass es wieder einen Mr T gab, an den sie sich in Zeiten der Trauer wenden konnten. Sie hießen Clay und Gregory mit einer Überfülle an Kuchen und Aufläufen willkommen und überließen ihnen dann ihre Toten zur Vorbereitung für das Begräbnis. Deutlicher konnte man Vertrauen nicht auf den Nächsten übertragen. Die Menschen fanden außerdem Trost darin, sich gegenseitig zu versichern, dass man schließlich das Jahr 1998 schrieb. Sie meinten damit, dass sich das Leben um sie herum verändert habe. In Shelby gab es jetzt ein chinesisches «Bistro» und ein Thai-Restaurant, und in Boiling Springs gab es kein Gardner Webb Baptist College mehr, sondern neuerdings die Gardner Webb University, voll ausgestattet mit Studenten aus anderen Bundesstaaten und sogar aus dem Ausland, vor allem aus kleinen Dritte-Welt-Ländern, in denen die Mission der Südstaatenbaptisten besonders aktiv war. Auch in anderer Hinsicht war Cleveland County geradezu kosmopolitisch geworden. Das County war nicht länger trocken. Man konnte nun Bier und Spirituosen kaufen, ohne die nächste Staatsgrenze überqueren zu müssen. Ich hatte Baby Harper immer fragen wollen, ob das nicht der eigentliche Grund dafür gewesen war, warum Iris immer nach Spartanburg, South Carolina, gefahren war, und ob in ihrem Glas Dr. Pepper nicht ein kräftiger Schluck von etwas Stärkerem steckte.

Cecil wies in seinem Letzten Willen an, dass er verbrannt und die Asche in einer silbernen Urne verwahrt werden solle, die man auf dem Kaminsims im Schlafzimmer des griechischen Hauses finden würde. Außerdem schrieb er, dass es unter gar keinen Umständen eine Beerdigung oder sonst eine Trauerfeier geben dürfe. Er habe schon genug davon mitgemacht, konnte ich meinen Großonkel beinahe sagen hören. Cecil hatte schon vor einiger Zeit etwas Geld – eine Summe, die die meisten für den Sarg, die Blumen, das Grab und den jährlichen Unterhalt desselben ausgaben – auf einem hochverzinslichen Konto angelegt, und er führte aus, dass bei seinem Tod die Zinsen dazu verwendet werden sollten, ein Jahresstipendium «an eine junge Person gleich welchen Geschlechtes aus dem Cleveland County zu vergeben, die die Bestattungsbräuche anderer Länder studieren möchte. Zu Reisen wird ausdrücklich ermuntert.» Zum Zeitpunkt seines Todes lagen 1,2 Millionen Dollar auf dem Konto.

Im Brief Nr. 1297 schrieb Kelly, dass Clay und Gregory, als sie ins griechische Haus kamen, um die Silberurne abzuholen, gemeinsam einen Tequila zum Andenken an Cecil und meinen Großonkel getrunken hätten. Sie seien sich nicht sicher gewesen, welchen Schnaps die Kolumbianer tranken, doch Tequila schien zu jenem Teil der Welt zu passen, schrieb sie. Als ich das las, dachte ich, wie sehr sich meine beste Freundin verändert hatte. Die frühere Kelly hätte gewusst, dass man in Kolumbien Aguardiente trank, einen auf Rohrzucker basierenden Anisschnaps, denn damals wusste sie alles, was es an wirklich Wichtigem auf der Welt zu wissen gab. Jetzt, da wir auf die dreißig zugingen, war Kelly stellvertretende Finanzberaterin an der Gardner Webb University und verteilte Stipendiengelder der Südstaatenbaptisten an die kleineren, ärmeren und brauneren Länder der Erde, über die sie nichts wusste.

Mein Großonkel Harper hinterließ kein Testament. DeAnne war seine nächste Blutsverwandte. Sie erbte seinen gesamten Besitz, auch das Haus. DeAnne bat Kelly, im Haus zu bleiben, bis wir entschieden hatten, was wir damit und mit allem anderen machen würden, den Trauerstickereien, den alten Möbeln, den hundert Fotoalben, den Regalen voller Bücher, die nicht nach Titeln, sondern nach den Gedanken und Gefühlen sortiert waren, die ihre Seiten auslösten, den Silbersachen, die mein Großonkel Cecil zu ihren Jahrestagen geschenkt hatte, und dem Schlafzimmer, welches das überquellende Herzstück des Hauses bildete. Kelly zufolge waren selbst Clay und Gregory überrascht über dieses Dekor. Sie schrieb, sie hätten zu dritt noch ein paar Tequila mehr getrunken und dann beschlossen, dass, wenn Scarlett O'Hara und Carmen Miranda ein lesbisches Liebespaar gewesen wären und sie ein Kind bekommen hätten – mithilfe künstlicher Insemination – und dieses Kind dann Innenarchitekt geworden wäre, es wohl auf eine solche Mischung aus tropischen Farben, schwerem Samt und Strohhutmotiven gekommen wäre, wie sie sie in Baby Harpers und Cecils Schlafzimmer vorfanden.

«Anders gesagt, Du glaubst, Baby Harper war der Innenarchitekt?», schrieb ich zurück. «P. S.: War irgendetwas in Päonienrot gestrichen?» Ich nahm ihr das Versprechen ab, nichts anzurühren, bis ich Gelegenheit hatte, das Zimmer mit eigenen Augen zu sehen. Ich machte mir eigentlich mehr Sorgen darüber, was DeAnne wohl mit dem Zimmer anstellen würde.

KAPITEL 17

Schieß mir ins Herz. Verändere und verwandle mich. Schenk mir die Gnade, mich bis zu meinem letzten Atemzug geliebt zu fühlen. Ich betete zu dir, Virginia Dare, weil auch du ein Waisenkind warst. Jesus hatte Mutter und Vater und dann noch einen Vater. Jesus hatte Glück. Er und du, ihr seid eines gewaltsamen Todes gestorben, seid auferstanden und lebt nun in Geschichten weiter. Ich fand deine Geschichte, dieses unerklärliche Im-Stich-gelassen-Werden und die fraglos hingenommene Adoption, anrührender. Er lebte bis zu seinem dreiunddreißigsten Lebensjahr. Wie alt warst du, Virginia, als die Pfeile dein wichtigstes inneres Organ durchbohrten? Der Legende nach bist du auf dem Waldboden liegen geblieben, bedecktest Blätter und Insekten mit deinem noch warmen Leib. Da waren die Minuten unmittelbar vor dem Tod, die niemand beachtet, von denen keiner erzählt hat, als du gerade eben erst gefallen warst, halb Tier, halb Mensch. Deine Ohren, noch immer die einer Hirschkuh, hörten die Schritte zweier Männer, die aus entgegengesetzten Richtungen auf dich zuliefen. Angst durchströmte deinen Körper, bevor sie durch deine geöffneten Lippen, jetzt die einer Frau, kaum hörbar als «O!» entfleuchte. Deine Arme, deine Alabasterhaut, endeten nicht in Händen, sondern in Hufen. Du nahmst sie her, so klobig sie auch waren, um die beiden Pfeile zu berühren, die aus deiner Brust wuchsen wie die Gliedmaßen eines nicht voll ausgebildeten Zwillings. Schmerz, ein plötzlicher Niederschlag, durchfuhr jeden Zentimeter deines Körpers, der sich mit jedem qualvollen Atemzug veränderte. Du glaubtest allerdings, dass dieser Schmerz nichts mit deinem Körper zu tun hätte. Du glaubtest, dass er bloß mit deinem

Verlangen und deiner Einsamkeit zu tun hätte. Die Schritte des einen kamen näher. Die des anderen waren nicht mehr zu hören, hatten sich in Alter und Reben verfangen. Du blicktest nach unten, untersuchtest den Zustand deines Körpers und dachtest, O! solle dich nicht so sehen. So auf halbem Wege, so unvollständig. In deinen letzten Augenblicken, bevor du das Bewusstsein verlorst, sahst du die Gesichter eines jungen Mannes und einer jungen Frau, die dir so sehr ähnelten, dass du schaudern musstest, als seien Geister aus deinem eigenen Körper aufgestiegen. Du hörtest, wie sie mit sanfter Stimme deinen Namen sagten. Du dachtest «Mutter» und «Vater», zwei Wörter in einer Sprache, die du kanntest, aber nie laut ausgesprochen hattest. Einer der beiden befahl dir zu «bleiben», dann verschwanden die Frau und der Mann. An ihrer Stelle tauchte das Gesicht von O! auf, der sich neben dir auf den Boden kniete und vor lauter Schmerz und Kummer begann, seinen Körper hin und her zu wiegen. Du wusstest, dass sein Körper dies noch viele weitere Tage lang tun würde. Die Schmerzen wurden stärker, und wieder gabst du ein leises O! von dir. Er dachte, du hättest seinen Namen gesagt. In gewisser Hinsicht stimmte das auch. Du machtest die Augen zu, es waren nun beide die einer Frau, wie auch dein ganzer Körper jetzt. Deine Erinnerungen waren jedoch ein Mischmasch aus tierischen und menschlichen. Du versankst in ein Erinnerungsbild aus deiner Tierzeit.

Du läufst durch den Wald. Du witterst Sonnenlicht, du schmeckst den Wind, du spürst das Summen der Bienen und das Echo der Vogelstimmen, du siehst Geißblatt und frisches Kiefernharz in der Luft, du hörst das salzig dicke Blut, das dir in den Mund steigt.

↔

Mein erster Eindruck war richtig gewesen. Die Fotoalben, die mein Großonkel mir geschickt hatte, waren eine Einladung. Dass Leo mir dabei über die Schulter sah, wenn ich sie mir anschaute, wollte ich nicht, deshalb hatte ich sie mit zur Arbeit genommen. Dort, allein in meinem Büro, lernte ich Harper Evan Burch kennen. Zwischen den Deckeln der vier unnummerierten Alben befand sich die unvollständige Wiedergabe eines anderen Lebens. Auf diesen Fotos war mein Großonkel schön. Auf den jüngsten Bildern blickt er direkt in die Kamera, als wisse er das selbst. Die Existenz dieser Alben machte meine lang gehegte Vorstellung zunichte, dass Baby Harper nicht fotografiert werden mochte, dass er, bis Cecil kam, immer allein war, wenn er nicht bei uns war, und dass er sich in seiner Haut nicht wohlfühlte. Wie sich nun herausstellte, hatte mein Großonkel sich nur in seiner Alltagskleidung unwohlgefühlt.

Als junger Mann – auf den ältesten dieser Fotos wirkt er etwa wie sechzehn, siebzehn Jahre alt – trug Baby Harper, der lockiges Haar und volle Lippen hatte, einen cremfarbenen Anzug, ein Hemd mit geknöpftem Kragen und eine gestreifte Fliege. Ich lächelte, als ich ihn in dieser vertrauten Kleidung sah, es tröstete mich, dass er sich diesen Stil schon so früh zugelegt hatte. Baby Harper saß mit übereinandergeschlagenen Beinen in einem Ohrensessel. An den Füßen trug er ein Paar schwarze, hochhackige Pumps, die ihm viel zu klein waren. Vorn im Schuh quoll sichtlich das Fleisch heraus, und seine nackten Fersen ragten über die schwarzen Fersen der Schuhe hinaus. Er hatte den Blick gesenkt, aber er saß ganz gerade. Der Fotograf hatte sowohl die Entschlossenheit eingefangen, die Baby Harpers Oberkörper ausstrahlte, als auch die gerade Haltung des Unterleibs, wobei ein spitzer Zeh auf die Kamera und der andere zur Zimmerdecke zeigte.

Baby Harper begann mit den Füßen, denn in Schuhe konnte man leicht hinein- und hinausschlüpfen, sie lagen offen in dem Kolonialhaus mit den grünen Fensterläden herum, in dem er damals mit Iris und Wendell wohnte, und er konnte sie mühelos unters Bett stoßen, wenn einer von ihnen, ohne anzuklopfen, in sein Zimmer kam. Wohl aus ähnlichen Gründen tauchten als Nächstes Hüte und

Handschuhe auf den Fotos auf. Baby Harper achtete stets darauf, dass er die Handschuhe in einer Hand hielt oder über dem Knie liegen hatte, da sonst wohl das Material ausgeleiert wäre und ihn verraten hätte.

Als die Kamera Baby Harper das erste Mal in einem Kleid ablichtete, hatte er noch nicht die Bedeutung eines BHs, besser gesagt eines gut gefüllten BHs erkannt. Das Kleid war wahrscheinlich eines von Iris, was bedeutete, dass der Reißverschluss im Rücken offen geblieben sein muss, weil sie damals die schmale Größe 32 trug. Die Vorderseite des Kleides, mit Abnähern versehen und mit üppigem Busen, saß gleichzeitig eng und eingefallen an Baby Harper. Seine Lippen, ein gerader Strich, verrieten seine Enttäuschung. Es gab noch zwei weitere Fotos von ihm in demselben Kleid. Beide waren unabsichtlich kunstvolle, fast abstrakt expressionistische Nahaufnahmen der Stelle, an der der Saum des Kleides seine nackten Beine freigab. Die dunkle Fläche des Stoffs vor der blassen Haut verriet eines ganz deutlich. Baby Harper hatte den wichtigen Schritt unternommen, sich die Beine zu rasieren. Mein Großonkel rasierte sie für den Rest seines Lebens, weshalb wir ihn wohl nie in kurzen Hosen gesehen hatten. Wahrscheinlich rasierte er sich auch die Unterarme, was bedeutete, dass seine Vorliebe für langärmlige Hemden wohl kein Zeichen von Züchtigkeit, sondern notwendig war.

Ich wünschte, ich wäre für ihn da gewesen. Ich wollte die Person hinter dem Apparat sein. Dreh den Kopf nach links, heb das Kinn, setz dich etwas aufrechter hin, Schultern entspannen, rück den rechten Träger gerade, tief einatmen und jetzt lächeln. Wer auch immer diese Worte zu Baby Harper gesagt hatte, ließ sich niemals selbst fotografieren, so als ob diese Person gewusst hätte, dass sie sich eines Tages für ein öffentliches Amt bewerben würde und auch gewinnen wollte. Natürlich fiel mir der kleine Willie ein. Wer immer der Fotograf auch gewesen war, er verschwand schließlich, und nur Baby Harper blieb in seinem Zimmer zurück. Schon im zweiten Album konnte ich in seiner rechten Hand den Auslöser sehen, dessen langes dünnes Kabel sich aus dem Bild schlängelte und von der Anwesenheit eines stummen und daher wenig hilfreichen Stativs kündete. Ich war trotzdem eifersüchtig.

Während ich die Seiten dieser Alben durchblätterte, verwandelte sich Baby Harper Schritt für Schritt in eine Frau, die sich ihre Garderobe immer seltener bei Iris auslieh, sondern häufiger aus Quellen schöpfte, die ihm, was Kleider- und Schuhgrößen betraf, weitaus stärker entgegenkam. Seine Lieferanten waren wahrscheinlich die namenlosen «Mädchen», eine endlos länger werdende Liste, die, unter den wachsamen Augen und, von der scharfen Zunge meiner Großmutter Iris gemaßregelt, für sie gekocht und saubergemacht hatten. Diese Köchinnen waren natürlich keine Mädchen, sondern schwarze Frauen um die vierzig oder fünfzig. Ihre Kleider wirkten eher matronenhaft, trotz der Bemühungen meines Großonkels, muntere Tücher und dekorative Broschen hinzuzufügen, und ihre Schuhe hatten eher praktische Absätze, die mehr zur Hausarbeit oder in die Kirche und weniger zu einer Dinnerparty passten. Ihre Perücken wurden allerdings immer kunstvoller. Hochsteckfrisuren, Lockenprachten, Betty-Boop-Fransen. Mein Großonkel, von Natur aus blond, war nun eine Schönheit mit rabenschwarzen Haaren.

Als er von Schwarz-weiß- zu Farbfilm wechselte, stand Baby Harpers Make-up viel stärker im Vordergrund. Sein Gebrauch von Lidschatten, monochromen Balken aus Farbe und Glitzer, erinnerte mich an die frühen Experimente von Kelly und mir mit Ocean Lite. Seine Lippen waren Gott sei Dank niemals Flamingo-Paradise, da er eher zu lebhaften Farben neigte, Maraschinokirschrot und Liebesapfel.

Wie ein Künstler hatte Baby Harper seine schöpferischen Hochphasen und Tiefpunkte. Es schien eine Lücke von vielen Jahren zu geben, während der er, nicht mehr am Selbstporträt interessiert, seinen Fotoapparat beiseitegelegt hatte. Als er das Selbstporträt schließlich wieder aufnahm, tat er es als eine Frau, die die transformative Kraft von Versandkatalogen entdeckt hatte. Seine farblich abgestimmten, sekretärinnenhaften Outfits wirkten wie den Seiten der J.C. Penney-Kataloge entsprungen, die DeAnne Mitte der Siebzigerjahre im blaugrauen Ranchhaus herumliegen hatte, die Seiten voller Pullover mit Kapuzenkragen, karierter Röcke in A-Silhouette und Schuhe mit Korksohlen und Keilabsatz. Baby Harper, der höchstwahrscheinlich um die fünfzig war, hatte zudem eine honigblonde Mähne mit lauter windzerzausten Löckchen. Er sah aus wie Farrah Fawcetts ältere Schwester. Endlich hatte er seinen Stil gefunden, saß entspannt auf der Kante seines grünen Samtdiwans, seine blauen Augen strahlten, den Kabelauslöser hielt er immer noch in der rechten Hand.

«Wenn man Glück hat, wird man nicht nur einmal, sondern viele Male geboren.» Das schrieb mein Großonkel auf die Vorderseite des letzten Albums. Es war seine Handschrift. Ich vermutete, dass dies seine eigene Ansicht war, obwohl ich ihn so etwas nie habe sagen hören. Ich beschloss, dass es sich um ein Gebet handelte, eines, das erhört worden war. Baby Harper liebte Cecil. Baby Harper reiste ins Ausland. Baby Harper hatte einen anderen Süden gefunden. Das letzte Album war diesen drei Themen gewidmet. Cecil und Baby Harper auf einer Parkbank, die in einem Garten voller Callas steht. Cecil und Baby Harper an einem Cafétisch auf einer von violetten und roten Bougainvilleen überwucherten Terrasse. Cecil und Baby Harper vor einem Sonnenuntergang, hinter ihnen dümpeln Fischerboote auf dem Wasser. Immer hielten sie Händchen. Sie lächelten in die Kamera, die sie ebenfalls bewunderte. Der Fotograf war ein Fremder, ein Mitreisender oder vielleicht sogar ein Einheimischer. Cecil trug die wohl für einen Bestattungsunternehmer passende Reise- und Ferienbekleidung: dunkler Anzug, graues Polohemd. Baby Harper sah aus wie ein Professor der Kunstgeschichte von einem kleinen College östlich des Mississippi. Mit sechzig war mein Großonkel von blonden Strähnen zu einem knapp schulterlangen rotbraunen Bob übergegangen. Seine Kleider – schwarz, taubengrau oder bienenwachsfarben – fielen locker, waren wie mit architektonischen Details verziert. Ausladende Manschetten, Vierblattknöpfe, Mäusezahnsäume. Er trug große Halsketten, die zugleich ein Bekenntnis ablegten, zumeist darüber, in welches südamerikanische Land er zuletzt gereist war. Silberperlen, Vögel und verschiedene Tiertotems aus Ton, in Blau und Gelb gebrannt, leuchtende, knallig rote Samenkörner.

Mein Großonkel schickte mir wunderschöne Postkarten von seinen Reisen. Aus Cartagena schickte er mir die Kathedrale San Pedro Claver. Aus Santiago den Mercado Central. Aus Montevideo den Palacio Taranco. Aus Rio de Janeiro den modernistischen Jesus mit seinen ausgebreiteten Armen. Ich fand es nicht ungewöhnlich, dass Baby Harper, der Familienfotograf, mir nicht ein einziges Mal ein Foto geschickt hatte, das er gemacht hatte, ob nun von ihm allein oder gemeinsam mit Cecil. Mein Großonkel hatte meine Erwartungen geschult, hatte für mich gestaltet, was normal war, hatte all die Fragen, die ich ihm nie gestellt hatte, mit plausiblen Annahmen und Selbstverständlichkeiten beantwortet. Noch wichtiger: Nachdem diese Erwartungen einmal geweckt waren, bemühte er sich darum, mich nie zu enttäuschen. Das war seine Definition von Liebe.

Baby Harper muss in seinem Herzen jedoch Zweifel gehegt haben. Er wollte, dass ich erst einmal mit diesen Fotos lebte, das hatte er geschrieben, so als könnte sein Körper mein Zuhause als Fremder betreten und als würden wir im Laufe der Zeit besser miteinander vertraut. Vielleicht meinte er damit auch nur die Fotos vom jungen Thomas in New York, aber mein Großonkel hätte wissen müssen, dass auch diese Gesichter und Körper mir vertraut waren.

Ich komme nach Hause. Das hätte ich zu meinem Großonkel sagen sollen. Stattdessen sagte ich es zu DeAnne. Das war bei einem Telefonat, das ich sechs Monate später führte, als sie oder ich erwartet hatten. Ich hatte ihr nichts von Leos Antrag erzählt, davon, dass ich ihn angenommen und dass er anschließend einen Rückzieher gemacht hatte. Ich hatte ihr nichts von meinem Krebs und meiner Operation erzählt. Ich hatte ihr nichts davon erzählt, dass man die Weichen meiner Laufbahn von Partnerschaft auf Rechtsanwältin in beratender Funktion verstellt hatte und ich auf der Müllkippe für kompetente, doch unterschätzte altgediente Seniorpartner gelandet war. «Wir halten das für die beste Lösung», hatten die Partner der Führungsebene gesagt. Eine Aussage, die vage ist und es doch auf den Punkt bringt. Auch die großzügigste Firmenpolitik für kranke Mitarbeiter hatte offenbar ihre Grenzen. Noch wahrscheinlicher war allerdings, dass sie das Wort «Krebs» nicht hören wollten, auch wenn darauf das Wort «überlebt» folgte. Anwälte hassen es, mit ihrer eigenen Sterblichkeit konfrontiert zu werden, weil sie wissen, dass die meisten von ihnen in die Hölle kommen. Ich war eine Risikoinvestition, müssen sie wohl gedacht haben. Ich hatte DeAnne auch nichts davon erzählt, dass ich die Kanzlei um einen weiteren Krankheitsurlaub gebeten hatte, diesmal aus psychischen Gründen, unbegrenzt und unbezahlt. Anders ausgedrückt, in den sechs Monaten nach dem Tod von Cecil und meinem Großonkel normalisierte sich die Lage zwischen DeAnne und mir wieder.

Ich ließ DeAnne Dinge, die sie wissen sollte, über eine Mittelsperson zukommen. Nun, da Baby Harper tot war, übernahm Kelly widerstrebend diese Rolle für uns. Kelly teilte DeAnne mit, dass mir ein Fall übertragen worden sei, der bis vor das Oberste Bundesgericht gehen solle, und dass die Arbeitsbelastung zwar immens und anhaltend sei, mir aber dabei helfen würde, mit dem Tod meines Großonkels fertigzuwerden. Kelly musste diese Geschichte wohl aus einer Folge von *Ally McBeal* haben. Eine lächerliche Lüge, aber eine, die DeAnne plausibel genug erschien, weil sie nicht wusste – ich hatte es ihr nie gesagt –, dass ich mich auf Markenrecht spezialisiert und in meiner fünfjährigen Praxis nicht ein einziges Mal das Innere eines Gerichtssaals gesehen hatte.

Kelly wusste natürlich alles. Wir hatten unsere Korrespondenz in vollem Umfang und, was mich betraf, aus schierer Notwendigkeit wieder aufgenommen. Ohne die stündlichen Zigaretten und die täglichen Drinks waren die Eingänge wieder zu einer ziemlichen Herausforderung für mich geworden. Ich wollte Kellys Stimme am Telefon hören, konnte sie aber nicht allzu lange ertragen. Meine Beziehung zum gesprochenen Wort hatte sich wieder verschlechtert. Ich kam mir vor wie in der Schule. Ich versteckte mich hinter Buchseiten. Ich schaute Fernsehen ohne Ton. Wenn ich mich nach einer menschlichen Stimme sehnte, dann hörte ich Songs. Ich schrieb lange Briefe an meine beste Freundin. Ihr schrieb ich, dass ich nach Hause kommen wolle. Dann schrieb ich ihr, dass ich Baby Harper und den jungen Thomas mitbringen würde. Ich plante unter anderem, sie alle mit DeAnne bekannt zu machen.

Ich hatte seit 1986, als Iris ihren zweiten Herzinfarkt hatte, keinen Greyhound-Bus mehr bestiegen. Diesmal hatte Kelly mir angeboten, nach New York City zu fliegen und mich nach Boiling Springs zurückzufahren. Ich hatte schon daran gedacht, wollte sie aber nicht so weit reisen lassen, nur um wieder umzudrehen und zurück in den Süden zu fahren. Ich dachte, ich könnte die Fahrzeit von sechzehn Stunden und fünfundvierzig Minuten dazu verwenden, meine Gedanken zu ordnen. Ich wollte vorbereitet sein. Ich dachte, ich könnte mich meiner Rückkehr nach Hause als Anwältin stellen. Mich der Sache so annehmen, wie ich ein Protokoll aufsetzte. Die paar Tatsachen ordnen, über die ich verfügte, meine Theorien formulieren, die notwendigen Fragen formulieren. Ich steckte einen Notizblock in meine Handtasche, damit ich meine Gedanken notieren konnte. Ich hatte in meinem Beruf gelernt, dass ein Notizblock auf juristische Laien einschüchternd wirkt. Seine Größe, besser gesagt sein ungewöhnliches Format, gehörte zur Einschüchterungstaktik. Auch die Farbe des Papiers hatte etwas von einem Talisman. Gelb wirkte bitter. Oder vielleicht ließ es auch ans Altern denken, an das langsame Vergehen der Zeit. Genau das wollte ich tun, die Zeit langsamer vergehen lassen. Busreisen waren dafür die beste Möglichkeit, die ich kannte. Die häufigen Ruhe- und Essenspausen, das Warten, bis sich all die Mitreisenden aus Toilettenkabinen, Fastfoodketten und von dem sirenenhaften Leuchten der Automaten wieder losgerissen hatten. All diese Unzulänglichkeiten des billigen Massentransports, des Reisens mit Menschen, die alle mehr Zeit als Geld hatten – genau das wollte ich.

Es roch immer noch wie früher, fand ich, als ich in den Bus stieg. Als ich es mir an meinem Platz bequem gemacht hatte und mich umschaute, wusste ich auch, warum. Zwischen meinen Reisen waren zwölf Jahre vergangen, aber die Fahrgäste waren dieselben. Die Teenager, die wie Ausreißer aussahen (selbst in der Augusthitze hatten sie viel zu viele Kleidungsstücke an, und keines davon war sauber), die gut gekleideten älteren schwarzen Ladys mit glänzenden Handtaschen auf dem Schoß, die weißen Männer mittleren Alters mit langen Haaren, Geheimratsecken und Schwangerschaftsbäuchen voller Bier. Die Demografie der Überlandbusreisen hatte sich nicht verändert, abgesehen von der Tatsache, dass es nun Männer aus Zentral- und Südamerika gab, Mitte zwanzig, dreißig oder vierzig, die gleichermaßen erschöpft aussahen, als wüssten sie, dass jeder Staat entlang der Wegstrecke für sie das gleiche Schicksal bereithielt: New York oder North Carolina, Äpfel oder Tabak, Gemüseanbau oder Schlachthöfe. Ihre Wanderung stellte eine besondere Form des Reisens dar. Das Besondere war, dass ihre Fahrten sie nirgendwohin brachten. Wo immer sie auch landeten, es war immer dasselbe (Einwanderung, das hieß Wanderung in dem Glauben, dass dem *nicht* so sei).

Ich wartete darauf, dass sich mein Körper an die Gegebenheiten anpasste. Schon bald durchzog der künstliche Fichtennadelduft aus der Bordtoilette den Rest des Busses und übertünchte schließlich den abgestandenen Schweißgeruch (Männer mit Geheimratsecken), nach Rosen duftende Handcreme (ältere Ladys mit Handtaschen) und den modrigen Zigaretten- und Haschgestank (Teenager). Irgendwo in dieser Mischung waberte auch der Zitronen- und Lederduft eines Aftershaves (Wanderarbeiter an ihren freien Tagen). Ich wusste, dass meine Nase nicht mehr lange in der Lage sein würde, all die Gerüche auseinanderzuhalten; die verschiedenen Düfte würden zu einem zusammenschmelzen, den meine Nase dann aufnehmen würde, um ihn die folgenden sechzehn Stunden nicht mehr zu bemerken, wie ein Auge, das sich an die Dunkelheit gewöhnt. Die letzten fünfundvierzig Minuten der Fahrt würden die schwierigste werden. Die Toilette würde dann von allen an Bord aufgesucht worden sein, mit Ausnahme der erfahrensten Busreisenden, die wussten, wie sie ihren Getränkekonsum mit den geplanten Stopps koordinieren konnten. Das Zappeln der Körper, die aus einem verkrampften, leichten Schlaf erwachen, führt dann dazu, dass ihre Gerüche wieder aufsteigen und den Mittelgang hinauf- und hinunterwandern wie besorgte Reisende.

Handcremes und Aftershaves werden wieder frisch aufgetragen. Irgendein Bursche hinten im Bus wird ein-, zweimal an einer Zigarette ziehen, die er sich nicht hat verkneifen können, obwohl das Grund genug ist, aus dem Bus geschmissen zu werden. Kein Busfahrer wird sich einen Dreck darum scheren, wird der Bursche denken, wenn es nur noch fünfundvierzig Minuten sind. Er wird recht behalten. Der Busfahrer will endlich am Ziel sein, mehr noch als die Fahrgäste. Er macht diese Fahrt dreimal die Woche. Von New York City nach Gastonia (die Boiling Springs am nächsten gelegene Haltestelle). Zwanzig Stunden und fünfzehn Minuten, wenn es einen Umsteigebahnhof gibt, was meistens der Fall ist. Ansonsten gab es noch den «Express», in dem ich gerade saß und der über vier Stunden schneller war, es aber meistens nicht schaffte, denn das oberste Gesetz bei Busreisen lautete: Busse kamen immer zu spät. Angesichts all dessen, wird der Fahrer denken, wer wird da noch Zeit haben, irgendeinen blöden Kerl aus dem Bus zu werfen? Fünfundvierzig Minuten vor Ankunft werden ihm alle Fahrgäste recht geben. Fünfundvierzig Minuten vor Ankunft werde ich mir ein weiteres Stück Kaugummi in den Mund stecken und den Wunsch unterdrücken, mich dem Burschen mit der Zigarette hinten im Bus anzuschließen.

Ich hatte anfangs vorgehabt, selbst nach Hause zu fahren, doch acht Jahre in New York City ohne Auto hatten mich unsicher werden lassen, was meine Fahrkünste betraf, vor allem bei einer solch weiten Strecke. Außerdem hatte mich Dr. Holloway, meine Frauenärztin, darauf hingewiesen, dass ich viel erschöpfter von der Operation sein würde, als ich denken würde. In Dr. Holloways Wartezimmer liefen gregorianische Gesänge und New-Age-Musik, die wie Walgesänge klang. Statt Pfefferminze oder Bonbons wurde einem am Empfangstresen aus einer großen Glasschüssel Müsli angeboten, das sich die Patientinnen in Papierbecher schaufelten, die man später recyceln konnte. Ich dachte deshalb, dass ihre Verwendung des Begriffs «erschöpft» weniger medizinisch gemeint war, sondern eher zur Selbsthilfe geeignet. Bei der Nachuntersuchung einen Monat später meinte Dr. Holloway, dass die Entfernung eines lebenswichtigen Organs, und die Eierstöcke, flüsterte sie vorgebeugt, waren natürlich *sehr lebenswichtig* – sie können Sie nicht hören, Frau Doktor, wollte ich sagen, sie sind schon weg –, ein Trauma zur Folge hatte, von dem sich der Körper zwar wieder erholen mochte, doch hinterher würde der Körper weiter um das trauern, was ihm genommen worden war.

«Wow, Deine Ärztin hört sich ja an, als ob sie high ist», schrieb Kelly im Brief Nr. 1301. Kelly und ich rissen Witze über Dr. Holloways Worte, aber ich wusste, dass wir beide sehr wohl über diese Vorstellung vom trauernden Körper nachdachten. Kelly dachte an die Abwesenheit. Ich dachte an die Leere. Wir waren beide gerade dreißig geworden, und wir hatten uns unser Leben wirklich nicht so vorgestellt. Ehrlich gesagt, hatten wir uns unser Leben ab dreißig gar nicht vorgestellt. Welches kleine Mädchen tut schon so etwas? Kelly dachte, am Ende der Highschool wäre sie die Ballkönigin oder zumindest eine der Hofdamen. Wenn sie ans College dachte, dann nur in lebenden Bildern von Verbindungspartys und UNC-Footballspielen und Jungs, die alle wie Wade aussahen (er blieb, wie Jesus, unser männlicher Archetyp). Ich dachte daran, Boiling Springs zu verlassen. Nach dem Tod meines Vaters dachte ich an New Haven und an New York City. Ich stellte mir diese Städte wie den Himmel vor. Ich würde dort all die Menschen wiedersehen, die ich liebte. Ich würde meinen Vater wiedersehen, der gar nicht gestorben, sondern wie Wades Ma davongerannt war, um die wahre Liebe zu finden. Ich würde meinen Großonkel Harper wiedersehen, weil ich ihm ein Erste-Klasse-Flugticket geschickt hatte, und wir würden zusammenwohnen. Ich würde Kelly wiedersehen, weil sie ihr Schwangerschaftsgewicht nie verloren und ihre wunderschöne, ausgewachsene Intelligenz wiedergefunden hätte. Schließlich würde ich Wade wiedersehen. Diesmal aber würde ich den Orangeneisjungen als Erste erkennen, weil ich diejenige wäre, die sich völlig verändert hatte. Jeden Tag dachte ich an Wade. Das ganze College und das Jurastudium über dachte ich an ihn. Selbst nachdem ich schon Leo kennengelernt hatte, dachte ich an ihn. Jetzt dachte ich nur noch an Wade, wenn ich den Bus quer durch die Stadt nahm oder mit dem Greyhound nach Hause fuhr.

Auf der anderen Seite der getönten Glasscheibe tauchte ein grünes Schild mit der Aufschrift «Gastonia» in weißen Lettern auf. Das Wort waberte in der Morgenhitze. Ich konnte mich nicht daran erinnern, ob Boiling Springs sein eigenes Ausfahrtsschild am Highway hatte, aber das musste es ja wohl. Mir kam es so vor, als habe uns die Welt stets umfahren, aber ich wusste, dass das in Wirklichkeit nicht stimmte. Jerry Lee Lewis und Fats Domino waren nach Boiling Springs gekommen. Die Gebrüder Wright und Virginia Dare waren nach Boiling Springs gekommen. Dill und Boo Radley waren nach Boiling Springs gekommen. Südamerikanische Magnolien und J.C.-Penney-Kataloge waren nach Boiling Springs gekommen. Neue Autos aus Detroit und Plastikhaarspangen aus Taiwan waren nach Boiling Springs gekommen. Flamingo Paradise und Ocean Lite waren nach Boiling Springs gekommen. Tiefkühlpizza und All-you-can-eat-Salatbüfetts waren nach Boiling Springs gekommen. Aufhebung der Rassentrennung und Sackgassenjobs waren nach Boiling Springs gekommen. Schwule, Juden, Schlitzaugen, Reisfresser und Japsen waren nach Boiling Springs gekommen. Im Großen und Ganzen war Boiling Springs wie jede andere amerikanische Stadt, nur kleiner und langweiliger und mit weniger Verbrechen.

Im Bus gab es einen kollektiven Seufzer. Jeder Fahrgast hatte eine andere Art, zu seufzen: krank vor Liebe, kriegsversehrt, lebensmüde, erleichtert, reuevoll, bedrückt, mutlos, gestählt, vertröstet, ausgebremst. Alle Seufzer durchsetzten die abgestandene Luft, veränderten kurzfristig deren chemische Zusammensetzung, sodass die Gerüche wieder für all die Körper erkennbar wurden, die sich, wie meiner, an sie angepasst und gewöhnt hatten. Wir mochten als Gruppe wohl nie ankommen, aber wir würden dort eintreffen. Das Schild auf dem Highway rückte diesen Augenblick in den Bereich des Möglichen, dachte ich.

Ich blickte auf den Notizblock auf meinem Schoß. Darauf standen nur zwei Fragen. Ich las sie noch einmal. Ich fragte mich, ob dies alles war, was ich von DeAnne wissen wollte. Ja, antwortete ich, das war alles, was ich wissen wollte.

KAPITEL 18

Am 25. Mai 1910 flog Bischof Milton Wright. «Höher, Orville, höher!», befahl er seinem jüngsten Sohn so aufgeregt, dass der Bischof wieder zu einem Achtjährigen wurde und nicht der zweiundachtzigjährige Mann zu sein schien, der er eigentlich war. Orville hatte sie bereits hundert Meter hoch in die Luft befördert. Gemeinsam flogen Vater und Sohn sieben Minuten lang. Unter ihnen stand Wilbur, der älteste Sohn des Bischofs, am Rand der Huffman Prairie, umgeben von grasenden Kühen, die für diesen Anlass auf eine Seite des Weidelandes getrieben worden waren. ‹In Ohio gibt es zu viele Kühe›, dachte Wilbur. Vielleicht war das der Grund, warum Orville und er ihre Flugmaschine erfinden *mussten*. Das war ihr Gegenmittel gegen ein Leben unter all diesen grasenden, milch- und steakschweren Viechern. In Ohio fühlte sich Wilbur immer so. Vor allem Dayton machte ihn mürrisch. Kitty Hawk, North Carolina, hatte ihn unsterblich gemacht. Le Mans, Frankreich, hatte ihn beliebt gemacht. Warum muss ein Mann nur derart weit von zu Hause fort, um so etwas zu fühlen, wollte Wilbur wissen. Die Kühe konnten ihm keinerlei Einsichten dazu bieten

«Gott hätte ihn hören können, so laut hat er geschrien», sagte Orville später zu Wilbur. Orville war immer noch ganz außer Atem. Ihr Vater war bereits auf dem Heimweg zu seinem wohlverdienten Schläfchen. Wilbur nickte, weil ihm nichts einfiel, was er hätte laut sagen können. ‹Wir haben nicht mal eine Münze geworfen›, dachte Wilbur. ‹Ich bin der Älteste. Warum hat er nicht *mir* vertraut?›, wollte Wilbur wissen. Orville stand da und grinste, das Sonnenlicht schien ihm durch das dunkle Haar. Auch dafür hasste Wilbur seinen jüngeren Bruder. Wilburs eigene Haare waren zu diesem Zeitpunkt nur noch eine Erinnerung. Die Spitzen von Orvilles Schnurrbart waren immer noch makellos gewachst, bemerkte Wilbur. ‹Gut aussehender Mistkerl›, dachte Wilbur und bekam dann Schuldgefühle. Wilbur klopfte seinem kleinen Bruder auf den Rücken, und gemeinsam entfernten sie sich von ihrer Flugmaschine.

Wilbur war der erste der Gebrüder Wright, der starb. Er war fünfundvierzig Jahre alt, und der Tod ereilte ihn in Form von Fleckfieber. Er war nach Boston gereist und hatte das Fieber mit zurück nach Dayton gebracht. Boston, Massachusetts, hatte ihn sterblich gemacht. Er litt an allen bekannten Symptomen: chronischer Erschöpfung, Muskelschmerzen und Durchfall. Als Wilbur auf seinem Sterbebett lag, konnte er jede Faser seines Körpers spüren, so als wäre er mit einer Badebürste wund gescheuert worden. Die paar Haare, die er noch auf dem Kopf hatte, konnte er ebenfalls einzeln spüren, so als hätte sie jemand gerade Stück für Stück mit Nadel und Faden in seine Kopfhaut genäht. Dieses eine Mal war er froh, kahlköpfig zu sein. Er hoffte inständig, dass Orville solche Schmerzen erspart blieben.

Edith war bei ihm, und die Sarthe lag tief unter ihm, wie das ganze Städtchen Le Mans und ganz Frankreich, so kam es ihm jedenfalls vor. Edith lächelte ihn an und krallte sich noch fester als zuvor an seinem rechten Oberschenkel fest. Ihr Gatte würde nie etwas davon erfahren, dachte sie. Er war in Le Mans und sah herauf zu ihnen. «Ich mache dich berühmt», hörte sich Wilbur zu Edith sagen. Er wusste, dass das keine wilde Übertreibung war. Er war nicht überheblich. Er hielt eine Tatsache fest. Edith Berg würde, wie er behauptet hatte, als die erste Amerikanerin in die Geschichtsbücher eingehen, die als Passagierin auf einer Flugmaschine mitgeflogen war. Edith hob ihren Blick vom Boden und sah erneut in Wilburs überraschend blaue Augen. Sie dachte an eine andere Art von Flug mit ihm. Seine Stimme klang so stark, so zuversichtlich, so überzeugt. Da wusste Wilbur, dass er halluzinierte. Das Fieber trug ihn hinweg.

♥

Mit vierzehn hatte ich herausgefunden, dass ich weder Chink noch Japse war. In meinem Geschichtsbuch in der neunten Klasse las ich folgenden Satz: «Nguyen Van Thieu war vom 3. September 1967 bis zum 21. April 1975 Präsident Südvietnams.» Einen kurzen Augenblick lang dachte ich, der Name des Präsidenten sei ein Tippfehler, ein fehlender Vokal vielleicht oder ein zusätzlicher Konsonant in einem holländischen Namen. Dann erkannte ich daran den «unaussprechlichen Teil» meines Namens (wie Kelly ihn genannt hatte). Ich hatte «Nguyen» noch nie zuvor in einem Buch gedruckt gesehen. Mein vollständiger Name stand in der makellos flüssigen Handschrift meiner Lehrerinnen von der zweiten bis zur achten Klasse sorgfältig geschrieben oben auf meinen Zeugnissen, also hatte ich eigentlich schon von Anfang an gewusst, dass «Linh-Dao Nguyen» genauso ein Teil von mir war wie «Hammerick».

In den folgenden vier Absätzen über Vietnam in meinem Geschichtsbuch erfuhr ich, dass der Krieg 1968, in meinem Geburtsjahr, noch in vollem Gang gewesen und 1975, dem Jahr meiner zweiten Geburt im blaugrauen Ranchhaus, zu Ende gegangen war. Ich legte diese Tatsachen zu den Akten. Sie waren mit meiner Person verbunden, ich aber nicht mit ihnen. Dieses Muster sollte sich jedes Mal wiederholen, wenn ich mehr über Vietnam erfuhr. Ho Chi Minh, Hanoi, die Tet-Offensive, der Fall von Saigon. Alles zu den Akten. Alles, was ich über Vietnam erfuhr, hatte mit Krieg und Tod und Sterben zu tun. Damals hatte ich keinen Körper, was bedeutet, dass ich gleichgültig war und mit diesen Informationen nichts anfangen konnte. Wenn ich mein Großonkel Harper gewesen wäre, hätte ich die Akte «Nicht zutreffend» nennen können.

Was ich wirklich über mich erfahren wollte, konnte ich in keinem Buch lesen, weder in der Highschool noch am College oder im Jurastudium. Ich sah es im Fernsehen. 1995, vor drei Jahren, habe ich mich oder vielmehr meinen Doppelgänger gesehen. Es handelte sich um einen Briten Ende dreißig mit schütterem blonden Haar. Ich hatte gerade den Fernseher angestellt und wollte eben den Ton abdrehen, doch dann tat ich es wegen der Sprechweise dieses Mannes nicht. Er hatte mit seinen Worten zu kämpfen. Einige kamen zu schnell herausgepurzelt, und er versuchte, sie aufzuhalten. Andere folgten nur zögerlich, und er musste sie regelrecht ausspucken. Ich hörte ihm zu und stellte fest, dass seine Sprechweise überhaupt keine geordnete war. Das einzig Rhythmische an ihm kam von seinen Augen. Er blinzelte fortwährend, während er stockte, stecken blieb, anstieß und seine Wörter abspulte. Ich zündete mir eine Zigarette an, inhalierte und machte den Ton lauter.

«*Mr Roland, würden Sie sagen, dass Ihre Synästhesie Ihren Alltag beeinträchtigt?*», fragte die Reporterin mit fernsehsanfter Stimme.

«*Würden Sie sagen, dass Ihr Geruchssinn oder Ihr Augenlicht Ihren Alltag beeinträchtigen?*», fragte Mr Roland statt einer Antwort zurück.

Die Kamera machte einen Schwenk zu ihrem Gesicht, während sie versuchte, das zu verarbeiten, was Mr Roland gerade gesagt hatte. In der Hoffnung, noch zum Punkt zu kommen, fragte die Interviewerin: «*Können Sie mir den Geschmack beschreiben, den Sie im Mund hatten, als Sie diese Worte sagten?*»

«*Gewiss. Erbsenbrei, Dörräpfel, Weingummi, dünner Tee, ungesalzene Butter, Walkers Chips …*», erwiderte Mr Roland.

In diesem Augenblick erlebte ich etwas, das keine außerkörperliche Erfahrung war, sondern im Gegenteil die, in der Haut eines anderen zu stecken. Alles außer diesem Mann und mir versank im Dunkeln. Er und ich befanden uns an den beiden Enden eines hell erleuchteten Tunnels. Wir waren Punkt A und Punkt B. Der Tunnel stellte die gerade Linie zwischen den beiden Punkten dar. Diese Art des Wiedererkennens war mir noch nie in einer solch reinen, unverwässerten Form zuteilgeworden. Eine Spiegelung. Eine Tatsache. Eine fest gespannte Schnur zwischen uns beiden. Doch vor allen Dingen war das alles nun kein Geheimnis mehr.

Ich erinnere mich nicht daran, wie ich aufgestanden bin, aber das muss ich wohl. Ich erinnere mich daran, dass ich vor dem Fernseher gekniet habe. Ich berührte Mr Rolands Gesicht auf dem Bildschirm, während seine Wörter sprangen, ausbrachen, aneinanderstießen, vorpreschten und sich entblößten. Im Verlauf des Interviews stellte er sich immer besser auf die Interviewerin ein, und seine Gesichtszuckungen und das zwanghafte Blinzeln nahmen ab. Er verdeckte das, was er nicht kontrollieren konnte, indem er tiefe Schlucke aus einem Glas Wasser nahm (vielleicht handelte es sich bei der klaren Flüssigkeit auch um Gin). Er neigte den Kopf und hüstelte in die linke Hand, was ihm ein, zwei Sekunden Ungestörtheit verschaffte. Schon bald wurde Mr Roland und mir klar, dass die Interviewerin von ihm eine Art Performance wünschte. Nach jeder Frage-und-Antwort-Sequenz bat sie ihn darum, die Geschmacksrichtungen ihrer und anschließend seiner Wörter zu nennen. Mr Roland spielte merkwürdigerweise mit, erheblich bereitwilliger, als ich dies an seiner Stelle getan hätte. Ich erkannte schnell, dass sein Reservoir an Geschmackseindrücken, anders gesagt: seine tatsächliche Ernährung, sehr britisch war und dass er sich für seine gastronomischen Bedürfnisse nicht sonderlich von zu Hause entfernte. «Pommes mit Curry» war die ungewöhnlichste Geschmacksrichtung, die dieser Klavierstimmer aus Manchester auflistete. Das Wort «Arbeitsplatz» würde diesen Geschmack auslösen, erzählte er der Reporterin. Ich sagte laut «Arbeitsplatz» und schmeckte Oliven aus der Dose, das heißt mehr Dose als Oliven. Ich war mehr als nur neidisch.

Das Interview, das wohl in Mr Rolands Küche stattfand, ging in einen MRI-Scan von Mr Rolands Gehirn über, gefolgt von einer

Reihe von Tafeln und Grafiken, die die Durchblutung in verschiedenen seiner Hirnregionen darstellten, wenn Mr Roland den «Zustand der Synästhesie» erlebte. Die Stimme aus dem Off, eine tiefe männliche Stimme, die eher selbstgefällig als wissenschaftlich klang, definierte Synästhesie als ein neurologisches Leiden, das zu einer unwillkürlichen Vermischung von Sinneseindrücken führe.

Wie armselig ausgedrückt, fand ich, eine Definition, der Mr Roland sicherlich ebenfalls widersprochen hätte. Sind Ihr Gehör oder Ihr Augenlicht denn unwillkürlich? Sie sind ganz automatisch und mit Glück stets präsent.

Mr Roland, was nicht sein richtiger Name war, um seine Privatsphäre zu schützen, so die Stimme aus dem Off, leide unter auditorisch-gustatorischer Synästhesie (Leiden? Mr Roland und ich sind jetzt beide tot umgefallen und drehen uns inzwischen in unseren jeweiligen Gräbern um. Wir haben unter Ihrer Beleidigung *gelitten*, Sir!). Die Stimme aus dem Off zählte noch weitere Formen der Synästhesie auf – eine Verbindung noch fantastischer als die andere, jede Verbindung ein Couplet (und manchmal sogar ein Haiku) auf den Einfallsreichtum des menschlichen Gehirns.

Die Stimme aus dem Off kündigte einen Bäcker aus Terre Haute, Indiana, an, der Farben sah, wenn er Musik hörte, wobei jede Note einen kräftigen Ton aus dem Farbenspektrum mit sich brachte. Es gab eine Flötistin aus Hamburg, Deutschland, die Geschmackseindrücke als Formen und Oberflächenstrukturen erlebte. Ihr Lieblingsgeschmack war darum weißer Spargel, dem eine hübsche sechseckige Form mit weichen Erhebungen auf der ganzen Oberfläche entsprach. Eine Schriftstellerin aus Tuscaloosa, Alabama, sah all ihre Wörter in Farben, weil jeder Buchstabe des Alphabets einen entsprechenden Farbton hatte. Der Stimme aus dem Off zufolge war der Name der Heimatstadt der Schriftstellerin mit seinen vielen Vokalen – es waren die Farben von Edelsteinen in Rot, Orange und Pink – ihr

Lieblingswort. Die Dame aus Tuscaloosa schrieb Gebrauchsanweisungen für einen Hersteller von Toastern, Mixern, Küchenmaschinen und anderen Haushaltsgeräten. Selbst die Stimme aus dem Off, so unsensibel sie auch sonst wirkte, fand diese Tatsache bemerkenswert.

Auf dem Bildschirm tauchte nun wieder die Interviewerin auf und ging diesmal auf die Eingangstür eines Vorstadthauses zu. In der Einfahrt zu einer Doppelgarage stand ein Minivan. Es hätte an irgendeinem beliebigen Ort in Amerika sein können. Die Kamera spähte der Interviewerin über die Schulter, als eine Frau Mitte vierzig die Tür öffnete und die Interviewerin hineinbat. Ich wusste, dass das wohl das Haus der Dame in Tuscaloosa sein musste. Die Inneneinrichtung – jeder sichtbare Gegenstand darin – war weiß. Dass plötzlich alle Farben verschwunden waren, war verwirrend. Ich dachte, mein Fernseher würde keinen Empfang mehr bekommen. Ich dachte, dass die Stimmen der Interviewerin und der Dame aus Tuscaloosa leiser geworden und plötzlich schwieriger zu verstehen seien, als würden die beiden mitten in einem Schneesturm stecken. Ich stellte den Ton lauter, um diesen Eindruck, dass sie nur noch gedämpft sprachen, auszugleichen. Die Wirkung war außerordentlich und allumfassend, weil sowohl die Dame als auch die Interviewerin von Kopf bis Fuß weiß gekleidet waren, die eine in ein weißes Strandkleid, die andere in einen weißen Hosenanzug. Die Reporterin hatte sich dem Wunsch der Dame aus Tuscaloosa entsprechend gekleidet, die viel Trost in der Zufluchtsstätte fand, die sie sich mit ihrem Zuhause geschaffen hatte und die sie deshalb sehr streng bewachte. Das geschriebene Wort, so sagte die Dame, sei visuelle Anregung genug. Natürlich waren ihr nicht alle Buchstaben angenehm – der Buchstabe «W» hatte die Farbe einer verrosteten Stoßstange, und das «O» war ein Ring grünen Schleims –, aber sie wurde immer von ihnen aufgewühlt, wie die Dame aus Tuscaloosa sich ausdrückte. So sehr, dass sie es nach einem langen Bürotag voller Schreib- und Korrekturarbeiten oft zu viel fand, die Farben ihrer Umgebung auch noch wahrnehmen zu müssen. Die Dame aus Tuscaloosa verglich das mit einem Metzger, der nach Hause kommt und dort Abend für Abend ein großes Steak, ein Schweinekotelett und ein Hähnchen auf seinem Teller vorfindet.

«*Der Metzger identifiziert sich mit dem, was er verkauft, aber an den meisten Abenden wäre ihm vielleicht Tofu lieber*», sagte die Dame aus Tuscaloosa und lächelte die Reporterin schüchtern an.

«*Ms Cordell, angesichts Ihrer chromatolexischen Synästhesie scheint die Tatsache, dass Sie Schriftstellerin sind, nur natürlich. Aber darf ich fragen, warum Sie gerade Gebrauchsanweisungen verfassen?*», fragte die Reporterin.

«*Sie wollen wissen, warum ich keine Dichterin geworden bin oder etwas Interessanteres mache?*», fauchte Ms Cordell zurück, als habe sie diesen Einwand gegen das von ihr gewählte Genre schon zu oft zu hören bekommen.

«*Na ja. Sie haben schon erwähnt, dass die Wörter Sie aufwühlen. Warum nutzen Sie das nicht für eine, nun, kreative Form des Schreibens?*»

Meine Geduld mit der Reporterin war allmählich erschöpft. ‹Weil die Beziehung der Dame aus Tuscaloosa zum geschriebenen Wort anders ist als deine›, wollte ich den Fernseher anschreien.

«*Weil meine Beziehung zum geschriebenen Wort anders ist*», erwiderte Ms Cordell. «*Mich berühren Buchstaben und Wörter so, wie Sie vielleicht von den Farben eines Sonnenuntergangs, einer Wiese voller Wildblumen oder dem Inneren eines Schlachthofs berührt werden.*»

Ms Cordell erklärte fast so zuvorkommend und geduldig wie Mr Roland, dass ein Buchstabe manchmal ein Wort beherrschte und die anderen Buchstaben drum herum zwang, sich zu ducken und zu verblassen. Das «a» in «Gebrauchsanweisung» zum Beispiel. Wegen seiner Lage in der Mitte des Wortes war sein neonpinkfarbenes Leuchten der Star der Show. Die Buchstaben in «Techniken» hingegen bildeten ein Ensemble. Das frische Grasgrün des «t» wich der Zitronenkuchenfüllung des «e», gefolgt von einem «c», das so glänzte wie das Schwarz eines Labradors.

Abrupt unterbrach Ms Cordell ihre Beschreibung des Gemeinschaftsgeistes von «Techniken». Sie muss den Blick in den Augen der Reporterin gesehen haben, den ich ebenfalls deutlich sehen konnte, weil die Kamera ihn aufgenommen hatte. Ich sah eine Mischung aus Faszination, Ungläubigkeit und Mitleid. Ich weiß, dass es das Mitleid war, das Ms Cordell verstummen ließ.

Vergiss die Reporterin. Oder besser: bemitleide sie. Sie hat doch bloß ihre fünf Sinne. Weiter, Ms Cordell, erzählen Sie mir, was das Wort «Techniken» alles bei Ihnen bewirkt. Ich schmecke dabei Käsekuchen, mit Graham-Cracker-Streuseln und allem Drum und Dran, das wollte ich ihr sagen. Stattdessen zündete ich mir eine Zigarette an und nahm einige lange Züge.

«Wörter sind für mich mehr als nur kleine Definitionen auf dem Papier. Wenn ich einen ‹schönen› Satz oder eine Gedichtzeile schreibe, dann ist die nur für mich schön», sagte Ms Cordell nach einer langen Pause, in der sie die Augen geschlossen hielt und ihren Kopf hin- und herwiegte.

Wieder steckte ich in diesem Lichttunnel, und Ms Cordell war Punkt C.

«Folgenden Satz schreibe ich in jede Gebrauchsanweisung: ‹Wenn Sie dieses Gerät benutzen, beachten Sie bitte stets die folgenden Sicherheitsregeln.› Dieser Satz wird mir nie langweilig, weil er schimmert wie goldenes Licht. Verstehen Sie, was ich meine?»

Die Reporterin verstand nicht, was Ms Cordell meinte. Ich auch nicht. Nicht ganz. Der Unterschied war nur, dass ich ihr glaubte. Die Reporterin nicht.

Während die Stimme der Dame von jenem ersten Mal berichtete, als sie ihrer Mutter von ihrer Welt erzählen wollte, tauchten Schwarz-Weiß-Fotos von Ms Cordell als kleinem Mädchen auf dem Bildschirm auf und verschwanden dann wieder. Sie war sechs Jahre alt, und ihre Mutter schlug ihr so hart ins Gesicht, dass sie nach hinten fiel und mit dem Kopf auf dem Linoleumboden aufschlug. Die Beule an ihrem Hinterkopf, die so empfindlich war, dass sie eine Woche lang auf dem Bauch schlafen musste, lehrte sie, ihre Farbeindrücke von da an für sich zu behalten.

Wenn Leo in diesem Augenblick in unser Wohnzimmer gekommen wäre, dann hätte er mich ertappt. Zu diesem Zeitpunkt war er gerade ins Brownstone gezogen, und wir erlebten die einzigen Flitterwochen, die wir jemals haben sollten. An den Vormittagen, an denen er bereits im Krankenhaus war, hinterließ er einen Zettel auf seinem Kopfkissen, damit ich, wenn ich aufwachte, ein «Guten Morgen» von ihm bekam. An meinen langen Tagen in der Kanzlei rief er an und hinterließ bei meiner Sekretärin Nachrichten für mich, in denen er mich bat, «meinen Arzt anzurufen und einen Termin zu vereinbaren». Jeden Tag brachte er kleine Topfpflanzen mit, um unsere Fensterbretter mit Grünzeug vollzustellen (ich untersagte ihm das, als ich erfuhr, dass sie an den Betten seiner verstorbenen Patienten gestanden hatten). Doch selbst auf diesem Höhepunkt seiner Liebe zu mir hätte mich Leo einliefern lassen.

Ich kniete vor dem Fernseher, und ich presste nicht nur die Hände, sondern auch das Gesicht gegen die Mattscheibe. Ich interessierte mich nicht mal dafür, die Bilder zu sehen, ich wollte mit ihnen eins werden. Ich wollte das sechsjährige Mädchen, das zu Ms Cordell heranwachsen würde, ebenfalls nicht ihr wahrer Name, um ihre Privatsphäre zu schützen, umarmen und ihr von Mr Roland und mir erzählen. Ich wusste, dass das Wissen von unserer Existenz diesem kleinen Mädchen in Tuscaloosa geholfen hätte, denn dem kleinen Mädchen in Boiling Springs hätte es geholfen. Ich hätte ihr geschrieben, dass «Tuscaloosa» nach glasierten Süßkartoffeln schmeckt, so, wie wir Südstaatler sie an Thanksgiving essen, garniert mit Marshmallows und zerstoßener Ananas. Ich hätte sie nach den Farben der Buchstaben «l», «i», «n», «d» und «a» gefragt. Sie hätte zurückgeschrieben, ihre Wörter in markenrechtlich geschützte Tinte getaucht, die unauslöschlich für sie, aber sichtbar nur für mich war.

Ich stand auf und trat vom Fernseher zurück, um mir meine nun schon dritte Zigarette anzuzünden. Die Eingänge machten sich wieder bemerkbar, und ich wollte so lange wie möglich Ms Cordells Welt erleben, nicht meine. Die Fotos aus ihrer Kindheit waren nun Amateurfilmen gewichen. Sie trug ein langes Kleid mit einem Ansteckbukett am Handgelenk, und neben ihr stand eine Frau, die angesichts der Ähnlichkeit wohl ihre Mutter gewesen sein musste. Beide hatten sie dieselbe kleine Stupsnase, die in ihrem ansonsten ernsten, knochigen Gesicht fehl am Platze wirkte. Die Stimme aus dem Off erklärte, dass Synästhesie erblich sei und sowohl von Vater- als auch von Mutterseite weitergegeben werden könne. Am häufigsten fand sich dieses Leiden, so der Sprecher, bei Frauen. Im Türschloss drehte sich ein Schlüssel. Leo war nach Hause gekommen. Ich schaltete den Fernseher aus und ging ins Bad, um die Zigarette auszumachen. Ich schämte mich für beides.

Als Leo einzog, hatte ich eingewilligt, nicht länger im Haus zu rauchen. Rauchen sei mein Tod, meinte er, und außerdem würde der Qualm in den Polstern des Knoll-Zweisitzers hängen bleiben, der mit ihm eingezogen war (er nannte ihn «den Knoll», wie in: «Bitte leg deine Füße nicht auf den Knoll!»).

Kaum hörte ich Leo an der Tür, wusste ich, dass ich nichts von Ms Cordell oder Mr Roland erzählen wollte. Ich wollte nicht, dass er ihnen die Diagnose stellte, dass sie unter Wahnvorstellungen oder Schizophrenie litten. Ich wollte auch nicht diesen faszinierten, ungläubigen und mitleidigen Blick in Leos Augen sehen. Ich wollte ihn weiter lieben.

Ich wusste sehr früh in unserer Beziehung, warum sich Leo in mich verliebt hatte. Seine Gründe waren so einfach und verheerend, dass ich sie augenblicklich wieder vergaß. Ich zwang mich dazu, nie wieder über sie nachzudenken. Das tat ich acht Jahre lang nicht. Aber als er mir mitteilte, dass er zusammen mit dem Knoll und all den anderen reinrassigen Möbelstücken, die er mitgebracht hatte, ausziehen würde, erlebte ich einen plötzlichen Erinnerungsschub. Er liebte mich, weil er gern den Klang seiner eigenen Stimme hörte. Oder wie er es am Ende unserer ersten Verabredung ausgedrückt hatte: Ich sei eine «wirklich*popcorn* gute*dosenananas* Zuhörerin*amerikanischerkäse*». Das war der einfache Grund. Das Verheerende war, dass ich eine seltene Spezies, vielleicht sogar ein Einzelstück war. Mein Südstaatenakzent, mein vietnamesisches Gesicht, mein Boiling Springs, mein Baby Harper, mein Yale, mein Columbia, meine Dolly Parton, meine uneingeschränkte Bewunderung für sein suboptimales Liebesspiel und sein begrenztes Verführungsvokabular, meine Liebe zur Juristerei, meine Majorettenzeit, meine Tanzbegeisterung, meine kindliche Nähe zu Jesus. Jemandem wie mir war Leo noch nie begegnet. Der Kenner in ihm hatte dem nur schwer widerstehen können. Doch Leo war auch Perfektionist, und letztlich war es dieser Wesenszug, der ihm riet, dass ich zu viele Fehler hatte, als dass er bei mir hätte bleiben können. Als Leo auszog, war das Einzige, was ich nicht bereute, meine instinktive Reaktion an jenem Tag und an allen folgenden Tagen, ihm *nicht* von meiner Synästhesie zu erzählen. Ich hatte es für mich behalten, und es hatte sich gut angefühlt.

Nachdem Leo an jenem Abend ins Bett gegangen war, schloss ich mich im Badezimmer ein und sagte laut «Synästhesie». Ich schmeckte Kapern, was mich darauf brachte, als Nächstes «Ding» zu sagen, das Wort, das mich Tomaten schmecken ließ, weil die beiden Geschmäcker sich ergänzten und weil ich so etwas eben konnte. Ich dachte an Mr Roland in Manchester. Ich wollte wissen, ob auch er dieses Spiel spielte, wenn niemand in der Nähe war. Ob er süß lieber mochte als sauer und welche Wörter in seinem Mund am bittersten waren. Vor allem fragte ich mich, ob er jemals daran gedacht hatte, einmal den Nordwesten Englands zu verlassen und vielleicht an die sonnenüberfluteten Küsten des Mittelmeers zu reisen und all die Geschmacksnuancen zu erkunden, die es dort gab. Das würde ihm guttun, dachte ich. Ich wünschte Ms Cordell Gute Nacht und stellte mir vor, dass ihr Lieblingsbuch das Wörterbuch sei. Ich dachte an die Flötistin aus Hamburg und fragte mich, ob in der Sendung später noch ein Interview mit ihr gekommen war oder ob sie sich als Einzige geweigert hatte, ihre Welt mit der nach jedem Strohhalm greifenden Reporterin und dem stets das Schlimmste befürchtenden Sprecher aus dem Off zu teilen. Ich dachte daran, wie die Flötistin «Berührung» definiert hatte und wie sehr diese Definition von meiner abwich. Ich schlief, auf dem Boden des Badezimmers sitzend und mit dem Rücken an die Wanne gelehnt, ein, während ich an den Bäcker aus Terre Haute dachte und daran, wie er seine Plattensammlung nach dem Farbspektrum sortiert hatte.

Ich wusste, dass ich eine Sendung auf PBS gesehen hatte, weil es keine Werbeblocks gegeben hatte. Außerdem hatte die Reporterin, die nicht sehr scharfsinnig gewesen war, kaum Make-up getragen und eine unordentliche Frisur gehabt. Am folgenden Morgen sah ich im Büro im Fernsehprogramm nach und entdeckte die Sendung. Ich stellte ein paar Nachforschungen an und fand eine Adresse, an die ich schrieb und um ein Manuskript und ein Band der Sendung bat. Ich hatte sie an die Kanzlei schicken lassen. Als sie eintrafen, las ich das Manuskript und stellte fest, dass ich das erste und das letzte Drittel der Sendung verpasst hatte. Sie begann mit den wissenschaftlichen Theorien zu den Ursachen der Synästhesie, von denen es zahlreiche gab und die ich übersprang. Ich interessierte mich nicht für die Theorien. Ich interessierte mich für die Wirkung. Ich wollte etwas über die Flötistin und den Bäcker erfahren. Ich wusste, dass Leo entsetzt gewesen wäre über meinen Mangel an wissenschaftlicher Neugier, aber bei all den Theorien, Scans, Tabellen und Grafiken kam ich mir vor wie eine Laborratte. Oder noch schlimmer: wie eine Person mit einer unheilbaren Krankheit.

Das Manuskript verriet mir auch, dass die Flötistin aus Hamburg – genannt Mrs Ostorp, ebenfalls nicht ihr wahrer Name, nachdem ihre beiden Töchter dessen Verwendung widersprochen hatten, da dies ihre Privatsphäre verletzen würde – verstorben war, bevor ein Interview mit ihr hatte stattfinden können. Mrs Ostorp hatte ein Tagebuch hinterlassen, das sie seit ihrem fünfzehnten Lebensjahr geführt hatte. Es waren in Wirklichkeit nicht tägliche Aufzeichnungen, sondern es handelte sich eher um eine Art Kompendium, dem sie einen weiteren Eintrag hinzufügte, wann immer sie auf einen neuen Geschmack stieß. Manche waren geradezu erstaunlich in ihrer Einfachheit. Eine reife Pflaume war ein Rad mit fünf Speichen, nicht glatt poliert, sondern abgewetzt. Manche Aufzeichnungen gingen über mehrere Seiten, der Eintrag zu Labskaus (einem Gemisch aus Corned Beef, Kartoffeln, Zwiebeln, Roter Bete, Salzheringen, mit einem Spiegelei dekoriert) war erstaunliche vierzehneinhalb Seiten lang. Das Manuskript hielt fest, dass Mrs Ostorp zwar eine der seltensten oder vielmehr eine der am wenigsten dokumentierten der vierundfünfzig verschiedenen Abarten von Synästhesie gehabt habe, ihr Fall aber trotzdem mit einem Fragezeichen versehen bleiben würde, weil sie einer Messung der Blutzirkulation im Gehirn nie zugestimmt habe, die die Veränderungen des Gehirnstoffwechsels während eines synästhetischen Schubs aufgezeichnet hätte. Anders gesagt, außer ihren eigenen Worten, auf die man sich nicht verlassen konnte, gab es keinen Beweis für Mrs Ostorps Welt. Unzureichend. Unzuverlässig. Strittig.

Kein Wunder, dass ihre Töchter nicht wollten, dass der richtige Name ihrer Mutter in der Sendung genannt wurde, dachte ich. Wer wollte denn schon eine Lügnerin, eine Fantastin, eine Irre zur Mutter haben? Das nächste Mal, wenn mir jemand erzählt, der Himmel sei blau, die Suppe versalzen, die Polsterung zu knubbelig oder die Musik zu laut, werde ich um eine Messung der Blutzirkulation im Hirn bitten, mit allen dazugehörigen Tabellen und Grafiken. Falls nicht, werde ich mit den Schultern zucken und sagen: «Beweisen Sie es.»

Der Bäcker aus Terre Haute dachte wohl ähnlich, weil er zwar einem Interview zugestimmt, aber Scans und Tests abgelehnt hatte. Dem Manuskript zufolge hatte er sich der Reporterin vorgestellt als «Cornelius Henry Harrison, aber meine Freunde nennen mich Corny».

Ich stellte mir vor, wie er dabei direkt in die Kamera schaute, denn ein Mann, der zugab, sein Spitzname sei Corny, also kitschig oder altbacken, hatte nichts zu verbergen, dachte ich.

«Mr Harrison», begann die Reporterin «‹Farben hören›, wie es auch manchmal genannt wird, ist jene Form von Chromästhesie, die Sie angeblich haben. Eine der am weitesten verbreiteten Formen von Synästhesie –»

«Tut mir leid, Sie enttäuschen zu müssen, aber so hat Gott mich geschaffen», unterbrach der Bäcker die Redakteurin.

«Ich bin ganz und gar nicht enttäuscht, Mr Harrison. Ich fühle mich geehrt, jemanden mit Ihrer besonderen Fähigkeit treffen zu dürfen. Olivier Messiaen, mein Lieblingskomponist, litt ebenfalls darunter. Wenn ich darf, möchte ich Ihnen gern ein Zitat von ihm vorlesen, um zu sehen – also, ich meinte natürlich nicht sehen –, um Ihre Reaktion darauf zu erfahren.»

Die Reporterin wurde allmählich immer unsicherer bei ihrer Wortwahl. Bei dem unkomplizierten Verb «sehen» stockte sie, das Wort wurde schwer, vielschichtig und lästig, enthielt lauter Bedeutungen, die sie gar nicht gemeint hatte, deren Existenz sie aber anerkennen musste.

«Keine Ahnung, wer das ist, aber schießen Sie los», erwiderte Corny.

«Messiaen war ein französischer Komponist, der für Musikstücke bekannt ist, die stark von seinem katholischen Glauben, der Mystik des Ostens und seiner Synästhesie geprägt sind. Er behauptete, er sehe, und ich zitiere, ‹musikalische Farben, nicht zu verwechseln mit den Farben der Malerei. Farben, die mit der Musik einhergehen. Wenn man versuchen wollte, diese Farben auf die Leinwand zu bringen, wäre das Ergebnis vermutlich fürchterlich. Dazu sind sie nicht geschaffen … Es klingt merkwürdig, was ich sage, aber es stimmt.›»

«Merkwürdig, aber wahr. Das trifft es ziemlich gut», sagte Corny.

Das restliche Interview folgte diesem Muster. Zwischen den beiden spielte sich eine Art verbales Sparring ab. Letztlich blieb die Reporterin erfolglos bei ihrem Versuch, Corny etwas anderes zu entlocken als eine beiläufige Antwort auf das, was sie seine «Gabe» nannte. Die Reporterin schloss mit der Frage, warum Corny denn Bäcker geworden sei.

«Na, das hat man mir in der Armee beigebracht», antwortete Corny.

‹Gott und die Armee haben ihn dazu gemacht›, dachte ich. ‹Fall abgeschlossen, Lady.›

«Aber Mr Harrison, haben Sie denn nie an eine Karriere in der Musik oder vielleicht als bildender Künstler gedacht?», setzte die Reporterin nach.

«Ich habe einen Highschoolabschluss. Jungs wie ich denken nicht an Karriere. Wir suchen uns einen Job», sagte Corny.

Sie stellen ihm die falschen Fragen. Fragen Sie nach dem Klang von Zucker, der in eine Edelstahlschüssel rieselt, nach dem summenden Motor eines Mixers oder nach seiner Faust, die Brotteig knetet. As, h-Moll oder cis? Oder hört er sich bei der Arbeit lieber die Musik an, die andere machen? Falls ja, dann fragen Sie ihn, welche Lieder und Farben ihn dazu brachten, die lockersten Kuchen, die weichsten Kekse und Brote mit der zartesten Kruste zu backen!

Die Karriereberatung der Reporterin, die von der Dame aus Tuscaloosa und von Corny ignoriert und mit einem Achselzucken abgetan worden war, wurde vom Ende der Sendung gerechtfertigt, das sich berühmten «Synästhetikern» widmete, alles Schriftsteller,

Komponisten oder Maler. Da war zum Beispiel Vladimir Nabokov, der, wie Ms Cordell, Buchstaben in den entsprechenden Farben sah. Nabokov, der viele Sprachen beherrschte und sich fließend auf Russisch, Englisch und Französisch ausdrücken konnte, muss seine vielfarbigen Buchstaben auch «gehört» haben, denn er unterschied zwischen dem langen englischen «a» und dem französischen «a». Das englische «a» habe «die Farbe von verwittertem Holz», das französische «a» war «poliertes Ebenholz». In dem Manuskript stand nichts über Nabokovs synästhetische Beziehung zu den Buchstaben des kyrillischen Alphabets. Nabokov schrieb auf Russisch und auch auf Englisch, somit in einer, wie man sagte, ihm «fremden» Sprache. Was aber, wenn das Englische Nabokov vertrauter war, sich mehr nach Zuhause anfühlte, aus Gründen, die seine Leser nie in Betracht gezogen haben?

Ich, die ich nur eine Sprache konnte, schmeckte ausländische Wörter nur, wenn sie für mich genauso wie ein englisches Wort klangen. «Beau» zum Beispiel, das französische Wort für schön, löste denselben Eingang aus wie das englische Wort «bow» (die dekorative Schleife aus Stoffbändern, nicht der Knicks vor einem König). Beide Wörte bescherten meinem Mund den Geschmack von MoonPies, eine der beliebteren Süßigkeiten aus meiner Kindheit, die man im Laden kaufen konnte.

Ich blätterte um und las von Nabokovs Erlenblatt-«f», dem unreifen Apfel des «p» und Pistazien-«t». Ich wollte sie sehen. Ich nahm mir vor, *Lolita* noch einmal zu lesen und dabei daran zu denken, dass jedes Mal, wenn Nabokov ihren Namen schrieb, dieser mit einem Klecks Pistaziengrün und einer sternenlosen Nacht ausklang.

Dann war da der Maler Wassily Kandinsky, der, wie Corny, Farben sah, wenn er Musik hörte. Doch anders als bei dem nüchternen Bäcker aus Terre Haute funktionierte das bei Kandinsky auch in der anderen Richtung. Wenn der Maler Farben sah, hörte er Töne und Klänge. Kandinsky, der ein begeisterter Cellospieler war, behauptete, dass das Cello das Musikinstrument sei, welches bei ihm die tiefsten Blautöne hervorbringe.

Da war Alexander Scriabin, noch ein Komponist, bei dem Corny keinerlei Bedenken gehabt hätte, nie von ihm gehört zu haben. Ich wiederum empfand eine starke Verlegenheit und ein Verlustgefühl, weil ich noch nie von Scriabin gehört hatte, als habe ich es versäumt, ein Mitglied meiner eigenen Familie kennenzulernen, einen Onkel, der auf der anderen Seite der Staatsgrenze lebte, einen Halbbruder, den ich hätte erkennen müssen, weil wir die gleichen Augen und die gleiche Nase haben. Dem Manuskript nach wurde Scriabins Stück *Prometheus: Le Poème du feu* gespielt, als der Abspann lief.

Ich habe das Manuskript der Sendung «Synästhesie: bunte Töne, süße Worte» immer und immer wieder gelesen. (Selbst PBS konnte den griffigen Slogans nicht widerstehen, die bei diesem Thema in der Luft lagen.) Es war mir lieber, das Manuskript zu lesen, als mir das Band von der Sendung immer wieder anzuschauen, denn beim Lesen konnte ich die Mimik der Reporterin und die ärgerliche Stimme aus dem Off ausblenden und mich stattdessen auf die besonderen intimen Welten konzentrieren, die von jedem dieser Synästhetiker heraufbeschworen wurden. Ich suchte im Manuskript nach einem alternativen Stammbaum. Ich schrieb den Produzenten der Sendung eine E-Mail und bat sie um die richtigen Namen und die Anschriften des Klavierstimmers aus Manchester, der Gebrauchsanweisungstexterin aus Tuscaloosa, des Bäckers aus Terre Haute und sogar der beiden Töchter der Flötistin aus Hamburg. Ich erklärte den Produzenten, dass ich selbst Synästhetikerin sei. Meine unterschwellige Botschaft lautete, dass Privatsphäre unter *uns* wohl kein Thema darstelle. Ich erhielt zur Antwort, dass die Produzenten meinen Namen und meine Adresse an die betreffenden Personen weiterleiten würden, und sie dankten mir dafür, dass ich die Sendung gesehen hatte, und fragten, ob ich wohl dem lokalen PBS-Sender eine Spende zukommen lassen könnte. Keine der Personen, die in der Sendung vorgestellt worden waren, meldete sich jemals bei mir. So viel zu diesem Tunnel aus Licht. Es hätte mich nicht sonderlich überraschen sollen, dass solch eine Anerkennung, wie so vieles andere im Leben, einseitig war. Ich redete mir ein, es sei ja schon was, überhaupt zu wissen, dass es diese Menschen gab. Enttäuscht war ich trotzdem.

Mehr Erfolg hatte ich damit, die berühmten toten Synästhetiker aus der Sendung zu finden. Ich habe das Manuskript als Straßenkarte für weitere Nachforschungen über ihre Lebensumstände verwendet. Ich las Nabokovs Memoiren, «Erinnerung, sprich», und reimte mir den Anfang von «Lolita» zusammen. Nabokov zufolge waren die beiden «l» «nudelschlaff»-weiß und das «o» ein «in Elfenbein gefasster Handspiegel». Das «i» beließ Nabokov, was untypisch für ihn war, als vage «Gelb»-Schattierung. Ich sah Kandinskys Gemälde mit solchen Namen wie *Wechselseitiger Akkord*, *Trauermarsch* und *Fuge* und suchte in ihnen nach den traurigen Tönen des Cellos. In der «Fuge» fanden sie sich in der oberen rechten Ecke der Leinwand, zwei Kleckse dunkelsten Blaus, vielleicht von genau dem Ton, der, wie Kandinsky schrieb, «den Menschen in die Ewigkeit ruft». Ich hörte Aufführungen von Messiaens *Quartett für das Ende der Zeit*, ein Kammerstück für Klarinette, Cello, Violine und Klavier. Obwohl der Komponist genauer ausführte, dass der zweite Satz des Quartetts «blau-orangefarbene Töne» habe, gefolgt von «Blau und Malvenfarben, Gold, Grün und Rotviolett, mit einem allumfassenden Ton von stählernem Grau», blieben diese Farben für mich unsichtbar. Aber was ich hörte, gab mir das Gefühl, als steckte in meinem Herzen noch ein zweites, eine Welt in einer zweiten Welt. Schließlich las ich von Scriabins «clavier à lumières», ein Instrument, das er für *Prometheus* entwickelt hatte. Es besaß eine farbkodierte Tastatur und wurde wie ein Klavier gespielt, wenn man aber die Tasten drückte, gab es keinerlei Töne von sich. Stattdessen warf das Instrument Farben auf eine Leinwand. Mehrmals träumte ich davon,

1915 im Publikum in der Carnegie Hall zu sitzen, als dieses Instrument zum ersten Mal erfolgreich eingesetzt wurde. Ich hatte noch einen zweiten wiederkehrenden Traum, in dem ich während dieser Aufführung des *Prometheus* stattdessen in Moskau am Sterbebett des Komponisten sitze. Ringsherum haben sich seine Freunde und seine Familie zu einer privaten Aufführung desselben Stücks versammelt, dazu gehört auch das Farbklavier in Kindergröße. Scriabin, so träumte ich, stirbt, während er das hört *und* sieht.

KAPITEL 19

Als Baby Harper siebenundzwanzig war, fiel einmal so viel Schnee, dass fast der gesamte Süden der Vereinigten Staaten bedeckt wurde. Die Erwachsenen von Boiling Springs erinnerten sich daran, weil in der ganzen Region der Notstand ausgerufen wurde. Für ihre Kinder war es ein Schatz voller märchenhafter Szenen wie bei einem Historienspiel, als sie in einer Welt erwacht waren, die mit Marshmallow-Flocken und Rieselzucker überzogen war. Diese Kinder dachten an das Hexenhäuschen aus *Hänsel und Gretel*, doch sie verspürten nicht die geringste Angst, denn als sie aufwachten, stellten sie im Gegensatz zu ihren ausgesetzten Geschwistern fest, dass ihre Väter an einem gewöhnlichen Wochentag plötzlich zu Hause waren und ihre Mütter heiße Schokolade machten. Vor allem aber merkten sie, als sie aufwachten, dass sie an diesem Tag, und auch noch an den folgenden, nicht in die Schule mussten. So viele ihrer Träume waren auf einen Schlag wahr geworden.

Baby Harper, noch immer mehr Junge als Mann, trotzte der Kälte, stolperte durch die Straßen von Boiling Springs und wunderte sich über die Gebäude und Häuser, die aussahen wie weiß glasierte Torten mit Kokosraspeln. Als er sah, dass alle Zweige mit Eis überzogen waren, dachte er an Aschenputtels Zehen, die durch den makellos sitzenden Glasschuh hindurch zu sehen waren. Boiling Springs war für Tage lahmgelegt, kein Auto fuhr auf den schneebedeckten Straßen. Nur Kinder tollten umher, kreischten und lachten. Es war der 29. Januar, doch alle diese Kinder fanden, es sei ein Weihnachtstag und ihre in eine dicke weiße Decke gewickelte Welt ein Geschenk.

In den folgenden fünf Tagen ging Baby Harper jeden Morgen, bevor diese Kinder erwachten, hinaus und fotografierte das völlig veränderte Boiling Springs. Später reichte er eines seiner Fotos bei dem »Schneesturm-Foto-Wettbewerb» des *Shelby Star* ein. Das Schwarz-Weiß-Bild trug den Titel «Debütantinnen aus Eis» und zeigte eine Reihe von Bäumen, deren Äste so schnee- und eisbeladen waren, dass sie graziös zu knicksen schienen. Sein Bild verlor gegen das Foto eines Schneemannes mit Zylinder, das den Titel trug: «Schneemann mit Zylinder.» Immer an den längsten, heißesten Tage im August zeigte mir Baby Harper die Fotos, die er vom Schneesturm von 1951 gemacht hatte. Das war die Art meines Großonkels, den Geist über den Körper zu stellen.

↔

Der Greyhound bog am 4. August 1998 eine Stunde und fünfundzwanzig Minuten zu spät in die Union-Bus-Station in Gastonia ein. Die getönten Scheiben des Busses konnten nicht verheimlichen, dass es draußen fast Mittag war und die ungeschützten Autodächer auf dem Parkplatz des Busbahnhofs bereits Hitzewellen abstrahlten. Kaum war ich ausgestiegen, entdeckte ich auch schon Kelly. Sie saß in ihrem Wagen, der Motor lief im Leerlauf. Die Fenster waren geschlossen, und ich konnte an dem leichten Wehen ihrer Locken erkennen, dass die Klimaanlage auf vollen Touren lief. Sie winkte. Ich winkte zurück und bedeutete ihr, sitzen zu bleiben. Mir fiel ein, wie sehr sie Hitze hasste und wie schnell sie in den Bauchfalten und in den Kniekehlen davon Ausschlag bekam. Als ich mich dem Wagen näherte, ließ sie den Kofferraum aufspringen, und ich verstaute mein Gepäck. Das letzte Foto, das Kelly mir geschickt hatte, stammte von ihrem Collegeabschluss am Gardner Webb. Das war sieben Jahre her, aber das war das Bild, das ich von ihr vor meinem geistigen Auge hatte: Sie trägt ihr langes, blondes Haar mit dem Scheitel links, ihr Körper hat die perfekte Kleidergröße 40, stolz strahlt ihre

Mutter (und denkt wohl, das Schlimmste sei nun vorbei). Die Frau, die jetzt im Wagen auf mich wartete, war nicht die Kelly auf dem Foto, sondern die erwachsene Ausgabe des fetten Mädchens, das meine beste Freundin gewesen war. Kelly beugte sich vor und umarmte mich. Ich klammerte mich länger an sie, als sie wohl erwartet hatte, aber sie zog sich nicht zurück. In ihren Briefen hatte Kelly verschwiegen, dass sie wieder ihr Prä-Highschool-Gewicht erreicht hatte. Ihre Haare waren auch nicht länger blondiert, sondern hatten wieder den warmen, dunkleren, erdbeerblonden Ton angenommen wie damals, als ich meine Finger durch ihre Haare hatte gleiten lassen, die ich dann zu Zöpfen geflochten hatte, als wir zehn waren und nicht gedacht hatten, dass wir jemals der Liebe verfallen könnten, sie aber rings um uns verspürt hatten wie die Lufttemperatur, wenn wir beisammen waren.

«Ich kann nicht glauben, dass du*grünebohnenausderdose* mich erkannt*rccola* hast*nutterbutterkekse*», sagte Kelly mit gedämpfter Stimme.

«Du*grünebohnenausderdose* siehst toll*dosentomatensuppe* aus», erwiderte ich und entließ sie aus meiner Umarmung.

«Meine Ma*schokoladenmilch* hasst*nutterbutterkekse* es», meinte Kelly, sah in den Rückspiegel und fuhr rückwärts aus der Parklücke. Was sie meinte, war, dass ihre Mutter sie wieder hasste.

«Ist schon in Ordnung, ich hasse*nutterbutterkekse* deine Ma*schokoladenmilch* auch», sagte ich.

Kelly lachte kurz auf. Diesen Satz hatten wir uns, mit mütterlicher Vernachlässigung und fortdauernder Unbeliebtheit konfrontiert, nämlich immer gegenseitig gesagt, so als sei der Hass, den eine von uns zurückspiegelte, eine Art Schutzschild, der die Verletzung zunichtemachen und ins Gegenteil kehren könne. Manchmal funktionierte das, manchmal nicht. An jenem Nachmittag hob dieser Refrain aus Kindertagen Kellys Stimmung, und sie sah zu mir herüber und lächelte, bevor sie fragte: «Wohin zuerst*pepto-bismol*, Linda*minze* Hammerick*dr.pepper*?»

«Ich dachte an Bridgesfrischkäseplunderteilchen zum Lunchunreifebanane», antwortete ich. «Um welche Uhrzeitricotta musst dugrünebohnenausderdose zurückwassermelone bei der Arbeitnillawafer sein?»

«Gar nicht», sagte Kelly. «Ich habe mir dir zu Ehrengedünsteterkohl den Tag freigenommen. Außerdem hatte ich keine Ahnungschweizerkäse, wann dein Bus tatsächlicherdbeerjoghurt hierhartgekochtesei ankommt. Willst dugrünebohnenausderdose nicht erstpepto-bismol bei deiner Maschokoladenmilch vorbeifahren?»

«Ich hab ihr gesagt, dass ich einen späterenpeperonikäse Bus nehme. Also werde ich erst heute Nachtbanane erwartet», sagte ich.

«Lindaminze, ich weißtraubengelee, dass sie deinen Besuch kaum erwarten kann», sagte Kelly. «Sie hat mich gesternschwarzerpfeffer zweispaghettisaucemal angerufen, um mich daran zu erinnernrussischesei, dass ich dich abholenm&ms soll. Dugrünebohnenausderdose weißttraubengelee ja, sie kann im Dunkeln nicht Auto fahren, oder?»

«Deshalb habe ich ihr ja gesagt, dass ich erst am Abend komme. Ich wolltesalzbutter nicht, dass sie mich abholtm&m.»

«Wow.»

«Wasgrahamcracker?»

«Dugrünebohnenausderdose hastnutterbutterkekse dich nicht verändert», meinte Kelly und verschluckte ein kleines Glucksen.

«Kellydosenpfirsiche? Hastnutterbutterkekse dugrünebohnenausderdose gerade einen Hickserhackbraten gemacht?», fragte ich.

Erst nachdem ich meine Bestellung aufgegeben hatte, ein Sandwich mit Schweinefleisch, Coleslaw, Fritten, extra Sauce und Cheerwine, verriet mir Kelly, dass sie seit vier Jahren Vegetarierin war. Auf Bridges' Speisekarte gab es drei Dinge, die eine Vegetarierin essen konnte: Schmalzgebäck, das bereits erwähnte Coleslaw und Fritten. Kelly bestellte alle drei und eine Diät-7UP. Ich fragte sie zum Spaß, ob sie auch noch Atheistin geworden sei. In unserer Gegend kam es der Leugnung Gottes gleich, wenn man kein Schwein aß. Kelly lachte, und wir aßen schweigend. Ich kaute zu schnell, um sprechen zu können, stöhnte dabei laut und zufrieden, was dazu führte, dass sich die beiden älteren Männer in der Sitzecke vor uns umdrehten und uns anstarrten. Kelly schwieg, weil sie wusste, dass ich das Rauchen aufgegeben hatte, was bedeutete, dass die Eingänge ungebremst kamen und ich eine Pause vom Reden brauchen könnte. Nach meinem letzten Bissen wischte ich mir die Sauce aus den Mundwinkeln, und Kelly fragte mich, ob wir am Schnapsladen halten sollten, bevor wir zu Baby Harpers Haus fuhren.

«Ich habe seit der Operation*italiandressing* keinen Alkohol mehr getrunken», sagte ich.

«Aber es macht dir nichts aus, wenn ich trinke*eisamstiel*, oder?», fragte Kelly.

«Dir hat es ja auch nichts ausgemacht, dass ich Schwein*tab-cola* gegessen habe, oder?»

Wir fuhren zum Schnapsladen, und Kelly kehrte mit einer Flasche Tequila, einer Flasche Gin und zwei Flaschen Bourbon zurück. Sie hätten das gerade im Angebot gehabt, sagte sie mir und stellte die Papiertüte auf den Autositz zwischen uns. Meine beste Freundin war jetzt eine übergewichtige, sparsame, vegetarische Schnapsdrossel, dachte ich. Kelly hatte all diese Veränderungen in ihren Briefen an mich verschwiegen. Ich rechnete mit weiteren Enthüllungen.

Die zwanzig Minuten von Shelby bis Boiling Springs kamen mir unendlich vor, was etwas anderes war als eine Ewigkeit. Unendlich, das war das Gefühl, als könnte die Reise immer so weitergehen, ganz gleich, ob man nun an Bord war oder nicht, als ob es keine Eile hätte, das Ziel zu erreichen, weil das Ziel geduldig auf einen wartete. Die Fahrgäste in einem Auto, das ans Meer fuhr, hatten diese Empfindung häufig in dem Moment, in dem ihnen die salzige Luft in die Nase stieg. Dann wussten sie, dass das Meer nahe war, wenn auch noch nicht in Sicht. Ihre Aufgeregtheit wich dann einer tiefen Gelassenheit, und ihre Reise selbst wurde zum eigentlichen

Grund für das Fahren. Das Meer, das wussten sie, konnte warten. Auch Boiling Springs konnte warten. Vielleicht hatte Kelly ein, zwei Abzweigungen verpasst und uns in einem großen Bogen um Shelby herumgefahren, über Straßen, die zu beiden Seiten von Feldern voller Süßkartoffeln gesäumt wurden, deren herzförmige Blätter knapp über dem Boden schwebten. Vielleicht wurden wir auch langsamer, denn auf den zweispurigen Straßen überholten Traktoren unser Auto. Wir begannen, in der im Auto zirkulierenden kühlen Luft zu zittern, während draußen die schwarz geteerten Straßen in der Augustsonne aufweichten. Kelly saß hinterm Steuer, ich neben ihr. Der Moment schien unendlich, aber das war er nicht. Denn als Kelly ihren Führerschein gemacht hatte, war unsere Freundschaft in der Highschool strikt auf das Briefeschreiben beschränkt gewesen. Wir waren nie zusammen, besuchten uns nicht mehr. Kelly und ich spielten die verlorenen Sommer unserer Teenagerzeit nach, die Sommer, die wir nie miteinander verbracht hatten, in denen wir über genau diese Straßen gefahren wären, das Radio laut aufgedreht hätten, ganz anders als das Schweigen, in dem wir jetzt verharrten.

«Kelly*dosenpfirsiche?*», sagte ich.

«Ja, Ms Hammerick*dr.Pepper*», erwiderte Kelly mit einem Lächeln.

«Warum bist du*grünebohnenausderdose* nicht zur Beerdigung meiner Großmutter*kartoffelsalat* gekommen*apfelkraut?*», fragte ich.

Die Frage kam von einer Stelle so tief in mir drin, dass ich selbst nicht mit ihr gerechnet hatte. Ich war ganz überrascht, Kelly allerdings nicht. Sie fuhr weiter, die Hände auf zehn vor zwei Uhr. Ihre Antwort kam langsam, aber vollständig ausformuliert, so als habe sie schon seit Langem darüber nachgedacht.

Als meine Großmutter im Februar 1987 ihren dritten Herzinfarkt hatte, war Kelly bereits wieder in Boiling Springs gewesen und hatte sich am Gardner Webb Baptist College eingeschrieben. In dieser Woche zwischen Iris' Ableben und ihrer Beerdigung, in der wir alle in der beißenden Kälte auf die Magnolien gewartet hatten, sah und hörte ich nichts von Kelly. Bei der Beerdigung sah ich Kellys Mutter Beth Anne und ihren Vater Carson jr., doch sie sah ich nicht. Ich kehrte nach New Haven zurück, und nach mehreren Monaten Schreibpause schickte ich Kelly einen Brief mit dem Zeitungsfoto von mir, wie ich vor der Sterling Memorial Library rauche. Ich erwähnte mit keinem Wort, dass meine beste Freundin nicht bei der Beerdigung gewesen war. Sie aber auch nicht.

Nun nahm Kelly die richtigen Abzweigungen. Die mit Kudzu bewachsenen Bäume und die Telefonmasten verschwammen zu Schemen. Endlich erreichten wir zielstrebig und zügig Boiling Springs. Bevor wir schließlich in die Einfahrt zu dem griechischen Haus einbogen, erzählte Kelly, wie sehr sie sich geschämt hatte.

«Geschämt*hühnernudelsuppeausderdose*? Wofür», fragte ich. «Du*grünebohnenausderdose* meinst*rosine* wegen Luke*grünebohnenauflauf*?»

«Nein*gelee*», erwiderte Kelly und schüttelte den Kopf. «Er lässt übrigens grüßen –»

«Du*grünebohnenausderdose* hast Kontakt*dosengemüsesuppe*?», platzte ich heraus und unterbrach ihren Satz.

«Ich wollte es dir ja erzählen*braunerzucker*, aber –», begann Kelly.

«Herrgott*walnuss*, Kelly*dosenpfirsiche*! Was*grahamcracker* zum Teufel hast*nutterbutterkekse* du*grünebohnenausderdose* mir denn erzählt? Was, verdammt*limoneneis* noch mal, hat denn in deinen Briefen noch alles nicht gestanden?»

«Sei nicht wütend*gefüllterdonut* auf mich, Linda*minze*. Du*grünebohnenausderdose* weißt*traubengelee*, dass, als deine Großmutter*kartoffelsalat* gestorben ist, alles schon anders*listerine* bei mir geworden war. Bist du*grünebohnenausderdose* jetzt so weit*orangensaft*, reinzugehen*gekochtemöhren*?», fragte Kelly.

«Nein*gelee*», erwiderte ich.

«Schon in Ordnung», sagte Kelly. «Hier*hartgekochtesei* ist es sowieso kühler als im Haus*frischepfirsiche*. Ich kann einfach nicht fassen, dass dein Großonkel*datteln* nie*kaugummi* eine Klimaanlage einge–»

«Jetzt erkläre mir noch, warum du*grünebohnenausderdose* dich geschämt*hühnernudelsuppeausderdose* hast*nutterbutterkekse*, Kelly*dosenpfirsiche*. Ich verstehe*eiernudeln* es einfach nicht», sagte ich.

«Linda*minze*, du*grünebohnenausderdose* hast*nutterbutterkekse* es vielleicht vergessen, aber du*grünebohnenausderdose* warst nach Yale*avocado* gegangen. Ich hing am Gardner Webb*fruchtsalatausderdose* fest. Erinnerst*butterpekannusseiscreme* du*grünebohnenausderdose* dich noch, wie wir es genannt haben? Der intellektuelle*blt* Pickel*honigmelone* der Carolinas*dosenerbsen*», antwortete Kelly.

«Haben wir nicht!»

«Haben wir wohl, Linda*minze*.»

«Oh, Jesus*brathähnchen* …»

«Ja, nun, ich bin mir ziemlich*gegrillteskäsesandwich* sicher*dosenthunfisch*, so würde*liebesapfel* Jesus*brathähnchen* es auch nennen», sagte Kelly und ließ ein vertrautes Geräusch folgen, ein verkrampftes Einatmen.

Diesmal wusste ich es. Baby Harper hieß mich daheim willkommen, der Geist triumphierte über den Körper.

Wir betraten das griechische Haus und wurden von dem Duft nach Zaubernuss, verbranntem Kaffee und Spülmittel mit Zitronenduft empfangen. Wahrscheinlich haftete dieser Geruch noch in den Polstern und Vorhängen. Baby Harper hatte seit seinem dreißigsten Lebensjahr in diesem Haus gewohnt. Junge Männer in seinem Alter hatten damals gewöhnlich Frauen, Kinder und eine Hypothek. Bevor er in das griechische Haus gezogen war, hatte Baby Harper in dem Kolonialhaus mit den grünen Fensterläden gewohnt, in dem er auch geboren worden war. Schwester Iris und Schwager Walter Wendell waren nicht sonderlich traurig, als er auszog, es war ja eh nur ein Stück die Straße hoch. Seine Nichte DeAnne zählte wahrscheinlich die Tage bis zu seinem Auszug an ihren Fingern und Zehen ab. Als Baby Harper in das griechische Haus zog, hatte er seine Fotoapparate, Alben, Bücher und Schallplatten, seinen Plattenspieler, seine Kleidung, Perücken und ein Topf- und Pfannenset, das Iris ihm zum dreißigsten Geburtstag geschenkt hatte. Er wohnte ohne Möbel in dem griechischen Haus und kaufte sie sich erst nach und nach über die Kleinanzeigen im *Shelby Star* zusammen. Als erstes Möbelstück kaufte er sich einen Diwan, der ihm lange auch als Bett diente. Der Diwan war mit einem verblichenen pfirsichfarbenen Damast bezogen, der, wie Baby Harper sagte, so aussah wie die Farbe der Traurigkeit selbst. Er ließ ihn neu mit Samt in einem kräftigen grünen Ton beziehen und baute sich um ihn herum sein neues Leben auf. Er lebte allein oder, wie man Männer wie ihn damals nannte, als «eiserner Junggeselle». Er redete sich ein, keine Angst vor solchen Wörtern zu haben. Er legte Bill Haleys *Rock Around the Clock* auf und tanzte, bis ihm der Schweiß über das Gesicht lief. Es war das Jahr 1954, und er hatte keine Ahnung, was der Rest seines Lebens ihm noch bringen würde.

«Möchtest*salzbutter* du*grünebohnenausderdose* es sehen?», fragte Kelly und steuerte schon auf die Treppe zu, die zu Baby Harpers Schlafzimmer führte.

Seit Kelly mir davon geschrieben hatte, hatte ich Cecils und Baby Harpers Schlafzimmer mit eigenen Augen sehen wollen. In jungen Jahren hatte ich mir nie Gedanken darüber gemacht. Warum auch? Das war ja nur der Ort, an dem mein Großonkel nachts schlief. Ich wusste nicht, dass sein Schlafzimmer ein Osterei war, ein Fabergé-Ei, das Gelbe vom Ei, das Überraschungsei dieses teuren Mannes.

«Hat DeAnne*cranberrysauce* es gesehen?», fragte ich.

«Nein*gelee*.»

«Wirklich*popcorn* nicht?»

«Wirklich*popcorn* nicht. Sie ist natürlich einmal in der Woche hier*hartgekochtesei* gewesen, aber nur auf eine Tasse*makkaronimitkäse* Kaffee und um mir Aufläufe*rührkuchen* vorbeizubringen –»

«Wirklich*popcorn*?», fragte ich und es amüsierte mich, dass Kelly jede Woche dem Fluch meiner Kindheit ausgesetzt war.

«Wirklich*popcorn*.»

«Tut mir sehr leid*glasierterdonut*, Kelly*dosenpfirsiche*», sagte ich und musste laut lachen.

«Mir auch», sagte sie. «Ich erzähle*braunerzucker* deiner Ma*schokoladenmilch* immer wieder, dass ich Vegetarierin*knoblauch* bin, aber sie bringt mir andauernd Aufläufe vorbei, die nach Rind schmecken.»

«Makkaroni mit Hacksauce*zitronenbaisertorte*?», fragte ich.

«O mein Gott*walnuss*, ja! Makkaroni mit Hacksauce*zitronenbaisertorte*.»

Wir mussten inzwischen so heftig lachen, dass Kelly regelrecht schnaubte und mir die Tränen in den Augen standen.

Da sich viele meiner Briefe an Kelly den fürchterlichen Dingen widmeten, die DeAnne in unserer Küche den Nahrungsmitteln antat, tat Kelly, was immer sie konnte, um DeAnnes Kochkünsten aus dem Weg zu gehen. Unsere Pyjamapartys im blaugrauen Ranchhaus fingen immer erst nach dem Abendessen an. Unsere Pyjamapartys im roten Backsteinhaus der Powells wiederum fingen immer exakt mit dem Abendessen an. Was immer Beth Anne Powell als Mutter auch sonst falsch machte, in der Küche war sie sehr erfolgreich, wie man am Körperumfang ihres Mannes Carson jr. und ihrer Tochter Kelly (bis zum Alter von vierzehn) ablesen konnte. Weil das, was ihnen abends aufgetischt wurde, weder eklig noch fade war, hatten sich die Powells angewöhnt, sich beim Abendessen viel Zeit zu lassen. Die Powells aßen eine Menge, und sie aßen langsam. Sie gehörten nicht zu der Art von Menschen, die beim Essen schlingen und denen die Krümel aus dem Mund fallen. Die meiste Zeit über redeten sie, wie bei meiner Familie auch, kein Wort. Sie kauten nur bedächtig, und manchmal gab Carson jr. ein Geräusch von sich, das sich wie ein Stöhnen anhörte. Es gefiel ihm wohl, was in seinem Mund passierte. Als ich das erste Mal Dinner bei den Powells aß, war es mir peinlich, was Kellys Vater jedes Mal für Geräusche von sich gab, wenn er den Mund öffnete, um noch mehr Essen hineinzuschaufeln. Dann erkannte ich: Diese Geräusche bedeuteten, dass er glücklich war.

«Deine Ma*schokoladenmilch* denkt, dass sie aufdringlich*pepperoni* ist, weil ich auf ihren Wunsch hier*hartgekochtesei* wohne», fuhr Kelly fort. «Ich habe ihr gesagt, dass die Miete für meine Wohnung nicht billig ist, und hier*hartgekochtesei* bezahle ich schließlich nichts. Und trotzdem bringt sie andauernd diese Aufläufer*ührkuchen* vorbei. Um mir zu danken, denke ich. Und wie schon gesagt, normalerweise trinkt sie einen Kaffee und geht dann wieder. Bislang hat sie sich wirklich*popcorn* noch nicht für das Haus*frischepfirsiche* interessiert*sloppyjoe.*»

‹Neugier ist noch nie eine von DeAnnes Stärken gewesen›, dachte ich und entschied dann, das für mich zu behalten. Denn sich über ihre Kochkunst lustig zu machen, war das eine, sich allerdings über ihren Verstand zu mokieren, kam mir plötzlich grausam vor.

Als ich dort in der Eingangstür vom Haus meines Großonkels stand, eine Treppe lag zwischen Cecils und seinem Schlafzimmer und mir, ging mir noch etwas auf. Ihr Schlafzimmer war ein Schlafzimmer, einfach nur ein Teil ihres gemeinsamen Alltagslebens. Nun war es ein Museum. Es konnte warten.

«Kelly*dosenpfirsiche*, kannst du*grünebohnenausderdose* mich nach Hause*Pepsi* fahren*bakedbeans?*», fragte ich.

KAPITEL 20

George Moses war bereits in Chapel Hill für seine Gedichte bekannt, als Professor Ma'am, wie George Moses sie nannte, ihn Lesen und Schreiben lehrte. Sie hielt es nur für recht und billig, dass dem Sklaven-Dichter jemand das Alphabet beibrachte, damit er seine Gedichte für sich selbst aufschreiben konnte. Sie fingen mit der Bibel an, doch ihr wurde bald klar, dass George Moses bereits das Buch Genesis kannte. Als Nächstes widmete sie sich der säkularen Genesis Amerikas, der Unabhängigkeitserklärung. George Moses fand, dass sie eine ganze Menge guter Ideen enthielt. Professor Ma'am erklärte ihm, dass diese Ideen in der Tat die Ideale ihres Landes seien. George Moses fand daraufhin, dass Professor Ma'am entweder ziemlich verwirrt oder eine Träumerin sei. In jener Nacht jedoch weinte sich George Moses in den Schlaf, während er über die schönen Worte nachdachte, die Professor Ma'am ihm vorgelesen hatte. In der nächsten Stunde zeigte sie George Moses ein Buch über die Geschichte der Unabhängigkeitserklärung. Sie las – sie zeigte dabei auf jedes Wort, damit er folgen konnte – über die Unterzeichner der Unabhängigkeitserklärung in der Stadt Philadelphia und ihre erste öffentliche Verlesung am 8. Juli 1776, als zur Ankündigung eine große Glocke geläutet worden war. George Moses wusste es noch nicht, aber diese Glocke sollte er in den folgenden Jahren mit eigenen Augen sehen.

Professor Ma'am zeigte George Moses eines Tages eine Veröffentlichung mit dem Titel *Liberty*. Auf der Titelseite prangte das Bild dieser «Liberty Bell», die inzwischen ein Symbol für eine andere Art von Freiheit geworden war. George Moses sprach die zwei Wörter laut aus und erkannte in ihnen den Anfang eines Gedichtes. Professor Ma'am erklärte dem Sklaven-Dichter daraufhin, dass sie zusammen mit ähnlich gesinnten Menschen hier in Chapel Hill ihm seine Freiheit erkaufen und ihn in einen freien Staat schicken würden. Das wollten sie erreichen, indem sie seine Gedichte in Buchform veröffentlichten. Der Erlös würde sicher ausreichen, um den von seinem Herrn geforderten Preis bezahlen zu können. George Moses sagte kein Wort, während seine Wohltäterin den Plan genauer ausführte, der ihn von allen trennen sollte, die er je geliebt hatte. Seiner Mutter. Seinem Bruder. Seinen Schwestern. George Moses wurde das Herz vor Kummer und vor Verlangen schwer.

George Moses' Buch *The Hope of Liberty* wurde veröffentlicht und verkauft. Aber als man den Erlös zusammenrechnete, war das noch nicht ausreichend für George Moses' Herrn. James Horton war kein habgieriger Mensch. Er war ein bösartiger Mensch. Bösartigkeit, das hätte George Moses wissen müssen, war denen, die sie besaßen, mehr wert als alles Geld der Welt. Professor Ma'am, die von solchen Gegebenheiten in der Welt nichts wusste, weinte, als sie dem Sklaven-Dichter mitteilte, dass sein Herr sich geweigert hatte, ihn zu verkaufen, obwohl sogar der Gouverneur von North Carolina sich persönlich für George Moses eingesetzt hatte. George Moses glaubte, dies sei das Ende der Geschichte, er werde sterben, wie er gelebt hatte, als Sklave im Sklavenstaat North Carolina.

Der Krieg veränderte alles.

Das Schicksal fällte die Menschen auf den Schlachtfeldern. Herren wurden wieder Männer. Aus Eigentum wurden wieder Männer, Frauen und Kinder.

George Moses, ein fünfundsechzig Jahre alter Dichter, packte seine Habe, die aus ein paar Büchern und einem Wollanzug für schlechteres Wetter bestand, und machte sich auf den Weg nach Philadelphia, wo die «Liberty Bell» schließlich doch noch für ihn geschlagen hatte. Er winkte seinen geliebten Menschen in Chapel

Hill zum Abschied zu und sagte: «Kommt mich besuchen, sobald ihr könnt.»

Und das taten sie auch.

♦

Ich lernte DeAnne Whatley Hammerick zum ersten Mal kennen, als sie sechsundsechzig war. Ich klopfte an die Tür des Hauses, in dem ich aufgewachsen war, und sie öffnete. Sie hatte immer dort gewohnt, und nun wohnte sie allein dort. Sie hatte aschblondes Haar gehabt, deshalb bemerkte ich zunächst nicht, vor allem nicht im grellen Licht der Nachmittagssonne, dass ihr Haar vollkommen weiß geworden war. Sie trug ihr Haar kurz geschnitten, wodurch sie ein wenig wie die britische Schauspielerin Judi Dench aussah. Sie trug eine rosa-weiße Bluse, eine Khakihose und weiße Tennisschuhe. Sie sah von Kopf bis Fuß danach aus, was sie war: eine weiße Frau aus der oberen Mittelklasse, der es gut ging und die zu Hause war.

Du bist ja früh da, Linda! Komm doch rein. Du lässt ja die ganze kühle Luft entweichen. Das hätte DeAnne zu mir gesagt.

Du bist ja früh da, Linda! Komm doch rein. Wir lassen ja die ganze kühle Luft entweichen. Das sagte die Frau zu mir, die die Tür des blaugrauen Ranchhauses öffnete.

Der augenfälligste Unterschied bestand in diesem Pronomen. Ein «Wir» hatte es zwischen DeAnne und mir nie gegeben. Sie vermied das Wort so beharrlich wie das Wort «Ma». Sie nannte mich «Linda» oder «du», einmal, als ich fünfzehn war und mir gerade alle meine Sachen schwarz gefärbt hatte, nannte sie mich «deine Tochter», und mein Vater sprach diese Wörter daraufhin an sie gerichtet betont langsam aus, damit er sie daran erinnern konnte, dass sie die Adoptionspapiere ebenfalls unterschrieben hatte. Der zweite Unterschied bestand in der Intonation. DeAnne hätte überrascht geklungen, dann anklagend. Diese Frau klang überrascht, dann leicht amüsiert. Der dritte Unterschied lag in ihren Augen. DeAnnes waren aus blauem Glas. Die Augen dieser Frau ähnelten denen von Iris in den Jahren vor ihrem Tod, wie Nebel, der über einen See zieht. Der vierte Unterschied: DeAnne hätte nach Zigaretten gerochen. Diese Frau roch nach etwas Vertrautem. Zaubernuss. «Mein Großonkel ist hier», dachte ich.

Ich schleppte meine Koffer in den Hausflur. Der Tisch mit den drei dürren Beinen stand immer noch da, darauf lag ein Stapel noch ungelesener Post. Links waren der Esstisch, an dem meine Familie ganz plötzlich nicht mehr gemeinsam die Mahlzeiten eingenommen hatte, und die Anrichte, auf dem die Torten und Pasteten aus dem Geschäft in ihren Pappschachteln gestanden hatten. Rechts die Wohnzimmercouch, auf der Baby Harper und Iris gesessen hatten, als wir uns zum ersten Mal sahen, und der Lehnsessel, in dem mein Vater die Abendnachrichten geguckt hatte. Die Vorhänge, der Teppichboden, die Farbe an den Wänden, Haut und Knochen des Hauses waren immer noch dieselben. Gut möglich, dass ich dieses Haus mehr als die einzige verbliebene Bewohnerin vermisst hatte. Das Haus kannte ich besser.

DeAnne Whatley Hammerick und ich lernten uns kennen wie zwei Fremde in einer fremden Stadt. Wir stellten uns gegenseitig Fragen und beantworteten sie. Wir gingen langsam, methodisch und entschlossen vor, weil wir, ohne es eigens aussprechen zu müssen, verstanden hatten, dass wir uns wieder voneinander verabschieden und uns für sehr lange Zeit nicht wiedersehen würden. Wir fingen vor dem Fernseher an. Ich spielte DeAnne Whatley Hammerick das Band mit der PBS-Sendung über Synästhesie vor. Ich bat sie, vor allem auf Mr Roland zu achten. Ich wusste, dass wir damit beginnen mussten, damit wir unseren Rhythmus für die kommenden Gespräche festlegen konnten. Wie könnte sie sonst die stündlichen Unterbrechungen, die ich brauchen würde, verstehen oder die schweigsamen Tage, die uns unterbrechen und mich auf mein Zimmer verbannen würden.

DeAnne Whatley Hammerick blieb, nachdem ich zu Bett gegangen war, noch lange auf. Am nächsten Morgen fand ich sie schlafend im Lehnsessel vor. Ich kochte uns Kaffee und weckte sie. Sie habe sich die Sendung viermal angeschaut, sagte sie. Ich würdigte diese Nachricht mit einem Nicken. Ich hatte keine Ahnung, was diese Mitteilung für uns bedeutete. Dann fragte sie mich, ob das wehtun würde. Ich erklärte ihr noch einmal, dass ich keine Formen und Stoffe sah wie Mrs Ostorp. DeAnne Whatley Hammerick schüttelte den Kopf und sagte, das meine sie nicht. Sie wollte wissen, wie sehr es mir wehgetan habe, dass mir niemand geglaubt hatte.

DeAnne Whatley Hammerick erzählte mir, dass sie als kleines Mädchen einmal versucht hatte, ihrer Mutter von diesen Zettelchen, auf denen etwas stand, zu erzählen, die sie in ihrem Bett gefunden hatte. Jeden Morgen hatte sie einen neuen Zettel gefunden. Jeden Morgen hatte sie versucht, Iris so einen Zettel zu zeigen, doch bis sie die Aufmerksamkeit ihrer jungen Mutter auf sich hatte lenken können, hatte sich der Zettel bereits wieder in Fetzen und Papierkügelchen aufgelöst. Iris hatte sie daraufhin für ihre Unordentlichkeit getadelt und die Papierrückstände und Tintenflecken von den Händchen geschrubbt.

Wir saßen am Küchentisch und starrten in unsere Kaffeetassen. Draußen war Boiling Springs wie an den meisten Augusttagen dabei, seinem Namen alle Ehre zu machen. Wir spürten, wie die Hitze und die Luftfeuchtigkeit so kräftig und stürmisch wie ein Blizzard durch Fenster und Türen ins Haus drangen. Wir waren froh, dass wir drinnen waren. Wir freuten uns auf September, wenn die Außentemperatur und die Innentemperatur ihre Plätze tauschen würden. Wir würden die warme Luft dann mit offenen Armen empfangen und die kalte Luft nach draußen jagen.

Und so begannen wir gemeinsam all unsere Vormittage. Ich wachte als Erste auf und kochte uns eine Kanne Kaffee. DeAnne Whatley Hammerick gesellte sich zu mir in die Küche und bereitete uns ein Frühstück, bei dem es nichts zu kochen gab. Schalen voller Milch und Müsli, kübelweise Joghurt, Grapefruithälften. Dann begannen wir zu reden. Anfangs kamen ihr die Worte scheu und zögerlich aus dem Mund. Sie versuchte, ihre Gedanken so knapp wie möglich in Worte zu fassen. Ihr war bewusst, dass sie nur wenig Kontrolle über deren Nebenwirkungen auf mich hatte. Sie war durchaus selbstkritisch und dachte genau über ihre Worte nach, sodass sie beinahe schwieg

Ich erinnerte sie daran, dass ich schon, solange ich denken konnte, mit diesem Zustand lebte, und das bedeutete, dass ich wusste, wann ich stopp sagen musste, so, wie man auch weiß, wann man bei den gruseligen Stellen im Film die Augen schließen muss oder wann man genug vom All-you-can-eat-Büfett hat. Ich versuchte sie zu beschwichtigen, indem ich ihr sagte, welche Worte und Eingänge ich liebte und nach welchen ich gierte. Ich sagte ihr, dass «Ma» nach Schokoladenmilch schmecke. Als diese Tatsache DeAnne zu Ohren kam, hatte sie mich angeherrscht, ich solle den Mund halten. DeAnne Whatley Hammerick sah mich bloß an und fragte: «Fettarm oder Vollmilch?»

Baby Harper fehlte uns. Er war unser nächstes Gesprächsthema. Sie räumte ein, dass sie sich jeden Morgen das Gesicht mit Zaubernuss eincreme, damit sein Geruch weiterhin das Haus durchzog. Ich sagte ihr, dass ich das für eine gute Idee hielte, und begann, das Gleiche zu tun, wodurch er noch stärker mit der Luft durch das Haus mit seiner Klimaanlage zirkulierte. Uns war bewusst, dass wir für ihn noch eine Trauerfeier abhalten wollten; es würde ihm nichts ausmachen, dass wir uns dabei viele Monate verspätet hatten. Ich erzählte ihr von seinem Ablagesystem und dem Ordner, der «Ende» hieß, in den wir schauen mussten, um alles vorbereiten zu können. Natürlich würden wir Cecil T. Brandons «Heimstatt zur Ewigen Ruhe» beauftragen. Die neuen Eigentümer Clay und Gregory hatten dem blaugrauen Ranchhaus kurz nach ihrer Ankunft in Shelby einen Anstandsbesuch abgestattet. Clay sah dermaßen wie eine jüngere Ausgabe seines Onkels Cecil aus, dass DeAnne Whatley Hammerick, wie sie sagte, laut aufgeschrien hatte, als sie die Haustür geöffnet hatte. Gregory rannte zum Wagen, der auf der Straße vorm Haus stand. Clay blieb einfach seelenruhig stehen. So etwas war ihm schon mal passiert. Die Leute im Großraum Boiling Springs-Shelby waren von dieser Familienähnlichkeit derart beeindruckt, dass manche sogar witzelten, Mr T sei gar nicht verstorben, sondern nur nach Südamerika verreist und mit einem Facelifting zurückgekehrt. DeAnne Whatley Hammerick lachte laut und schnell auf, nachdem sie mir das erzählt hatte. Die dreizehnjährige Kelly und all die klugen Mädchen überall auf der Welt hätten diese Frau sofort als eine der ihren erkannt. DeAnne hätte diesen Scherz überhaupt nicht komisch gefunden. Einen Moment lang war ich selbst nicht sicher, ob ich diesen Witz wirklich amüsant finden sollte. Dann musste ich laut lachen.

Baby Harper hatte darum gebeten, keine Schnittblumen zu verwenden, also gingen wir einen Kompromiss ein und stellten die kleinere der beiden Kapellen in der «Heimstatt zur Ewigen Ruhe» mit Topfpflanzen voll, vor allem mit Bromelien zu Ehren von Baby Harpers südlichem Lieblingskontinent, dem Herkunftsort dieser genügsamen, aber blühenden tropischen Pflanze. Clay meinte, dass er sie später einem Altenheim in der Nähe spenden könne und die Pflanzen so nicht weggeworfen würden.

Als Clay und ich uns das erste Mal bei einem selbst zubereiteten Essen in dem Craftsman-Haus begegneten, in dem er mit Gregory zusammenlebte, meinte er, ich würde ganz genau so aussehen wie auf den Kinderfotos, die er von mir gesehen habe.

«Am liebsten mochten wir dich mit langen Haaren, und wir

sind froh, dass du sie wieder so trägst», fügte Gregory hinzu und schenkte mir Wein nach.

Gregory und Clay mussten gewusst haben, dass ich eine Perücke trug, aber sie waren nun einmal höfliche Gentlemen aus den Südstaaten, die, wenn sie wollten (und das kam durchaus vor), einer Sau Komplimente machten, die sich im Schlamm gesuhlt hatte.

Nach der Operation durchlitt mein Körper etwas, das meine Gynäkologin eine «abrupte» Menopause nannte und die eine ganze Reihe von, gelinde gesagt (und etwas gelinde auszudrücken ist ja meine Stärke), unangenehmen Symptomen mit sich brachte, darunter auch partiellen Haarausfall. Kelly hatte mir gegenüber natürlich kein Wort über meine Perücke fallen lassen. Ich hatte ja auch kein Wort über ihre Gewichtszunahme gesagt. Allerdings hatte sie mit dieser langen Mähne gerechnet, denn ich hatte ihr davon geschrieben, als ich mich zum Kauf entschlossen hatte. Ich meinte, mein eigenes Haar sei so dünn, dass es so einfach leichter sei. Eine Sorge weniger, um die ich mich morgens kümmern müsse, schrieb ich. «Asiatinnen», fügte ich hinzu, «sind sowieso Hauptlieferantinnen des Rohmaterials für hochwertige Perücken aus Menschenhaar!» Was ich damit sagen wollte, war, dass ich vielleicht mit meiner Perücke verwandt war.

Auch DeAnne Whatley Hammerick muss es wohl gewusst haben, aber wie bei so vielen Dingen zwischen uns wartete ich darauf, dass sie es als Erste zur Sprache brachte, und sie wartete wohl darauf, dass ich dasselbe tat.

Ich nahm noch einen Schluck Wein und fragte Gregory höflich, ob er wohl einen Scotch im Haus habe. Wegen der beruhigenden Medikamente, die ich nahm, hätte ich eigentlich keinen Alkohol trinken sollen, aber an jenem Abend musste ich das. Ich wollte mich so lange wie möglich mit Clay und Gregory unterhalten, diesen beiden Männern, die mir wie von Gott gesandt vorkamen. Gregory sah sogar tatsächlich ein bisschen so aus wie Jesus mit Bierbauch und Vokuhila. So sehr, dass ich rot wurde, als er die Tür zu seinem Bungalow geöffnet hatte.

Ich habe das Leben, das mein Großonkel mit Cecil führte, nie mitgekriegt. Ich wusste, dass ich in jener Nacht zwei ganz andere Männer vor mir hatte, aber einer von ihnen war doch ein schwuler Südstaatler und Bestattungsunternehmer. Ich fand, eine bessere Gelegenheit für eine zweite Chance würde sich wohl nicht mehr ergeben. Am Ende des Abends, den ich in ihrer Gesellschaft verbrachte, begriff ich, dass es noch viel besser als eine zweite Chance war. Was ich bei Clay und Gregory zu sehen bekam, war eine behutsame, funktionierende Beziehung, nicht bloß das geisterhafte Nachbild davon.

Clay und Gregory hatten auch DeAnne Whatley Hammerick an diesem Abend zum Dinner eingeladen. Sie hatte sie angerufen, sobald wir die handgeschriebene Einladung samt vorgeschlagenem Menü in der Post entdeckt hatten. Sie sagte ihnen, sie würde Gregorys gegrillte Forelle zwar lieben, müsse diesmal aber leider absagen. Linda nehme die Einladung aber sehr gern an, fügte sie in meinem Namen noch hinzu. «Ich finde, am besten lernt ihr jungen Leute euch erst mal allein kennen, ohne dass ich euch vor den Füßen rumstehe», erklärte sie mir, nachdem sie aufgelegt hatte.

Und das taten wir auch, und wie sich herausstellte, hatten Clay und Gregory schon einen Startvorsprung.

Nach Gregorys Kompliment, das süß war, ihn aber verriet, warf Clay schnell ein, dass sie in den Alben meines Großonkels Kindheitsfotos von mir gesehen hatten. «Ich hoffe, du bist nicht beleidigt, dass wir sie durchgeschaut haben. Wir wollten nur Onkel Cecil und Harper besser kennenlernen», erklärte Clay.

«Wir haben keine Bilder von Harper gefunden, dafür aber jede Menge von dir», fügte Gregory hinzu.

«Wir hatten immer vorgehabt», fuhr Clay fort, «mehr Zeit mit meinem Onkel und Harper zu verbringen, aber du weißt ja, wie das im Leben so ist. Zu beschäftigt. Zu müde. Zu spät. Die beiden haben uns, ich weiß gar nicht mehr, wie oft, zum Thanksgiving-Dinner eingeladen.»

Eine lange Pause trat ein, als würde Clay sich genau daran zu erinnern versuchen, warum sie es, wie ich, nie bis an den Esstisch im griechischen Haus geschafft hatten.

«Dabei ist Fayetteville gar nicht weit weg, und trotzdem ist es uns gelungen, entschuldige den Ausdruck, es zu vergeigen», sagte Gregory schließlich und führte Clays Gedanken zu Ende.

Wir tranken alle drei noch mehr Wein und ich auch noch Scotch. Wir tauschten Geschichten über unsere vergeudete Jugend in North Carolina aus. Ich schwor, in meiner noch verbleibenden Zeit in Boiling Springs so oft wie möglich zu ihnen zum Essen zu kommen. Wie versprochen, gab es an jenem Abend gegrillte Forelle, dazu einen frischen Spinatsalat mit warmem Bacon-Dressing. Als auf dem Tisch nichts mehr stand, was wir noch hätten verzehren können, ging Clay in die Küche und kehrte mit einem Zitronenbaiserkuchen und einem alten silbernen Tortenheber zurück. Wir wussten alle drei ganz genau, was hier vor sich ging. Wir versuchten gleichzeitig, uns *und* die Gespenster von Cecil und Baby Harper kennenzulernen. Wir wünschten, wir hätten uns alle unter anderen Umständen kennengelernt.

Irgendwann nach Mitternacht, als die Welt draußen still und sternenklar war, verabschiedete ich mich von Clay und Gregory. Ich versprach ihnen, am folgenden Tag mit einigen Fotoalben von meinem Großonkel Harper und Cecil wieder vorbeizukommen, die sie noch nicht gesehen hatten.

Die Caterer aus Asheville kamen am frühen Morgen und richteten sich in der Küche des Beerdigungsinstitutes ein. DeAnne Whatley Hammerick hielt es für das Beste, die Trauerfeier und das Essen am gleichen Ort abzuhalten, da die Menschen, die Baby Harper noch gekannt hatten, recht betagt seien und die Chance zu schätzen wüssten, an Ort und Stelle sowohl zu trauern als auch zu essen. Wieder ein kurzes heftiges Auflachen von dieser Frau, die Iris' Sinn für Humor geerbt hatte, aber weniger nach Batteriesäure als eher nach einem Spritzer Apfelessig klang.

Wir trafen eine Stunde früher ein und tranken mit Clay und Gregory Kaffee. Sie wollten Cecils Wunsch respektieren, der keine Trauer- oder Gedenkfeier gewollt hatte, aber wir waren uns alle darin einig, dass Cecil zu Baby Harpers Leben gehört hatte. Also würde es Cecil sicher nichts ausmachen, wenn ein Foto von ihm neben den wenigen Fotos, die wir von Baby Harper als Jungen hatten, auf dem Tisch stehen würde. Clay und ich hatten darüber diskutiert, ob wir auch ein Foto von ihren gemeinsamen Reisen nach Südamerika dazustellen sollten. Schließlich kamen wir zu dem Schluss, dass diese Bilder privat waren, was etwas anderes war als geheim, wie wir uns gegenseitig versicherten. Ich gestand ihm, dass ich DeAnne Whatley Hammerick diese Fotos bisher noch nicht gezeigt hatte. Clay sagte, dass er das auch nicht für nötig halte. «Wir *alle* haben ein Recht auf ein Privatleben, Linda. Man muss nicht alles mit den anderen teilen, zumindest nicht sofort», meinte Clay.

Wir hatten fünfunddreißig Einladungen verschickt und eine Anzeige im *Shelby Star* geschaltet. Hundertsiebenundzwanzig Menschen nahmen an der Trauerfeier für Harper Evan Burch teil. Clay öffnete die verschiebbaren Wände zwischen den beiden Kapellen, sodass wir für sie alle Platz schaffen konnten. Kelly nahm mich beiseite, und wir gingen in die Küche, wo sie mir einen Flachmann mit Wodka gab. Dann gab sie mir ein Pfefferminz. Kelly war auf alles vorbereitet, diese Pfadfinderin von einer Schnapsdrossel. Ich war dankbar dafür, dass zumindest eine von uns beiden allzeit bereit war. Ich nahm einen Schluck, ein Pfefferminz und fragte die Caterer, ob sie ihre mitgebrachten Speisen mit Barbecues von Bridges ergänzen könnten. Anrufe wurden getätigt, Autos losgeschickt, um das Essen abzuholen, zusätzliche Teller und Bestecke wurden aufgedeckt, noch mehr Tee wurde gekocht, gesüßt und eisgekühlt, und weitere Flaschen Cheerwine und Dr. Pepper wurden in den Kühlschrank gelegt.

Die Trauerfeier selbst war kurz. DeAnne Whatley Hammerick ergriff das Wort. Dann sprach ich. Wir bemühten uns darum, nicht in all die Klischees zu verfallen, die man zu Ehren der Toten gebraucht. Erfolgreich waren wir nicht. Wir sagten, dass wir ihn liebten. Wir sagten, dass wir ihn vermissten. Wir sagten, dass wir wüssten, dass er es sich nun im Himmel gut gehen ließe. Dann verteilten wir den Text zu Patsy Clines *He Called Me Baby*, und wir alle zollten ihm singend einen stürmischen Tribut.

Now each night, in dreams, just like a song
I still hear baby, baby
Still hear baby, baby
Still hear baby, baby, all night long.

Wir dehnten das letzte Wort aus und ließen in das «o» all das einfließen, für das wir nicht die passenden Worte gefunden hatten.

Und dann aßen wir.

Während wir noch in der Kapelle saßen, konnten wir Bridges' essighaltige Sauce riechen, deren scharfe Noten uns in der Nase kitzelten. Wir wussten, was uns erwartete, und wir wussten, dass es gut sein würde. Das Essen, das der Cateringservice für voraussichtlich fünfunddreißig Gäste zubereitet hatte, diente nun als Vorspeise: kleine Peperonikäse-Sandwiches – nicht auf weißem Sandwichbrot, sondern auf einer Brioche, die bei der Generation meines Großonkels eine Welle von «Ach, herrje!» und «Du meine Güte!» auslöste, aber trotz der Unsicherheit über diese Variation ausgesprochen gerne gegessen wurde, häppchengroße Buttermilchbrötchen mit hauchdünnen Scheiben gekochtem Schinken und winzige Törtchen Sommersquash. Diese hatte ich für Kelly bestellt, die einsame Vegetarierin in einem Meer von Schweinefleischessern. Außerdem war dies zugleich eine versteckte Anspielung auf die Rachegöttin unserer Kindertage, Sally Campbell, die zwar schön gewesen sein mochte und es vielleicht immer noch ist, aber für uns stets ein Mitglied der bescheidenen Familie der Kürbisse bleiben wird.

Später am Abend trafen sich alle, die wir von der Familie noch übrig waren, im griechischen Haus und tanzten.

DeAnne Whatley Hammerick saß auf dem grünsamtenen Diwan. Zunächst errötete sie beim Anblick zweier miteinander tanzender Männer. Dann klopfte sie mit ihren bestrumpften Füßen den Takt. Die Krüge voller Mint Julep, die Gregory für uns gemixt hatte, hatten sie dazu ermutigt, ihre Schuhe auszuziehen. Ich machte ihr Komplimente zu dem leuchtend roten Nagellack auf ihren Zehen und sagte, dass ich sie noch nie so lackiert gesehen hätte. Ich hätte hinzufügen können, dass ich auch noch nie gesehen hätte, wie sie Alkohol trank, aber ich dachte, das würde sie nur verunsichern und ihre weitere Verwandlung verhindern. Sie beugte sich vor und flüsterte laut, dass BABY HARPER genau diesen Farbton AUF SEINEN ZEHEN getragen habe. Irgendetwas an diesem Diwan ermutigte einen ständig zu Geständnissen und Enthüllungen, dachte ich. Vielleicht war es auch der Julep. Wie auch immer, jedenfalls erhoben wir unsere Gläser, ihres war voller Julep, meines voll süßem Tee, und beide waren mit Minzzweigen aus dem Garten garniert. Sie zeigte auf die Blätter und fragte mich, was ich ihr denn in den Drink getan hätte. Kelly, die neben mir saß, gab einen einzelnen Hickser von sich.

DeAnne Whatley Hammerick und ich sahen uns an, und wir dachten beide dasselbe. Baby Harper hatte beschlossen, noch ein bisschen länger im griechischen Haus zu bleiben.

Während der Trauerfeier hingen Kelly zwei der Fotoapparate meines Großonkels um den Hals. Wenn sie einen Apparat vor ihr

Gesicht hob, war sie sicher, dass sie dahinter verborgen blieb wie hinter einem Schleier. Den ganzen Nachmittag über fotografierte sie diskret die Gäste, Männer und Frauen, die ich noch nie zuvor gesehen hatte, die aber alle Baby Harper gut genug gekannt hatten, um seine Anwesenheit auf Erden zu vermissen.

DeAnne Whatley Hammerick und ich baten Kelly, so lange, wie sie wollte, im griechischen Haus wohnen zu bleiben. Cecil, der seit 1987 mit Baby Harper zusammengelebt hatte, hatte nie sein eigenes Haus aufgegeben, ebenjenes Craftsman-Haus, das als Teil seines Erbes auf Clay übergegangen war. Das erklärte, warum ich im griechischen Haus nicht allzu viele Spuren von Cecil entdeckt hatte. Das Dekor war ganz im Stil Baby Harpers. Ähnlich wie sein Onkel war Clay eigentlich nicht der Mann für den neogriechischen Stil. Clay wirkte in den großzügigen Räumen und zwischen all dem grünen Samt verloren. Clay und Gregory hatten einen moralischen, wenn nicht gar einen rechtlichen Anspruch auf die Hälfte des griechischen Hauses, aber sie interessierten sich nicht dafür. Ich konnte sehen, dass sie ganz vernarrt in Kelly waren und sie ebenfalls gern dort behalten wollten. Wir vier tanzten in jener Nacht zu einem ganzen Stapel von Singles, und die Nadel rutschte über ihre häufig gespielten Rillen. DeAnne Whatley Hammerick hatte sich auf dem Diwan zusammengerollt und schlief leise schnarchend.

Ich fragte mich, was Iris wohl gedacht hätte. Ihre sechsundsechzigjährige Tochter schlief betrunken und ohne Schuhe im Wohnzimmer. Ihre dreißigjährige Enkeltochter führte mit ihrer besten fetten Freundin und zwei schwulen Männern einen spätsommerlichen Regentanz auf, ihre Haare flogen, und der Schweiß rann ihr den Hals hinab.

Meine Großmutter Iris hatte ihren Namen von der Iris prismatica. Von dem Moment an, in dem sie geboren wurde, erinnerten ihre Augen ihre Mutter und ihren Vater an das strahlende Blau dieser Blume. Das Problem, das sie vorausgeahnt hatten, war bloß, dass der Name auch bedeutete, dass sie nur ein Auge hatte. Für den Rest ihres Lebens war Iris eine Zyklopin. Sie sah nicht die Welt, sondern hatte eine sehr engstirnige Weltsicht, was uns letztlich alle nur kleinmachte. Iris, möge Gott mir verzeihen, dass ich überhaupt so etwas denke, aber ich bin froh, dass du nicht länger unter uns bist.

KAPITEL 21

Das Wort Synästhesie, vom Griechischen σύν (gemeinsam, zusammen) und αἴσδησς (Wahrnehmung), war der wissenschaftliche Name für meinen Zustand und Schlüssel zu einem Geheimnis. Ich war froh, diesen Schlüssel zu besitzen, doch er kam mir nicht über die Lippen. Ich konnte das Wort Synästesie nicht gebrauchen, um mein ganz besonderes Verhältnis zur Welt auszudrücken, nicht so, wie jemand anderes mit «Achromatopsie» auf seine Farbenblindheit verwies oder mit «Amusie» erklären wollte, dass er Musik weder erkennen noch verarbeiten konnte. Vielleicht musste ich einfach erst noch länger mit dem Wort leben. Ich bin seit erheblich mehr Jahren Synästhetikerin, als ich einen Namen dafür habe. Vielleicht lag es an dieser Asymmetrie der Zeit, dass ich das Gefühl hatte, das Wort könne auf gar keinen Fall das Ganze meiner Erfahrungen ausdrücken. Vielleicht war es auch mein Unbehagen über die leichtfertige Sprache der Etiketten und Namen. War ich nicht der beste Beweis dafür, wie ungenau, unzulänglich oder unfähig sie dabei waren, das Objekt umfassend zu kennzeichnen?

Ein Geheimnis konnte eine unbekannte Reihe von Tatsachen sein oder eine bekannte, die aber geheim gehalten wurde. Oft behauptete der Hüter dieses Geheimnisses, dass er etwas oder jemand weitaus Wertvolleren schützte als diese Reihe von Tatsachen selbst. Oft war diese Behauptung nicht die ganze Wahrheit, was aber nicht dasselbe war wie eine Lüge. Wir bewahrten Geheimnisse in unserem Inneren, aber – vor der Schande, vor dem Urteil anderer, vor dem Schlag ins Gesicht – wir waren wir selbst. Unsere Geheimnistuerei war egoistisch und nur selten altruistisch. Wir handelten instinktiv und aus Überlebenswillen, und nur wenn wir uns ganz sicher fühlten, rückten wir mit der Wahrheit über unsere Reihe von Tatsachen heraus.

↔

Kelly und ich schrieben uns lange Briefe. Dabei stellten wir sie uns persönlich zu, weil wir uns, solange ich in Boiling Springs blieb, so oft wie möglich sehen wollten. Unter der Woche traf ich Kelly in ihrem Büro an der Gardner Webb University zum Mittagessen. Manchmal borgte ich mir DeAnne Whatley Hammericks Wagen, und manchmal setzte mich DWH – so nannten Kelly und ich sie nun in unseren Briefen –, unterwegs ab, wenn sie Einkäufe machte oder jemanden aus ihrem Bekanntenkreis besuchte.

Bei diesen Freundinnen handelte es sich um die Frauen, die als Erste geheiratet und Kinder gekriegt hatten, und sie hatten dabei zugesehen, wie DWH als Erste Witwe wurde. Erst tat ihnen DWH leid. Dann beneideten sie sie. Manche von ihnen hatten inzwischen ebenfalls ihre Ehemänner verloren, wenn auch auf andere Weise. Eine jüngere Frau oder ein schwaches Herz waren erstaunlicherweise gar nicht einmal die häufigsten Ursachen. Golf, Angeln und das Sportfernsehen sorgten viel häufiger für Verluste und Verlassene. Nachdem sie ein Leben lang über die Karrieren ihrer Ehemänner miteinander konkurriert hatten, fanden sich diese Frauen nun eine nach der anderen ohne ihre Männer wieder. Nun schauten sie auf DWH, um herauszufinden, was sie als Nächstes tun sollten. Sie schlossen sich ihr bei ihrem wöchentlichen Aquafitness-Kurs im Sportzentrum der Gardner Webb an. Es gefiel ihnen, wie der Wasserwiderstand auf ihre Haut traf. Wie eine Liebkosung, dachten sie. Sie lachten, als DWH darauf bestand, dass ihre Haut keineswegs faltig sei, sondern nur schrumplig, weil sie zu lange im Wasser gewesen seien. Sie lasen dieselben Romane wie DWH, und dann trafen sie sich abwechselnd bei einer von ihnen zu Hause und schauten sich die Filmadaptionen an, die die meisten von ihnen den Büchern vorzogen. Sie schnitten sich ihre Haare knabenhaft kurz und fragten sich, warum sie nicht schon früher darauf gekommen waren. Sie fanden es aufregend, dass ihre Nacken unbedeckt waren – wie Teenagerinnen, die ihre flachen, gebräunten Bäuche zeigten. Beth Anne, Kellys Ma, gehörte zu diesen Frauen. Sie hatte ihren Mann an die Anwaltskanzlei Fletcher Burch verloren oder, besser gesagt, an deren neueste Inkarnation. Nachdem mein Vater verstorben war, hatte ihr Mann Carson jr. die Stelle als geschäftsführender Partner angenommen. Vor fünf Jahren fusionierte die Kanzlei mit einer größeren in Raleigh, in der über den ganzen Bundesstaat verteilt hundertzwanzig Anwälte arbeiteten. Vorbei die Zeit, als Carson jr. um siebzehn Uhr dreißig zum Abendessen nach Hause kam und niemals am Samstag arbeitete. Zuerst suchte Beth Anne bei Pastor Reynold Hilfe. Er schlug ihr die Missionsarbeit vor. Das Wort Gottes in Afrika südlich der Sahara zu verbreiten würde «ihre Batterien wieder aufladen», wie er sich ausdrückte. Daraufhin rief Beth Anne DWH an und bat um eine zweite Meinung. DWH meinte, sie solle nicht einen abwesenden Mann durch einen toten ersetzen, auch wenn es sich dabei um den Sohn Gottes handelte.

«Bist du sicher, dass *meine* Ma das zu Deiner Ma gesagt hat?», schrieb ich Kelly im Brief Nr. 1308. Kelly beteuerte, dass all dies tatsächlich genau so stattgefunden habe.

Beth Anne folgte DWHs Rat und blieb in Boiling Springs.

Laut Kelly hatte Beth Anne ihren Gatten und ihre schlanke Tochter etwa zur gleichen Zeit verloren. «Gegen Ende 1993 hatte ich mich wieder aufgefettet», schrieb Kelly im Brief Nr. 1309. Kelly, die ihren Körperbau von ihrem Vater geerbt hatte, hatte breite Hüften, feste Schenkel und eine Brust wie ein Fass. Kelly überschlug, dass sie mehr als siebzig Prozent ihrer wachen Zeit mit Fitnesstraining zubringen musste, um eine akzeptable Kleidergröße – Größe 36 – zu halten. Da kündigte sie ihre Mitgliedschaft im Fitnessklub und hatte sehr bald danach schon wieder die inakzeptable Kleidergröße 46. Im Brief Nr. 1310 schlug ich ihr einen Kompromiss vor: «Zwanzig Prozent Deiner wachen Zeit trainieren und Kleidergröße 42?» Doch um ganz ehrlich zu sein, ich liebte die wieder aufgefettete Kelly.

Bei unseren gemeinsamen Mittagessen in den vergangenen Wochen – meistens schwiegen wir und hatten bloß die Briefe in unseren Handtaschen, die darauf warteten, von der anderen gelesen zu werden – beschlossen wir, dass Kelly eine neue Arbeit und eine neue Garderobe brauchte. In einer Art Rollentausch übernahm nun ich die Führung und teilte Kelly mit, dass Baby Harper vielleicht ihre Quelle für beides sein könnte.

Wie Kelly es mir schon beschrieben hatte, war die Ausstattung von Baby Harpers und Cecils Schlafzimmer ein derart schreiendes Beispiel von kultigem, trashigem Kitsch, dass einem die Kinnlade herunterfiel. Die Bewunderung meines Großonkels für *Vom Winde verweht*, die er im Erdgeschoss mit dem tiefgrünen Samt des Diwans noch so züchtig zum Ausdruck gebracht hatte, stand hier oben in voller rüschiger Sonnenschirm-Blüte. Seine Liebe für den anderen Süden drückte er mit tropischen Farben aus, die er nicht einfach verschwenderisch, sondern geradezu trunken gebrauchte. Die Wände waren päonienrot gestrichen und mit der Farbe Mango Tango verziert. Die Decke war ein Spritzer Ananaspunsch. Kelly und ich hatten beide das seltsame Gefühl, kurz bevor wir die Tür geöffnet hatten, drinnen Bewegungen gehört zu haben.

Ich ging zu einem großen begehbaren Kleiderschrank, der eigentlich vielmehr ein kleines Ankleidezimmer war, und fand genau das, was ich zu finden gehofft hatte: vorzüglich geschnittene Kleider, die schlicht, modern, geometrisch und in dieser Umgebung vollkommen deplatziert waren. Kelly, die ganz überrascht über Baby Harpers posthume Beichte war, fragte, ob ich wisse, wer seine Schneiderin sei. Kelly bewunderte die winzigen gleichmäßigen Stiche und die kleinen Stickereien – meist einfache geometrische Formen, die Mackintosh-Rosen ähnelten und die zu klein und zu fein waren, als dass ich sie auf den Fotos hätte entdecken können. Wir fanden beide, dass wir das Rosendesign schon mal irgendwo gesehen hatten, aber wir konnten uns nicht erinnern, wo. Kelly probierte alle Kleider an, und ich sagte zu ihr, sie sehe darin aus wie eine sehr schicke Museumskuratorin, weil das wirklich stimmte. (Dabei verschwieg ich allerdings, dass sich Museumskuratorinnen *per definitionem* einen neuen Beruf suchen müssen, wenn ihre Kleidergröße die 34 übersteigt. Irgendetwas in der Welt der Kunst erfordert, zumindest von den Frauen, dass sie kein Körperfett besitzen.)

Wir brauchten ein paar Tage, bis wir herausgefunden hatten, wo wir die stilisierten Rosen, die auf Baby Harpers Kleider gestickt waren, meist nur eine oder zwei direkt am Saum, zum ersten Mal erblickt hatten. Wir waren bei Clay und Gregory zum Dinner eingeladen und entdeckten genau dieses Muster auf jedem der vier Zipfel der Tischdecke. Clay sagte, dass die Tischdecken von Onkel Cecil genäht worden seien. Kelly und ich tauschten Blicke und erkannten, dass der Beerdigungsunternehmer offenbar selbst ein oder zwei posthume Geheimnisse zu offenbaren hatte. Cecil Tobias Brandon alias Mr T, war ein geschmackvoller Designer und der Schneider von Frauenkleidung in Übergrößen gewesen, der hier im Großraum Boiling Springs-Shelby seine Muse gefunden hatte.

Als Gregory uns eine spätsommerliche Pfirsichtorte servierte, machte ich den Vorschlag, dass die «Heimstatt zur Ewigen Ruhe» seinen Klienten wieder das Angebot eines Beerdigungsfotografen machen sollte. Clay sagte, dass er das überaus begrüßen würde, dass es sich aber um eine nur schwer zu besetzende Position handele. Er habe eine Anzeige im *Shelby Star* geschaltet, aber meist nur Anrufe von Hochzeitsfotografen erhalten, die sich noch etwas hinzuverdienen wollten. Diese Fotografen schienen nicht zu begreifen, dass die nötige Sensibilität, die man für diese Aufgabe brauchte, vollkommen anders gelagert sei, sagte Clay.

Da zeigte ich ihm die Fotos, die Kelly bei Baby Harpers Trauerfeier gemacht hatte. Sie hatte sowohl in Farbe als auch in Schwarz-Weiß fotografiert, was erklärte, warum sie zwei Kameras um ihren Hals getragen hatte. Die Fotografien beschworen in den Augen der abgelichteten Person auch noch denjenigen herauf, um den sie trauerte. Das einzige Wort, das mir einfiel, um Kellys Aufnahmen zu beschreiben, war «elegisch». Clay sagte, *das* wäre genau das Richtige, und es war kein weiteres Wort mehr nötig. Kelly bekam den Job.

Es war die dritte Septemberwoche, und mit dem Dinner in dieser Nacht feierten wir den offiziell letzten Tag des Sommers. Diese langen, heißen Tage hatten etwas an sich, das uns ermutigte, ja uns in die Ohren flüsterte, ein neuer Mensch zu werden.

Nachdem Kelly und ich Clay und Gregory Gute Nacht gesagt hatten, beschlossen wir, dass wir noch nicht nach Hause gehen wollten. Die Nacht war mild und sternenklar. Kellys Wagen war vollgetankt. Ich hatte zwanzig Dollar in der Tasche. Uns war danach, einfach irgendwohin zu fahren, um einfach anderswo zu sein. Wir beschlossen, nach Shelby zu fahren und uns dann auf eine der Bänke vorm Amtsgericht zu setzen. Wir wollten das Gerichtsgebäude im Dunkeln leuchten sehen. Wir wollten die Blätter der Wassereichen rascheln hören. Wir hofften, nicht wegen «unerlaubten Aufenthalts» verhaftet zu werden. Wir waren uns ziemlich sicher, dass wir nicht betrunken waren.

Kelly stellte das Auto an der Main Street ab, und als wir ausstiegen, befanden wir uns in einer Filmkulisse. Die Straßen rings um das Amtsgericht, das schon vor langer Zeit in ein Museum umgewandelt worden war, waren leer. Die Kuppel, Gewölbe und Säulen lösten bei niemandem mehr Furcht aus, außer bei Schulkindern, die sich bei ihren Exkursionen angesichts dessen, was sie in dem Gebäude erwartete, allerdings eher langweilten als fürchteten. Die drei anderen Straßen, die – neben der Main Street – den Platz vorm

Amtsgericht bildeten, Lafayette, Washington und Warren, waren nach Helden des Unabhängigkeitskrieges benannt. Die Statue vor dem ehemaligen Gerichtsgebäude war allerdings den «Konföderierten Helden des Cleveland County» gewidmet. Der junge Mann mit dem Gewehr in der Hand blickte inzwischen auf ein rot-gelbes Schild eines Thai-Restaurants auf der anderen Straßenseite, das, genau wie die anderen Restaurants und Geschäfte, die die Straßen von Shelby säumten, bereits geschlossen hatte. Kelly und ich setzten uns auf eine Bank am Fuß des Standbilds, und wir starrten zu seiner engen Kniehose, seinem Gewehr und seinem Hut hinauf. Wir beide dachten an einen anderen jungen Mann aus dieser Gegend, über den wir seit Jahren kein Wort mehr, weder mündlich noch schriftlich, verloren hatten.

Dank Kellys jüngster Briefe war ich auf dem neuesten Stand, was das Leben und den Verbleib vieler unserer Mitschüler der Abgangsklassen 1986 und 1985 an der BSHS anbelangte. Einige von ihnen waren mit Kelly auf das Gardner Webb, einige auf andere Schulen im Bundesstaat gegangen oder hatten in der Nähe Arbeit gefunden, und der Rest war in den Weiten der Vereinigten Staaten verschwunden und hatte ein neues Leben angefangen. Was Kelly mir erzählte, barg nur wenige Überraschungen. «Die Ballkönigin Sally Campbell lebt in Shelby und ist mit einem Arzt verheiratet», schrieb Kelly. «Sie haben Zwillinge, und sie ist gerade mit dem dritten Kind schwanger. Einer der drei Kens ist stellvertretender Direktor der BSHS. Ein Ken ist im Golfkrieg umgekommen.» Chris Johnson, der dritte Ken, war einer von denen, die verschwunden waren. Kelly hatte keinerlei Informationen über ihn, also bot ich ihr an, sein Leben für sie weiterzuspinnen. Ich schickte Kelly Folgendes:

«Chris Johnson, ehemaliger Schülersprecher der BSHS, ging auf die Duke University und wurde dort Präsident seiner Studentenverbindung. Er belegte Vorbereitungskurse für das Jurastudium, nahm dann aber im ersten Studienjahr, wegen einer verlorenen Wette, an einem Einführungskurs in Women's Studies teil. Er wechselte daraufhin das Hauptfach, schrieb eine Dissertation mit dem Titel: ‹Der Mythos der Southern Belle: Konstruktion und Rekonstruktion von Gender-Unterschieden und den sie begleitenden Privilegien›, schloss mit Auszeichnung ab und wird der erste bekennende schwule Professor werden, der an einem kleinen, aber prestigeträchtigen geisteswissenschaftlichen College in Georgia eine Anstellung bekommt.»

Kelly schrieb zurück und wollte noch mehr wissen. «Was ist mit dem anderen Chris Johnson?», fragte sie. Er hatte zum Jahrgang von '85 gehört, aber Miss Hammerick, die frisch gekürte Klassensekretärin, wisse doch sicherlich auch etwas über sein Schicksal, schrieb Kelly zum Spaß.

Ich schickte ihr dies:

«Chris Johnson alias der schwarze Chris Johnson traf nach seinem Abschluss mit dreihundert Dollar und der Adresse seines Cousins in der Tasche in Philadelphia ein. Dort machte er seinen Cousin ausfindig, der in einer Wohnung mit nur einem Fenster und zwei Klappstühlen hauste. Für die Ehre, diese Wohnung mit ihm teilen zu dürfen, sollte Chris ihm die dreihundert Dollar geben. ‹Für das ganze Jahr?›, fragte Chris. ‹Nein, für diesen Monat›, antwortete sein Cousin. Stattdessen kaufte sich Chris für sein Geld lieber eine USA-weit gültige Busfahrkarte, landete in Bellevue, Washington, wo er in der Poststelle einer Firma, die PCs baute, eingestellt wurde. Ein Jahr später ging die Firma an die Börse, und bald darauf waren alle Angestellten Millionäre.»

Kelly schrieb zurück, sie sei froh zu erfahren, dass Chris, einer der Kiffer hinter der Turnhalle, nun reich sei und höchstwahrscheinlich gelegentlich auch glückliche Zeiten erlebe. Nun wollte sie wissen, was aus den anderen beiden geworden war, dem Mädchen und dem Jungen, die sich nicht nur gleich kleideten, sondern auch gleich aussahen.

Ich schickte ihr dies:

«Susan Taylor kämpfte sich durch die Abendschule und wurde Krankenschwester. Tommy Miller ging zur Armee und wurde ehrenhaft entlassen. Er ist nun leitender Angestellter bei einer Versicherung. Das Highschoolpärchen hat kürzlich das Rauchen aufgegeben, ist nun verheiratet und lebt in einer Zweizimmereigentumswohnung in Richmond, Virginia.»

Im Brief Nr. 1313 fragte mich Kelly, ob das denn wahr sei. «Diese Geschichte habe ich gar nicht als einen Witz empfunden», schrieb sie.

«Ich habe keine Ahnung, was aus Susan und Tommy geworden ist», schrieb ich. «Ich habe mir für die beiden nur ein angenehmes Leben ohne chronische Arbeitslosigkeit, ungewollte Schwangerschaft, häusliche Gewalt, fortgesetzten Drogenmissbrauch oder die demütigende Erfahrung gewünscht, den Wagen der ehemaligen Ballkönigin aufzutanken oder ihr Haus zu putzen.»

«So schlimm war Sally gar nicht», schrieb Kelly. «Du hast sie bloß nie richtig kennengelernt, Linda.»

Ich ließ dieses Thema wieder fallen. Kelly hatte recht und unrecht. Ich kannte weder Sally noch die drei Kens. Kelly wiederum kannte weder Chris noch Susan oder Tommy. Dabei war die BSHS wie eine Dorfschule mit nur einem Klassenzimmer. Wie wir es schafften, uns aus dem Wege zu gehen, war ein gutes Beispiel für den strikt durchchoreografierten Tanz, der uns immer noch voneinander fernhielt, uns füreinander rätselhaft werden ließ.

Natürlich wusste ich, dass es eine Bedeutung hatte, wenn Kelly bei ihrer Zusammenfassung des Who's who der BSHS Wade weggelassen hatte. Ich wartete geduldig ab, las über Leute, an die ich seit der Highschool nicht mehr gedacht hatte und an die ich auch nie wieder denken würde. Ich wartete ab, wurde aber immer ungeduldiger, und dachte mir, um mich bei Laune zu halten und die Zeit totzuschlagen, das Leben derer aus, über die Kelly keine Informationen hatte. Ich wartete, bis Kellys Schweigen mir schließlich bestätigte, was wir schon seit Langem gewusst hatten.

In den frühen Morgenstunden des ersten Herbsttages griff Kelly auf einer Parkbank nach meiner Hand. Wir würden ganz bestimmt verhaftet werden, dachte ich. Die offene Zurschaustellung der Zuneigung zwischen Personen verschiedener Hautfarbe, aber gleichen Geschlechts war doch bestimmt irgendein Vergehen. Als ich Kelly das sagte, lachte sie schnell und laut auf. Sie zog ein Foto aus ihrer Handtasche und legte es mir auf den Schoß. Dann zog sie noch eine winzige Taschenlampe aus der Tasche und leuchtete damit das Bild an: Luke, dreizehn, groß und schlaksig, mit wuscheligen Haaren, blond wie die seines Vaters, als er seine Tage in der Sonne verbracht hatte.

«Ein ausgesprochen hübscher*kirschhustensaft* Junge, Kelly*dosenpfirsiche*», sagte ich und berührte das Foto sanft mit meinen Fingern.

«Ich hab dir gesagt, er sieht aus wie sein Vater*bratensauce*», sagte Kelly lächelnd.

«Hat Wade*orangeneis* ihn je kennengelernt?»

«Nein*gelee*, ich habe seit seinem Collegeabschluss keinen Kontakt*dosengemüsesuppe* mehr mit *Wadeorangeneis* gehabt.»

«Wirklich*popcorn*?», fragte ich.

«Wirklich*popcorn*», erwiderte Kelly.

«Wo hat Wade*orangeneis* seinen Abschluss gemacht?»

«Ich dachte, das wüsstest*erdnussbutter* du*grünebohnenausderdose*. Er war ein Jahr auf der UNC in Chapel Hill*dörraprikosen*. Dann wechselte er auf die Cooper*obstsalatmitjoghurt* Union nach New York City. Du*grünebohnenausderdose* weißt*traubengelee* ja, die haben da*apfelsaft* keine Studiengebühren und all das, also konnte ihn sein Vater nicht daran hindern. Ich hatte keine Ahnung*schweizerkäse*, dass Wade*orangeneis* sich für Kunst interessiert*sloppyjoe*. Du*grünebohnenausderdose*?»

«Ja», unterbrach ich sie.

Wäre dies ein Film, dann wäre jetzt der Augenblick gekommen, in dem zirpende Grillen zu hören gewesen wären.

«Tut mir leidglasierterdonut, Lindaminze», sagte Kelly.

«Wasgrahamcracker denn?», fragte ich. Ich wollte wissen, was ihr am meisten leidtat. Mit Wade geschlafen oder mir bis jetzt nichts davon gesagt zu haben.

Noch mehr Grillen. Dazu jetzt Blätter, die sich vor der sternenklaren Kuppel des Himmels aneinanderreiben.

«Ich habe dir nichts davon erzähltbraunerzucker», fuhr Kelly fort, «weil ich es Wadeorangeneis niekaugummi gesagt habe. Er wussteerdnussbutter, dass ich schwanger war: Ich hab ihm einfach niekaugummi gesagt, dass er der Vater ist.»

«Warum denn nicht, verdammtlimoneneis?», fragte ich.

«Weil – und das tut mir auch leidglasierterdonut – er mir nicht so viel bedeutete. Wir waren nur einmal zusammen. Weißttraubengelee dugrünebohnenausderdose, wasgrahamcracker ich meinerosine?»

«Neingelee.»

Grillen, Blätter, der Flügelschlag der Fledermäuse, die, während sie von Wassereiche zu Wassereiche flogen, die Luft über unseren Köpfen peitschten.

«Ich glaube, es wird langsam Zeithüttenkäse zu gehengekochtemöhren», sagte ich.

«Neingelee», erwiderte Kelly.

«Wasgrahamcracker?»

«Ich sagte, neingelee. Wir bleiben hierhartgekochtesei sitzen, bis dugrünebohnenausderdose mir verzeihst, Lindaminze.»

«Na, dann mach es dir besser bequem.»

Grillen, Blätter, Fledermausflügel und das Geräusch unserer Atemzüge.

«Wusstesterdnussbutter dugrünebohnenausderdose von Wadeorangeneis und mir?», fragte ich schließlich.

«Ja», antwortete Kelly.

Wir blieben auf der Parkbank sitzen, bis die Sterne verblassten, bis die Vögel zu singen begannen, bis die ersten Autos langsam die Straßen entlangfuhren, wobei sich die noch müden Fahrer den Schlaf aus den Augen rieben. Kelly schlief mit dem Kopf an meiner Schulter ein. Ich saß da, blickte auf das Standbild des Soldaten, und in meinen Ohren klangen die ruhigen Atemzüge meiner besten Freundin. Ich wusste, dass sie nicht der Grund für das war, was ich fühlte. Wade, der Orangeneisjunge, war ins Land unserer Träume gereist. Er hatte diesen Ort und seine Menschen hinter sich gelassen. Das hatte ich auch, dachte ich. Die Wahrheit war, dass ich geglaubt hatte, dass es dieser Ort und diese Menschen gewesen waren, die den Orangeneisjungen und mich voneinander ferngehalten hatten. Dass wir ein Highschoolpärchen geworden, gemeinsam auf den Abschlussball gegangen wären, uns im ersten Jahr an verschiedenen Colleges getrennt hätten, uns nach dem Uni-Abschluss wiederbegegnet und zusammengezogen wären, um zumindest für eine Weile glücklich zusammenzuleben, wenn Wade und ich an einem anderen Ort aufgewachsen wären. In Wahrheit lag der Kern unseres Scheiterns woanders. Unsere Geografie hat nur zum Teil Schuld daran.

KAPITEL 22

Alle Familien waren Erfindungen der Einbildungskraft. Manche Familien waren Maschinen. Manche waren Gärten voller Bäume und beschnittener Hecken, gepflegt oder von Seidenpflanzen überwuchert. Andere waren Trojanische Pferde oder ähnlich großartige Kunstwerke. Ob sie nun bedrohlich oder schön sind, konnten wir häufig nicht erkennen, weil wir zu nah dran waren, um sie richtig wahrzunehmen. Wir erschufen sie mit unseren Körpern oder mit unserem Willen. Wir hatten Kinder, weil man sie haben konnte. Ganz gleich, ob sie nun eigene oder adoptierte waren, sie waren hilflos und konnten kaum einen Einfluss darauf nehmen, wie sie wohl in das große Ganze hineinpassen würden. Alle Kinder lernten, sich anzupassen, zu gedeihen oder zu sterben. Ihre ersten Lektionen in Überlebensstrategien lernten sie daheim. Manche Kinder wurden nie erwachsen. Manche versteckten sich in ihrer eigenen Haut. Manche strahlten wie die Sonne oder leuchteten kühl wie der Mond. Wir erweiterten uns – wir bauten unsere Maschinen, pflegten unsere Gärten, erschufen unsere Kunstwerke –, weil wir, mehr als alles andere, danach strebten, unsere Körper zu überleben. Wir wussten, dass unsere Familien, wenn wir gestorben wären – auch wenn es sonst niemand tun sollte –, sich an unsere Gesichter erinnern und unsere Namen wiederholen würden. Auf diese Weise lebten wir weiter. Aber wir gaben unsere egoistische Sehnsucht nie zu. Wir bramarbasierten darüber, was für eine grandiose Lebensleistung wir vollbracht hatten. *Wir haben dir das Leben geschenkt*, sagten wir zu unseren Kindern. *Wir haben dir das Leben gerettet*, sagten wir zu den Kindern, die wir bei uns aufnahmen. Beides war wahr. Beides markierte den Anfang der Geschichte, war aber nicht die Geschichte selbst.

♥

Am letzten Sommerabend blieb DWH zu Hause und richtete ihre eigene Abendgesellschaft aus. Ihre Frauen waren zu Besuch, ihre Gedanken um mich. Inzwischen war ich schon fast zwei Monate in Boiling Springs, doch DWH und ich waren immer noch nicht zum Kern der Sache vorgestoßen. Gemeinsam heckten die Frauen einen Plan aus.

An meinem ersten Tag des Jurastudiums hatte ein alter Professor mit weißem Haar, dunkler Fliege und Nadelstreifen am Stehpult eines Hörsaals von den Ausmaßen eines Stadions gestanden und verkündet, die Jurisprudenz sei ein Spinnennetz. Damit meinte er, dass es keinen einfachen und offenkundigen Ausgangspunkt gebe. In der Rechtslehre sei alles miteinander verbunden, verwoben und voneinander abhängig. Jeden Morgen hatte ich, wenn DWH und ich uns mit einer Frage dem Mittelpunkt unseres Netzes ein Stück weit näherten, nur um uns mit der folgenden Antwort wieder an seinen Rand zurückzuziehen, an die Worte des Professors gedacht.

Ich hatte DWH gefragt, wie das für sie gewesen war, als Thomas starb. Ihre Antwort war ein gutes Beispiel dafür, wie wir vorankamen und doch nicht vorankamen. Zunächst erinnerte sie mich daran, dass sie fast fünfundzwanzig Jahre miteinander verheiratet gewesen waren. Sie vermisste es, morgens aufzuwachen und zu hören, wie er sich ankleidete. Sie vermisste den Duft seiner Rasierseife im Bad. Sie vermisste das halbe Toastbrot, dass er jeden Morgen ungegessen liegen ließ. Sie vermisste den Klang der Autotür, die zielstrebig geöffnet und geschlossen wurde, die beiden Buchstützen ihres Tages. Sie vermisste seinen Anblick am Kopf der Tafel. Sie vermisste den Lehnsessel mit der zu seinen Füßen säuberlich drapierten Zeitung. Sie vermisste es, ihn mitten in der Nacht neben sich schnarchen zu hören. DWH hielt inne, holte tief Luft und gestand, dass ihr nach ein paar Monaten dieser Gefühle klar geworden war, dass dies nicht dasselbe war, wie *ihn selbst* zu vermissen. Ich saß, die Kaffeetasse in der Hand und auf dem Teller eine ausgelöffelte Grapefruithälfte, am Küchentisch. Ich war sprachlos. DWH hatte sich zur Tochter ihrer Mutter entwickelt. DWH hatte die Rolle derjenigen in der Familie geerbt, die unerbittlich die Wahrheit sagte. Wenn ich behaupten würde, dass mich das keine Nerven gekostet hätte, wäre das gelogen.

DWH und die Frauen beschlossen, dass sie doch, wenn es ihr zu schwerfalle, mit dem Anfang zu beginnen, vielleicht mit dem Ende beginnen sollte. Die elegante Symmetrie ihrer Argumentation überraschte sie selbst. Sie feierten dies, indem sie sich noch einen ordentlichen Nachschlag von den selbst gemachten Nachspeisen holten, die sie für das gemeinsame Abendessen mitgebracht hatten. Sie sahen zu DWH auf, aber keine von ihnen war so dumm, sie für sie kochen zu lassen. Sie schlemmten den Bananenpudding, der mit Baiserhäubchen dekoriert war, denn schließlich hatten sie ihn ja für eine Party gemacht. Sie schnitten sich noch ein Stück vom gekühlten Zitronenkuchen ab, einem beliebten Sommerdessert, denn wer wollte in dieser Jahreszeit schon den Ofen anwerfen. Sie waren dann aber durchaus dankbar dafür, dass Beth Anne sich die Mühe gemacht hatte zu backen, als ihre rote Samttorte in ihren Mündern schmolz und im nächsten Augenblick vertilgt war, nachdem DWH mir rücksichtsvoll für das Frühstück ein Stück aufgehoben hatte.

Als Kelly mich am blaugrauen Ranchhaus absetzte, war bereits die Sonne aufgegangen. DWH war schon in der Küche, hatte Kaffee gekocht und wartete. Das Tortenstück lockte schon in der straffen Frischhaltefolie. Ich setzte mich hin und stattete Frauen wie Beth Anne, die die bedrohte Kunst des Backens praktizierten (vielleicht klingt «selbst gebacken» eines Tages so archaisch wie «Alchemie»), im Geiste meinen Dank ab. Als Erstes aß ich die oberste Lage aus

Frischkäse, und als ich mich dann über den weichen Teig hermachte, fragte mich DWH, ob Baby Harper mir die Fotos geschickt habe. Ich konzentrierte mich auf die saftigen Tortenkrümel. Ich fand, die Geschmacksnoten – Butter, Kakao und Vanille – hatten so rein gar nichts mit der auffälligen Farbe zu tun. Die rote Farbe war nur Tarnung, eine falsche Fährte, und mit jedem Bissen entstand eine erneute Differenz zwischen Erwartung und Realität. Das machte den ganzen Charme dieser Torte aus.

«Linda*minze*, hast*nutterbutterkekse* du*grünebohnenausderdose* mich gehört?», fragte DWH.

Ich nickte.

«Ich hatte Baby*honig* Harper*sellerie* gebeten, sie dir zu schicken», fuhr sie fort.

Mir pochte das Herz in den Ohren. Seine Schläge übertönten beinahe DWHs Stimme.

«Thomas*orangenlimonade* hat sie geliebt*nestea*. Ich wusste das. Deshalb bist du*grünebohnenausderdose* auch zu uns gekommen, um mit uns zu leben», begann DWH.

DeAnne Whatley Hammerick zufolge begann meine Lebensgeschichte im Herbst 1955, dreizehn Jahre vor meiner Geburt. Der junge Thomas, damals vierundzwanzig, studierte im dritten und letzten Jahr an der juristischen Fakultät der Columbia University, als er eine junge Frau namens Mai-Dao kennenlernte. Sie war einundzwanzig Jahre alt und in der Abschlussklasse am Barnard College. In seinen Augen war sie etwas ganz Exotisches. Der junge Thomas erzählte ihr, dass er aus dem Süden komme. Daraufhin erzählte sie ihm, dass sie ebenfalls aus dem Süden komme. Anders als viele Amerikaner damals wusste er, dass ihr Heimatland im Jahr zuvor in eine nördliche und eine südliche Hälfte geteilt worden war. «Also, das ist mir gar nicht aufgefallen; das hört man dir überhaupt nicht an, dass du aus den Südstaaten bist», erwiderte er in seinem lässigen

Tonfall. Dann hat er sich an Ort und Stelle, noch auf den Stufen der Low Memorial Library, in sie verliebt, während die Bäume an der Allee, die von der Straße zu dem breiten Vorplatz führte, eben die Farben wechselten. Er hat sich in sie verliebt, obwohl Mai-Dao ihm erzählt hatte, dass sie in ihrer Heimat mit einem jungen Mann verlobt sei. Das Collegejahr ging zu Ende, sie kehrte in ihre Heimatstadt zurück und er in seine. Bevor sie New York City verließ, gab sie ihm die Fotos von ihrer gemeinsamen Zeit. Was sie ihm nicht sagen konnte, war, dass sie die Fotos nicht behalten konnte. Wenn man so etwas aufbewahrte, wurde es unweigerlich gefunden. Sie tauschten ihre Adressen aus, und er versprach ihr, wie eine Teenagerin, ihr zu schreiben. Und das tat er auch. Nachdem er nach Charlotte zurückgekehrt war, schrieb er ihr sehr häufig, nach seinem Umzug nach Shelby ein weiteres Mal und ein letztes Mal 1960, an dem Tag, an dem er mit seiner jungen Frau in das blaugraue Ranchhaus in Boiling Springs gezogen war. Mai-Dao antwortete, wie ein Junge in seinen Teenagerjahren, nicht.

Als im Laufe der Jahre der Name von Mai-Daos Heimatland selbst in Boiling Springs in aller Munde war, konnte Thomas keine Nachrichten von dem dortigen Bürgerkrieg, vom Einsatz von US-Truppen und den Leichensäcken, die zurückkehrten, sehen, ohne an sie zu denken. Im Jahr 1968, in dem ich geboren wurde, obwohl er das damals nicht wissen konnte, dachte er an sie, als er mitansehen musste, wie ihre Heimatstadt – die Hauptstadt des Südens, deshalb hatte er angenommen, dass sie dort sicher wäre – auf seinem Fernsehbildschirm explodierte. Er hoffte, dass sie weit weg von dort war. Er stellte sie sich in New York City vor. Er versuchte sich auch vorzustellen, wie sich ihre Welt verändert hatte. Er versuchte, nicht an sie, eine verheiratete Frau, zu denken, da er ja selbst verheiratet war.

Am 30. April 1975 saßen Thomas und DeAnne wie gebannt vor ihrem Fernseher, als Dan Rather verkündete, dass Saigon «nun unter kommunistischer Kontrolle» stehe. DeAnne erinnerte sich daran, dass ihr Mann die Augen geschlossen hatte und sie auch geschlossen hielt, während er zuhörte, wie der Reporter erklärte, dass Saigon in Ho-Chi-Minh-Stadt umbenannt worden sei.

Kurz darauf trafen die ersten Briefe an Thomas im blaugrauen Ranchhaus ein. Sie waren in Chapel Hill abgestempelt worden, und DeAnne hätte ihnen keine große Aufmerksamkeit geschenkt, wenn da nicht als Absender dieser ausländische Name gestanden hätte. Dann kam dieser Telefonanruf in der Nacht des 5. Juli. Es war halb zwölf, und Thomas und DeAnne waren bereits zu Bett gegangen und lagen Seite an Seite. Thomas legte auf und rannte noch im Pyjama aus dem Haus. DeAnne hörte, wie die Wagentür zuschlug. Als sie hörte, wie sich die Wagentür öffnete, war es sechzehn Uhr am folgenden Tag. Sie kam an die Haustür des blaugrauen Ranchhauses, und ich lag schlafend in seinen Armen.

Thomas musste DeAnne die Lebensgeschichte meiner leiblichen Mutter erzählen, oder zumindest das, was er davon wusste. Das war DeAnnes Bedingung dafür, dass sie meiner Adoption zustimmte. DWH, nun die Vertreterin der Wahrheit, sagte mir, dass sie in Wirklichkeit nicht das Gefühl gehabt hätte, eine Wahl zu haben. Thomas war bereits entschlossen. Sie könnte sich die ganze Geschichte auch im Laufe der Zeit erzählen lassen, dachte DeAnne. Sie dachte auch, dass es besser (für sie) sei, sich auf der Stelle dafür zu entscheiden zu glauben, dass das, was ihr Gatte Thomas ihr erzählte, auch die Wahrheit war.

DeAnne bat darum, die Fotos sehen zu dürfen. Dann wollte sie die Briefe sehen. Sie erklärte Thomas, dass er alles wegwerfen müsse. Er versprach es ihr. Aber er tat es nicht. Nach seinem Tod entdeckte sie die Fotos in seinem Büro. Die Briefe fand sie dort allerdings nicht. DWH sagte, dass sie sich nicht dazu hatte überwinden können, sie zu lesen, als Thomas sie ihr gezeigt hatte. Die Handschrift war voller Kurven und zarter Schleifen, und sie sah immer nur den Körper der Frau vor sich, die diese Wörter geschrieben hatte. DeAnne ließ sich die Briefe von Thomas vorlesen. Während ich also im Gästezimmer ihres Hauses schlief, hatten Thomas und DeAnne den ganzen restlichen Tag am Küchentisch gesessen und geredet.

Am 1. Mai 1975, einen Tag nach dem Fall Saigons, schrieb Mai-Dao ihren ersten Brief an Thomas. Mai-Dao lebte schon seit fast einem Jahr wieder in Chapel Hill. Khanh, ihr Mann, Assistenzprofessor für Wirtschaftswissenschaft an der Universität von Saigon, war Postdoktorant an der UNC, und nachdem in Saigon eine Menge Leute bestochen worden waren und man alle seine Beziehungen hatte spielen lassen, konnte sie mit ihrer sechsjährigen Tochter im September 1974 endlich in die USA zu Khanh ausreisen. Den letzten Brief, den Thomas ihr geschrieben hatte, hatte Mai-Dao nach Chapel Hill mitgenommen. Seit dem ersten Tag, an dem sie in seiner Heimat war, hatte sie sich im Geist Notizen gemacht, was ihr an seinem Süden gefiel, damit sie es ihm mitteilen konnte. Dann las sie seinen Brief noch einmal, datiert vom 10. Dezember 1960 – *er hat ihr an unserem Hochzeitstag geschrieben, Linda* –, und der Brief erinnerte Mai-Dao daran, dass sie nichts über sein Leben in den vergangenen vierzehn Jahren wusste. Thomas musste inzwischen ein ganz anderer Mann sein, dachte Mai-Dao. Also schob sie den Gedanken beiseite, ihm zu schreiben, und bemühte sich, so gut sie konnte, sich an ihr neues behelfsmäßiges Zuhause zu gewöhnen, einen Wohnwagen, den Khanh gemietet hatte, um sein bescheidenes monatliches Stipendium nicht überzustrapazieren. Als sie zum ersten Mal dort hinfuhren, hielt sie den Wohnwagen für einen Lagerschuppen. Im Inneren war er so groß und breit wie einer der Flure in dem dreistöckigen Stadthaus, das ihr Vater ihnen in Saigon zur Hochzeit geschenkt hatte. Khanh erinnerte sie daran, wie viel Glück sie gehabt hatten, dass sie jetzt hier waren und nicht dort.

Das wurde in den folgenden Monaten ihr Mantra: das Glück,

jetzt hier zu sein und nicht dort. Sie schulte ihre Tochter ein und war verblüfft, wie schnell ein kleines Kind eine neue Sprache erlernt, als wäre sie bloß ein neues glänzendes Spielzeug. Als Gasthörerin besuchte Mai-Dao Seminare an der Fakultät für Kunstgeschichte an der UNC und dachte oft daran, nach New York City zu fahren und noch einmal das Metropolitan Museum of Art und natürlich ihren geliebten Central Park zu besuchen. Khanh sagte nur zu ihr, dass sie kein Geld für eine solche Vergnügungsreise hätten. Sie sah ihn an und war ganz erstaunt, wie sehr sich der junge Mann, der sie zu ihren Rendezvous mit einer Limousine mit Chauffeur abgeholt hatte, inzwischen verändert hatte. Sie hätte sich nicht vorstellen können, dass er so ernst und so praktisch würde, mit tiefen Sorgenfalten auf der Stirn. Das Glück, jetzt hier zu sein und nicht dort, ermahnte sie sich. Sie ging in die Bücherei, lieh sich ein Kochbuch aus – das erste, das sie je gelesen hatte – und kochte für ihren Mann und ihre Tochter amerikanisches Essen, das, wie die Autorin des Kochbuchs, Betty Crocker, versicherte, sowohl preiswert als auch nahrhaft war. Mai-Dao war keine besonders gute Köchin, und ab und zu ging sie mit ihrer Tochter in den Supermarkt, und dann gönnten sie sich die amerikanischen Süßigkeiten und Limonaden, die sie in Saigon so sehr vermisst hatte. «Thomas, wusstest Du, dass es in Vietnam ein Getränk gibt, das genauso schmeckt wie Dr. Pepper?», schrieb Mai-Dao in dem ersten ihrer acht Briefe an ihn. *Ich weiß nicht, warum, Linda, aber das ist mir ganz stark im Gedächtnis geblieben. Vielleicht wegen deiner Grandma. Du weißt ja, dass Iris das Zeug wie Wasser getrunken hat.*

Am 30. April 1975 hatten Mai-Dao, Khanh und ihre junge Tochter in ihrem gemieteten Wohnwagen vor dem kleinen Fernseher, einem der wenigen Gegenstände, die ihnen hier gehörten, gesessen und ungläubig zugeschaut, wie sich das «dort» in nichts auflöste. Mai-Dao fing an zu weinen, als sie das Wort «GESTERN» unten auf dem winzigen Bildschirm sah, im weißen Text, der über den Bildern von der Evakuierung Saigons eingeblendet wurde. Khanh flüsterte ihr ins Ohr, dass sie nicht vor ihrer Tochter weinen solle. Mai-Dao hörte auf, obwohl sie wusste, dass dies überhaupt nichts ändern würde. Ihr Vater war General in der Armee. Khanhs Vater ebenfalls. Als Dan Rather berichtete, dass zu den siebzigtausend Südvietnamesen, die es heil nach Thailand geschafft hätten, auch Angehörige der südvietnamesischen Streitkräfte und ihre Familien gehörten, drehte sich Khanh zu seiner Frau um und meinte, sie würden sicher schon bald etwas von ihren Familien hören.

Wie denn?, fragte sie sich. Wer hätte denn in dem Chaos der Evakuierung so viel Weitsicht gehabt, die Adresse einer Tochter und eines Sohnes, die das Glück hatten, in einer Stadt namens Chapel Hill zu sein, aufzuschreiben? Schon der Name klang entlegen und sicher, dachte Mai-Dao.

Während ihr Mann in den folgenden Tagen in sein Büro an der Universität ging, um die notwendigen Telefonate zu führen, ihre Namen beim Internationalen Roten Kreuz registrieren zu lassen und seine entfernten Verwandten in Paris zu erreichen, versuchte Mai-Dao die Vorstellung zu verdrängen, wie ihre Mutter in einen Hubschrauber oder auf ein Boot geschubst und gestoßen wurde – *falls* sie Glück gehabt hatte, gemahnte sich Mai-Dao –, indem sie das Wohnwagen-Zuhause putzte, jedes einzelne Kleidungsstück, das die drei besaßen, in der Münzwaschmaschine wusch und einen langen, verspäteten Brief an Thomas schrieb. «Ich bin hier mit meinem Mann und meiner Tochter», so fing Mai-Dao ihren Brief an. *Thomas versagte die Stimme, als er mir das vorlas, Linda. Ich hätte ihm sagen können, dass er aufhören soll zu lesen, aber ich hab's nicht gesagt.*

DWH sprach sehr langsam, machte Pausen zwischen ihren Worten und verstummte mitten im Satz. Durch diesen Sprechrhythmus wurden die Eingänge präzise und klarer als üblich, als hätten die Geschmäcker, die die Worte auslösten, buchstäblich mehr Zeit, sich bemerkbar zu machen. Ich musste mich entschuldigen, ging ins Wohnzimmer und rief Kelly im griechischen Haus an. Ich bat sie, mir eine Flasche von dem vorbeizubringen, was sie gerade dahatte. Es war noch nicht einmal Mittag, aber Kelly, wie nicht anders zu erwarten, fragte nicht nach einem Grund, klang kein bisschen überrascht und war nach kaum einer Viertelstunde mit einer zu zwei Dritteln vollen Flasche Bourbon im blaugrauen Ranchhaus. Sie kam an die Hintertür, sagte durch die Fliegentür Guten Morgen zu DWH, gab mir die Flasche, die sie umsichtig in einer bunten Einkaufstasche unter einer Lage Papiertücher versteckt hatte, und war wieder fort, nachdem sie meine Hände so fest gedrückt hatte, dass meine Finger fast weiß wurden.

Ich goss mir ein Saftglas voller Bourbon ein und fragte DWH, ob sie auch einen wolle. Ich wusste in dem Augenblick nicht mehr, ob ich die mildernde Wirkung von Alkohol erklärt hatte. Zigaretten und deren Auswirkungen auf meinen Zustand hatten wir bei unseren morgendlichen Gesprächen bereits durchgesprochen, aber ich war mir nicht sicher, ob Alkohol oder Sex am Frühstückstisch bereits vorgekommen waren. Das machte aber nichts, weil DWH meine Frage bejahte. *Weißt du, deine Grandma liebte es, dieses Zeug in ihr Dr. Pepper zu schütten.*

‹Iris' bevorzugtes Wahrheitsserum›, dachte ich.

Thomas gab zu, so DWH, dass er Mai-Dao sofort geantwortet hatte. Er handelte den Inhalt seines Briefes flüchtig ab, erwähnte aber, dass er seine Telefonnummer angegeben und Mai-Dao gebeten hatte, ihn anzurufen. Sie hat das nie getan, schickte ihm aber einen zweiten Brief in das blaugraue Ranchhaus. *Deine Grandma sagte zu mir, das würde bedeuten, dass er mir vorher noch nie untreu gewesen sei. Ein untreuer Ehemann hätte darauf geachtet, ihr die Telefonnummer und die Adresse seines Büros zu geben, sagte sie.* Mai-Dao schrieb, sie habe immer noch keine Nachrichten von ihrer Familie oder der Familie ihres Mannes. Dieses eine Mal im Leben machte es ihr nicht so viel aus, dass sie nur ein Einzelkind war. Ihr Mann Khanh konnte aus Sorge um seine fünf jüngeren Brüder und deren Frauen und Kinder weder schlafen noch essen. Mitten in der Nacht saß Khanh in seinem Büro auf dem Campus und versuchte sie anzurufen, wählte eine Nummer nach der anderen. Aber alle Leitungen waren tot. ‹Wie schnell funktioniert nach einem Krieg eigentlich das Telefonnetz wieder?›, fragte Mai-Dao sich. Und was war mit der Zustellung der Post? Sie wusste darauf keine Antworten, trotzdem schrieb sie jeden Tag an ihre Eltern, für den Fall, dass sie dort waren und auf Post von ihr warteten. Oft dachte Mai-Dao an ihr Lieblingsgebäude in Saigon, das Hauptpostamt, und sie fragte sich, ob es die letzten Tage des Krieges unversehrt überstanden hatte. Mai-Dao schrieb Thomas, sie fühle sich schuldig, weil sie sich Sorgen um ein Gebäude mache, selbst wenn es von Gustave Eiffel entworfen worden war, während doch die Menschen, die sich dort eingefunden hatten, nun in alle Winde verstreut und verschollen waren. Sie fühle sich so schuldig, dass sie nicht im Traum daran dachte, diese Gedanken mit ihrem Mann zu teilen. Ihre Tochter sei natürlich zu jung, um das alles zu verstehen. Mai-Dao schrieb, sie sei so dankbar dafür, Thomas als Freund zu haben.

Thomas antwortete auf Mai-Daos zweiten Brief mit der Frage, ob er nach Chapel Hill kommen dürfe, um sie zu sehen. *Ich wusste, dass er das mir gegenüber nicht zugeben wollte, aber er musste es dann doch. So sehr hat er dich herbeigesehnt, Linda.*

Mai-Dao sandte einen dritten Brief, der kurz und unmissverständlich war. Sie schrieb, dass ein Wiedersehen gerade keine gute Idee sei. Vielleicht wenn sich die Lage beruhigt hätte. Noch immer keine Nachricht von meiner oder Khanhs Familie, fügte Mai-Dao hinzu. Thomas schwor DeAnne, dass er, bis er den Anruf bekam, der ihn dorthin bestellte, nicht ein einziges Mal die einhunderteinundneunzig Meilen von Boiling Springs nach Chapel Hill gefahren war. Allerdings schrieb er weiter an Mai-Dao.

In ihrem vierten Brief an Thomas dankte Mai-Dao ihm für sein großherziges Angebot, meinte aber, sie und Khanh würden schon allein zurechtkommen. *Thomas gestand, dass er ihr angeboten hatte, ihr Geld zu schicken, Linda. Er beteuerte, dass er es mir gesagt hätte, wenn er es wirklich getan hätte.* Mai-Dao schrieb, dass sie eine Teilzeitstelle in der Universitätsbibliothek gefunden hätte und in den Stunden dort arbeitete, in denen ihre Tochter im Ferienkurs sei. Die Arbeit halte sie vom Grübeln ab, und genau das brauche sie gerade. Außerdem sei der Zusatzverdienst sehr hilfreich. Mai-Dao fragte Thomas, ob seine Frau auch einen Beruf habe. *Ich wusste, dass er mich in seinen Briefen nicht ein einziges Mal erwähnt hatte. Das musste erst sie tun.* Mai-Dao wollte das wissen, weil sie überrascht sei, wie sehr sich ihr Mann gegen diese Vorstellung gewehrt hatte. Khanh sei nie diese Art von Mann gewesen, überhaupt kein Dinosaurier. Khanh sei fürsorglich, einfühlsam, einer der intelligentesten Männer, die sie je kennengelernt habe. *Es muss Thomas wehgetan haben, das zu lesen – erst allein für sich, dann noch mal laut für mich.* Immer noch keine Nachricht von unseren Familien, schrieb Mai-Dao. Jede Nacht träume Mai-Dao, sie würde in einem Flugzeug sitzen, das bald auf dem Saigoner Flughafen landen sollte. Die Maschine kreise tief über der Stadt, so tief, dass sie das rote Dach der Oper, die Zwillingstürme der Basilika, die breiten Boulevards und verstopften Seitenstraßen sehen konnte. Jede Nacht gehe ihr zu spät auf, dass dies ein Albtraum war, weil die Maschine, in der sie war, niemals landen würde.

Thomas fand, dass es an der Zeit sei, sich mehr um sie und ihre Belange zu kümmern. Es war bereits Anfang Juni. Seit dem Fall Saigons war schon ein Monat vergangen, und Mai-Dao und ihr Mann hatten noch immer keine Nachricht von ihren Familien. Thomas schrieb Mai-Dao und bot ihr auf eine andere Weise Hilfe an, die sie, wie er wusste, nicht ablehnen konnte. Er fragte nach den Namen ihrer Mutter und ihres Vaters und auch denen der nächsten Angehörigen von Khanhs Familie. Thomas schrieb Mai-Dao, er würde Kontakt zu einem Freund der Familie aufnehmen, der Kongressabgeordneter sei. Der würde schon die richtigen Anrufe machen, versicherte Thomas Mai-Dao. *Willie Hoyle war gerade erst ins Amt gewählt worden, Linda. Ich weiß, man kann es sich kaum vorstellen, aber damals dachten wir, dass Willie wirklich etwas bewegen könnte.*

Mai-Daos fünfter Brief traf bald darauf ein, doch er war nur ein paar Zeilen lang. Thomas erkannte, dass er erneut zu weit gegangen war. Das war er tatsächlich. Mai-Dao schrieb, Khanh danke Thomas für sein Hilfsangebot, doch er finde, dass das eine Familienangelegenheit sei. Falls Thomas so freundlich wäre, ihnen den Namen des Kongressabgeordneten zu schreiben, dann würde Khanh sich direkt an den Herrn wenden und fragen, in welcher Hinsicht er und sein Büro sie vielleicht unterstützen könnten. An dem förmlichen Ton ihres Briefes erkannte Thomas, dass Mai-Dao den Brief zwar geschrieben, Khanh ihr aber dabei über die Schulter geblickt oder ihn gar diktiert hatte. Thomas gestand DeAnne, dass er auf der Stelle nach Chapel Hill hatte fahren und von Mann zu Mann mit Khanh hatte reden wollen, damit dieser Vernunft annähme.

‹Zwei mit gesundem Menschenverstand›, dachte ich.

Bevor Thomas zurückschreiben konnte, traf schon Mai-Daos sechster Brief im blaugrauen Ranchhaus ein. Er war fünf Seiten lang. Dieser nun war wirklich von ihr, das wusste Thomas. Sie entschuldigte sich für ihren letzten Brief. Sie bestätigte, dass Khanh sie darum gebeten hatte, ihn zu schreiben, und sie führte seinen Inhalt auf Khanhs Schlafmangel zurück. Ihr Mann sei reizbar und ein wenig irrational geworden, schrieb sie. Er habe gedroht, sich ein Flugticket zu kaufen und einfach nach Thailand zu fliegen, um nach ihren Familien zu suchen. Mai-Dao musste Khanh erst daran erinnern, dass er einen Pass besaß, den die Republik Vietnam ausgestellt hatte, also ein Land, das meistens Südvietnam genannt wurde und unter keinem der beiden Namen mehr existierte. Wenn Khanh, nun ein Staatsbürger von nirgendwo, die Vereinigten Staaten verließ, konnte er vielleicht nie wieder einreisen.

‹Das Glück, jetzt hier zu sein und nicht dort›, dachte ich.

In jener Nacht hatte Khanh, ein Mann, der selten vor Wut die Stimme erhob, Mai-Dao angeschrien. Man müsse ihn nicht mit der Nase auf das Offenkundige stoßen, brüllte er sie an. Aber das musste man eben doch, beharrte Mai-Dao in ihrem Brief an Thomas. In der Hoffnung, Khanh zu beruhigen, so schrieb sie, hatte sie Thomas' Angebot, einen Kongressabgeordneten zu kontaktieren, erwähnt. Dass sie Khanhs Reaktion nicht vorausgesehen hatte, führte sie auf ihren eigenen Schlafmangel zurück. Sonst hätte sie es schon geahnt, hätte mit der Mitteilung über Thomas' Hilfsangebot länger gewartet und wäre schweigend neben ihrem Mann sitzen geblieben. Nun wollte Khanh wissen, woher sie diesen Thomas Hammerick kannte und wie lange die beiden schon in Kontakt gestanden hatten. Khanh nahm gleich das Schlimmste an, dass er vom ersten Tag ihrer Ehe an betrogen worden sei und dass es andere Männer gegeben habe. Mai-Dao war völlig vor den Kopf gestoßen. Als sie sich verlobt hatte, hatte ihre Mutter sie gewarnt, dass kein Mann etwas über die Vergangenheit einer Frau wissen wolle. Ihre Mutter hatte ihr gesagt, dass es am besten sei, so zu tun, als wäre man neugeboren, ein unschuldiges Baby in seinen Armen. Ihre Mutter, schrieb Mai-Dao an Thomas, habe immer recht. *Du solltest vielleicht noch einen Schluck trinken, Linda. Stell die Flasche einfach auf den Tisch.* Mai-Dao schrieb, das Schlimmste an dem Streit sei gewesen, dass ihre Tochter Linh-Dao ebenfalls im Wohnwagen gewesen sei und alles mitangehört habe. Das Mädchen sei von Geburt an ein sehr stilles Kind gewesen, so still, dass sie sie manchmal übersehen hätten, wenn sie im Zimmer war. Mai-Dao fragte Thomas, ob er eigene Kinder habe. *All diese Briefe, Linda, und kein Wort über unsere Ehe.*

Thomas fiel auf, dass auf diesem sechsten Brief aus Chapel Hill eine andere Absenderadresse stand. Mai-Dao hatte ihre Arbeitsanschrift in der UNC-Bibliothek verwendet. Dorthin schrieb er ihr zurück. Er habe, so sagte er zu DeAnne, sein Bedauern über das Missverständnis ausgedrückt, das es zwischen Mai-Dao und ihrem

Gatten gegeben hatte. Thomas erinnerte Mai-Dao jedoch daran, dass sie nicht die Erlaubnis ihres Mannes bräuchte, um sich an den Kongressabgeordneten zu wenden; auch ohne Khanhs Einverständnis und Mithilfe könne Thomas dort Unterstützung anfragen. Thomas drängte sie, ihm umgehend eine Namensliste zu schicken. Falls sie aber wirklich wolle, dass Khanh selbst anriefe, dann finde sie anbei Adresse und Telefonnummer des Kongressabgeordneten Hoyle.

Thomas wartete zweieinhalb Wochen, bevor er den siebten Brief von Mai-Dao erhielt. Ihr siebter Brief an ihn war nicht das, worauf er gehofft hatte. Keine Namensliste. Kein *Thomas, ich werde dich bald anrufen.* Kein *Thomas, wir werden uns in Chapel Hill treffen.* Es gab nur Neuigkeiten von Khanhs Familie. Sein jüngster Bruder Trac und seine Frau waren unter den Flüchtlingen, die es geschafft hatten, nach Thailand zu gelangen. Nachrichten von Khanhs vier anderen Brüdern und deren Familien gab es noch nicht. Trac hatte sich mit ihrem Cousin zweiten Grades in Paris in Verbindung gesetzt, der wiederum Khanh angerufen hatte.

Dem Cousin zweiten Grades zufolge hatte sich Tracs und Khanhs Vater in den frühen Morgenstunden des 29. April erschossen. Ihre Mutter hatte sich geweigert, seinen Vater unbeerdigt zurückzulassen, als Trac sie abholen wollte. Khanh nahm die Nachricht vom Tode seines Vaters mit einer stoischen Ruhe auf, die Mai-Dao überraschte. Khanh beschloss sofort, dass es so besser sei. Ein so stolzer Mann wie sein Vater hätte kein Leben in Unterdrückung überstanden, sagte er zu ihr.

Und was ist mit deiner Mutter?, hatte Mai-Dao Khanh fragen wollen. Sie gestand Thomas, dass sie Selbstmord feige fand. Ihr Schwiegervater hatte die Frau, die ihm dreißig Jahre lang zur Seite gestanden und ihm sechs Söhne geboren hatte, eine Frau, von der er wusste, dass sie ihm bis ans Ende ihrer Tage verbunden wäre, einfach so im Stich gelassen.

Die Neuigkeit, die Khanh nicht so gut verkraftete, war der Wunsch seines jüngsten Bruders Trac, nach Frankreich zu gehen, statt sich ihm in den Vereinigten Staaten anzuschließen. Ihrem Cousin zweiten Grades zufolge hatte Trac den Eindruck, dass die Vereinigten Staaten Südvietnam fallen gelassen und verraten hätten. Wie könnte ich nur *dort* leben, habe Trac den Verwandten gefragt. Khanh explodierte, als er Mai-Dao gegenüber diesen Teil des Ferngesprächs wiederholte. Frankreich hat uns achtzig Jahre lang kolonisiert und erniedrigt, schrie Khanh Mai-Dao an. Hatte Trac *das* vielleicht vergessen? Solle Trac doch *dort* bleiben, wenn er so dumm und so stolz sei.

‹Oder er hätte sich auch gleich erschießen können wie dein Vater›, dachte Mai-Dao und behielt es für sich. Was sie dachte, schrieb sie in ihrem siebten Brief an Thomas. Sie schrieb ihm auch, dass sie sich dafür schuldig fühle, persönliche Briefe von ihrem Arbeitsplatz aus zu schicken und dort zu empfangen, ja immer mehr von ihrem Selbst zu verstecken. So habe sie sich ihr Leben nie vorgestellt.

Wie es ihm inzwischen zur Gewohnheit geworden war, schrieb Thomas sofort zurück. Ihren achten und letzten Brief bekam er erst am 7. Juli. Thomas war nicht der Erste, der den Brief las. Das war DeAnne. *Das war jetzt auch meine Angelegenheit, Linda.*

Als am 6. Juli die Sonne unterging, hatte DeAnne bereits eingewilligt, mich zu adoptieren. DeAnne sagte zu Thomas, ihre zweite Bedingung sei, dass sie nie wieder von meinen leiblichen Eltern sprechen würden. *Wie sonst hätte ich denn lernen können, dich zu lieben, Linda?*

DHW erinnerte sich daran, wie ihr der Brief in der Hand gezittert hatte. DeAnne sah zum ersten Mal die Handschrift, die ihr so sehr vom Körper und den Bewegungen einer anderen Frau zu zeugen schien. Der Brief war nur eine halbe Seite lang, aber voller Trauer. Mai-Dao schrieb, dass Khanh die Briefe gefunden habe, die Thomas ihr geschickt hatte, und dass er sie wieder beschuldigt habe, ihn zu betrügen. Wenn da nicht ihre Tochter wäre, sagte Khanh, würde er sie verlassen. Mai-Dao bedankte sich bei Thomas für seine Güte und seine Freundschaft und entschuldigte sich für all die Jahre in Saigon, in denen sie nicht auf seine Briefe geantwortet hatte. Sie wollte ihn wissen lassen, dass sie auch damals alle seine Briefe aufgehoben hatte. Mai-Dao bat Thomas, ihr nicht wieder zu schreiben. Sie würde sich in nächster Zeit wieder bei ihm melden, versprach sie. Das Datum auf dem Poststempel von Mai-Daos Brief war der 3. Juli 1975.

Die Flasche Bourbon war staubtrocken. Der Nachmittag war fast vorüber. In der Spätsommersonne schien alles, was im Garten gedieh, wie von innen beleuchtet. Alle Fenster im blaugrauen Ranchhaus standen weit offen und ließen den Gesang der Vögel, den Lärm der Rasenmäher und das Brummen der gelegentlich vorbeifahrenden Autos hinein. Drinnen und draußen war es gleich warm, ein seltenes Gleichgewicht, bei dem wir uns wohl in unserer Haut fühlten. DeAnne Whatley Hammerick und ich waren noch immer dieselben. Wir zerbrachen nicht in zwei, drei oder vier Stücke. Unsere Gliedmaßen waren noch alle vorhanden. Unsere inneren Organe pumpten, filterten, zogen sich zusammen, dehnten sich wieder. Uns war ein wenig schwindlig, aber das war nur der Bourbon, der sich bemerkbar machte. DWH und ich hatten mit dem komplizierten Prozess begonnen, den die meisten Menschen, vor allem Mütter und Töchter, kaum jemals schaffen. Wir verziehen einander dafür, wer wir waren, wie wir in diese Welt gekommen waren und wie wir sie für die andere verändert oder auch nicht verändert hatten.

Es war die Geschichte der letzten Tage meiner leiblichen Eltern in Chapel Hill, von der Iris, die Bourbontrinkerin, dachte, ich würde an ihr zerbrechen. Noch auf ihrem Sterbebett dachte meine Großmutter an diese beiden Menschen, die sie nie kennengelernt hatte, die aber ihre Familie verändert und auf eine Weise neu entworfen hatten, die sie niemals hätte vorhersehen können.

DWH hatte die Geschichte von Khanhs und Mai-Daos Tod übersprungen, weil sie nicht wusste, was tatsächlich passiert war. Ich war es, die dabei gewesen war, die Einzige, die überlebt hatte. Doch um Zeugnis ablegen zu können, musste ich mich erst erinnern. Was in den Tagen und Stunden und Minuten vor dem Brand in der Nacht des 5. Juli 1975 in dem Wohnwagen geschehen war, wusste ich nicht mehr. Das Gesicht der Person, die mich hinausgetragen hatte, ob Mann oder Frau, konnte ich nicht mehr vor mir sehen. Die Menschen, die willentlich oder gewaltsam in dem Wohnwagen geblieben waren, waren mir jetzt fremd. Die Jahre meines Lebens mit ihnen, das Leben vor diesem Leben, waren ausgelöscht worden, oder vielmehr löschte mein wohlwollendes Gehirn meine Erinnerungen. Das Einzige, was geblieben war, war das letzte Wort, das dieser Mann oder diese Frau zu mir gesagt hatte, als ein bitterer Geschmack im Mund. Ein Brand hatte alles andere von ihnen verschwinden lassen.

Dies ist die Geschichte, die Thomas seiner Frau erzählt hat:

Die Feuerwehr hatte mich auf dem Schotterweg zu dem Wohnwagen gefunden. Ich trug ein Nachthemd. Ich war in ein Laken eingewickelt. Ich schien fest zu schlafen, während sich das Feuer durch den schmalen Korridor fraß, den ich mein Zuhause genannt hatte. In meinem Nachthemd steckten mein Pass und Thomas' erster Brief an Mai-Dao in Chapel Hill, der mit der Telefonnummer des blaugrauen Ranchhauses, die sie nie gewählt hatte. Stattdessen rief ein Polizeibeamter Thomas aus Chapel Hill an.

Thomas erhob Anspruch auf mich. Er erklärte der Polizei und der Sozialarbeiterin in jener Nacht, dass er mit Mai-Dao durch Einverheiratung verwandt sei. Sein Cousin, der im Krieg umgekommen war – *das war der einzige Teil der Geschichte, der stimmte, Linda* –, habe in Saigon Mai-Daos Schwester geheiratet. Niemand vom amerikanischen Zweig der Familie habe von dieser Heirat gewusst. Der vietnamesische Zweig der Familie sei in Saigon geblieben, werde vermisst und sei nicht zu erreichen. DeAnne erzählte, er habe ganz instinktiv gehandelt. Er meine damit nicht die Lügen, sondern den Wunsch, mich nach Hause zu bringen. Ein Kind brauche doch einen Vater und eine Mutter, sagte er zu DeAnne.

Während Thomas von diesem plötzlichen Schritt zur Vaterschaft berichtete, saß DeAnne an ihrem Küchentisch und dachte daran, was er ihr vor Jahren gesagt hatte, als er noch um sie geworben hatte. Nicht alle Männer müssen auch Väter werden, hatte Thomas ihr versichert. Sie müssten keine Kinder haben, um eine richtige Familie zu werden, darin stimmte er mit ihr überein. Ich hätte nie gedacht, dass ein Mann einmal so etwas zu mir sagen würde, Linda. DeAnne hatte schon mit Anfang zwanzig gewusst, dass sie keine Kinder haben wollte. *Ich wollte keine zweite Iris werden, Linda.* Iris hatte ihr erzählt, dass kein Mann so etwas für normal halten würde. DeAnne hatte gedacht, dass das bedeuten würde, dass sie für den Rest ihres Lebens allein bleiben würde. Aber dann traf sie Thomas, und er hatte sie vom Gegenteil überzeugt. Und in gewisser Hinsicht hatte er sein Versprechen ihr gegenüber auch gehalten.

DWH erzählte mir, dass sie auf die Mutterschaft überhaupt nicht vorbereitet gewesen sei. Sie war froh, dass ich so ein stilles Kind war. Sie gab zu, dass sie in den ersten Jahren meines Lebens im blaugrauen Ranchhaus ab und zu so getan hätte, als wäre ich nicht da. Sie schloss dann die Augen und stellte sich vor, alles wäre noch immer so wie vorher. Je älter ich wurde, desto schwieriger wurde das allerdings. *Thomas hat dich sehr geliebt, Linda.* Damit meinte DWH, dass ich, je älter ich wurde, desto mehr der vietnamesischen jungen Frau ähnelte, die ihr Mann geliebt hatte. Im Laufe der Jahre wurde diese Tatsache durch die zweite Bedingung für meine Adoption – dass sie nie wieder über meine leiblichen Eltern sprechen würden – nur wenig gemildert. Thomas und DeAnne brauchten den Namen meiner leiblichen Mutter nämlich gar nicht zu erwähnen. Wenn ich im Haus war, dann war auch Mai-Dao anwesend. Im Laufe der Jahre klammerten sich Thomas und DeAnne allerdings genau an diese zweite Bedingung. Ein Thema, über das geschwiegen wurde, führte zum nächsten, und schließlich wurde all das Verschwiegene zu den Rettungsringen, die im gefährlichen Meer zwischen ihnen trieben. Auf diese Weise überlebten Thomas und DeAnne.

DWH sagte, sie habe sich Trost suchend an Iris gewandt, obwohl sie gewusst habe, dass sie kaum mehr als die Wahrheit zu erwarten hatte.

‹Und du hast dich auch an Bobby gewandt.› Dieser Gedanke hielt mich nicht davon ab, über den Küchentisch nach DWHs Händen zu greifen und sie zu halten. Zum ersten Mal empfand ich, wie einsam sich DeAnne in dem blaugrauen Rauchhaus gefühlt haben musste, selbst als Thomas und ich da gewesen waren.

Iris hatte DeAnne erklärt, dass ein Kind zu haben so etwas sei, wie einen Vertrag zu unterzeichnen. Die Frau des Richters erläuterte ihrer Tochter die dem Vertragsrecht zugrunde liegenden Prinzipien: Versprechen, Verantwortung und Pflicht. Iris, die immer die Wahrheit sagte, erklärte, dass das mit Liebe nichts zu tun habe. Notfalls reiche es auch, wenn es nur so aussah.

Thomas wandte sich an Baby Harper. Er vertraute meinem Großonkel Mai-Daos Briefe an. DWH sagte mir, dass sie sie im Sekretär im Schlafzimmer meines Großonkels gefunden habe. *Ich habe einen Zweitschlüssel. Dein Großonkel mochte Thomas immer schon. Wir hüten immer die Geheimnisse der Menschen, die wir lieben.* DWH sagte, dass die Briefe jetzt auf dem Tisch im Flur auf mich warteten.

Ich hatte mich natürlich gefragt, wieso sich DeAnne Whatley Hammerick mit einer solch traurigen und verzehrenden Genauigkeit an alle Einzelheiten aus diesen alten Briefen erinnern konnte. Ich hatte sogar zwischen unseren gelegentlichen Schlückchen aus den Bourbongläsern überlegt, dass sie das alles vielleicht nur erfunden haben könnte. Dann beschloss ich, dass das überhaupt keine Rolle spielte. ‹Es war immerhin eine Geschichte›, dachte ich. Wir brauchen doch alle eine Geschichte darüber, woher wir stammten und wie wir hierhergekommen waren. Wie sonst könnten wir denn vorsichtig Wurzeln fassen und dableiben?

Monique Truong
Das Buch vom Salz
Roman
Aus dem Englischen von Barbara Rojahn-Deyk
Band 16993

Zwei berühmte amerikanische Damen in Paris und ihr vietnamesischer Koch – in Monique Truongs erstem Roman, einem Fest der Sinne und des Erzählens, begegnen sie sich: die weltberühmte Schriftstellerin Gertrude Stein, ihre fürsorgliche Geliebte Alice B. Toklas und Binh, der im Jahr 1929 auf einer Parkbank im Jardin du Luxembourg eine Stellenanzeige liest. »Koch gesucht. Zwei amerikanische Damen wünschen einen Koch einzustellen. Rue de Fleurus – melden Sie sich beim Concierge.«

Ein wunderschöner Roman über die »Steins« – ihre Rituale, ihre Verrücktheiten und ihre Genialität – und über Binh, den anrührenden Berichterstatter und Zauberer exotischer Gerichte.

»Üppig und hinreißend.«
Süddeutsche Zeitung

»Fiktion und Fakten berühren sich auf wundersame Weise. Ein anrührendes und vielschichtiges Logbuch über Heimat und Fremde, Liebe und Verrat.«
Neue Zürcher Zeitung

Fischer Taschenbuch Verlag

fi 16993 / 1

Caterina Bonvicini
Das Gleichgewicht der Haie
Roman
Aus dem Italienischen von Katharina Schmidt
288 Seiten. Gebunden

Sofias Ehe mit Nicola war ein Kraftakt. Seine Depressionen stellten ihre Welt auf den Kopf. Doch selbst nach ihrer Scheidung hat sie ihre prekäre Leidenschaft für Männer, die egozentrisch, labil und schwermütig sind, nicht überwunden. Leider ist auch ihr wunderbarer Vater, ein Abenteurer auf allen Meeren und vom Leben der Haie fasziniert, keine große Hilfe. Er hat sein Gleichgewicht gefunden, Sofia aber droht in ihren Beziehungen sich selbst zu verlieren und unterzugehen. In einer fiebernden Sprache, die unter die Haut geht, erzählt Caterina Bonvicini von der Entwicklung einer jungen Frau, ihrem Kampf gegen Einsamkeit und Verletzlichkeit, gegen Depression und Selbstaufgabe.

»Ein Roman über den tiefen Schmerz und die Liebe zum Leben … Caterina Bonvicini weiß durch Authentizität zu überzeugen und durch eine Fähigkeit, Gedanken in makellose Aphorismen zu übersetzen.«
La Stampa

Romain Gary
Frühes Versprechen
Roman
Aus dem Französischen
von Giò Waeckerlin Induni
Band 18453

Ein Wunderkind sollte er werden und die Welt ihm zu Füßen liegen. ›Frühes Versprechen‹ enthüllt das fabelhaft bunte Leben von Romain Gary als Sohn einer ebenso despotischen wie liebevollen Mutter. In Wilna geboren, kommt er als 14jähriger nach Nizza und Paris, er wird Pilot, französischer Konsul und der einzige Autor, der zweimal den Prix Goncourt erhielt. Von diesem einzigartigen Fall, in dem mütterliches Wunschdenken von der Wirklichkeit noch übertroffen wurde, erzählt Romain Gary selbstironisch und mit unendlicher Liebe für die verrückteste, anstrengendste, ungewöhnlichste Mutter der Welt.

»Romain Garys autobiographischer Roman
bereitet ein enormes Lesevergnügen – ein in unzähligen
Geschichten glänzend erzähltes Buch.«
Süddeutsche Zeitung

Fischer Taschenbuch Verlag

fi 18453 / 1

Alessandro Piperno

Mit bösen Absichten

Roman

Aus dem Italienischen von Marianne Schneider

Band 17121

Mit dem Bankrott von Bepy Sonnino, dessen Lächeln so sehr an Clark Gable erinnert, geht das goldene Zeitalter der Sonninos in Rom zu Ende. Bepy war der Goldgräber der italienischen Nachkriegszeit. Jüdischer Lebemann, Liebhaber der Frauen – in seiner unverschämten Vitalität hat er nichts ausgelassen, was das Leben ihm versprach. Von dem Tag, an dem er seinen nachtblauen Jaguar gegen einen Kleinwagen eintauscht, droht die Vertreibung aus dem Paradies. Aufstieg und Untergang einer jüdisch-katholischen Familie – von dern 50er Jahren bis in die 90er Jahre des gerade zu Ende gegangenen Jahrhunderts. Eine Familienrevue mit unvergesslichen Figuren. Mit bösem Spott erzählt.

»Piperno hat sich mit seinem Erstling als schillernder Teufelskerl der italienischen Literaturszene etabliert.«
Süddeutsche Zeitung

»... so rasant und beißend komisch heruntererzählt, dass man das Buch kaum noch aus der Hand legen kann.«
Elle

»Der Roman ist eine Wucht, ein narratives Glanzstück.«
Welt am Sonntag

Fischer Taschenbuch Verlag

fi 17121 / 1

Niccolò Ammaniti
Wie es Gott gefällt
Roman
Aus dem Italienischen
von Katharina Schmidt
Band 17758

»So liebenswerte und skurrile Antihelden hat der italienische Roman schon lange nicht mehr verbuchen dürfen.«
Die Welt

Sie sind dicke Freunde und im Unglück vereint. Ohne Job und ohne Perspektive. Irgendwo in Italien versuchen drei Männer, ihrer Misere zu entkommen. Rino Zena, der gerne trinkt und auch schon mal zuschlägt, hat nur eine schwache Seite: seinen 13jährigen Sohn Cristiano. Quattro Formaggi ist ein wenig langsam im Kopf, und Danilo Aprea sitzt in der Bar Bumerang und träumt davon, einen Geldautomaten zu stehlen. In einer einzigen, schrecklichen Nacht fordern sie Gott heraus ...

»Ammanitis Figuren machen den Leser atemlos.
Ich bin gewiss nicht der Einzige, der ihn dafür bewundert,
wie er Tragödie und Komödie gegeneinander
auszuspielen weiß.«
New York Times Book Review

»Rau und doch sehr zärtlich.«
Elle

Fischer Taschenbuch Verlag

fi 17758 / 1

Per Olov Enquist

Ein anderes Leben

Aus dem Schwedischen von Wolfgang Butt

Band 18600

»Ein ebenso subtiles wie mächtiges, lichtes wie aufwühlendes Bekenntnisbuch.«
Neue Zürcher Zeitung

Per Olov Enquist erzählt seine Lebensgeschichte, als ob es die Geschichte eines anderen wäre, in der dritten Person. ›Ein anders Leben‹ liest sich wie ein großer Roman über das 20. Jahrhundert: Im Zentrum steht ein junger Mann aus einem kleinen Dorf in Nordschweden, der die Grenzen der Provinz überwand und zu einem der bedeutendsten europäischen Schriftsteller wurde. Diese Karriere, die mit dem Studium in Uppsala, der Zeit als Journalist in West-Berlin und München begann, und mit seinem ersten Theaterstück bis zum Broadway führte, wird nicht als Erfolgsgeschichte erzählt. „Wenn alles so gut ging, wie konnte es dann so schlimm kommen?“ steht als Leitfrage über diesem Lebensweg, der tief in die Alkoholabhängigkeit führte und fast in den Tod.

»Die Sehnsucht des Individuums nach dem Sinn seiner Existenz. Dieses unvergängliche Thema hat Enquist auf beeindruckende Weise neu instrumentiert.«
Die Welt

Fischer Taschenbuch Verlag

fi 18600 / 1

Der Sommer meiner Kindheit
Ein Lesebuch
Herausgegeben von Ingrid-Maria Gelhausen
Band 90188

Im Sommer sind Ferien: ein unendliches Maß an Freiheit, die Umgebung zu entdecken, denn »Funde sind Kindern, was Erwachsenen Siege« (Walter Benjamin). Mit verzaubernder Nostalgie tauchen wir in diesen Geschichten ab und erinnern uns, wie groß die Welt einmal war. Mit der »Entschlossenheit des echten Komantschen« steht Marcel Pagnol auf dem sommerlichen Jagdausflug seinen Mann, und Iwan Bunin bekommt zum Nachtisch Beeren mit Milch und Zucker. Aber das Leben ist nie nur heiter gewesen, und Natalie Sarraute zum Beispiel erzählt vom Begräbnis eines lieb gewordenen Haustiers.

Mit Texten von Simone de Beauvoir, Marcel Proust, Virginia Woolf und vielen anderen.

Fischer Taschenbuch Verlag

fi 90188 / 1